大连地方文艺·文献系列丛书

大连近代小说创作评述

丛书主编　杨锦峰
本卷主编　邱　伟
本卷副主编　古雅静

大连出版社
DALIAN PUBLISHING HOUSE

《大连近代小说创作评述》
编纂人员

丛 书 主 编　杨锦峰

本 卷 主 编　邱　伟

本卷副主编　古雅静

主要撰稿人员（以姓氏笔画为序）

王长丽　古雅静　关婷元

杨锦峰　邱　伟　范译鹤

编纂说明

一、《大连近代小说创作评述》是《大连地方文艺·文献系列丛书》中的一卷。本卷在挖掘整理大连近代文学资料的基础上，梳理了大连近代中文刊物发表的小说作品的基本脉络，对具有一定代表性和较高创作成就的作家、作品进行介绍和评述。全书分为总述、重要作家研究、作品评介和作品存目四部分，力图反映大连近代小说创作的基本状貌，展现大连近代小说创作的时代特征和艺术特色，完善大连文化发展研究体系。

二、重要作家研究以大连籍作家为主，也有客居大连并对大连文学发展产生一定影响的外地作家。重要作家研究以作家姓氏笔画为序编排。

三、作品评介中的作品为大连地区重要作家的代表性作品和创作数量较大作家的代表性作品、长时间居住在大连的中国作家发表在大连出版物上的作品。选录作品以大连本地报刊发表为主，兼有主要作家在外地刊物上发表的代表性作品。

四、作品存目仅收录中国作家作品。作品存目中对小说类型的划定尊重原报刊发表时的界定，不按照现在的文学标准重新划分。

五、本书选录的作品以保持与原文一致为原则，保留作品原有的表述方式和语言风格。对作品中出现的会造成阅读障碍的方言俚语，进行标注；对作品中出现的粗俗语言用“□”代替，并进行标注；对作品中出现的繁体字、异体字，进行必要的更正；文中辨识不清的文字用“■”代替。

编　者

2022年8月

目 录

第一部分　总　述

第二部分　重要作家研究

第三部分　作品评介

第四部分　作品存目

第一部分　总　述

大连近代小说发展述要

杨锦峰

社会发展进入科技日趋发达、经济高速增长的阶段之后，世界范围内的文化热潮也迅速崛起。一方面，在单纯倚重物质生产所造就的财富积累背后，逐渐显露出资源过度开发和环境遭到破坏的忧患；另一方面，膨胀的物质欲望所带来的精神家园的损毁和精神诉求的萎缩，也成为一种日趋蔓延的“社会病”。由此，从文化层面寻找人类社会发展的精神之根，以文化重建构造现代社会的精神大厦，成为不断强化的社会共识。从民族发展的角度看，文化成为保持和发展民族独立性、竞争力和发展力的精神基础。从现实发展诉求的角度看，文化又成为一种资源，成为创意空间广阔、创造方式丰富的社会发展途径。稳定精神根基与拓展发展空间的需求，强有力地激发了世界范围的文化热潮。

在新的文化构建过程中，中国的文化建设显现出稳步扎实、日渐强劲的趋势。在高度重视文化传承性、多样性、融合性和现代性的基本思维基础上，具有民族精神文化特质的现代文化体系不断成长和完善。在这一进程中，关于文化资源的开掘、研究和利用，成为重要的举措之一。在梳理本土文化历史、整理本地文化资源的热潮中，“地域文化”的概念由冷僻转为热词。2010年以后，在不断升温的地域文化热的基础上，国家实施了一项规模宏大的地域文化资源挖掘整理工程，以省、自治区、直辖市为单元的地域文化通览编撰工作全面启动并迅速展开。

在《辽宁地域文化通览》编撰过程中，我们承担了梳理大连地域文化资源的工作，并按照辽宁省的编撰构想，承担了《辽宁地域文化通览·大连卷》的编撰工作，历经数年出版成书。在编撰过程中，我们对大连地域文化资源进行了较为系统的梳理、研究和提炼。我们发现，在丰富的历史文化资源中，物质形态的遗存得到或正在得到相应关注、重视和利用，而文献资料形态的遗存却仍处冷遇之中。其中，数量尤为可观的文艺类文献资料，更是处于鲜为人知的状态。文艺创作和文艺生活，是文化活动和文化生活的重要组成部分，文艺类文献也是生动、细致、广阔地反映社会历史发展的重要文献形式。关于这类文献的梳理和推介，对开掘地域文化资源、了解和研究地方文化历史、把握和理解本土文化特征等，都具有相当重要的意义。基于这样的考虑，我们形成了编撰“大连地方文艺·文献系列丛书”的构思，并进行了课题立项。根据大连城市历史发展的实际进程和历史文献遗存的实际情况，这部丛书计划由“大连文化纪事”“大连近代小说创作评述”“大连近代诗歌文存”“大连近代散文文存”“大连近代音乐钩沉”等构成。编撰工作自2017年开始启动，参与编撰工作的研究人员付出了辛勤劳动，花费数年时间查阅历史文献，进行复制、筛选、编校。经数年努力，编撰工作陆续推进，并逐渐显现出成果。这次即将付梓的《大连近代小说创作评述》就是这些成果中的一部。

小说是人类文艺创作活动中最重要的文学形式之一。小说创作不仅反映着人们对自然环境、生活现实、社会状况的记载和认识，而且渗透着人的精神活动，尤其是情感表达和理想诉求。在人类社会源远流长的文学艺术活动中，小说因与生活现实和精神现实的紧密联系，表现了生活与心灵世界的丰富性与多样性，同时以其博大厚重的思想内涵和丰富多彩的艺术表达，成为最受人们关注和喜爱的文学形式之一，也成为其他文学艺术样式的母体。因此，在考察一个时代、一个民族、一个地区文化发展状况的时候，小说创作成为重要的参照系统。在衡量文学艺术发展水准的时候，小说创作也成为最重要的尺度之一。

在大连，由于城市化的历史较短，较为完整发达的文人文化体系和市民文化生活体系发育成熟的时期也比较晚。依据现有资料看，古代社会末期，大连地区开始出现较多的诗歌创作和民间艺术表演形式，而小说这种文学形式的本土创作却是出现在近代。因此，我们在编撰这套历史文献丛书时，将小说部分的选择范围限制在了1840年至1945年。在这个时间段内，大连本土的小说创作有一小部分是用半白话半文言的语言风格来创作的，但绝大多数作品是发轫于新文化运动之后的白话文小说。白话文小说的出现，表面上看是文体、语言的转变，实质上却是中国现代文学艺术乃至现代文化体系开始形成的重要标志。

大连小说创作出现的时间虽然较晚，但一经发生便呈现出蓬勃发展、一派兴盛的景象。小说创作的出现和繁荣基于两个主要原因。

一是城市化进程的开启。由于特殊的历史原因，大连在城市形成之初便直接构建了近现代城市经济、城市文化和城市生活体系。在文化生活方面，城市居民数量迅速增长，市民阶层逐渐形成，促成了文化生活的活跃和文化消费的增长。城市教育体系、文化娱乐设施体系、文化传播平台体系也相继出现，本地及外来的文人群体逐步扩大，借助文学形式宣传新的社会思想、生活观念的条件已然成熟，因而文艺创作也获得了较为广阔的空间。有创作、有诉求、有市场，成为大连小说创作兴起的重要社会原因。

二是新文化运动以来中国新文化发展的影响。根据现有资料可以断定，大连本土的小说创作，发端于新文化运动之后。新文化运动的兴起，源于中国社会变革诉求的高涨。1840年鸦片战争以后，随着帝国主义入侵，中国进入半殖民地半封建社会历史时期。在这个历史进程中，大连是受外国侵略和外来经济政治文化影响最深重的地区之一。尤其是经历了日俄战争和被殖民统治，拯救国家危亡、重振民族精神、改变社会现实的呼声日益强劲。新文化运动之前，以反抗社会压迫和外族入侵为主要内容的新文化元素已经开始渗入大连，以文艺创作表达社会改革和文化革新诉求的举动也时有发生。较为典型的例证是与在日本发起中国话剧运动的著名文艺社团“春柳社”有着密切关系的新剧名家刘艺舟。他在回国后组建了话剧社团，并于1910年率团到大连等地演出话剧。刘艺舟的话剧演出给大连文艺演出活动带来了重大的变革，此后话剧活动在大连地区一直没有间断。翌年，恰逢辛亥革命爆发，他带领团员们由大连租船跨海赴山东，攻打登州，并一举成功。几年后，风起云涌的新文化运动爆发。新文化运动滋长的社会思潮、生活观念和文化形态迅速波及大连，成为风尚，使大连成为中国东北地区最早接触新文化思想和新文艺创作的地区之一。从总体情况看，这一时期大连本土小说创作从主流上承袭和传递了新文化运动以来文学创作的基本精神，也表现出新文学的基本特点，包括其后小说创作发展的过程中所出现的主流与支流，也与新文化运动以后新文学小说创作的发展有着紧密的照应关系。

这一时期，大连小说创作发展的总体态势呈现出这样几个特点。其一，创作群体迅速增长。据现有资料粗略估算，当时在大连地区出版物上发表小说的作者有千余名。由于当时作者多用笔名，其真实身份来不及一一考证，绝大多数也无从考证。但是，从小说的内容等方面透露出的信息看，有相当数量的作者应该是大连本地或者是有过大连生活经历的人士。其中，有部分作者长期坚持小说创作并在大连媒体上发表作品。其二，创作团体不断涌现。文学社团的不断出现，是这一时期大连文学发展的一个重要现象。20世纪20年代，宣扬民主进步思想的中华青年会和宣传共产主义思想的中华工学会相继成立，他们组织的宣传、教育、出版等活动，培育和凝聚了相当数量的文学青年，为大连的文学发展储备了力量。民间文学组织的出现以“嘤鸣社”为先，20世纪30年代以后呈此起彼伏之势。据相关资料，仅1933年至1936年，在《泰东日报》上出现的文学社团就有55家。其中以文学，特别是小说创作为主的作者群体尤为众多。有些社团非常活跃，曾经出现过“白光社”等在本地和东北其他地区都很有影响的四大文学社团。在这些社团中，许多作者是因相同或相近的文学主张和文学追求而聚集在一起的。比如以著名本土作家石军、田兵为代表的“响涛社”，便以直接反映底层百姓生活状态为主要追求，表达批判现实、改造社会的思想主张。其三，文学园地数量较多。文学园地较多，而且发表文学作品的频率颇高，是这一时期大连文学创作发展较快的重要原因之一。当时发表文学作品的主要媒体是报纸杂志，大连地区的小说创作也基本上都出现在这些园地中。较为著名的有《新文化》（1924年4月改名为《青年翼》）和《泰东日报》等。《泰东日报》先后开辟了《潮音》《群星》《文艺副刊》等专栏，登载小说、诗文等作品，其中小说是比重最大的部分。小说的类型五花八门，按照当时报纸上的分类，有警示小说、讽世小说、哀情小说、社会小说、寓言小说、历史小说、札记小说等；从篇幅上看，包括短篇小说、中篇小说和长篇连载小说等。此外，还有一些日本人办的中文报刊如《满洲报》《东北文化月报》等，上面也刊登了不少文学作品。

这一时期大连的小说创作表现出个性鲜明的创作追求，取得了相当可观的文学成就。

关注社会现实，重视反映底层人民的生活状态和生活诉求，进而表达现实批判和社会改革的呼声，是这一时期大连小说创作最重要的特点。在大连小说创作的起步阶段，新文化运动为大连的小说创作注入了精神原色。其后，鲁迅等著名作家作品的介绍，以及巴金等著名作家作品的发表，为大连的小说创作树立了标尺。在这一过程中，虽然不同的文学主张和文学流派都对大连的小说创作产生过影响，但普罗文艺的主张始终是主流。在以石军、田兵、杨慈灯等为代表的一大批小说作者的作品中，可以清晰地感受到他们对普通百姓，尤其是底层人民的深切关注。他们的作品源自对底层人民生活的熟悉，熟悉他们的劳作，熟悉他们的生活，熟悉他们的愿望。在这些作品中，读者可以清晰地看到关于社会底层人民生活的生动状写。在真实、质朴的生活形态描述基础上，这些作品又共同反映出底层人民生活诉求被压抑、被扼杀的严酷现实。在状写底层人民生活的同时，当时的小说创作还表现出更为宽阔的社会视野。有的作品将视角指向旧军队的腐朽涣散，有的作品将笔锋指向官僚阶层的伪善堕落，还有的作品将关注指向城市生活的斑驳陆离。应该说，这一时期的大连小说创作构成了一幅反映人民生活现实和城市生活形态的历史画卷。

青年人的故事永远是文艺创作的重要选材。这一时期大连的小说创作中青年题材的作品数量众多，爱情故事成为最主要的题材。在相当数量的作品中，作者都在述说爱情故事的同时，融入了相应的社会思考。其中，两类主题尤为引人注目。一是由爱情婚姻故事表现生活观念的冲撞与变革，最终目标是抒写反抗封建伦理、革新生活观念的呼声。从有代表性的作家汪楚翘等人的作品中可以看到，在这类题材创作中，主人公的命运往往是坎坷的，结局也往往是悲剧性的。二是由爱情关系的演变描述青年一代的徘徊、犹疑和选择，折射关于人生价值与意义的思考。相对前一类爱情题材，这一类创作往往显示出对社会和时局更为迫切的关注，对百姓苦难生活的同情和国家民族命运的忧虑往往渗透其中，最终目标是唤醒青年的责任意识和担当精神。在这类创作中，野藜是有一定代表性的作者。在处于帝国主义高压统治的历史背景和社会环境下，这样的文学追求表现了民族精神和爱国主义情怀，是十分难能可贵的。

相对于直接关注现实的创作，还有另一类创作表现出超然物外的文学追求。这类创作描述的故事，表面上看具备一般形态上的生活真实，而实质上却在努力表达着与社会现实的“间离”感。在劲波、岛魂等人的作品中可以发现，他们所叙述的故事往往发生在十分纯净、远离凡尘的环境之中，故事的沉重感和复杂性并不是最重要的创作着力点，爱情的纯美、人性的超脱才是他们所追求的境界。稍加分析可以发现，这一类创作其实并不是绝对的超然物外，更可以理解为由理想境界反观现实而产生的冲突与矛盾、痛苦与无奈，是另一种关于现实的批判和关于生活理想的表达。值得提及的是，这一类创作往往行文优美，具有诗或散文的意味，显示出较为鲜明的文学性追求。

在中国小说发展历史中，适应市民欣赏需求成为推动小说创作演进的重要因由。应市民喜爱而形成的“评话”“话本”等创作演出形式，对中国小说演进以及戏曲等艺术的影响，至今仍在延续。在这种延续的过程中，小说创作逐渐形成两大倾向，一是逐渐锻造出宏大的历史主题、社会主题和人生主题，二是在因袭猎奇、娱乐传统的基础上触及道德伦理、善恶是非等社会问题。这一时期大连有相当数量的小说可以归为第二类创作，在这类创作中，最具代表性的是言情小说，赵恂九是最有代表性和创作数量最多的作者。与传统的言情小说不同，此时期大连的言情小说更接近于张恨水的“鸳鸯蝴蝶派”。复杂的爱情关系和令人扼腕的爱情变故，是这类小说通用的题材。对爱情关系的细致描写、对悲情故事的刻意渲染以及较为优雅煽情的文字，是这类小说的共有特点。同时，这类小说创作不满足于传统言情文学说故事讲伦理的追求，都嫁接了一定的社会主题，与人们所关注的生活观念变革和社会问题的解决形成了某种联系和照应。由于言情小说的故事性和通俗性，以及所创造的爱情梦幻，引发了众多读者的关注和喜爱，成为非常有影响的一类小说创作。

从作品的总体情况看，这一时期大连小说创作的艺术起点较高，除在思想内容方面取得了较高成就外，在文学创作水准方面也达到了令人称道的程度。相当数量的作者具有较扎实的生活基础，对社会生活及日常生活的过程、场面及细节的描绘，形象、具体、细致、生动。一些作品在人物形象的塑造上也取得了较大的成功，性格化的情绪、行为、语言等的描写得到重视。一些作者在其一系列作品中逐渐显示了自己的创作追求和艺术风格。相当数量的作品取材于本土，并透露出浓郁的本土地理特色、生活风韵和文化气息。有些创作显示了作者较高的综合素质，并在此基础上张扬出较为鲜明的艺术个性。比如杨慈灯的创作，在丰厚的生活积累和高度的社会关注基础上，表现出超乎一般的提炼和创作能力，故事情节的戏剧化、人物行为和语言的性格化、整体作品的讽喻精神，以及行文的规范等，都达到了相当高的水准。

当然，这一时期大连的小说创作也存在着一些弱点。在题材开掘方面，很多小说停滞于生活表象的层面，较少看到作者对特殊历史背景下复杂的社会矛盾、尖锐的社会冲突、隐秘的心理空间、宏大的历史背景进行透视、感知、状写和鞭辟。一些作品在触碰社会现实的同时，更多关注着人的阶级、阶层特征，而缺少关于人性本质的叩问和人性发展的考量。即便关于爱情自主的呼吁，也有不少作品仅仅基于个人自由的诉求。在主题表达方面，简单直接地阐述和表白是并不少见的现象。甚至有些作品，经常要用作者语言替代人物语言，最终总要借人物之口呼喊出作者的意图。有的作品明显是在编造故事，在情节布置、人物行为的生活逻辑和事理逻辑上缺少缜密的斟酌与构思。还有一些作品在行文过程中缺乏对现代语言方式的熟练掌握，语言的文学锤炼还欠 火候。

大连近代小说创作为大连城市文化发展积累了丰厚的历史遗存，也成为中国近现代文学发展历程中的一方风景。在以往的地方文化历史研究和其他相关的学术研究中，大连近代本土文学创作现象较少受到关注和重视，是令人遗憾的事情。事实上，以小说创作为代表的大连近代本土文学创作不仅是研究大连城市历史的重要参照，也是研究大连文化发展的重要资料，是文学理论研究、文学批评及文学创作可资参考、有待掘取的资源，是研究中国近现代文学发展的一块待开垦的处女地。《大连近代小说创作评述》并未能完整再现大连近代小说创作的全貌，而是在一定的资料范围内，选取了有代表性的作家作品，辅以概略的评介，汇集成书。本书的出版，算是一种开启——关于大连文化历史新的研究视角的开启，也算是一种指向——关于未来相关阅读和相关研究的资料指向。

在久远、零散、残损的历史文献中，打捞出一本《大连近代小说创作评述》，是很费周折、很辛苦的事情，同时也是很有价值、很有意义的事情。相信其价值和意义，会在今后的日子里愈加彰显。在此，我要向本卷即《大连地方文艺·文献系列丛书》之《大连近代小说创作评述》的编撰人员表示真诚的谢意。感谢本卷主编邱伟，感谢本卷副主编古雅静，感谢本卷编撰人员范译鹤、王长丽、关婷元，感谢他们为本书所付出的心血和劳动。同时，也真诚地感谢为本书编撰、出版给予帮助和支持的人们。

2022年6月18日

第二部分　重要作家研究

俯身沃土笔作刀
—— 作家石军

邱　伟

石军是20世纪三四十年代大连文坛的代表性人物，也是东北作家的代表性人物之一。主要作品有长篇小说《沃土》，中篇小说《脱轨列车》，小说集《边城集》《暴风雨》《新部落》《麦秋》，诗集《夏夜的琴声》，剧本《理发店中》《生命线上》《嫁娶》《除夕》等。

石军（1912—1950），大连金州人。原名王世浚，笔名文泉、秦嗗、世浚、飞血、寒畯、玫泉、闻迁、老命、季梁等。1928年，石军考入旅顺师范学堂，在旅顺师范学堂求学期间，开始了文学创作。1932年毕业后，石军先后担任三十里堡农村小学教员及普兰店工学堂教员。1935年1月28日，石军以笔名“星”在《泰东日报》上发表《北国作家短讯》，其中写道：他有些不喜欢过吃粉笔灰的生活，也须为了经济在数月前考某机关，得取中，但是为了他的教书生活义务未满，仍被召回，还过小孩子头生活。可见还是小学教员的石军已经进入到北方作家的序列，他的生活因为文学创作而被关注。这一时期，石军的创作范围涵盖小说、诗歌、散文、戏剧、文学理论研究和批评等多种文学形式，其中最引人瞩目的当属小说的创作。1937年，石军离开大连到黑龙江生活和工作，他的小说创作也进入了另一个阶段。

石军是一位写作精力旺盛、写作热情饱满的作家。他可以白天工作，晚上在暗淡的灯光下连夜写作，可以一夜写四五千字。

一、直面生活　诘问现实

由于对文学的热爱，石军读了鲁迅的《呐喊》、钱杏邨的《义冢》、徐蔚南的《春之花》等新文学书籍，坚定了在文学方面拓展的信心。20世纪20年代末，石军开始在大连的报刊上发表文学作品。当时大连的《泰东日报》《青年翼》等报刊为文学青年提供了发表作品的平台，从1930年至1932年，石军在《泰东日报》上发表了10余篇小说和文章。此后他又将稿件投给《新青年》《凤凰》等文学期刊，同样被采用。

初涉文学，石军的作品主要用于抒发情感和表达希望，文笔略显稚嫩和青涩。对于这一时期的创作，他在《我与小说》一文中这样评价道："这期间的小说内容，真是五花八门，应有尽有。大部分因袭中国作家的写作意识，一时曾迷醉于叶灵凤、章衣萍、张资平、穆时英之流的肉麻的恋爱小说，而有意地模仿他们的技巧……再就是操纵着报复心理，盲目地对大地主和资产家做着近乎调笑般的攻讦和侮辱。"《儿子的心》《X街踟蹰》《祭辰》《故乡里》《苦恼的黄昏》《穷病》《浓雾》《尖刀》《绝命》《离异》《冲突》《一件小事》《踯躅》等，都是石军这一时期发表在《泰东日报》《青年翼》等刊物上的作品。

虽然石军早期的创作笔调稚嫩，小说架构简单，形象薄弱，但是并不像他所说的那样完全"沉迷于恋爱小说"。1927年，石军在《青年翼》上发表短篇小说《一件小事》，字里行间已经渗透出他对民众困苦生活的同情和苦闷。《一件小事》以"你们必以为我们为什么给外国人做工"的反问开头，讲述了一个皮匠为生计挣扎的故事。主人公辛勤劳作，却不能保证一家六口人吃饱肚子。于是，在尝试了各种工作之后，他觉得或许到外国人的矿上干活才能稍微改善一下生活。本以为家里六口人吃饱肚子是"一件小事"，到了矿上才发现，"每年里总不下几百名冤鬼压死、烧死或溺死在这深坑里"，但是根本没有人"注意这一点小事"。面对每天超长的工作时间和微薄的工资，工人们的反抗只能带来"几百凶猛的守备队，红着眼睛向我们扫射，应声而倒的便是那百余名洞胸、穿腹、折肢、碎脑的冤鬼"。吃饭问题在普通百姓心里是天大的事情，而在矿主和守备队那里，不过是一件小事，甚至包括上百名矿工的生死也不过是一件小事。由此可见，他在早期的作品中已经开始关注社会现实，并对现实问题有所诘问。

随着生活阅历的增长和创作经验的丰富，石军创作的社会认知逐步加深，批判精神不断强化。在《穷病》中，石军首先写到“我”突然听闻大哥病了的消息，顿时“心头乱跳”：“富家子弟患了病，便是天崩地碎、大加疗养，不是病院便是旅馆。我们呢？”随后“我”又自问自答地说道：“购付草药的钱，都得摇尾乞怜，别的还说什么？”买药的问题还没着落，“我”又开始发问：“哥哥的病倘若有关生死，家里的一切事务托给谁呢？”经过一串的忧虑，“我”的泪“伴着我的唏嘘冒出”，不由得感叹道：“这个年头，穷人连活都活不起呀！”

这篇小说创作之时，是石军生活境遇十分窘迫的时候。五年时间里，父母亲、兄长相继辞世，生活的苦难反而成为他创作的源泉。这一时期，石军的创作仍旧从日常生活入手，用质朴的语言反映底层百姓生活的苦难，字里行间透露着对底层百姓悲惨命运的同情，并在结尾处直接发出一连串带着伤感的反问，表达对现实生活的愤慨，同时，作品已经开始剖析造成苦难的社会缘由。

此后，以文学作品反映民生疾苦、揭露黑暗现实，成为石军最重要的创作方向。他将“把农村的土香土色原封不动地映现在我的小说里”作为自己的创作追求。他认为：“农民要有农民的意识，士大夫要有士大夫的意识，我爱由‘满洲’农村选取题材展开故事，写农民要离不了农民大众，写农村小说用大众语，是正当妥善、无足惊奇的。”

短篇小说《麦秋》的主人公老赵是个典型的中国农民。老赵的最大生活愿望就是赚点钱，娶个媳妇，生个儿子，到老了有人端水递药，死后有人上坟。为了实现这样的生活期盼，他走进城里以卖鱼为业，早起晚睡、冷风里叫卖，辛劳一天，到晚上却只能睡在几十个人一张铺的花店里，连住宿费都付不起。在“磕头拜把子”的兄弟周福发的劝说下，他心底重新燃起了对土地的希望：“人得指望地吃饭，指地吃饭顶牢棒。”“下乡下卖力气租点地儿种，又牢成又不惹气。”“要是在太平年间，真个的，十几垧地种着，绝饿不死人。”老赵决定回到乡下租地种田，期待麦收后改善生活。老赵娶妻成家后，决心以起早贪黑的劳作养家活口。始料未及的是，麦收过后的收入还抵不过欠下的租子。从这篇小说里，我们看到了石军对农民与土地关系的深刻解读。农民深深地眷恋土地、依赖土地，将全部的希望寄予土地，最终却对土地绝望。作品直面农民与土地间的悲欢离合、辛酸苦辣，深切同情农民被逼上绝境的痛楚，也直接揭示出农民破产的真正原因。虽然这一时期石军的创作进入到一个新的境界，但他仍旧对自己有所不满。在回顾这一时期创作时，他说："这期间的作品，极尽描绘社会的现实人物之功了，并未曾发挥作者的识见，支配领导人物冲开现实，走向真实理想的路上去。"

20世纪40年代，石军创作完成长篇小说《沃土》，共十二章，八万四千字。《沃土》以日本殖民统治下的东北社会为叙事背景，描摹了殖民者统治下虚伪、肮脏、充满欺骗的社会现实。小说的主人公是日本殖民统治笼罩下的青年人的缩影，他们一度认为可以和日本殖民统治者"友好相处"，可是接触下来才发现，这种相处是不平等的，没有灵魂的结合是不可能成为"朋友"的。在"国破家亡"的形势下，日本殖民统治者打造的"大东亚共荣"的假象，只是为了麻痹中国人的灵魂，一旦擦亮双眼，就会发现"大东亚共荣"下的黑暗、丑陋和卑鄙。《沃土》与石军其他作品的不同之处，在于不仅反映了社会现实问题，还指明了解决问题的方法——到农村去，守住我们的土地："与其屈服于祖先数世给传留的枷锁里坐以待毙，何如挣开这束缚人的枷锁，由低压的氛围脱逃，到有清风丽日的土地上，用天赋的热力，开辟这未垦的硗瘠的土地，让它成为肥田。"

不断丰富的创作实践让石军开始思索什么样的文学才是真正有用于人生、有利于社会的文学，怎样以文学作为为社会、为人生而奋斗的一种方式。《沃土》的创作标志着石军为改变现实状况而写作的意识开始觉醒、强化，充盈着反抗精神和战斗力。

二、创建响涛社　助推大连新文学浪潮

20世纪二三十年代，各种文学社团在东北兴起。1933年至1935年，组建文学社团成为大连的一种文艺时尚。据《长夜·曙光》记载，当时在《泰东日报》上出现过的文学社团就有55家。在这些社团中，有的源自排遣个人幽怨的诉求，有的源自附会文化时尚的心理，也不乏源自文学才俊的社会使命意识的。

1934年春，石军同大连青年作家吠影、波影、克曼、太原生、迷梦、鸢霓、岛魂、野藜、夷夫、渡沙、木风等组成文学社团，命名为“响涛社”。1934年1月22日，响涛社在《泰东日报》上发表《响涛社成立纪念号》。响涛社是第一个由大连本地作家组成的社团，其目的是：“走向集团之一路，同时还能获得相当的地盘，以发挥他们的文艺前程。”岛魂在纪念号的《写在纪念号之前》一文中宣称，响涛社“专以研究纯文艺为宗旨”。此后，《泰东日报》每星期四出《响涛》周刊，刊登的作品包括小说、诗歌、散文等，均由响涛社成员创作。据统计，《响涛》共在《泰东日报》出刊25期，后改名《水笑周刊》继续推出。《响涛》和《水笑周刊》共出版47期。同时，响涛社成员的作品还在《满洲报》《大同报》等报刊不断刊出。响涛社文学创作涌现出数量众多、为读者喜爱的作品，也有力地助推了大连地区新文化传播的兴起和高潮。

虽然响涛社号称“纯文艺”“天性”，但在创作实践中，他们却自觉将关注社会现实和民族现状作为创作重心。他们反对封建礼教，反对拜金主义。他们将目光投向现实民众生活的苦难，状写农村贫苦农民的悲惨命运和城市贫困人群的艰难处境，并且将笔锋直指造成这些苦难的黑暗背景，进而引发人们关于现实的思考，唤起民众的精神觉醒和民族意识。响涛社的作家们引领大连新文学创作进入关注现实、唤醒民众的新发展阶段。

正是在这样的发展进程中，石军的文学才华更充分地涌动激扬，文学创作更耀眼地崭露锋芒，创作水平进一步提升，为其后来的创作奠定了坚实的基础。这一时期，石军明确提出了自己的创作理念：“忠实地生活，正直地奋斗，爱那需要爱的，恨那摧残爱的，上帝只有一个，就是人类，为了他，我预备贡献出我的一切。”从这时开始，石军明确了自己的文学创作要关注现实人民生活苦难，揭露现实生活的黑暗。

小说《灾祸》从更广阔的层面上反映了社会的黑暗和现实农民生活的苦难。这篇小说构思巧妙，人物丰满，架构完整，故事发展张弛有度。《灾祸》以张地主与佃户的矛盾为主线，以张地主的两个儿子和一个女儿的婚姻爱情故事为副线，构成关于农村佃户“灾祸”的社会透视和生活交响，小说充满了革命性和战斗性。小说中的佃户先提出“减免地租”的要求与地主抗争，结果佃户被抓进警察署，其妻却告诉襁褓中的婴儿要像爹爹一样去追求新生活，要将抗争进行到底。佃户和妻儿的抗争只是局部的、小群体的抗争，最终以失败告终。最后，佃户们发现个人的力量是渺小无助的，只有团结起来才能灭亡“张地主”，消灭压迫。于是，愤怒的佃户团结起来向地主宣战：“你万恶具备的张家，你熄灭了吧！我们急需猛力推倒这劣绅土豪呀！”地主的豪华大院在熊熊的烈火中灰飞烟灭，却燃起了佃户们抗争的热情和战斗的决心。小说《灾祸》的发表，使石军的文学创作实现了质的飞跃。从最初的无助哀叹到指明冲破社会黑暗的路径，石军实现了用文学作品唤醒民众意识、激发反抗精神的文学初衷。

在大连新文学创作发展历程中，以石军等人为代表的响涛社文学创作，对大连的新文学发展发挥了独特的作用。欧阳愚夫在《妄评响涛作家》中谈道：“其地盘虽微小而卑陋，然而他们仍自强不息地向前迈进。”响涛社成立后，不断有新的创作力量加入进来，大批作家因响涛社而走进文学，显露才华，继而在整个东北文坛形成广泛的影响。石军、野藜、田兵等，都是从响涛社成长起来，并在东北沦陷时期的文学创作中占据重要位置的作家。

三、其他创作

石军是一位涉猎体裁比较广泛的作家。除了小说，他还创作了诗歌、散文、剧本等文学作品。

石军的诗歌作品产量不少，作家夷夫在《文泉及其作品》中认为，“他的诗同样没能担当起来更高的任务”，仅是“他感伤，颓废，甚至于绝望”的情绪表达。石军在《流浪者的歌》中这样写道：“躺在火炕上我想到了我的坟，我的坟会筑在荒漠的渤海之滨（因为在那里躺着我的母亲），已矣乎完了，贪什么生？结什么婚？再一个二十三年看：渤海之滨会添一座浪人的新坟。”

石军创作的戏剧作品不多。据作家夷夫在《文泉及其作品》中统计，石军共有《理发店中》《生命线上》《嫁娶》《除夕》四部剧作。石军在剧本创作中没有摆脱小说创作的模式，缺少起承转合的戏剧式结构，戏剧冲突不明显，人物性格不够鲜明。

石军的评论文章并不多，有《望风捕影说》《1935年满洲文坛之回顾》《关于文坛建设》等。其中《1935年满洲文坛之回顾》发表于1936年1月的《泰东日报》上。石军在文章中分五部分回顾和论述了1935年“满洲”的文艺刊物出版情况、文艺理论研究及作家情况、作品的发表情况等，并对“满洲”文坛做了期望。文章开篇即引用普列汉诺夫的话：“艺术说是单只表现人们的感情，这一点也是不正确的，艺术表现他们的感情，也表现他们的思想，不过不是抽象的而是假借活着的形象……这里所谓的‘活着的形象’自然是含有整个社会状态的成分的，所以在讨论满洲文坛以前，似乎这里的整个的社会背景有略检讨的必要。”其后，石军对文学创作所面临的社会情状进行了分析，认为“满洲”是个“涂抹上一层奇异的粉脂”的“特殊区域”，在这种“怪异”的政治氛围下，石军认为新文化运动宛若怒潮巨浪，将坐在“元帅椅子”上歌功颂德吟花赞月的文士们震醒。新文化精神使他们认识到：“文艺不仅是现实社会的热烈的直接的认识机关，还是文艺家对现实社会的一定的见解及最期望的态度之宣传机关，不是无病呻吟，不是为艺术而艺术，更不是迎合社会的低级的通俗的东西了。”这篇评论是我们清晰了解20世纪30年代东北文学思维更新、文学创作发展的重要参照。直面东北社会诉求与文学意识相互冲突的根本问题，正视“特殊区域”文学创作无民族、无国家、无理想的颓废状况，呼唤并践行为人生、为社会的创作理想，这无疑是在东北吹响了关注百姓生活、关注社会现实、关注民族命运的文学号角。

从“海岸微风”到“原野怒火”
——作家田兵

范译鹤

在大连近代文学创作发展历程中，田兵是一位不能被忽略的作家。田兵于“九一八”事变后开始尝试写作，他以踏实的笔法对20世纪三四十年代的大连以至东北广阔土地进行书写，并在漫长的被殖民统治与压迫下探索着文学表达的多种可能性。他用文字来感受粗粝的生存时空，将特殊的生活体验与精神内质代入文学，所展现出的独特的文学图景，为大连本土文学涂上了一抹浓郁的色彩。

一、田兵的创作道路

田兵，生于1913年，辽宁省大连市旅顺口人，毕业于旅顺高等公学校师范部，原名金纯斌，曾用名金汤，笔名黑梦白、金闪、田兵、吠影、易水、小槌、老马、半斤、蔚然、田岳。在这些笔名中，田兵是作者的主要笔名，用于1937年在长春《明明》、沈阳《文选》以及《新青年》等刊物上发表作品。笔名黑梦白，意思是在沦陷区的黑夜里梦见光明之意，此名在大连报刊上写短诗小文时用过；笔名金闪，取在黑夜中闪光之意，曾用此名在《泰东日报》副刊《开拓》上发表诗歌，并用此名与杨野一起油印诗集；笔名吠影、蔚然是在20世纪30年代为《泰东日报》副刊《开拓》写稿时使用的署名；笔名易水是由“汤”字拆开而成，是20世纪40年代在哈尔滨《知识》杂志上发表文章使用的署名；笔名小槌、老马、半斤是新中国成立后发表作品使用的署名。

田兵走上文坛绝非偶然，他是做了充足准备的。在1943年发表于《艺文志》第一卷第一期的《我与小说》中，田兵曾提到受到新文化运动的影响，他与同学阅读了许多文学类书籍，除了本土的文学作品，还阅读了大量的译著，特别是日本大正时期诸家的作品以及创造社、文学研究会、语丝社的书籍，此外还读些日译的、中译的俄国文学书籍及德国、法国的文学书籍等。

关于文学创作，田兵多次在文章中提到“要问我为什么走向了文学的途径，这里除说我的天性如此，也就是为了一句‘州内无文学’而走向了学习文学之途的”，可见田兵从事文学创作有着振兴“州内”文学的初衷。同时他还提到“我毕业的那一年春天，当了一名小学教员，学校是在大连郊外渔村小平岛，那里有充我眼的海的颜色，充我耳的海的声音，更有海藻的呼吸和鱼的哨叫，这些都促使我写了许多的诗”。大连特有的海洋风光充实了他的创作内容，所以在他的小说中经常会出现美丽的海滨风光描写，较好地烘托了作品氛围，起到了反衬人物心情和推动故事情节发展的作用，增强了作品的地域特性。最后，田兵是在东北著名作家夷夫的引领下走上文学之路的——“从命于夷夫的促使，而走进了学习小说之期”。

由此可知，田兵在新文化运动的推动下，经历了充分的准备后，带着极强的使命感与责任感走入文坛，开始尝试小说创作。他的作品一开始便选择了立足于现实，在日常生活中挖掘题材，写底层人民的无奈与苦难，写面对苦难时人民的坚韧与抗争。

1934年，田兵与石军等大连籍作家共同组建文学社团响涛社，将关注社会现实与民族现状作为主要创作倾向，引领了20世纪30年代大连现实主义文学作品的创作。加入响涛社后，田兵的创作迈上了新的台阶，作品在东北影响较大，主要作品有《T村的年暮》《教师的威风》《火油机》《赵甲长》《同车者》《麦村》等，散见于《泰东日报》《明明》《文选》《知识》等报纸杂志上。

二、田兵作品分析

田兵的创作分为两个时期：在大连的创作时期和在佳木斯的创作时期。大连的创作时期是田兵文学创作的早期，这一阶段田兵从大连生活的所见所闻中取材，将自己的日常生活“如次选择地搬进了小说里”，先后在《明明》上发表《T村的年暮》《教师的威风》《火油机》《阿了式》等作品。

田兵的早期作品体现出取材的广阔性与深刻性。他的作品以反映日常生活为主，但并不局限于他所熟悉的学校生活，而是将视野更多地投入乡土日常中，通过对百姓恒常生活的挖掘，赤裸裸地展示底层百姓所承受的压迫与苦难，充满了悲悯情怀。在田兵的早期作品中，以《T村的年暮》最为典型。

《T村的年暮》发表于1936年5月《明明》第一卷第五期，是田兵的第一篇作品。整个作品篇幅不长，架构也十分简单。作者用近乎白描的手法书写了生活在T村的人们从腊月二十二至腊月二十九这短短一周时间内过年关、扫尘、备年货等日常生活的林林总总。但是，与传统意义上“过大年”所应有的欢快喜庆的氛围不同，T村百姓的年关同那不停的“霏霏下着的雪”与“灰暗、寂静、沉闷、愁惨的天空一样”阴冷肃杀，如同盖上了一块铁板般的使人透不过气。伴随着异常压抑的氛围，田兵如同唠家常一般冷静地揭示着一切：罗锅老赵头因为交不起张三爷的地租，想杀自己家的猪抵债，被张三爷残酷地拒绝；扫尘的王大婶家因为欠了张三爷家的钱面临着被收地的危险；吴大嫂家自己种粮、打粮，辛苦劳作一年却吃不到粮；小年买年货讨吉利的村民们，拿着东挪西凑的钱到集市上，因为“蹦高长的物价”，只能买回一点洋油、一瓶兑水的烧酒、一把老旱烟、一包二色糖、二升粳米作为年货；在近年三十的午夜，老赵头因为砍了张三爷山林的树、私卖了自己家的猪、没还张三爷家的地租，被张三爷用私刑送到另一个地方“过年”。

在《T村的年暮》里，田兵用冷静的笔触叙述着生活中时时会发生的小事，这些村子里的事情既日常又琐碎，看似并无关联，却仿佛有一双无形的手在主宰着一切。那个像“秃尾巴狗似的”在雪白褥单上坐着，拿着富人乐的张三爷如同村子里的“土皇帝”，掌握着村里百姓们的生活与性命。他是那么的面目可憎，通过收租、卖“掺水的”酒等方式无耻地压榨着原本生活困苦的百姓，村子里的人自知不自知地被张三爷剥夺了财产与性命，这群被生活压榨得喘不过气来的人们仍然对新一年的生活充满“渺茫的温暖”的期盼与渴望。眼看着新的一年就要到来，也许心中期盼的美好也会一同到来，可是，老赵头却被送去了另一个地方“过年”。人们对张三爷的压榨悄悄地做着一些无力的抵抗，却不能从根本上改变什么，读者可以体味到在平静的叙述中隐藏着的浓浓哀情。每一家人的悲哀都从不同的角度渗透出当时社会制度下阶级压迫的可鄙可憎和民众自我麻醉的可悲可叹。

在经历了一段时间的尝试后，田兵发现生活变得枯燥，感觉到小说写作素材的缺乏，才想到写小说必须生活经验丰富。他认为，每日重复性的工作无法为他提供更为丰富的写作素材，导致他的小说创作进入了瓶颈期，他想去接触更广阔的生活，打开自己的写作视野，丰富自己的创作素材。

于是，田兵离开大连，到佳木斯生活和工作。在那片广袤的北国土地上，田兵每日"听到胡匪袭了堡子，烧了房子，打伤了，拉走了的消息，一年多都在这些声音中怀抱恐惧混在摇晃着不可思议的原野上的人们中间"。如果说，在大连的生活他看到的是底层百姓的苦难，那么到达佳木斯之后，他看到的就是整个国家的苦难。田兵的文学创作进入了第二个时期。

这一时期，田兵的创作依旧从底层百姓身上着力，所不同的是，田兵开始透过底层百姓的苦难生活映射国家的危难存亡，作品中渗透出更深层次的社会思考，更为理性、客观地审视和剖析社会现实，将百姓的苦难、国家民族的危亡展现出来，给予了作品警醒国民的使命和担当。这一时期，田兵的创作模式也有了全新的尝试：以局外人、旁观者的视角去观察、体验百姓的生活状态，理解他们的思维方式，同情他们的苦难，记录他们进行的反抗，展现他们所蕴藏着的旺盛生命力和战斗力。

在小说《同车者》（《文选》第一辑，1939年12月）中，田兵将目光投射到东北采金工人群体中，通过第一视角"我"坐大板车驶向矿山区的路途中的所见所闻，架构起一个错综复杂而深刻的故事：八月末的东北隅，秋高气爽、风景怡人，"丰厚的烟草叶子遮蔽着地，露不出一点地皮，却能看出在那饱浴着阳光的叶子中间，开着淡紫色的花"。但是，在这一片宁静的自然风光中，却埋藏着涌动的暗流。日本侵略者为更快更多地掠夺东北的黄金，增加了大量的采金船进行挖掘，在机械化作业中，大批的采金工人被遣散。就在运送遣散工人的大板车上，各种人群的丑恶嘴脸显露无遗。矿井兵企图通过拦截被遣散的采金工人"敲一笔竹杠"，发一笔横财；而就在矿井兵们骑在采金工人头上作威作福的时候，却不自知地被"太君"们压迫着……林林总总，被压缩在行驶的大板车这一有限的空间里，通过搭车者“我”的视角反映出来。开篇怡人的风景与车内令人窒息的空气、车内人表情的冷漠与内心积压的巨大愤怒形成鲜明的对比，作者通过这种对比的反差，制造了令人窒息的氛围，揭示了车内外隐藏的巨大的悲哀，底层百姓被统治阶级压迫的苦难、国家被外敌入侵的痛楚逐一呈现出来。

在小说《荒》（《文选》第二辑，1940年8月）中，田兵通过故事透彻地解析了当时社会环境下兵、匪与百姓之间的生存关系。作品中，百姓们认为匪患是他们生活的大危险，但是较之不知何时才会出现的土匪，庄兵才是他们生活的最直接威胁。作者通过塑造萧甲长、牌长洪大成、王星五、张凤岐等人物形象，打造了当时庄兵群体的一个群像。庄兵为谋取利益，对上谄媚奉承，对下残酷欺压。村子里的任何一个人、一块土地、一点有利可图之处都是庄兵升官发财的良机，甚至为了谋取利益，丢弃了最基本的一点人性，面对村民因修围子错过耕种期“地得荒、人得饿死”的困境，以及“都是一国人”“请示请示缓缓期”的哀求，没有丝毫同情，反而给冠上通匪的罪名。庄兵本应保卫一方平安，然而他们却如同蛀虫一般寄生在百姓身上，以剥削、压榨的方式一点一点侵蚀百姓的生活，是比战争和匪患更可怕的灾难。在作品中，作者用全景式的描写，去思考、去挖掘特殊时期民不聊生的真正根源。

在小说《鹑的故事》（《满洲作家小说集》，五星书林，1944年）中，作者以搬运工的口吻讲述了一个故事。小说的主人公在年幼时，“因为家景的关系，饭食不好，仅能吃一点苞谷麦饼”，因为没有力气，时常在外面受人欺负，因为弱小，时常被领头的大孩子欺辱，“得来的东西，好的他（搅毛）先吃，好用的也总得让他先装满了他那特大的筐子，才许可我们分劈”。在偶然的一天，他被面包房里的洋人叫去活剥鹌鹑，这种鲜血淋淋的、残忍的工作给主人公幼小的心灵造成了极大的伤害。在《鹑的故事》里，作家用象征主义的手法，以鹌鹑喻人，暗喻了在那个人吃人的社会现实中，弱肉强食，普通百姓就如同“被人钳落了羽毛的哀惨的鹑，小生命，小动物”一般被各种力量摧残。人性在黑暗的社会现实中显得那么无助和令人悲哀，为了生存，人只能去迫害更弱小的生命。没有人会关注生命的意义，人们变得麻木，完全不知道这样下去，只有死路一条。鹁是如此，人是如此，国家亦是如此。

广阔的北国土地给予田兵作品更丰富的题材与更深刻的思想内涵。这一时期，田兵的作品涉足了庄兵、土匪、甲长、船工等寻常很少被关注的领域，作品具有浓郁的东北乡土气息与民俗风情。这一时期是田兵创作的高产期，他创作了《赵甲长》《沙金夫》《麦村》《柳河一带》《同车者》《荒》《江上之秋》《王海廷》等作品。

三、田兵小说的艺术特征

在十余年的小说创作中，田兵始终带着发扬“州内文学”的初心和责任感去写作，并坚持在生活中提取写作素材，将丰厚的生活体验贯穿始终。在田兵的作品中，人们可以看到在东北这片厚重的土地上普通百姓的生活图景，看到他们在贫穷中挣扎，在苦难中抗争，在绝望中发现希望，在黑暗中寻找光亮。其作品的广度与深度，蕴含在作品中的精神内质，使田兵的作品拥有了独特的艺术特征。

首先，田兵的作品中蕴藏着对家乡和土地的极度热爱，并且将这种情感通过直抒胸臆的手法表现出来。这样的写作手法使田兵同许多东北作家和20世纪三四十年代的左翼作家有很大区别。同样是面对家乡的苦难与落后，东北作家萧军在作品《第三代》中也曾为之控诉、为其流泪，但最终选择逃离——历经种种苦难的翠屏和汪大辫子沿着铁路的方向，到大城市去，到长春去，到光明的地方去，以寻找属于他们的“黄金地”。在女作家萧红笔下，纵使她的《商市街》有再多值得怀恋的故事、值得留恋的情感，却最终仍选择告别。纵使是“反抗绝望”的鲁迅，在写到《故乡》时，虽然对故乡怀有无限情感，却依然认为希望“是无所谓有，也无所谓无”的，他乘着顺流而下的乌篷船，即使不舍，也要离开。由此可知，在许多作家看来，他们与故乡的土地是保有一定距离的，故乡虽然一直存在，却只能远观而不能近触，他们或是带着充满现代性的眼光审视乡土乡情，带着些许高傲的批判色彩写它的落后与贫穷，或是以“侨寓者”的身份怀恋土地，于是这片并不完美的土地又瞬间变成了田园牧歌，宁静而安详。田兵的作品打破了作家与乡土之间的距离，他将自己根植于这片土地。对故乡、对乡土的深沉情感使他如同一棵树，深深地扎根于熟悉的土地。因此，在田兵的作品中，既没有知识分子高高在上的民主、科学的口号，也没有田园牧歌式的美丽幻象，他只是本本分分地对他所见进行书写。

田兵的作品惯用电影分镜头式的描写手法去叙述一个又一个场面，并通过场面描写刻画人物性格，分析人物内心活动和思想情感，以达到抒发情感、表达态度、升华作品内涵的目的。在《T村的年暮》里，以T村百姓年前扫尘的场面作为大背景，通过张家长李家短的对话透露出惨淡的年景。在《荒》里用了两个场面描写，刻画了称霸一方的小官员萧甲长的丑陋嘴脸。在《鹑的故事》中，通过描写“我”在年幼时候被迫在洋人开的面包房里把鹌鹑一只一只亲手杀死的场面，升华了对弱小生命的同情与对自己命运的无助感。田兵正是这样用客观的描写方式去书写熟悉的事物，使作品脱离了陌生化的状态，并在翔实的描写中向纵深挖掘，探究产生悲剧的根源，使作品具有深刻的精神内涵与独特风貌。

其次，田兵的作品在语言上具有地方色彩。语言作为小说创作最基本的要素，不仅是作者创作风格的一种体现，同时也是作品精神内涵的外化表现。在田兵的作品中，时常会出现带有东北特色的地方性语言，使作品充满了浓郁的地域文化色彩。例如，在《T村的年暮》里，写老赵头坠到“枣刺窝儿”里的心；在《荒》中，萧甲长领着“老白呆”在修筑着国道；在《同车者》中，车上的士兵们说着“赶紧”下来，去做见不得光的勾当，等等。这种充满东北地域特色口语化的表达方式不仅拉近了作品与读者之间的距离，也展现了作家对故乡的真挚情感。符合人物身份的语言运用，使人物形象生动鲜活，与小说环境充分契合，丰富了小说的地域文化风韵。

同时，田兵十分善于应用环境对比来烘托气氛、表达思想情感。在小说《同车者》中，作者开篇就描写了八月末东北的自然风光：“天空蓝得神秘，几朵微移的白云，好像舞衫的襟角下垂着的白鹅绒球”，“丰厚的烟草叶子遮蔽着地，露不出一点地皮，却能看出那饱浴着阳光的叶子中间，开着淡紫色的花”，一片悠闲、自在、美好的风光。然而，在这美丽的秋天里，开往矿山的大板车上的人们却陷在令人窒息的氛围里，车内车外形成鲜明对比，较好地渲染了故事发生的环境气氛。在小说《荒》中，王老五被迫选择自杀，自杀前，文中出现这样的环境描写，“追望起这若大的原野，黑色的沃土，在暖洋洋的天空下，除了甲长与牌长的麦地围着附近一带，整齐成行地时时飘着叶波，威胁着以外的地，以外的地都满着茂蓬蓬的节骨草、狼子叶、鸭儿食、老牛错……麦苗与豆苗都被它压倒了根底，瘦黄的，明显的是滋养都给蒿草夺去，阳光和地热都被草给遮蔽了”，更加衬托了王老五之死的悲剧性。应该说，在田兵的作品中，环境描写占有很大分量，他不吝惜用美好的词汇去反复书写这片土地上的一草一木，将乡村农民悲剧的命运、愤懑沉郁的情感化为诗意的抒情。作者通过环境描写来表达自己情感的同时，将自己对这片土地的热爱灌注其中，用眼中所见的美好景象去反衬底层人物的生存与挣扎。

最后，田兵的作品在叙述上客观质朴。田兵擅长以上帝视角进行旁观，用冷静客观的笔法进行叙述。在作品《T村的年暮》中，田兵这样叙述老赵头的死亡：“自从被庄丁唤去以后，尽管儿子和媳妇把预备好的酒和菜、煮好的迎年饺子都摆在炕桌上，可是他一直在这大年的夜里，彻夜没有回家。儿子冒着盖头打脸的霏霏的雪，掉了魂似的到处打听，好不容易求得周庄丁相好的老狗子花王太太，到张庄丁相好的小白鞋家，把正在打着牌的二位庄丁找着了。从周庄丁愤怒的语言里，才知道是因为砍了张三爷山林的树和所杀的猪没盖紫印就私卖了，此外，更重要的是，没还张三爷的地租和放在三爷那儿那份组合的督促书。这些都是天大的事，已坐了三爷的专用汽车，送到另一个地方‘过年’去了。”田兵对老赵头的死并没有过度渲染，没有抒情，没有呼喊号叫，只是原原本本地、客观地书写人物结局，不动声色是更为凄惨的悲凉。即使是以第一人称视角创作的作品，作品中的“我”也往往是个冷静的旁观者和叙述者，冷静的叙述与残酷的现实形成了一种强烈的反差，提升了作品的内在张力。

田兵将那个时代百姓的痛苦、社会的不安和国家的动荡融入文字，将苦难挣扎的人生百态呈现在作品中，尽管文字朴实，叙述直白，却怀着巨大的家国责任。田兵的文字为黑暗里彷徨的人们吹响号角，拥有着震撼人心的力量。

在现实与童话间游走　以笔墨状写人生百态
——作家杨慈灯

王长丽

杨慈灯（1915—1995），原名杨小先，祖籍山东，20世纪20年代全家闯关东来到大连。20世纪30年代，杨慈灯在大连开始小说创作，逐渐成长为一位大连文坛乃至东北文坛的著名作家。曾用笔名有杨剑赤、杨上尉、赤灯、慈灯、思曾等。他的作品以小说和童话为主，还有部分杂文、诗歌和散文等。作品主要发表在《泰东日报》《关东日报》《民主青年》《滨江日报》《盛京时报》《大同报》《麒麟》等在东北发行的报刊上，有的结集出版。

近年来，随着学者们对伪满洲国时期文学资料的整理和研究，杨慈灯的文学作品逐渐被发掘、整理，杨慈灯的文学成就逐渐被认识，对杨慈灯作品的研究也逐渐进入了大众视野。《东北现代文学大系（1919—1949）》收录了他的长篇小说《入伍》和短篇小说《劫》。由刘晓丽主编的《伪满时期文学资料整理与研究》丛书中，杨慈灯作为重要作者被评述，其作品单独成卷。

杨慈灯的家人历时多年收集整理其作品，于2015年7月出版《杨慈灯文集》（上、中、下）三卷本，共二百四十万字，其后又继续查找补充相关作品，于2021年1月出版了《新编杨慈灯文集》（1—5）五卷本。

一、出身贫寒　经历丰富

杨慈灯出生于胶东平原的一个小村庄，家中兄弟姐妹四人，父亲是雕花木匠，靠挑担沿街找活维持全家六口人的生活。虽然生活辛苦，但父亲还是把他和弟弟送到镇里学堂读书。后因军阀混战、连年灾害，家中无力支付学费，杨慈灯放弃学业，到当地寺庙打杂。他手脚勤快，字写得好，闲时就帮助住持抄写经文，并学习武术。慈灯这个名字是庙里住持所起，意为习武之人要有“待人慈悲，心明如灯”的品格。

20世纪20年代中期，全家人闯关东到大连，大连成为杨慈灯的第二故乡。他先后在小旅店和书局做过伙计，还给富绅当过侍从。他勤快、善良、好学，得到好心人的资助读完中学，后进入伪满军官学校学习，毕业后留校做了教官。

在大连求学期间，他在《泰东日报》发表了第一篇作品，就是1931年11月30日《泰东日报》文艺副刊上署名“小先”的散文《破碎了的心》。此后，他陆续在《泰东日报》发表了《桥洞下的哀怨》《熟悉的名字》《孩子们》《搬家》《人心》《天才的鬻卖》等短篇小说，收获了不少读者。1932年9月30日《泰东日报》发表殿元的文章《对过去四十九期文艺作者杂评》，对杨小先、黄旭、镜海、世浚等人的各类作品做了简要的评介，文中说“小先是第一个投稿者，同时也是第一个博得好评的作者，他的《天才的鬻卖》，谁也不能说他不好”，“不论在技巧与用意，都是一篇比较成功的作品”，“这篇文章有一股默然的力量给予我们”。可见，杨慈灯的文学才华已经得到了认可，在大连文坛初露头角。

20世纪30年代后期，他以慈灯为笔名，继续在《泰东日报》上发表作品，开办《慈灯短篇集》《慈灯童话集》等专栏，每周刊发一篇作品。这一时期是他创作的多产期，创作了大量的小说、童话、散文、诗歌、杂文等，《中国沦陷区文学大系·史料卷》介绍他“是30年代中期起东北沦陷区创作量最高的小说家之一，总量不下于500万言”。

太平洋战争爆发后，慈灯离开伪满军官学校，辗转于东北各地，以写作为生。这一时期的作品多发表在新京（今长春）的《大同报》《麒麟》、哈尔滨的《滨江日报》等报刊上，慈灯的创作进入了东北文学创作的视野。

辗转到达北平后，慈灯开始接触到中共地下党，并坚定了跟党走的决心。在组织的安排下，他参与创办《平津晚报》，因发表红色文章，报纸被国民党当局查封。慈灯化名为夏园，与国民党特务周旋，此后他一直沿用此名，他的后人也一直以“夏”为姓。1946年2月，杨慈灯又拿出自己的家当与几个进步青年创办《鲁迅晚报》，发表毛泽东的《论联合政府》和《论人民民主专政》，刊登郭沫若、何其芳、丁玲等进步作家的文章，报纸只出版了一个月就被迫停刊。慈灯在组织的安排下，进入解放区华北联合大学学习兼做教师，后到晋察冀行政督察专员公署任秘书。抗战后期，慈灯开始关注苏联文学，读了大量的苏联文学作品，并酝酿写作一部中国人的《静静的顿河》。到解放区后，他将这一想法倾注到长篇小说《辽东半岛的春天》的创作中，创作一直持续到1960年年初，已完成书稿500余万字，“文革”期间，他将手稿焚毁。

北平解放后，慈灯进入中央机关工作。出于对文学创作的热爱，他要求调入文化部门，遂进入北京电影局剧本创作室，继续从事文学创作。1958年，在对知识分子思想整合的运动中，慈灯全家被下放到贵州，他进入贵州省群众艺术馆，做少数民族文化收集整理工作，这期间他采集编写了红军在贵州的史料和故事等文章，被收录在1984年出版的《红军在贵州的故事》一书里。

“文革”结束落实政策后，慈灯回到贵阳。1995年杨慈灯在北京去世。

二、创作源自生活　思想深邃而深远

丰富的生活和工作经历给予杨慈灯创作更深厚的内容。他以深刻反思与批判的态度将自己的所思所感付诸笔端。透过他的文字，我们看到了伪满军队的专制、黑暗与腐败，看到了社会的动荡和百姓生活的艰难，感受到了作者深厚的家国情怀。

1. 揭露伪满军队的腐朽，点燃民族解放的星星之火。

军旅题材小说的创作在杨慈灯的文学创作中成就最高，有文章评论“对旧军队生活进行集中而深入开掘的，当推东北作家杨慈灯”。杨慈灯有在伪满军队学习、工作的经历，他以此为素材，以第一人称的独特视角和犀利的文笔，写作了长篇小说《入伍》和《老总短篇集》等，对伪满军队的精神面貌和思想状态进行形象的描绘和真实的反映，从而深刻剖析东北之所以沦陷到日本侵略者手中、百姓生活悲苦重重的最根本原因。

短篇小说《赴任》中，写“我”得到在连长身边当差的机会，引起大家猜测，以为有门路，因而对“我”极尽讨好之事。恰恰是“我”的独特地位，使

“我”目睹了伪满军队的各种腐败、堕落与颓废。读者可以在“我”的视角后边，窥视到在这样的军队控制下，百姓的生活将是如何苦不堪言。《灰色的群》的主人公是给“总头目”当差的刘副官，“从打扫屋子、提痰桶、端茶、盛饭的职务慢慢地升做副官”，后来，“就老实不客气，在人民的头上装起祖宗来了”。实际上，伪满军队里有很多的“刘副官”，他们可恨又可怜，他们大多来自贫苦人家，不知道为谁而战，却麻木地充当了战争中杀人的机器，同时他们又是战争的炮灰。许多人厌倦打仗，却无力自拔，只有在欺压百姓中获得一点内心的满足。

长篇小说《入伍》，以“我”为主人公，详细叙述了“我”自入伍以来，以及在连长身边当差的全部生活经历和所见所闻，多侧面记录了伪满军队官兵的生活和精神状态。老总们的生活颓废而无聊，连长、司务长和姜连副等当官的沆瀣一气、中饱私囊，只管自己升官发财，不管士兵死活。连长克扣军饷，抽大烟，娶姨太太，貌似权威，却被太太戴了绿帽子；司务长利用职权，刮士兵油水，讨好上司；姜连副不学无术，训练中敷衍塞责，唯连长马首是瞻。作者还描写了在这样一个社会中一些洁身自好或值得同情的人物：有故事的老号兵，因偷拿饭菜给老婆孩子被打军棍的陈泽升，受欺侮的连长的姨太太及其家人等。这些林林总总的形象和事件构成了一个光怪陆离的世界，让读者看到了战争中暴行与人性的并存与纠葛。

从杨慈灯的军旅小说中，我们可以看到，在殖民统治下被侵略者一手操控的伪满军队是怎样的腐朽和堕落，精神上的浑浑噩噩和生活上的醉生梦死是这个群体普遍的生存状态。《入伍》中写到伪满军人对生存状态是有疑惑的：“打仗是打谁呢？打自己，中国人打中国人，不打敌人，这算怎么回事？”然而他们无法找到这种疑惑的答案。

杨慈灯的军旅题材小说也不乏对生活有向往和追求、思想上逐渐觉醒的人物形象。例如，《入伍》中的“师爷”就是一位对伪满政权深恶痛绝的爱国者。他说：有一些中国人真就不爱中国，不爱也不要紧，还要出卖中国，把中国卖给洋鬼子，你看我们现在这个国家弄成什么样子？好好的东三省叫人家占了去，成立这么一个不三不四的政府，说牛不是牛，说马不是马，当官的没有权，说了不算数，一举一动要看洋鬼子的脸色，完全是些活牌位，他们自己一点儿也不知道害羞。呸！这些混蛋王八羔子，我将来有权那一天，决不轻饶那些汉奸头子。还有乐于助人、正直的“包文正”，儒雅好学的“营长”，以及渴望过平民生活的“张安”等，这些人物与浑浑噩噩的伪满军人形象不同，他们保持了一种清醒的姿态，有不愿为亡国奴的思想，有奋起抗争的觉悟，这些人物是杨慈灯军旅小说中有希望的一群人，这群人心中的星星之火，必然燃成气壮山河的熊熊烈火，燃尽腐败堕落的伪满军队，燃起中国抵抗侵略、民族觉醒的希望。

2. 描述底层百姓苦难生活，直击社会苦难的根源。

杨慈灯初到大连期间做过旅店和书局伙计等。这种最底层的生活经历，让他更多地接触和了解了社会各阶层人群，看到了更多生活中的苦难和不幸。贫困、饥饿，对生活不敢抱有一丝奢望，是普通百姓普遍的生存状态，这些都成为他日后文学创作的丰厚素材。

如《月饼》，讲述了中秋节前夕一户穷苦人家围绕买月饼而发生的故事。父亲去买米，他希望孩子们能吃上月饼，虽然母亲没同意，但他还是扣除了一点米钱，为孩子们买了块月饼。但母亲被生活所迫，执意让父亲将月饼送回去。最终妹妹被母亲打发去送回月饼，而在送月饼的途中，妹妹却被恶狗咬伤，月饼也被狗抢走。生活的苦难导致一块月饼的悲剧，而一块月饼则酿成这个家庭更深重的苦难。

《粉红色的袜子》中讲到老人的儿子死了，老人每天要去集市上卖柴，养活老婆、儿媳及两个孙女。他辛苦攒下的房租莫名地少了几块钱，而这时孙女的脚上却穿了一双粉红色的新袜子。老人对孙女由抱怨发展到愤怒，可是他并不知道这个孙女才是这一家人生活的维持者。

这些父亲、母亲、老头子等符号化人物，构成底层社会的群体人物形象，他们为活着而艰难地熬着。在杨慈灯的小说里大多采取平铺直叙的方式叙述底层百姓的生活状态，似乎在讲故事，然而透过每一个人物的悲剧，作者表达着对现实社会的强烈不满和对被奴役、被压迫的劳苦大众的深切同情。每一个故事都充满着对殖民侵略的控诉，对黑暗社会制度和日伪残酷压榨的深深痛恨。

3. 描写有追求有理想的年轻人生活状态，展现寻求个人自由和民族解放的希望。

杨慈灯还有一些作品的主人公是有理想有志气的年轻人，他们不甘沉沦、一心求学，在寻求真理的道路上艰难跋涉，如《读书的故事》《夜学校》《包杂货的纸》等。

《包杂货的纸》写了这样一个故事：一个爱好写作的青年人，在贫病交加的生活状态下依然没有放弃写作。他花费近一年的时间写了一篇很长的东西，因病倒不能出门，托隔壁老王头邮出去。谁知馋酒又没钱的老王头将邮资买了酒喝，字纸送给了杂货店，做了包装纸，散失殆尽，青年人最后只拿回仅存的一点点字纸。文章通过对几个人物的叙述，反映了当时的社会百态。老王头的醉生梦死，今朝有酒今朝醉，像极了当时社会状态下大多数人的生存状态。青年人在困顿中挣扎，虽然有老王头的不讲道义、杂货店老板娘的不屑，虽然辛苦创作的稿子只剩下一点点，但是这一点点就是希望，总有一天他会把这篇长长的稿子补齐，亲自出门邮寄。小学生因为看到包装纸上有字视若珍宝地拿走描写，总有一天他也会写这些字，读懂这些字纸。整个故事让读者在灰暗中看到了希望。

作者充分认识到青年人是国家的未来，他们的进步是国家崛起的希望。这种类型的小说创作，旨在启迪青年知识分子，不要甘于被奴役，哪怕困难重重也要勇敢地追求知识和真理，只有这样才能创造新的生活，才能为国家创造新的未来。正如小说《晨》中这样写道："朦胧的清晨，寒风像刀子一样，在灰色的大地上，像蚂蚁似的不间断地滚动着，发出乱杂杂的沉闷的强硬的声音的是什么呢？是创造世界上的过去、现在以及未来的人民！我们是随着这些人在一条路上奔跑……"

4. 表达理想的童话作品。

杨慈灯还创作了许多童话作品。20世纪40年代出版的《东北文学》第一卷中陶君发表《东北童话十四年》一文，对杨慈灯的童话有着较高的评价，认为"写童话最多的作者，是慈灯。慈灯之在东北，恰如沈从文之在南方"。

他的童话作品主要有童话集《童话之夜》《月宫里的风波》等。杨慈灯的童话寓意深刻，充满讽刺意味，常常以动物世界和仙界作为叙事环境，看似是对动物幻想中的理想世界的描述和对动物悲惨命运的哀叹，实则是影射人间的生活百态。

如《金丝鸟的幻想》中，讲述了一只住在精致的鸟笼里的金丝鸟厌倦了笼中的生活，想要飞出笼子，却没有采取任何实际行动，只是在那里叫嚷着“苦闷”。作者以笼中鸟口吻，表达了想自由高飞的愿望，但幻想终归是幻想，金丝鸟无法脱离牢笼。就算有一天金丝鸟挣脱了牢笼，飞出去的生活会是怎么样呢？养尊处优的日子过习惯了，它能承受外面的狂风暴雨吗？笼中的金丝鸟被娇贵地饲养着感到苦闷，与那些无病呻吟的贵小姐贵少爷有什么区别？看看为了吃饱肚子而早出晚归奔波的人们吧，他们哪有时间苦闷！

作者写作这类童话故事，自有深意。在殖民统治下的伪满洲国，想要自由表达是一种奢望，作者只有采取一种隐晦的方式，借对自然现象和动植物的描述，依托梦境或幻想中的世界来抨击黑暗的世界，表达心中的情感。可以说，童话中的世界，映射的是人间万象，动物界的生存状态，就是贫苦百姓生活的真实写照！所以有观点认为杨慈灯的童话并不是给儿童看的，而是给成人看的，因为在他的童话里我们可以看到深刻的社会、复杂的人性，可以看到奋发的希望、坚毅的信仰。犹如他在童话《一滴死寂的溪水》中写道：“我们溪流生命的伟大就在于这样坚定不拔的前进，信仰和勇敢实践的力量，我们有忍耐艰苦的性格，有征服一切障碍的决心，所以我们的前途是伟大的，光明的，无限的……”

三、作品时代性强　叙事风格独特

杨慈灯的作品有着鲜明的时代性和地域性，叙事以场景描写和对话居多，象征手法运用娴熟，在语言风格及修辞手法上独具匠心，呈现出较高的艺术成就。

1. 失去家园的沉痛和民族意识的觉醒，成为杨慈灯作品的底色。

20世纪初，大连成为日本侵略者的租借地，1931年“九一八”事变后，东北也陷入日本殖民统治之下，侵略者不仅实行经济压榨，还实行文化奴役，企图在精神上泯灭中国人的民族意识，扼杀中华文化。东北作家都采取隐晦曲折的手法和日本侵略者进行艰苦卓绝的斗争。杨慈灯这时期的创作，也呈现出鲜明的时代印记，那就是深重的忧患意识和强烈的家国情怀。《入伍》中描述的伪满军队，受日本侵略者控制，他们不明白为什么打仗、为谁打仗，是浑浑噩噩、腐朽、堕落的一群。在一次战斗后，“我”从一个青年农民的口中知道了很多，也开始了新的思考。青年农民用“赞美”敌人的迂回的说法来比较好坏：敌人的连长，走着坐着看书，我们的连长是随时随地抽大烟；敌人的弟兄不拿老百姓的东西，也不打人，我们的弟兄盗窃，劫掠，打人，且伤害人民的性命，相比之下，民心向背不言而喻。而伪满洲国的百姓们更是生活艰难，姐姐为一捧米就不顾脸面，我为一块钱学费躲着先生，中秋节时菊月家没有钱买月饼，小职员预支薪水给母亲看病要看上司的脸色。杨慈灯通过这些事件和人物的描述，将家乡沦陷的沉痛和小人物的辛酸、悲苦与无奈生动鲜明地体现出来，其反帝爱国的情感溢于言表。杨慈灯的作品脱胎于那个独特的时代，具有很高的文本价值。正如《东北现代文学大系（1919—1949）》评价，“《入伍》对五四以来长篇小说的题材做了新的开拓，在东北新文学史上独树一帜”，“对他创作情况的研究，对伪满洲国市民生活、军旅文学、童话写作、报刊媒体、殖民者与殖民地作家关系等方面都有重要意义”。

2. 叙事表达上注重场景和人物言行描写，以象征手法表达深刻寓意。

杨慈灯小说的叙事风格以场景式描写和对话性叙述居多，虽然简单直接，但作者对细节的刻画、对人物言行举止的描述非常生动，这让很多作品摆脱了平铺直叙的呆板，变得细腻、生动起来。

看《谢罪》中的描述：（刘班长）怒气冲冲地叉着腰跨着门坎，狠狠地咬着嘴唇。别的班的弟兄，都吃饱喝足在街里闲绕，而刘班长还没有看见饭的影子，连做饭的动静还没听见。于是，他吩咐兄弟们自己动手包饺子吃，杀猪、宰鸡，一时间闹得鸡飞狗跳。屋子的主人告到连长处，连长才知道刘班长他们闯了大祸。连长的鼻子变了形状，他不知说什么话好。“都给我滚出来！”连长一进院就吼起来。刘班长吓了一跳，赶紧飞出来，给连长举手敬礼。

对刘班长行为举止的细致捕捉，有极强的画面感，让平白直叙的文字瞬间变得活泼起来，使刘班长这一形象有了生命力。

一些作品中象征和想象手法的运用，是作者情感的隐晦表达，也让读者心生联想。

中篇小说《年轻人》中写道："他苦闷地呼吸着，肚子里装满了寂寞的毒气，他觉着烦恼得要命，打开一扇窗打算放走这满屋子有毒的寂寞的空气，没有想到，外面的寂寞的空气比屋子里还多，很快地袭进屋子来，把屋子塞得几乎要破裂了！"

毒气象征着黑暗的现实，作者身处其中，感到压抑和沉重，然而黑暗的现实无处不在，逼得人快要炸开，撑得屋子快要破裂了。作者运用这样的象征和想象，表达了面对黑暗的社会现实无法挣脱、无处可逃的恐惧。

童话《金丝鸟的幻想》中，金丝鸟眼中的木星是这样的："她在路上碰见四只狐狸，都是蓝色的皮毛，态度庄严，温和，都拿着书，一面走一面热心地读。""有个老年的健康白鸽安安静静地坐在池边的石凳上，两手捧着书本，戴一副非常小的眼镜，从书页里稍稍地一抬头看看金丝鸟，向她招招手。"

在木星上，有金的树、银的果实和真理的书，没有刀或剑，大家自由地生活着，愉快地唱歌，快乐地跳舞，随心所欲地工作。在想象中构建的祥和安宁的世界，让金丝鸟的内心平静，与现实中金丝鸟的处境形成鲜明的对比，让金丝鸟挣脱牢笼的愿望变得更加强烈。

3. 作者对语言词汇及修辞手法的运用，显示出细致的观察力和较好的语言功力。

杨慈灯的创作中，比喻和拟物的手法运用得非常娴熟。

《战友》中有这样的描写："黄昏张开两翼，从渺远的远方飞来，在半空撒下灰黑的丝网。天空罩上朦胧，山变成了黑色，只有西方的半空没有被网套着，还映着一片浅的金黄色的云霞，把冻冷的河流照得放光。但是黄昏的眼睛很活，它马上看出它的网没有遮牢，还留有一些空隙，于是赶紧把它的网向西面扯扯，那一片最后留着舍不得离开人间的云霞的半个面孔，在灰黑的网后面淹灭了！"优美的语言赋予了黄昏生命，将黄昏的景色描写得细腻入微，起到了较好的借景抒情的作用，将作者的情绪表达到了极致。

作者还擅于抓住人物个性特征刻画人物。他笔下的知识分子形象，都质朴可爱。《老李》中的老李是个小学教师，有老婆和四个孩子要养，生活不易，但老李依然乐观，乐此不疲地坚持自己的写作，时常指导“我”写作，并经常同孩子们在一起嬉戏、玩耍。只有这些介绍，我们不会对老李有更深的印象。而作者又写道：“脑袋稍微有点扁，脸盘子整个的像一个晒干的水瓢，从那一双炯炯的细小的三角眼中间，突出一个高高的紫红色的鼻子，厚嘴唇，不整齐的大牙，两只耳朵又宽又大，躬着腰，不整洁的短褂裂开，露出消瘦的胸膛，笑起来就如驴在半夜里大叫——这就是老李的相片。”

这样的描写，让一个活生生的老李的形象浮现在你脑海中，令人叫绝。还有《郑先生和他妻》中对郑先生的描写：“胖胖的四方脸，有点像西洋人的鼻子，一看见我们就笑，他最喜欢把手放在学生的秃头上抚摸。他怀里总是抱一包东西，瓶子罐子、白菜大葱、萝卜以至于花盆和其他各种器具，摆在讲台上叫我们照样画。”这种白描手法与细节刻画相结合的描写，将一个憨厚、尽职的老师形象呈现在我们面前。

杨慈灯的文学创作高峰期主要集中于东北沦陷时期。在那个黑暗的时期里，杨慈灯的笔尖总是关注社会上穷苦弱小的群体，每一个讲述都源自他所见的生活现实，字里行间处处浸染着伪满统治下穷苦百姓的血泪，处处渗透着对黑暗现实的反抗，让读者从文字背后的心酸和苦难中警醒。

为时代谋出路 为青年觅良方
—— 作家汪楚翘

关婷元

汪楚翘（生卒年不详），安徽人。1915年毕业于安徽省立第一中学，后就读于北京军需学校。1923年左右来到大连，先在《泰东日报》任副刊编辑，后到傅立鱼创办的中文月刊《新文化》（《青年翼》）任主编。主持《新文化》编辑事务，“以一人之力，独总《新文化》编辑事务，兢兢业业，始终不懈，终使《新文化》之内容逐渐改善，当时名人学士，无不交口称道，亦足多矣”。除编辑工作外，汪楚翘还乐于参与社会公益事业，曾不收报酬地在大连中华青年会昼夜学部义务教授国文。

受新文化运动影响，他在《新文化》上发表了多篇分析中国传统思想文化利弊、宣传新文化、主张进行思想文化革命的政论文章，主要有《文化运动之根本方法》《我给文化运动者一颗定心丸》《大连劳动界》《中国的林肯》等。他虽然客居大连时间较短，却因为主编《新文化》和积极创作发挥了用文学作品呼唤青年人觉醒、激励人们向丑恶的现实社会进行斗争的重要作用，成为大连地区新文化活动的重要人物和大连现代小说创作的开拓者。他的主要文学作品有《妈妈》《忏悔》《秋节》《恶果》等，另外还发表了独幕剧《到幸福之路》、时事评论《中国古代的贞操和恋爱问题思考》等。其代表作中篇小说《恶果》（连载于《新文化》第二卷第五号、第二卷第六号和周年纪念号）和短篇小说《忏悔》（发表于《新文化》第二卷第三号），是大连和辽宁地区最早出现的、有着鲜明的五四文学革命印记的现代小说作品。据《青年翼》第三卷第十二号（1924年12月）刊载的《送汪楚翘南归序》一文推断，他可能是在1924年的11月离连南归，至此结束了在连期间的文艺创作。

汪楚翘的小说作品以青年题材见长，围绕着青年群体的生存、成长及面临的困惑展开故事，反映了黑暗统治时期社会生活中青年人的突出问题，通过文学创作的方式解答了关于青年与社会的关系，解读了青年的人生观、恋爱观、责任感等方面的时代议题。这里主要以其两部代表作《忏悔》和《恶果》为例分析、阐释其写作特点和创作主题。从“忏悔”“恶果”这两个小说标题便不难看出作者对社会问题的自省、质疑和对时代所生“恶果”的批判意识。《忏悔》讲述了一个关于普通青年木匠因目睹了另一个人惨遭恶势力毒打之后，被吓住了神魂，终日“若行尸走肉”，失去生命的活力，却突发魔怔地开始控诉社会、检讨自身的魔幻故事。青年木匠对“虚伪欺诈残虐的社会”的控诉呼唤着人们的觉醒。《恶果》讲述了一个青年人恋爱、结婚后外出求学，因自身内心的不坚定和外面世界的诱惑，逐渐背叛爱情、背弃信念、背离人性，一步步陷入恶的深渊的过程，充分展现了人性的复杂，在爱与恨的扭曲中，背叛与懊悔的交织里，男主迷失沉沦终结恶果，与此相对的，也反映了传统封建家庭对女性的禁锢、残害和成长中的新女性的婚恋观。其描写的在新思潮影响下追求自由婚姻的青年男女，试图摆脱“门当户对”恋爱旧俗，但最终仍被封建恶势力吞噬的悲剧，具有强烈的反封建的社会意义。这两部小说均聚焦当时的社会矛盾，在宣传新思想、新文化方面发挥了重要作用。

一、《忏悔》的写作风格与人物设计

汪楚翘的语言风格清丽自然、生动活泼，其笔下的时代虽然陈旧、灰暗，充满腐朽的气息，但是他依然愿意去描摹旖旎动人的自然风光，通过自然环境的美给社会的黑暗以喘息，表达人性中温存的一面，烘托出淳朴的生存图景，反衬了人类可悲的自我放逐的命运。

《忏悔》中多是细腻动人的笔触，在人与自然的关系中讲述故事，表现反差。“鲜红色的太阳，渐被西山衔去，一大片的云幕渲染了五彩颜色，俨似一幅天然的锦缎。四山中的草木，也都映成一幅黄金灿烂美丽无双的画景，一阵阵的鸟鸦，排成些参伍错综的行列，哑哑一声，从杨柳叶中掠过……上帝啊！

您若非一个天才绝顶的美术家，怎能够创造这样优美的世界。”后边的故事逐渐让人发现，原来在这样的“人间仙境”中竟发生着血与泪的人间悲剧，尤为具有视觉的冲击力。“冬儿垂着他的小头，躺在母亲怀里，做那甜蜜温和的清梦。一弯半圆的月儿，将窗上扶疏的花影，轻轻地收去。一阵阵的和风送来些许的凉意，听村里的更声已咚咚的打了三下。那神秘的睡神，渐渐地张开两翼，飞近伊们，唱起柔和而幽雅的眠歌，使伊们四座眉山，加了几十倍的重量，几乎不能抬起。伊们遂不得不暂弃工作，去寻伊们的甜梦了。”在这段关于睡梦的描摹中，可以看出其语言风格充满浪漫主义色彩，如文字里描述的世界一样，将现实的压迫融化在梦里，消解了苦难的厚重感。“约在五六月天气，如火的日光，放出了十分可畏的威力，将那赤臂跌足的农工，灼成了红海老虾一样的颜色。”此类比喻形象贴切，工人生活的热腾腾的气息跃然纸上。“烈烈的红日渐渐地西去，一阵阵的南风，发发的吹起，将那爆裂的炎威，轻轻地收敛一些，一班劳动的人们，始有微微的快感。”工人生活劳作疲惫与喘息间的转换画面感十足。

自然的隐喻又于结尾段木匠的控诉中明丽登场，“绿森森的大树，自娱自乐地生长山间，吸着雨儿露儿，维持他们生活，开着美丽的鲜花，供人们的欣赏，结着鲜甜的果实，供人们的食欲。倘当大风飘荡的时候，他披着舞衣，蹁蹁跹跹地跳舞，抑扬顿挫地歌唱，自乐其乐，何等愉快而骄傲呢！”“我乃拿着斧锯，不管他有罪无罪，也不管他的痛苦，公然戕贼他的生命，以供我们人类的房屋器用。他虽宛转悲惨地哀求，我也充耳不闻、熟视无睹，这是何等的罪过啊！”前文自然描写的意味与小说的主题和于一处，主角的忏悔有了更鲜明的佐证。小说结尾同样是一段拟人化的文字，“片片的浮云，离开了莽苍苍的碧空，飘落在汪洋大海。慈祥和蔼的月姨，笑嘻嘻地放出爱光，从窗棂中射入，密密地吻他两颊，慰劳一位真挚热烈的忏悔者”，用这种自然描写的方式使小说前后呼应，将隐喻的游戏贯穿了作品始终。

《忏悔》中塑造人物的方式颇重心理描摹，如：“木匠目击这些情状，心理感觉一种不可思议的难受，像受了一种极锋利的薄刃在心房上一片一片地脔割一样。他已失去了知觉，失去了自己那无聊的双手。虽仍继续不断地作那机械式的工作，其实他的两手，已与他的真吾，断绝关系。”在心理描写之余，作者还将自己对当时社会的疑虑、愤慨、控诉都借由段木匠之口表达出来，“人类的社会，是一个虚偷欺诈残虐的社会啦！明明一条正正堂堂的道儿，他们都不肯走，偏要寻那荆棘丛生危险万状的歧道。万丈光明，照遍大千世界的事业，他们都望望然舍弃，偏要干那幽暗阴险的生活。你打尽了主意，想残害我，我用尽了方策，想制服你。一部人类的历史，都成了血淋的遗迹啊！”“咳！这么残暴的行为，是人类天赋的本能和自卫的要务吗？不然，为什么整千万的人们，都学习一种虚的应酬、欺诈的技术、残暴的手段呢？那专门虚伪和残暴的人们反备受人类特别的称颂和优待。那些愚懦正直和忠厚的人们，纵受尽同类的摧残和欺侮，反以为自然法则的当然结果，没有一个肯为他们呻诉。”小说中的角色在此时成了作者的“代言人”，暗语般的心理活动之余，也饱含直抒胸臆的表达。

二、《恶果》的角色塑造与独特行文

汪楚翘在他的另一部作品《恶果》中，除了用自然描写烘托气氛、连贯叙事，还通过白描手法展现了其对细节的把控，借用对话与心理活动交织的方式刻画了一个堕落青年的灵魂，其“反面主角”的写作方式也充满了讽刺和批判意味。在文学作品中，反面人物一般代表了某种程度上反动的思想、落后的阶级、腐朽的意识、丑恶的势力，等等，是作者批判、否定的人物，将这类人物作为主角来书写则较为少见。黄彩作为意志极不坚定的主角形象，不只是面对爱情，还有面对金钱诱惑时的反复无常，其性格中懦弱、残忍、自私的一面被表现得淋漓尽致。老家村中一张姓地主打死佃农，听说黄彩学的是法律，便想托黄彩的二哥说情让黄彩为他打官司。黄彩一听事由，先是慷慨陈词一番：“这样龌龊的事，无论如何，我是不管他的。遇着机会，我还要像孙毅臣一样，打一个抱不平呢。”看似一身正气要为佃户抱打不平，不答应为张地主打官司，但是当听二哥说出：“老三别这样说，张大爷也料得你是念书的人，必不肯帮他忙，他又私对咱们爷俩说：‘如果三先生肯帮我忙，我愿意孝敬他几百元钱。’”黄彩踌躇一会儿，慢慢地说道：“等一回子再想想吧。”翻脸之快，小人之心，跃然纸上。最终他既替张地主写了状子，又想出一些办法，为张地主打赢了官司。黄彩作为主人公的成立之处在于其人物形象的设置是有流动性的，最初对女主角有过恋爱与呵护，后因周身诱惑和意志不坚背叛婚姻，曾几度心生深刻的愧疚、自省与忏悔，但终究个人的私欲占了上风，走向沉沦。这些从他最初与韦撷英的通信中不难看出："……无数思潮，像山一般地一波未平一波又起。我虽尽量地抑制，终于遏不住它那鹿一般的野性。思潮起伏得这样迅速，无论如何敏捷，终不容易把住，索性任它奔逸了。晨曦之神，偷着脸儿，上我窗台，笑我呆痴疯狂了。神经紊乱了，思想凌乱了，毕竟遏制不住了。只将这些毫无秩序，凌乱无章的情绪，夹七夹八的写寄吾爱……"然而随着小说的逐渐深入，读者可知其在最初同韦撷英恋爱时，亦是看中韦父在城里有产业，以为韦大伯是前清官员可以沾光。汪楚翘以一个多面性的犹豫不决的懦弱自私的男性形象，批判那个时代中的这个群体，也以此反衬出女性对爱的坚韧纯洁和婚恋观的不断成长。

《恶果》的一个独特之处在于借用通信的方式贯穿行文。通过黄彩对信件的"热情值"反映其感情变化的走向，从最初的充满爱的回复，到怠懒中夹杂羞愧，再到最后弃如敝履。通过不同女性的不同信件反映出这些女人对爱情单纯向往的心理，也通过黄彩对信件的态度反映了他对几段感情的玩弄与操纵。在与黄彩两人沉溺爱河时韦撷英的信："六出雪花，飘扬飞荡，将那一座崔巍而嵯峨的北山，装饰得和玲珑宝塔一样。不知京中也有此奇境吗？恨不得手挽君子，踏雪偕游……天气严寒，你的衣被是否单薄？你的室中是否生火？孱弱的你，万不可拼着血肉躯体，与这种自然现象——寒冷相反抗。寄奉手套一个，袜子两双。非欲你睹物思人，只望你善自保养。"在被黄彩示爱后冯毓光义正词严的信："风闻你家已有一个可钦可敬的女士作你终身的伴侣。而且你们两个在过去期间，本有一段很长久的恋爱史。我无论如何。绝不敢无缘无故劫夺伊的爱人，以开罪于那可钦可敬的伊。而先生和伊既有如许甚深的关系，似亦未便轻轻地抛却可怜的伊，以攀援与你并无深厚感情的我。先生每对我说：'男女恋爱，须有纯挚的爱情，高尚的品德。'先生此种举动未免不太纯挚、不太高尚吧，岂以我们柔弱的女子，可以任意欺骗吗？"玉兰在被黄彩甜言蜜语欺骗后找半通先生代写的思念的信："自兄别后，忽忽旬日，想念之深，与时俱积，忆自京都连襼，选胜寻芳，闻草拈花，吟风弄月，或飞羽觞，或理桐管，灯前问字，月下藏钩，卿卿我我，忒煞情多，恨无驻景之方，以永续夫斯乐也。”尤为值得一提的是，初出求学时的黄彩在与韦撷英的信里也充满了浓情爱意：“撷英吾爱：秋风驱走了酷暑，蝉儿懒懒地禁声不啼，到免了他在耳豉中嘈离，触起我离人的愁思……假使携着你的手儿，同坐屈曲如虯的树下，共赏如许清高的雅景，我将拼着我的喉咙，吹尽我所知道的一切曲谱，求你欣赏，求你评判。更将挽着你的玉腕，在此水晶世界中，作几番的跳舞……你当明白我的意思，唉，除了你，更有谁人明白。愿你的精神像旭日一般地旺盛，愿你的身体像朝霞一般地放彩……”婉转多情的用词，如诉如泣的情思，恋爱中的黄彩也是个文艺的好情人、顾妻的好丈夫，而恰是曾经言辞凿凿的相爱誓言对比日后的翻脸无情显得更为残忍，黄彩反复无常私欲不断的人物形象在信里信外、语言与行动间表现得很是丰满。

三、青年题材的时代烙印

青年题材小说旨在通过对青年人的生存环境的描摹，揭示青年人的命运，反映青年人的婚恋观。这些在汪楚翘的两部青年题材小说代表作中都得以体现。“新文化运动后，随着人的觉醒，对灰色乏味的校园生活、荒唐堕落的青年学生的描写一直是处于理想与现实的剧烈冲突下的作家们所注重表现的。”此类作品中的主人公的人生轨迹大多是离乡求学，深入社会后面临诱惑产生彷徨、迷失，弃旧爱、结新欢，背离理想，与污浊的世情同流合污，最终意志不坚的青年学生被社会大染缸淹没。其题旨在于社会的受害者得势后想到的并不是如何改造这种社会关系，反而继承了当年吞噬自己的恶势力的习性，封建思想在他们身上没能全然破除。《恶果》中反映的青年问题便是如此，受过高等教育的年轻群体原本应是时代变革的先驱，却被根深蒂固的不良积习束缚了前进的脚步。而部分进步青年的鲜明意志在这种环境中显得明理识体的同时，被周围环境衬托的格格不入，未能形成真正深远的影响。而《忏悔》中段木匠的“独自忏悔”也显得极为无力，只会被周围的他者定性为“疯”，为“魔”。“他的同伴，都觉十分叱异。见他呆头呆脑像失魂丧魄似的，以为他冲遇着什么神灵欲向他求一祭”“照他的脉象说，似乎是受了什么惊恐，神不守舍，我且暂定一个安神定魄的方儿吃着试试吧！”在这样的生存环境中，青年人的命运，在被破坏、被损毁中难觅自救之路。

汪楚翘笔下的青年形象大多具有思想敏感性，是能够走在时代前列，敢于诘问社会，勇于自我反思的“有志青年”。《忏悔》中的段木匠虽为普通工人身份，平日里在小少爷面前都小心谨慎，但是当目睹了不公正的恶行时内心的良知与不安被唤醒了，敢于诘问时代、控诉命运，这是当时的很多只顾浑噩生活的“大人物”做不到的。《恶果》中的女主人公韦撷英则是新时代的觉醒和旧时代的烙印的矛盾体，一方面对爱有新时代的自觉自愿，不以男方家境为衡量爱恋的标准，婉拒父亲的劝阻执意嫁给自己所爱之人；而另一方面为了丈夫的爱在男方家庭中忍辱负重，压抑自己，为了爱委曲求全，在终于认清了丈夫的虚伪丑恶、把妻子当作附属品的真实面目后无力改变，在理性与情感的煎熬中直观地展现出妇女解放的困难所在。韦撷英这样的女性形象恍若未进化完全的“娜拉”，开始有机会接受高等教育，自我主体意识觉醒也初露萌芽，想要追求自由爱情，能够认识到封建传统对人的禁锢，但是压抑自我的爱情却限制了其自我解放的决心，这样一个徘徊于爱情与家庭之间的矛盾女性形象跃然纸上。冯毓光则是个先进女学生的典型代表，对自己的人生开始有了明确的方向，对女人的地位有着更明确的规则感，敢于当面拒绝男人的无礼追求。她具备来自文化修养的自尊自信，甚至一度以自身的影响感化了黄彩尝试认罪、赎罪，也让黄彩意识到这样的女人自己是求而不得的。于是黄彩又将无耻的触角投向了更“软弱好欺”的女人，比如风尘女子玉兰，比如不谙世事的张家女儿。

四、妇女解放的梦醒时分

青年人的婚恋观在汪楚翘的作品中依然表现为“男权”基因与“女性意识”崛起的矛盾。这一时期的很多带有悲剧色彩的小说都是在讲述追求恋爱自由的女子，由于新婚之后丈夫外出求学而成为独身一人，在婆家受到轻视、冷落，甚至受辱而无人倾诉，当有机会于孤独中结识同病相怜的异性朋友产生别样情愫后，反被诬陷、被迫害，终成为被残忍对待的受害者，一步步陷入离婚，甚至死亡的结局。比如类似题材的作品有被认为是鲁迅先生唯一的爱情小说《伤逝》，所讲的也是女主人公子君挣扎着冲破家庭的藩篱追求爱情，稍尝恋爱的蜜果便因生计所困、生活所扰，自己成了“炉灶旁打转、了无生气的主妇”而遭男主人公涓生厌弃，最终落得一“伤”一“逝”的结局。冷酷的社会、灰色的生活、负心的男人带给女人的只有创伤和仇恨，在这样的社会环境和恶劣的心态下，妇女解放的任务显得尤为急迫。而在鼓励妇女解放之余，“娜拉出走之后”的问题才是更应该被社会关注和探究的难解之疾。由此可见，更全面的改造社会才是妇女解放的根本道路和唯一途径，这也是《恶果》这篇小说思想上的深刻所在——急声呼号之余冷静反思，梦是好的之后仍要醒来。

揭露封建社会里男性的霸权地位，传统婚恋观念中男女的不平等，妇女与家庭的关系问题也是那个时代青年题材小说反映的主要议题。例如现代作家丁玲女士的日记体短篇小说《莎菲女士日记》便是刻画了一个受五四浪潮冲击、力图冲破封建家庭的极端叛逆的女性——莎菲，然而她虽寻求个性解放，却总找不到正确的出路，她虽追求灵与肉统一的爱情，却又纠葛于苦痛与失望的旋涡之中。这些深受时代影响的青年男女即使拼命抗争，即使看似解放，也并未能收获美好的结局。可见男女双方如果在家庭观念、思维模式等方面仍然是传统封建思想占据统治地位，仅仅是在婚恋结合方面的自由并不能保证婚姻生活的幸福，封建思想意识不全面打破，只凭表面上的革新是没有任何作用的。此时的婚恋环境基本设置在“城乡对立”模式的基础上，大多为男子进城上学后逐渐嫌弃家中女子是负累的传统套路，如果启蒙思想不是系统地影响并改造青年人的思维意识、思想观念，那么单一的婚姻的自由并没能解决男女地位的实际问题，家庭生活还是笼罩在传统思想的阴影之下。《恶果》中的韦撷英是自己选择与黄彩结合步入婚姻的，但是其父韦文采在婚前怕其受婆家欺负，以“支付”极重的彩礼方式来换取女儿婚后的幸福，而在女儿被女婿诬陷做了“卑鄙龌龊的事”后完全没有跟女儿求证清楚、替女儿争辩出头的意识，直接接受了这个“事实”，任凭男方家无情残酷地处置。可见，个人、家庭、社会是共同的时代“帮凶”，“旧道德”与“新思想”盘根错节地影响着男女青年的命运。而“新青年”黄彩则是一方面在演讲会等公开场合上，侃侃而谈妇女解放问题，以示自己的先进开明；另一方面对韦撷英的痛苦不闻不问，于寻花问柳后反诬其妻，不断露出卑鄙无耻的“双标”丑态。新时代的新观念在这里显得颇具讽刺意味，支持妇女解放成了当时青年的“人设”与“保护伞”，是“时兴”的谈资，足以吸引新女性的目光，但是在实际行动中却是实打实的“男权主义”，凌驾、侮辱女性而不自知，时代烙印下的厚颜薄幸极为难看。

汪楚翘曾在《文化运动之根本方法》一文中这样表达对中国应该有文化运动的看法：“当有一种革命式的精神和方法，一方努力宣传使民众觉悟固有文化，势在破产，不得不谋吸收西方文化，以救东方文化之疲敝，更不得不谋建设新的文化，以求良善的生活；一方努力打破各种障碍物，如扑灭军阀，澄清政治，女性反抗男性，农工反抗资本家，改良贵族买卖式的学校及驱逐头脑冬烘的学者等。一次不足，继以数次，一时失败，继以他日，不达目的，誓不肯休，则文化前途，未有不臻光明之域者也。”此种对时局、对时代的理念与信念，在其文学作品中一以贯之、充分体现。

特殊时空下鸳鸯蝴蝶式的文学表达
——作家赵恂九

古雅静

赵恂九是20世纪三四十年代大连地区通俗小说作家的重要代表人物，他的作品大都属于社会言情类小说，在特定的历史时空下，多角度多手法地探讨男女之间的爱情故事和婚恋观念。通俗期刊《麒麟》杂志上曾称其为“满洲唯一之大众小说家”，虽然有人认为这一称号有点夸大了他的实际地位，但赵恂九在那一时期的确是大连地区乃至东北地区颇为知名的通俗小说作家。

一、精力充沛的多产作家

赵恂九（1905—1968）出生于大连金州岔山屯，现在大概位于金州三十里堡周围，原名赵忠忱，常用的笔名有竹心、大我、猪心等。1925年，赵恂九就读于旅顺第二中学。1929年，赵恂九进入泰东日报社担任编辑工作。《泰东日报》是当时大连地区最早的中文日报，不仅在大连地区销售，在东北各个地区都有销售，是当时非常有影响力的报刊。赵恂九在《泰东日报》工作期间担任过多种职务，曾负责政治、经济、文艺等版面的编务工作，做过报纸的论说委员，还担任过整理部部长一职。在《泰东日报》工作时期，赵恂九逐渐成为该报的核心人物之一，担任了大量的撰写工作。在担任编辑工作的同时，他逐渐开始小说的创作，并成为一名高产的小说作家。仅在报社工作期间，他就创作了十几部小说，多为长篇小说，创作量之大，在大连作家之中也是名列前茅的。

在《泰东日报》工作的十余年间，他除了将精力投入到杂志社的管理和编辑工作中，其余可供支配的空闲时间大部分都用来进行小说创作，甚至连走路、坐车、散步、吃饭的时候都会仔细琢磨和收集小说创作的素材。因此，这十多年成为他小说出产的鼎盛时期。这些作品包括《茅亭》《海滨》《水中缘》《流动》《他的忏悔》《雪夜》《春梦》《荒郊泪》《声声慢》《故乡之春》《鸾飘凤泊》《梦断花残》《风雨夜》等。

赵恂九的小说大多描述青年男女之间的爱情故事，以错综复杂的人物关系呈现小说人物的情感纠葛。他宣扬的爱情观一方面推崇婚恋自由，反对封建的"父母之命，媒妁之言"，另一方面也并不抛弃传统的道德观念，经常以悲剧的结尾警醒那些无知无畏的青年树立正确的爱情观和价值观。这些凄婉的爱情故事，在当时受到很多年轻大众的喜爱，令人读完之后印象深刻、萦怀于心。至今，仍有读者在网络上寻求赵恂九的小说作品，足见其作品在当时受到了何等热烈的追捧，令人难以忘怀。

赵恂九在创作小说之初，偏爱纯文艺类型的小说，《茅亭》《海滨》《春苑》《水中缘》《流动》《他的忏悔》都是其创作前期的纯文艺小说作品。之后为了迎合大众的口味，在故友的建议下，赵恂九尝试将张恨水风格的通俗文学与文艺小说的写作手法相结合，在作品中逐渐加入更多的通俗元素，吸引了更多的读者关注。创作了现实性作品《春梦》，大获成功。后来他又继续创作了《荒郊泪》《声声慢》《梦断花残》《故乡之春》，也都引起了很大的反响，受到读者热烈追捧。

由于工作原因，赵恂九的小说绝大部分都发表于《泰东日报》上。他在报社供职期间，几乎每年都在《泰东日报》上发表连载小说。另有一些则零散地发表在省内外其他期刊上，如1941年开始创作的《梦断花残》就连载于新京（今长春）的《麒麟》杂志上。还有一些作品则单独出版成书，流行于当时的青年民众之中。

赵恂九的文学作品大部分是描写男女情爱的故事，偶或也有一些关于其他方面的文学作品，如日文译著《海战》，曾连载于《泰东日报》，还出版了一部关于小说写作方法研究的专著《小说作法之研究》。

二、故事婉转曲折，情节跌宕起伏

赵恂九创作的言情小说故事婉转曲折，情节跌宕起伏，文笔生动流畅，而结局大都凄婉悲凉，给人以深刻的印象和难以排遣的情怀，深受大众喜爱，尤其博得了很多年轻读者的青睐。

在赵恂九的笔下，主人公大多命运多舛，饱受人生磨砺，尝尽酸甜苦辣、悲欢离合的滋味。他的小说中人物关系错综复杂，情感纠葛相互交织成为其大部分小说的叙述特点。他的小说在言情之余，也从侧面反映出当时的社会现况，以及在那一特定时期呈现出来的复杂的人性。

《春梦》曾是赵恂九最为得意的一部作品，是赵恂九第一部结合了通俗小说与文艺小说写作方法的作品，并力求呈现出曲折多变的故事情节。这部小说基本达到了赵恂九的预期，读者的来信如雪片一般涌来，那一篇篇饱含真挚热情的阅读感想，将赵恂九的小说事业推向了高潮。

《春梦》这篇小说主要讲述了主人公孙师古与纯情的乡村女子王雪英之间的爱情纠葛。孙师古结婚后不久便在外面有了情人，随后便将王雪英弃之不理。王雪英一气之下与小说中另一位命运多舛的女子王爱美一起离家出走。而后，孙师古的婚外恋情也没有得到好的下场，先是丑闻被报纸曝光，随后情人自杀，自己的工作也丢了。恰在这时，烦闷无比的孙师古偶然观看到一部叫作《春梦》的电影，发现电影中的主角竟是发妻王雪英，而电影里讲述的故事也是自己曾经做过的那些不堪往事。孙师古无地自容、懊恼万分，最后选择了跳楼自杀。

在赵恂九的小说中经常会出现背叛婚姻、移情别恋的故事情节，而这些角色在赵恂九的笔下都得到了应有的惩罚，如《春梦》中的孙师古最终闹得个跳楼的结局。又如《他的忏悔》中嫌弃原配妻子、勾引摩登女郎却又被新欢遗弃的魏齐峰，又如《风雨之夜》中暴富之后在城中另娶娇妻的周微波，最后发现娇妻不仅与情人私通还骗取了他的钱财。这样的情节安排反映出赵恂九想要传递给读者的爱情观。正如他在《小说作法之研究》中说到的“正当的通俗小说，其内容是应有着道德性的，不应是有病的内容，此处所说的道德，不是狭义的道德，乃是广义的。因通俗小说，在一般人的日常生活上，是精神上的食粮，大众在平日固需要实质上的食粮，但也需要精神上的食粮，若通俗小说的内容令一般大众读后发生出一种堕落或颓靡绝望的心理，那便是非道德的小说。”

赵恂九众多作品之中有一篇较为特别的作品名为《梦断花残》。这篇小说与赵恂九大部分凄惨悲苦的作品不同，它的故事结尾是较为圆满的。这篇小说虽然不能算是赵恂九众多作品之中的精品，却在东北地区引起了相当一部分读者的关注。

《梦断花残》讲述的是家境贫寒的黄素秋一心想嫁入有钱人家享受富贵，但最后却饱受富家之苦，愤而离去，转而拥抱真挚爱情的故事。这一部《梦断花残》反映出当时人们的爱情观中已经出现崇拜金钱和追求享乐的思想。但是这种都市迷梦般的情爱价值观在赵恂九的笔下得到的也是悲剧性的结局。黄素秋梦想追求荣华富贵的生活，却竹篮打水一场空，最终还是选择了纯粹的爱情。故事的最后以圆满的结局为小说画上了句号，对读者的心理起到了抚慰的作用，也对大众的恋爱观起到了积极的引导作用。

三、刻画人物细腻，注重语言和心理的描写

赵恂九的小说注重人物对话的描写，隐藏叙述的痕迹，把叙述权交给人物，使读者产生正在亲身经历故事本身的感觉，缩小了读者与人物之间的距离。他在其著作中曾提到：“在通俗小说中，相互的对话要占着重要的位置，因通俗小说的读者，多是喜欢对话者。”他看到不少读者在打开一本小说的时候，经常把两三页的说明翻过去，直接去阅读对话的部分。因为小说的对话不仅容易阅读，而且能够将人物鲜活地表现出来。

语言是塑造人物的重要手段。人物之间的对话，可以牵引出人物的性格、思想、身份等与人物相关的任何信息和元素。人物的心理与情感在对话中能直接地、生动地表现出来。赵恂九对小说中的对话极其重视，尤其在人物关系复杂的时候，他觉得对话更加凸显其优势。他在论述对话在通俗小说中的重要作用时曾这样写道：“若同时遇到男女四五角的复杂关系时，如用说明的笔法，常有说不完全的时候。纵使能够说得完全周到，但是文章要繁杂冗长，费去很多的笔墨与神思，并且各方面的分动作表情，也不能活跃地现之于纸上。然而，若用对话，则能把他们每个人的表情与动作，写得使读者好像自己立在书中人物旁边般的那样生动。”

在《梦断花残》中，赵恂九通篇都运用了对话这一手段，情节发展、人物性格和人物冲突的体现从一段段对话中娓娓道出。如小说中有一段黄素秋与吕秀媛的对话：

黄素秋叹了一口气，好似把不如意的郁愤吐出来般的，住了一会儿又说：

“我母亲或者因为年纪老的关系吧？她的意见，老是与我不同，就拿甘少爷来说吧，就是这样，譬如甘少爷的家里很有钱，那么我们为什么因为他有钱，就不能和他结亲呢？我以为正是因为他有钱，我才愿意和他结婚，他若是个穷措大，任他就长的像梅兰芳般的好看，我也不和他结婚。我以为我们人生一世，所需要的就是荣华富贵，请看世上的人——请看那些享乐的人们和有势力的人们，哪一个不是有钱的人，所以我常说有了钱才能够享乐，有了钱才能够有势，如果我们得不到富贵，那是没法子的事情，如果能够得到，我们为什么不去得呢！”

这段对话非常直接地表现出黄素秋的人物性格和其对婚恋的态度。通过这样的对话，读者可以准确地把握黄素秋这个人物的性格特点和内心世界，使得人物形象丰满、真实，突出了这个人物在小说中的个性特点，符合作者对其在小说中的人物设置。

又如，《他的忏悔》中开篇便是夫妻二人的对话：

“你怎么才回来，又上哪去了？”……“你问我上哪去要做什么？你要管我吗？”……

“谁说要管你来！”他的妻没敢立时说出反抗的话，沉默了一会，表示很软弱的样子，站在床前，又笑着解释着说：“我怕这般时候，夜静更深回来，被风凉着，不是要难过的吗？”

……

“我后悔我没能反抗父母到底，一时错误，把你娶来……”

他又使劲吸了一口烟说：“你要想想，你有什么资格来配我，凭我这样人，与你结婚？你目不识丁，没受过教育还不要紧，料不到来个朋友，你都不会招待。”

“……”他的妻被威吓住了，一句话也不敢反抗，依然在不住地落泪。

从夫妻二人的对话中不难看出，齐峰对妻子的不满由来已久，妻子一句关心的话语都能引起他一顿不满的牢骚。并且从这一段简短的对话中也可以得知，这段婚姻的不美满归根究底是当时社会“父母之命，媒妁之言”的封建婚姻制度所带来的恶果。在这篇小说中，赵恂九开篇就运用了对话的方式，将读者的目光紧紧抓住，使读者迅速地进入到小说设定的情节当中，并将人物的性格特点清晰地展现给读者，制造出引人入胜的阅读效果。

除了对语言描述的重视，赵恂九在心理描写方面也下足了功夫，有时他在报纸上连载的小说一连几期都是心理描写。虽然这样的内容设置会令读者产生些许的倦意，但足以表现出他对心理描写的偏爱，并且在这些心理描写中的确不乏精彩之处，很多小说中的心理描写都给人留下了深刻的印象，对情节的推动和发展起到了至关重要的作用。

如《他的忏悔》中，他将男主人公魏齐峰的心理变化描写得十分细致和到位。从魏齐峰最初嫌弃原配妻子没有见识没有文化，到在电车上想尽办法巧遇一见钟情的时髦女邱淑云，再到被新欢抛弃以后的懊恼与悔恨，这一系列心理变化的描写，为其笔下的人物增色不少，令读者在阅读之后对这些人物有了更深入的了解。

四、钻研写作方法，讲求创作技巧

除了创作小说以外，赵恂九还对小说的写作技巧进行了深入的研究。他在《写作十年来的自述》这一篇文章中说到，每次在写作小说之时他都会经过反复地琢磨和研究，从小说的取材到文章结构、再到人物布局等每一个写作环节，他都会煞费苦心。

赵恂九在创作小说时态度十分认真严谨。每次在创作之初，他都要至少用一个星期的时间思考整篇小说的布局。因为在他看来，小说的结构是创作一篇小说的重要步骤之一。结构将主题与作品中的人物相互连接，形成一个大的框架，使作品的主题具备了强有力的支撑。在当时，曾一度有人倡导“结构无用论”，因为主观所制作出来的结构会损伤作品的真实性。但赵恂九仍然坚持结构的重要性，每次进行创作之前，都会花费很多精力和思虑去构架小说的结构。

重视结构之余，他还非常注重小说的伏线设计。在他看来，想要引起读者的阅读兴趣，就不能让他们知道情节的走向，若是读者读到一半就能明了故事的结局，那就是失败的作品。因为这样，读者就会失去阅读的兴趣和兴致。

收集素材也是一项非常重要和日常的工作，赵恂九平日十分注重素材的收集和积累，在日常生活中看到的、遇到的、想到的、听到的都会留心注意。担心遗忘，他便准备了一个手账，将这些好的素材都一一记录下来，以免在创作小说时出现“无米之炊”的情况。这个方法的确为他创作小说提供了很多帮助。每当写小说的时候，他打开手账，便可得到很多平日里收集的感想和材料，为其小说的创作提供了极大的便利。

他将创作过程中积累的各种关于小说的创作法以及其他关于小说从准备到写作应该注意的问题，逐一整理形成了一部著作《小说作法之研究》。

赵恂九创作的《小说作法之研究》被誉为东北现代通俗小说理论建设的开山之作。这本书介绍了现代大众小说、时代小说、侦探小说、童话等不同类别小说的写作方法和表现方法，用一种经验之谈的方式展现出来，又从小说的各个要素入手，进行详细的艺术阐述，并对创作之前的准备工作和小说的本质、主题、结构等一些方面进行阐释，为阅读此书的人提供了详细的小说写作方法和技巧。

例如，他在开篇就介绍了现代大众小说之作法，文中讲到“大众小说最紧要的是趣味，若读者读着毫不感着有趣味的通俗小说，它便没有存在的理由”。又如“为要惹起读者的贪看心、使其继续向下展读小说，则未来的归结，不能让他们知道。若读者读到一半，便能明了的知道故事的结局，那是失败的作品”。

在介绍如何创作侦探小说时，他写道：“侦探小说，注重空想，但是表现则须是现实的，不能让读者看出来是说诳来，无论是一件何等的奇怪事，必须要使读者认为在世界里有发生的可能才行，若一篇作品，不能一贯地保住他的‘似真实’，则难收有效的善果。”

在谈到时代小说的写作方法时，他认为时代小说多是采取过去的历史事物或题材而写成的，并举例：“斯高脱是近代历史浪漫派的鼻祖，现在尚无凌驾于他的，盖斯高脱所以突然驰名于世者，是因为他苏格兰的古年生活，能复活于文学中之故也。”

这部关于小说创作的理论性著作，给当时想要学习小说写作和想要了解小说写作规律的人们提供了宝贵的经验，对这一时期通俗文学的理论建设有一定的指导意义。

总的来说，赵恂九作为言情小说作家在特殊的历史时期为大连地区的通俗小说发展贡献了不俗的力量，并且在当时迎合了大众的喜好，风靡一时。他将通俗小说的娱乐性、消遣性、趣味性较为完美地融为一体。但是，赵恂九几乎不关注时世，好像是现实世界的旁观者。其作品中虽然也讽刺了落后的思想意识和当时的一些社会问题，但更多的是沉醉于自己设置的男女情爱的虚拟世界里，似乎刻意地与时事政治保持一定的距离。

鞭挞时代的文学斗士

—— 作家野藜

古雅静

野藜是日本殖民统治时期大连的知名作家，他在诗歌、散文和小说领域都有卓越的表现。野藜的作品在当时大连乃至东北都有一定的影响，作品内容和主题紧随时代，暴露殖民统治下的社会形态和人民的悲苦人生。他对殖民者充满了愤恨，同时对人民遭受的压迫深表义愤和同情，将所有的爱与恨完全融入自己的作品当中，成为大连当时知名的文学斗士。

一、野藜以及响涛社

野藜原名刘云清（1904—1985)，笔名野藜、镜海、炼丹、也丽。1904年出生于大连市金州区杏树屯，是土生土长的大连人。野藜出生于一个普通的农民家庭，幼年读过私塾，后又转入普兰店公学堂学习，天资聪慧，学业优异。1921年，他考进旅顺师范学堂，毕业后，在金州大李家村普通学堂做教员。因其表现出色，担任该校的校长。20世纪40年代，他曾在奉天（今沈阳）编辑出版文学杂志《作风》。20世纪50年代后，先后在大连二中、大连农业学校、大连新华中学担任领导工作。

1930年，他以“镜海”为笔名在《泰东日报》发表处女诗作《自己的歌》，开始被大连文学界认识。后发表《旅途上拾得的三部曲》等诗作近百篇，他的诗歌具有象征派特点。1934年， 他以“野藜”为笔名开始在《泰东日报》《新满洲》《新潮》《艺文志》《新青年》《麒麟》等报纸杂志上发表小说，共创作短篇小说近40篇，其中《三人》《花冢》《还乡》《一个闷葫芦》《十五年后》《晚景》《母爱》《不关紧要的事》等较有影响，后来选取了14篇小说结集出版，书名为《花冢》。另外，他还创作出版了中篇小说《草莽》、长篇小说《绿洲》等作品。

1936年前后他将笔名改为“也丽”，在《新满洲》等杂志上继续发表小说和散文。从1936年起先后发表散文作品50余篇，大多刊发在《大同报》《满洲文艺》《文化月刊》上，后结集《黄花集》，由兴亚出版社出版。《黄花集》收录了45篇散文，共包含三部分：第一部分主要以他生活中发生的琐事为创作题材；第二、第三部分反映的内容则更为广泛，从个人的空间摆脱出来，将创作视角拓展到社会各个方面。他将自己的一腔热情倾注于文学创作之中，敢于揭露现实中的黑暗，笔触犀利中又不乏细腻。但是，《黄花集》还没来得及将作者的思想传播给读者，便被日伪检察机关禁止发行了。野蓼也因此被拘捕，后来由友人出面保释才得以脱身。

在文学创作与工作之余，野蓼还参加了由大连作家组成的文学组织“响涛社”和“KT文研”。他还是满洲作家协会的会员，社会活动十分丰富和频繁。

那一时期，在新文学运动的影响下，组织文学社团成为当时文学界一种流行的风气。在这种风气的影响下，大连地区也相继成立了很多文学社团。当时大连地区非常有影响力的中文报刊《泰东日报》上刊登过的社团就有几十家。这些社团大多存续的时间不长。其中，响涛社是影响力最大、活动时间较长的一个团体。

响涛社成立于1934年，并在《泰东日报》文艺副刊出刊《响涛》周刊（25期后改名《水笑》周刊）。野蓼是最早的成员之一，其他成员还包括秦喟、吠影、波影、克曼、太原生、迷梦、鸢霓、岛魂、夷夫、渡沙、木风等人，这些人成为响涛社最初的发声力量。这些作家大都是大连人，对于一群处于黑暗时期的作家来说，那个时期的文人们的精神世界也不尽相同，有的文人在恶势力的高压之下，表现出懦弱颓靡的状态，缺乏奋斗的勇气，偏安于自己空虚而悲伤的小天地里。响涛社成员中的作家们更多地展现出来的是为社会、为人生、为自由而奋斗的激昂情绪。他们反对封建礼教，甚至发出

“不自由毋宁死” 的呐喊。

响涛社的创作理念一度成为野藜在文学创作方面的指引，他的很多作品也体现出了响涛社的主要精神。在其小说《花冢》中就描写了一段由封建礼教引发的爱情悲剧。故事的主人公是一对不顾父母反对、自由恋爱成婚的青年男女。他们的婚姻因纯美的爱情而开始，却在婚后婆婆的百般刁难中凋零。女主人公忍受不了婆婆的折磨而服毒自尽。男主人公在妻子的坟前失声痛哭，为自己已逝的美好爱情，也为一个自由灵魂的消亡。

在表现对自由的追求和向往这一主题上，野藜在其作品《奔流》中也有相当的体现。《奔流》讲述的是自由恋爱的男女被拆散的悲惨爱情故事。小说中描写了两位女性，凌汶和罗英。二人是师范学校的高才生，并且有相同的人生观和世界观。她们都憧憬美好的未来，认为应该去追求真正的人生，后来二人又进入了同一所学校当老师。但是二人因罗英与男同事青文的恋爱产生了分歧，凌汶总觉得青文并不可靠，而且她发现恋爱中的罗英似乎已经成为无舵的小舟失去了方向。罗英与青文的结局正如凌汶所预料的一样。青文因为学校对他和罗英的恋爱起了非议，便对罗英态度日渐冷淡，并与其分手。罗英及时地醒悟了，欲以其以往的错误来纠正渺茫的前途。她拾起奋斗的信心，并发出了“不自由毋宁死”的誓言。她要用生命的力量去踢翻几千年虚伪的社会，打倒天下一切诡诈的男子。

二、刻画苦难人生的时代烙印

野藜有很多中短篇的小说作品，他曾在《我与小说》这篇文章中写道：“我从多咱（注：什么时候）开始读小说？我又从多咱开始写小说？这仿佛是一个忘记的梦，已说不清道不明了。不过，小说与我，早就结下渊源是事实，直到现在，仍像时常要搂起脖子相爱的一对吵嘴夫妇。”

野藜的主要文学创作集中在日本殖民统治下的“关东州”。在这一时期，旅大人民的生活遭受了极大的压迫和剥削，思想上也受到了奴役和毒化。因此，他的小说作品中怀有同情与义愤。他将爱与恨完全融入自己的作品当中，将当时人民的苦难生活表现得淋漓尽致。野藜的小说作品取材丰富，内容大多表现下层社会、被压迫阶级的生活状态。他的小说重视技巧，描绘细腻，重视人物的心理刻画。尤其在沦陷时期，他将自己的创作自觉地融入民族解放的洪流当中。他笔下的人物，在黑夜与曙光交替的炼狱中，勇敢地追寻着光明。他以这种方式抒发心中的愤恨，勾起读者的民族情感和反抗精神。

野藜于1939年2月创作完成的小说《三人》是其作品中非常有影响的一篇。这篇小说将主题集中在命运悲惨的暗娼叶芬身上，细致地描绘了叶芬如何从一个幼小娇生惯养的孩童一步步成为一个命运悲惨的暗娼，然后又如何从深陷的泥潭中走向光明的故事。

小说以男性视角为叙述主线，通过曾是教书先生的柳灵根与暗娼叶芬的对话慢慢推进整篇小说的情节发展。父亲为教书先生的叶芬拥有一段美好的童年，但后来因为母亲吸食大烟又背叛家庭，导致父母亲离异。跟随母亲生活的叶芬，最终像商品一样被出卖。叶芬被迫成为暗娼，是多舛的命运，也是那个时代、那个社会的畸形产物。

文中发出了“洪水要淹没我们的身体，除非做个斗争的英雄”的呐喊，仿佛是要唤醒那些沉睡的麻木神经，并且慰藉和鼓舞那些困顿和彷徨的人，使他们不惮于前行，与命运抗争到底。

小说叙述流畅，情感上从哀怨走向希望，写作手法隐晦含蓄。表面描写叶芬的凄凉人生，但实则暗含救亡意识，具有较强的使命感。

野藜的另一部作品《不关紧要的事》发表于1939年的《新青年》。该小说描述的也是底层百姓生活艰辛不易的故事。在这个故事中，他将主要人物放在一对生活困难的母女身上，讲述了葛婆婆替生病的女儿去工厂上班，百般受气，五味杂陈的故事。丈夫蒙冤被抓，女儿生病卧床，主人公葛婆婆为了生存，冒着严寒，天不亮就站在工厂的门口等待，想要接替女儿在工厂的位置。她以为来得早就能抢到工作，岂不料，一连几日都被拒之门外。无奈之下，她托了熟人的关系终于进入工厂。但通过女儿的叙述，以及自己在厂里的经历，她了解到了工厂内部的那些肮脏勾当，愤而离开了工厂，并发誓再也不会让女儿回到工厂忍受这般侮辱。

这篇小说令人感受到在当时畸形的社会形态之下，底层百姓艰难的生存状态。他们背负着屈辱与苦难仍要勇敢前行，表现出在恶势力面前不低头、努力反抗和斗争的精神，让人们看到了劳动人民不屈服于命运的抗争精神，极大地提高了该作品的内涵。

这种从小人物的视角透视社会变化、人性黑暗，揭露苦难的小说题材是当时作家群体普遍涉猎的题材内容。描写在阶级矛盾和民族矛盾夹缝中生存的小人物的悲惨命运是以文学手段折射现实世界的最直观又最有力的方式。它真实地反映出当时内忧外患、生死存亡的国家命运，以及劳动人民从苦难中觉醒并勇敢奋进的精神境界。

三、描写细腻，抒情言志

野藜的小说注重描写，文字优美，令人心生意境。这样的写作风格源于他对诗歌和散文的喜爱。

野藜最初的文学创作就是从诗歌和散文开始的。他对诗歌以及散文这种抒情文学有着特殊的情怀，他在其诗歌中灌入了自己深刻的情感。诗歌在表达感情上更具优势，而散文在描绘细节上更加突出。野藜恰巧在这两方面都有优秀的表现，并具有丰富的想象力，以及对生活极深的感悟力。

野藜的诗歌大都含有一种沉郁的现实感，令读者感受到窒息的感觉。他的诗歌里总是透着隐喻，有的是对苦难的呻吟，有的是对压迫的抗争，有的是对现实的不满，有的又是对自由的呐喊。在日本殖民者的专制统治之下，在重重冰封的高压之下，野藜的诗歌在追求纯艺术的前提下，还显现出强烈的抗争意识。

在小说创作中，野藜也融入了诗歌和散文的写作手法，以大量的环境描写渲染气氛、烘托人物、推进情节发展。风景描写在野藜的小说中最为常见。在《十五年后》中，他开篇就是一段细致的描述，其中穿插着景物与人物心理的描写：

“天色黑得厉害，棒子面（注：玉米面）似的大雨越下越密，风也趁势地暴虐起来。闪电在天空乱刮着火线，雷狂妄地怒吼着。

墙摇，屋动，大地开足了呼哨的马力，我站在这门口当中，也仿佛失却了生命一切的主宰，颠簸在这风雨交加的洪流里。

号称交通要街商业繁荣的这五大多万人口的大都邑，这时候，也显出意外的渺小了，平素那骄傲栉比的洋楼，竟颓唐得像一堆堆粗糙的箱笼，宽敞的马路，却又使人疑心那是一条窄狭不可容身的胡同。

大自然的威力，征服了人间的小巧，我察觉到自己更是‘沧海一粟’了，然而，我想强迫着自己的还没完全死灭的‘沧海一粟’了……”

这段文字开头便描写天气，漆黑的天色，再加上狂风暴雨，这样压抑的场景，令读者很容易感受到作者在这里设置的阴郁情绪。紧接着下文慢慢体现出作者想表达的主旨，在这强烈的洪流里，主人公好像失去了一切对命运的主宰。主人公对不能主宰自己的生命感到无奈却又无法改变。他觉得自己在大自然的威力之下，犹如沧海一粟，微不足道。

野藜的另外一部作品《还乡》中也有对风景描写的精彩片段：

“雨过天晴，黄昏的海上像一张美女的桃腮。

他自从上了船，心便像山涧的流水，淙淙地沿着腻滑嵯峨的石岩，滚进幽落的深谷里去。

纷然四溅，一片浪花落下后，接着还是一片浪花翘起来。

就这样，他的心的颤动，使他觉得这行驶的船，仍像一个粗笨的废物。

好在，眺望海景的乘客们都陆续地踏上甲班，温存的私语声，也渐渐地起伏在他的周遭。间或一阵诱人的欢笑，还无赖的冲过来。”

这段描述与上文《十五年后》中的文字给读者带来截然不同的感觉。文章开头“雨过天晴”一词展现出一种从黑暗到光明，并且一切充满了希望的图景。而后作者又将心情比喻成山涧的流水，淙淙地滚进深谷。浪花落下又翘起，犹如主人公此时忐忑不安的心情。

类似这种对景物、人物的细致描写在野藜的小说中经常出现，令读者仿佛身临其境成为小说主人公，具有极强的代入感，使小说故事情节更加真实、人物形象更加鲜活。

第三部分　作品评介

追逐梦想的梦

——《白尾蓝色猪的大战争》评介

邱　伟

小说《白尾蓝色猪的大战争》发表在1921年6月18日的《泰东日报》上，作者一飞。在目前笔者所见的资料中，仅看见这一篇署名"一飞"的作品。"一飞"应该是作者的笔名，关于作者更详细的资料无从考证。

这篇小说有一个充满童话色彩的标题，"白尾蓝色猪"很容易让读者在脑海里形成憨态可掬、调皮可爱的卡通形象。小说中也通过主人公的梦境，呈现了一个宛如童话的世界，作者在一个童话的框架下，讲述了一个追求梦想的故事。

《白尾蓝色猪的大战争》以"从前有一个国王，他是很喜欢打猎的。有一天，他独自骑了一匹马出去打猎"为开头，是典型的童话故事的开篇习惯，给予读者继续阅读的吸引力。故事的主人公是位国王，他喜欢打猎，更喜欢开辟新的猎场打猎。这次打猎中，国王走了一条生僻的路，一路走下去并没有收获猎物，于是他决定找个地方休息一下。周围的环境安静又清洁，仿佛这场狩猎是一场享受，"那一簇的枫树，遮住了太阳光。树林中间一片草地，比丝绒做的床榻还要好。还有那清洁的泉水，好像对于别的旅客，从来没有起过泡和发过辉光的。他寻到了这片又安静又清洁的地方，得意得很。他就从马背上落下来，把枪放在地下，预备做他的枕头。然后喝了些泉水，吃些干食，大嚼了一顿。他实在疲倦极了，也不和地土打一个招呼，老实不客气，安安逸逸地睡觉了。他睡得很适意。那日光照不到他身上，尘埃也不飞起来，因为昨天已经下了大雨了，那温柔的微风，慢慢地吹过来，树枝呀、树叶呀、草呀、野花呀，都摇动得好像梦幻一样。”在阳光的照耀下，在微风的轻抚中，国王睡得很香很沉，梦中他梦见自己抓住了一只“白尾蓝色的猪”。国王梦醒时，整篇故事结束，白尾蓝色的猪竟变成了国王手里的“一把碧青的草”。

这篇小说短小精悍，但却文笔轻松活泼，辞藻华美。用童话的方式讲述了一个追求新奇、渴望挑战的国王的故事。那只“白尾蓝色的猪”虽然出现在国王的梦中，却是深深地印在国王的心里，他每次探索新奇的狩猎场所时，最盼望的莫过于可以遇见一只如“白尾蓝色的猪”一样神奇的猎物，不断地追寻猎物的过程俨如一场“大战争”，不知道敌人在哪里，也不知道战争什么时候可以结束。

在安逸的环境下，人类的惰性最容易彰显，故事中的国王并没有沉浸于安乐的环境，而是勇敢地追求生命的挑战，哪怕是在梦里，也不放弃追求梦想。从这一点上来看，作者用一种暗喻的手法，隐晦地表达了积极向上的主题立意。

附录：白尾蓝色猪的大战争（节选）

一　飞

好容易又走了许多的路线找着一块地方，这块地方好像故意给他来享受的。那一簇的枫树，遮住了太阳光。树林中间一片草地，比丝绒做的床榻还要好。还有那清洁的泉水，好像对于别的旅客，从来没有起过泡和发过辉光的。他寻到了这片又安静又清洁的地方，得意得很。他就从马背上落下来，把枪放在地下，预备做他的枕头。然后喝了些泉水，吃些干食，大嚼了一顿。他实在疲倦极了，也不和地土打一个招呼，老实不客气，安安逸逸地睡觉了。他睡得很适意。那日光照不到他身上，尘埃也不飞起来，因为昨天已经下了大雨了，那温柔的微风，慢慢地吹过来，树枝呀、树叶呀、草呀、野花呀，都摇动得好像梦幻一样。他睡得太熟了的缘故，所以做起梦来了。他在梦里看见一只白尾蓝色的猪，跑过他门前，给他捉住了。

（摘自1921年6月18日《泰东日报》）

一波三折
——《小官的厄运》评介

古雅静

小说《小官的厄运》，作者丁焕文，发表于1931年1月6日的《泰东日报》。有关丁焕文的详细资料已无可考，唯见其于1930—1931年在《泰东日报》上发表过的6篇小说，《小官的厄运》就是其中一篇，其他5篇分别是《生命的断送》《烧死的蝶》《云岭》《死么》《幼儿之头》。这篇《小官的厄运》是一篇描写细致的小说，尤其在心理描写方面不惜笔墨。文后选取部分原文，以供欣赏。

小说的主人公是粮秣列车的负责军官刘淋，他在车厢中的沉思拉开了小说的序幕。列车碾压轨道发出的声音令刘淋的脑海中不停地闪现出各种场景——战场、平原、森林、大海、高山等纷纷在他脑海里浮现，一切的美好都终止于战场上的惨烈。他的脑海不停地浮现战争的场面，"兵士们的葬坑，死尸的血泊与炸毁的碎末，仿佛还可以听到他们的呻吟。炮弹的吼声也不时在耳中响起"。这些景象仿佛将整个车厢都染上了血色，他似乎看见了生命的预兆和死亡的象征，这一切令他颤抖、害怕，但是满车的粮草仍让他感受到了希望和胜利的喜悦。

就在他憧憬着战场上的胜利时，他的"厄运"开始了。在关口附近，列车被阻止前行，原因是"总司令命令：不准有车出关"。然而，刘淋接到的命令是：三日内赶到前线。为了不耽误时间，刘淋与站长不停地交涉，尽管他费尽口舌，仍然被拒绝通行，气得他"浑身发热，气血加紧，脑子也晕了"。正在焦急万分之际，一个较大职务的官员走来，了解了情况之后，毅然决定让列车继续前行，刘淋总算松了一口气。然而第二个厄运很快到来了，在又一个关卡前面，路被总司令和某总长的专车给堵住了，又无法通行。无奈之下“他只得找见了司机的人，报告了某军团长，拍了一封尤其不中用的急电”。不一会儿，前面的车开动了，列车又喳喳地开始行驶了。这一切令他觉得当个小官真是比平民都困难。然而，厄运并没有因此而停止，列车行驶到X（注：原文用X代表桥名）桥时，在一个马上就要到达目的地的地方出轨了，原因是“某军败退时，把X桥的轨道毁了一部分”。刘淋看着沉落的车头，自己的心也跟着沉了下去，最终，这个小官的身子也没入了水中，如同他的叹息一般，在水中荡起了无数的波圈。

这篇小说，篇幅短小，描写却细致入微。文中将一个运粮的小官刘淋一波三折的厄运生动地呈现在读者面前。小说注重心理描写，从开篇主人公脑中的沉思，到每一次厄运时主人公的心理状态，都刻画得淋漓尽致。这些心理描写与故事情节结合得恰到好处，塑造人物的同时推动了故事的发展。

小说通过一个运粮小官的遭遇，映射了当时的社会状态。战士们在战场上流血牺牲、粉身碎骨、马革裹尸，运粮的小官沉浸在战场的惨烈里不能自拔，而后方的老总们却不会为军粮延误而担忧。一个运粮小官的厄运警示着世人，这不是一个人的厄运、不是一车军粮的厄运，而是在战场上杀敌的将士们的厄运，是整个民族的厄运，是国家的厄运。

附录：小官的厄运（节选）

丁焕文

军官刘淋在车厢中沉思，一切都是和谐。列车向战区行驶，在轨道上驰行，不徐不疾，轮碾出来这样和谐的音曲。我们前进，我们动杀、战场、平原、森林。深渺渺的海，高峻削的山，我们都要经历。然而归结我们必须停在战场，兄弟们，我带你去！无需畏惧，因为不仅是你，连这些车厢，连这些兵器，还有那些整车的粮米一起带去。献给我们的敌人，让他们尽量——毁灭！

刘淋吁了一口气，他在沉思，他是这军队中的思想者。惨恶的军阀的肥狗。他能想到，凡战场所有的一切惨象：兵士们的葬坑，死尸的血泊与炸毁的碎末，仿佛还可以听到他们的呻吟。炮弹的吼声也不时在耳中响起。他觉得是向死城走近，然而却不想离开车去！

在外面，夜色追赶上来，荒原中一切景物都渐渐隐起。玻璃透入一层血色，染了车厢的一步，这就是死。刘淋仿佛看见生命的预兆，死的象征！颤抖，怕，希望……然后再一个突然的触动中，车灯亮了。血色渐退，灯光如同白日，胜利，炫耀……

他愉快，感到舒适，拿起一封电报重念着。这是限他三日赶到前线的急电！

但是，在关口附近，列车终于被阻住了。刘淋，这粮秣列车的负责者。于是同站长交涉，因为这个中途的阻止恐怕要误了三日的期限，简直是厄运的来临。因此，他非常惶恐焦急，并且有些愤怒。

站长瞪着圆眼睛注视，皱眉。阴沉的面孔，严厉！刘淋用同样的态度周旋着。他有军团长的急电作证，但是站长所遵守的命令却是总司令的。他拿出来电报："请看一看这是某军团长的命令！粮秣。列车。三日内赶到。否则军法！"

……

"天罚他们！总司令的专车有什么权力阻障我们的粮秣？"他沿着铁路线仿佛并没看着前面的车已经开了，直到人家催他发命令开车的时候。列车又喳喳地行使了，有一日夜不曾发生什么阻碍，然而在X桥上，一个离阵地不远的地方出轨了，车头落在水里。原因是某军败退时，把X桥的轨道毁了一部。

刘淋几乎失了知觉看着那车头的沉落，如同疯狂或暴怒似的，离开了轨道。沉、沉、沉落到寂然的河底……此外只有一声长鸣，随后是无数的水泡。再后是刘淋，这不愿负责的小官的身子也投入水里。如同叹息似的，水中荡起了无数的波圈。

（摘自1931年1月6日《泰东日报》）

一生飘零有谁怜
——《金钟泪史》评介

邱 伟

《金钟泪史》是一部哀情小说，于1919年5月底开始在《泰东日报》连载，作者大拙。

大拙，原名毕乾一，字庶元，号大拙，大连金州人。大拙出身于金州的诗书世家，父亲为清末秀才，曾任开通县巡检，候补知县。大拙深受家庭教育的影响，有较深厚的传统文化基础，善于作诗，且谙熟戏曲。大拙是大连地区第一代报人的代表性人物，据梁德学《〈泰东日报〉中国报人研究（1908—1945）》文中记载，大拙1915年至1918年进入泰东日报社，曾任文艺版编辑、编辑长，是著名的文艺评论者和小说作者。目前大拙的小说作品仅在《泰东日报》可见，主要集中在1919年至1921年，其中连载的长篇主要有《连水勺波》《金钟泪史》《劫后情灰录》等，短篇小说有《望儿山》《龙潭记》《冥》《叶生奇遇》《孝子刺虎》《苏克仁》《哀鹤记》《邪术害友》等，还发表了滑稽小说、寓言小说和讽时小说等作品。因为谙熟戏曲，大拙还发表了大量的戏曲评论，是《泰东日报》《歌场零拾》栏目的主要撰稿人。《歌场零拾》栏目主要发表戏曲评论文章，对当时在大连演出的剧目及演员进行专业的评论，是研究近代大连地区戏曲艺术发展状况的重要参考资料。大拙的文章往往从演员的专业素质、舞台呈现和观众反响等方面进行评论，彰显了他深厚的戏曲功底。

《金钟泪史》以第一人称“金钟”的口吻讲述了一个富家女因家中遭受劫

匪，在逃跑的路上被人拐卖，流落风尘的故事。金钟并不是她的本名，而是沦落风尘后所用的名字。被拐卖之初，金钟拼命反抗，遭来的是毒打、被转卖等厄运，逃跑无望的金钟只能强颜欢笑。在苦难的风尘生活中，金钟遇到了两次爱情，虽然也有过温柔甜蜜的时刻，但终究因为是风尘女子而受到歧视，经历了被抛弃、被赶出家门等各种折磨。辗转十几年后，终于找到家人。然而，她所期待的家人也并不能接受她，等待她的是更残酷的社会现实。

《金钟泪史》采用第一人称口述的叙事视角展开叙述，随着“金钟”的经历和所见所闻，呈现了当时社会世态炎凉和人情冷暖的人生百态。

控诉封建思想对人性的毒害。金钟的家庭是富足的，金钟从小受到“大门不出，二门不迈”的封建传统教育，即使十几岁了，自家附近的路都不熟悉，所以才会被拐卖。因为封建思想的毒害，在爱情里，因为金钟风尘女子的身份，导致第一个爱人被官场同僚歧视，仕途受限，不得已抛弃了金钟。第二位爱人虽然深爱金钟，却也只能给她妾的身份，家中是妻子做主，妻子设计陷害金钟，就可以将金钟逐出家门。十几年后，金钟终于找到家人，而家人也不能接受金钟流落风尘的现实。在小说中，金钟对人性、对社会没有一句痛斥的话，但是她的种种遭遇，无不渗透着封建思想对人性的禁锢和戕害，这种毒害已经深入社会的各个层面、各类人群，是造成金钟生命悲剧的深层原因。

用小人物的悲惨遭遇揭示黑暗的社会现实。小说主人公金钟是个再平凡不过的女子，从她的经历中我们完全可以感受到当时社会的黑暗。金钟在父母身边被封建礼教束缚着，被拐卖之后被拐子和老鸨控制着，有了爱情，被世俗禁锢着，她一直生活在一种不安和恐惧当中，这种不安和恐惧映射着社会现实带给人们的恐慌，在黑暗的社会制度下，没有任何一处安定祥和之地。流落风尘的金钟遇见了社会形形色色的人物，处在统治地位的各界人物以个人享乐为主，不顾国家存亡、百姓死活；普通百姓为生计奔波，无暇关注社会现实和别人的命运。通过金钟的讲述，这些人的嘴脸被淋漓尽致地诠释出来。作者用一个小人物的遭遇展露了旧社会的各种弊病和丑陋，无限放大了病态社会的本质特征，使读者感受到了当时社会的黑暗。

整部小说以人物的语言和行动刻画人物，讲述者情感真切、自然、饱满，人物形象特征明显、性格鲜明。通过第一人称口吻的讲述，形成了强烈的渲染效果，一种复杂的韵味和意蕴深厚的情感弥漫着整个作品，深深地感染着读者。

《金钟泪史》的语言处于半文半白状态，这种行文习惯与文言文相比较，摒弃了文言文的晦涩深奥，更为通俗易懂，更容易被普通读者接受。同时，说明这一时期白话文还没有成为大连小说创作的主流，新文化思想的影响还没有波及大连，大连的新文化运动还没有展开。

附录：金钟泪史（节选）

大　拙

三

然则，妾胡为而至此，又胡为而有此金钟之名，此中原因凡阅本部之第一章者当已了然。今不妨逻移而再述之。金钟者乐籍中之花名也，妾只言家世不以姓氏示人，非不欲露现真面目恐有以辱及门楣耳。妾之至此境遇，虽云薄命人合当如此，亦受此黑暗社会之赐良多，请于次章述之。

光阴迅速如水流年，妾之附学读书匆匆已五年矣，学识进步非同马齿徒增，及笄之年才名已播诸一乡，时与老父知交者有谓某乡宦子品貌双清堪与令女为伍，有谓某世家嗣人才并济足当东床之选。老父亦只唯唯，鲜加可否，盖欲详加品题，择选快婿，儿女大事未容轻于然诺耳。不意风云不测变乱易起，饥馑之年土匪揭竿成群结伙肆扰闾阁。一夜，妾家■■■■■人人方在黑甜乡觅生活，徒闻人声呐喊，枪声隆隆，重门洞开，明火执仗者蜂拥而入，老父于梦中惊醒，执刀率家丁与贼战，妾与母越墙而逃。越数里母女以黑夜无光遂于歧路相失，比及天明，云山依旧乡井全非。以妾素日久处深闺足迹不履中庭，野径生疏有家难归，惊怖之余继之以泣。时有贩人朱三者自沪上归，见此伶仃弱女貌殊不恶，携之沪上二百金易售。遂乃上前问讯，甘言抚慰，并言愿送之家，妾误认以为真，乃随之行。

四

行行重行行，越数十里未睹家门何在，筋疲力软已难作长途之遄征，遂向朱三曰：“吾伯怜妾失家始携妾归，妾记夜间出门绝未经此漫漫长途，将之何方，请有以语我。”朱曰：“汝家遭匪难，父母离散，室家焚毁，一旦归里，设以匪人未退，将乘间掳汝以去，我不欲救汝，反再有以陷汝耳。汝曷寓身敝舍，容余细加探听，果尔丑虏已去，双亲亦归，室家无恙，则余必送汝归，请勿疑心。”妾闻此言亦深以为然，遂曰：“吾伯之言为妾虑周至，越日归家，妾必令双亲有以报吾伯恩。尊舍远近祈示妾知。”朱遂以手指前面一市镇曰：“即是。”于是，妾复迈步随朱前进约半里，乃抵朱家，为茅舍三楹殊湫隘，家出一妇年四十许，犹涂脂粉不类乡村中人，见妾来，满面笑容向朱问曰：“哪乡来得贵客，面容如此姣好，长途跋涉得勿困乏耶？速进展茵拂床亦殊殷勤。”朱频向妇作私语，妾亦不知何意。未几，妇以饭进，妾以忧心辞不食。妇见妾如此，来相劝慰且言，夫已外出探听府上消息，去讫匪患果靖，三二日内必送汝归，请勿忧以自损伤千金之体。并问妾之家世及妾之年龄，殷勤备至厥状可亲。妾亦深感其德。越日，朱归，言妾家已成焦土，庐舍荡然，父母避难赴沪，匪人仍犹未退，欲寻双亲即可赴沪。妾寻亲心疾，遂作恳切之状曰：“望吾伯携送，一切路费妾有簪铒可质。”于是辞妇而别与朱赁乘一马车，越半日功夫抵火车站，遂转搭火车赴沪。

五

汽笛一声，车行如驶。沿路上花明柳暗鸟语莺歌，风景之佳亦殊足怡人神思，无如妾心不在此，触目未见，入耳不闻，何以车行之速时可七十里，犹觉迟缓如牛，因妾思亲心疾有如飞矢，车之速率不及良多，故觉其迟缓耳。屡向朱问讯离沪路程尚有若干，尚需几小时可达，朱言约百四十里，需两小时可达，汝勿心急。得吾饥乎，遂于车中购得许多点心置诸妾怀，令妾食。妾虽不食亦殊念其体贴，绝未料其有歹意。时车中有一农人屡言妾乡匪患，似自妾乡来者，然妾不识其人，屡欲乘间问讯，皆被朱以他话与其攀谈截住。妾乃疑潮顿起，莫名其意之所在，乃踱向农人前，尊声而言曰：“乡伯。”甫脱口朱即作瞋怒状曰：“谁家青春幼女不识羞耻与生人作攀谈耶。”妾正欲争辩，车行停止已至沪上。朱乃硬携妾而下，换乘马车同赴沪市一媪家。媪亦良言温语向妾呶呶，妾置不理。妾向朱问讯双亲住址究在何处，究能携余去见否？朱时改作温霁之色曰：“待余赴街问讯，早晚必能令汝父子母女团聚一室，请稍待时刻，勿要心急。”时，妾疑信参半，心中忐忑不安。越日，朱来言已询悉双亲住址可送汝去，妾此时霁然色喜，心怀一畅，伶仃弱女将为有所怙恃之身矣。

六

于是，朱携妾辞媪，出门乘车向东而驰，路经沪上繁赜之区人多如鲫，何止千万，熙来攘往。充溢街衢路旁琼楼玉宇如鳞次如栉比巍峨之状上出层霄，此沪上繁华气象洵非内地可拟。时妾离乡背井，屈指计之已一星期矣。此一星期中担惊恐受奔波艰辛困苦，今始得可亲可爱之父母消息住址，越片时，妾当投诸亲怀，历诉别后情形，以妾素日养尊处优，娇生惯养，今受如此颠簸，二亲闻之不知当如何痛心，然以妾出复归珠还合浦，又不知当如何喜悦矣。

哪知，妾之七日前已为妾之与爱亲诀别之日，七日之后又焉能复有聚合之理。造化弄人，亦云酷矣矧当世风日下，人心险巇，以拐贩人口为生活者比比皆是，妾已落奸人之手，有如鸟入樊笼，遑容展翅腾飞者矣。

未几，隆隆声止，车马悉停，偌大旅社已在面前矗立矣。朱乃携妾而下，相将入内。越重门进一楼下隘室，蛛网挂壁灰尘满地，似经久未住客者，然双亲何在？妾不能不有所问讯，朱云旅社屋多待余找寻，汝其曷待于此，妾亦只得依允容其去找。

七

黄鹤一去，杳不复还。妾待朱三经久未返，不得已迈步外出，将欲询诸店伙，足未越门，见一店伙挟一中年妇人来至此，并妾推入室内，回手揽门关闭，此胡为者，妾方欲有言，铁将军下矣。

妾此时魂已离身，面无人色，此岂囹圄耶，妾无罪不能入此，且与朱三素无仇隙，妾落陷井既不能援之以手，又遑能投之以石耶？焉知金钱万恶造成社会劣端，流贼土匪杀人越货非与被劫者有隙，亦非是人乐于为此，乃金钱有以驱使之耳，此强有力者为然，如弱者乃启奸心肆行拐骗，伤天害理无所不为，此可谓之无形之强盗，而其阴贼险狠乃甚于有形之强盗。如妾者设遇强盗，纵不过劫掠货财，如不知我为乡绅之女，亦未必掳我以去，即掳我去，黄金自古赎娥眉，岂终身不能重见父母也耶？今朱三巧言乘隙骗妾至此，鬻于市侩，早已金钱入囊，复适他乡仍作拐骗人口生涯去矣，妾此时乃初入魔宫未足为虐，异时身沦孽海脱离无期，人间地狱其几为终世之监禁矣。

时彼一中年妇人嘤嘤啜泣申詈不已，妾见此状乃即面前问讯，妇言系杭州人，因夫外出谋生十年未归，有人言在沪者，乃随之来沪投于此，间人即远去，遂将余禁闭此室。妾闻此言知同系被人拐骗者，同病相怜楚囚对泣，以金钱购妾等者将不知如何发落妾等。

八

越日，有一老媪来向窗口探视妾等，未几门亦洞启，媪进，向妾身旁坐下，视首视足端量备至，复执妾臂细加摩抚自谓曰："此尤物也，老身院中无此丽质，若饰之以金粉，衣之以锦绣，他日取利十倍不啻也。"乃向妾曰："汝等皆薄命人，故遭人拐骗至此，勿事过伤以自捐毁，今店主已转售于老身，曷随老身来，老身家中养女殊多自足供汝取乐。"言已携妾出，回视彼一中年妇人犹在室内，门旋扃键但不知此假面之旅社又将如何发落，纵不过转售贩卖有所取利耳。是时，妾身不由已，自得随至媪家，以求他日有机可乘，再图脱逃耳。媪家屋宇精致，陈设雅洁，湘帘棐案锦帐牙床，虽乡绅家有所不及。媪言贵客来，汝之姊妹曷弗出见。未几，花团锦簇珠绕翠围，一个赛似一个。见妾，争来携手作亲昵状，遂指妾曰："阿妹模样儿性格儿不患他日无佳客梳栊。"未几，金乌西坠电火耀光，门外车停马止，乃便便大腹贾联翩而至。各姊妹争出，拍手作欢迎状。媪遂谓妾曰："老身家以卖笑为生涯，今购汝来，无非迎待宾客求阔佬欢心，多博几许之缠头费，献媚逞妍，汝当求诸阿姊指示，切勿执拗须知老身三尺青藤不汝宥也。"

九

媪言竟以目视妾，有似立刻限妾承认。妾此时万弩穿心恸痛难忍，欲承认则清白之身难保，欲不承认则媪之淫威可畏。况妾为宦门之女，父显而兄贵，一旦知妾倚门卖笑，虽云势逼处此，非妾之所欲为，亦深足遗羞门第，有辱父兄，行将断绝骨肉之亲，弃之如敝履，决不能引手垂援出妾于火坑，则妾将终身不得自由矣。妾思至此，志意坚决，不自由毋宁死。乃抗声而言曰："阿娘之言敢不从命，但妾非如小家之女，阿娘以重金购取，父母虽知之无金亦难赎出。今阿娘若能以礼待妾白圭不玷，则他日父母知妾下落必能撵金赎妾。是时，勒取重价当不止十倍。"媪初见妾两目瞪直呆立不动，继见妾有此等言语似不肯倚门卖笑，乃雌威大振怒目睁圆。未待妾之言终，即向妾狠命啐了一口，遂即引其鸱鸮之声曰："老身初次说话，小妮子即敢巧言饰辨欲行搪塞老身，老身家法汝乃未曾尝试过。"遂揪妾发至一炊夫室，褫妾之衣，悬妾于柱，以水浸藤杖向妾身抽来。妾一号泣，杖即如雨下。视妾之处家园时，父母钟爱嬛婢奉迎，居移气养移体，风吹着儿即觉不适，今竟遇此苛刑，岂娇躯所能堪耶。杖落处，即见青紫，萦身初时还觉痛楚，继竟晕厥，不知所谓痛楚，亦不知何时媪始释手移妾于卧房。

十

妾待苏来恍如隔世。时妾身傍坐一中年妇，有似妾初来时众姊妹曾呼以娘姨者。妾遂亦以娘姨呼之曰："妾身现处何地？妾忆藤杖临身时魂已不知所往，此岂九京之下耶？果尔，妾虽无重见父母之期，则已离脱尘世之劫，亦差有所幸，然娘姨又胡为乎来哉。"娘姨曰："非也，此犹尘世间也。"妾聆此知尚未死，今生冤孽仍属未了。细聆钟漏沉寂正当宵深时分，案上兰缸昏然欲灺，而满室之陡呈凄然景象又无一不令伤心人作触目伤心之境。时妾长卧在床，哀毁无似回首乡关徒增想象，遍体鳞伤痛楚难名于号痛之下，继之以哀泣嗟乎，人非铁石心肝孰能无感。时妾泣，而娘姨亦泣，娘姨泣而此斗室之中又无一不作悽惨之色。

娘姨以巾拭泪勉强止泣，作亹亹之声向妾而言曰："姑娘不要痛哭，余心碎矣，余有一言愿为姑娘奉告。此间鸨母以重金购得姑娘所为何来，姑娘欲以泾渭自分鱼龙不扰，亦大难事。姑娘家有万金自易赎取姑娘，无如一时不能知道姑娘下落，以余拙见，姑娘不如从鸨母命暂且随诸姊妹招待宾客，如有人为姑娘梳栊者，当以婉词谢之，且暗中请托客人在外探听父母下落，如知底，确可急速送信令其持金来赎，此时万执拗不得，如再执拗鸨母仍将继续施其虐刑。余之所言未知姑娘以为然否？”

十一

妾闻娘姨所言似半系为妾进忠告，亦似半系为鸨母作说客，然其勤恳之处觉其字字皆嵌入妾之心坎中，矧以纤弱之质能堪几许摧残。妾之双亲素日爱妾备至，一旦失妾即能置之不顾不加以寻找耶？如果鸨母怜妾弱小，一时不令妾灭烛留髡，坚贞可持，还家有望。虽与一班腐臭男子作无谓之接谈周旋，尚可免去挞楚，忍辱含羞亦未为不可。

妾思至此，遂向妇曰：“娘姨之言为妾虑周至，遑敢有所违拗，辜负良言。为妾告阿娘必须待妾身体告愈，始克周旋于宾客之前。”娘姨聆妾言竟似有得色，意其必奉鸨母命来守视妾，并嘱以乘间于妾前进以游词，中间见妾悲哀之甚不觉良心感动，至为泣下。对妾所言，虽间奉鸨母之命亦为妾划策，亦为妾抚慰，今得妾之口允之词，于鸨母前乃有所复命耳。

未几，鸡声喔喔，天方欲晓，娘姨遂匆匆去。移时红日上窗，众姊妹乃翩跹而至，沿床视妾，抚摩劝慰爱怜倍至。中有一年岁稍长者语妾曰：“向后阿妹万不可违拗母命以自干挞辱，吾等皆系薄命人，始为人拐骗至此的烈性女子，愚姊亦曾遇着几个初时亦如阿妹执拗不肯为此下贱生涯，凭着自己一把嫩骨头与阿母虐刑战，然鲜不归于失败。”妾未待其言竟即曰：“姊言良是，妾此后愿从阿母之命，不再违拗以再罹此摧残之苦耳。”未几众姊妹散去余亦昏昏睡去。

十二

由是时起，时眠淹滞床褥者十余日，递茶奉水皆系娘姨一人，任之殷勤周到殊能体贴，妾意暇时复与妾闲谈，不令妾有所岑寂。十日后，伤痕渐复身亦渐能行动，鸨母数来抚视，视妾伤已愈，遂令诸姊妹带妾见客。客人中视妾腼腆温柔举止稳重不似贫家儿女，渐有询及身世者，妾视无人在前亦一一告之，亦有咨嗟叹息者，亦有允为扫探父母下落者，不意命宫磨蝎正未有艾，孽海飘零难资一定，是后妾如随风柳絮逐浪桃花，正不知流落何似矣。

一日，客来言有某乡绅丢失爱女遣人扫探系被人拐贩沪上，绅遂恳请沪上警厅派人侦缉栈房，搜查妓院，越日即将实行。鸨母得知方视妾为摇钱之树，今恐有罹法网人财两空，乃找一他处人贩子将妾贱售人贩子。晚间先携妾至一黑暗处，施以挞楚，示以恫吓，其凶狠之处似鸨母有加一倍，谓妾曰："汝已为我女儿，须臾登轮时必须呼我以父，否则仔细汝之肉皮，此不过初施我之薄刑。"言已，携妾至码头登轮放洋而行，妾此时心旌遥遥，命如悬丝，前途沉劫正未知有所如何。

十三

海天茫茫忧思重重，回首云山怅望何及。是时，轮声轧轧船如矢飞也，乘车赴沪找寻父母惟嫌其迟缓，今也登轮他适，离乡愈远乃恨其急速，将之何方，妾实不得而知。越两三昼夜，船已抵岸，买妾者携妾而下。此地为一巨埠，街道坦平杰楼崇峙，虽不及沪上之繁赜，亦非内地之市镇可拟，遂相继乘车进一客邸，仍属将妾禁闭一处空庭，寂寥斗室黧暗。妾此时心如槁木骨似瘦柴，朱颜凋谢已非昔日容光，秋后黄花还比余瘦，欲哭无泪欲嘶无声，一息尚存未作泉下之客，三生遗孽仍属劫中之人。妾有父母今世不能再见，妾有家乡此生不克重还，生不如死。死而有知，灵魂飘杳似雾似烟，关山千里倏忽可达，托兆示梦俾双亲知妾已死，纵不过老泪滂沱一场痛哭，尚可免去昼夜悬心到处寻找，总胜于无踪无影杳杳鸿飞。死未可知，生而不见，时刻牵肠寝食不安，此非垂暮之年所能堪受。妾有生以来，劬劳之德从未得以报偿，今遭人拐贩骗卖流离辗转，历尽恶魔地狱之苦，乃生前之冤孽。斯今世之宜受岂可复以此重父母之忧，自最不孝之罪也。妾思至此，视死如归，解下腰间三尺红巾系诸梁柱之上，授首入缳俾得魂归极乐之天，免彼世间之苦。

十四

然而人生固有一死，死或重于泰山，或轻于鸿毛，用之所趣异也。死于忠者为忠臣，死于节者为节妇，死于义者为义士，死于孝者为孝子。杀身成仁争义死，难名留青史芳及千秋，若妾者一线残生，生死无关于名教，苟延残喘徒增人间几许之伤心史，为后世多情人凭吊欷歔，转不若以此干净之身还归干净之土，孽海孤星不常空悬为妾身作照，此后之风横雨斜摧残凌虐，亦绝不能有所及于薄命花矣。时妾咽梗气绝，游魂如丝陡如临彼高山作深壑之跌坠，果何故耶，而有此之象迹耶。

启目视来，三尺红巾已被刀割，买妾者守视于妾前，始知死又未能，仍在人世，此非绝处逢生，亦非难中遇救，乃碧眼翁对于命薄人苦难未了，未容其归于罗刹之天也。所幸买妾者未加挞辱，谨曰："余若晚归一时此女已丧，累累五百金深恐难入余之囊橐矣。"

以此人之凶恶于沪未登轮时于妾何等蛮横，今竟恕之不责，非有所怜于妾，为欲保存丽质以便重价而售耳。未几，灯火齐明鱼更初跃，此人携妾而出换乘马车，飞奔疾驰向西而行。

（摘自1919年6月15日《泰东日报》）

奔向光明的路径

——《三人》评介

古雅静

小说《三人》，作者也丽，发表于1939年《新青年》第八卷第七期。也丽即野藜，原名刘云清（1904—1985），大连人，笔名镜海、炼丹，1904年出生于大连市金州区杏树屯。1930年，他以“镜海”为笔名在《泰东日报》发表处女诗作《自己的歌》，开始了创作生涯。他在工作之余，创作了大量的文学作品，包括诗歌、散文和小说。1934年，他开始在《泰东日报》《新满洲》《新潮》《艺文志》《新青年》《麒麟》等报刊上发表小说。其创作的短篇小说近40篇，《三人》《花冢》《还乡》《一个闷葫芦》《十五年后》《晚景》《母爱》《不关紧要的事》等较有影响。

也丽于1939年2月创作完成的小说《三人》是其重要的代表作品之一。这篇小说将主题集中在命运悲惨的暗娼叶芬身上，细致地描绘了叶芬如何从一个幼小娇生惯养的孩童一步步成为一个命运悲惨的暗娼，然后又如何从深陷的泥潭走向光明的故事。

《三人》从叶芬与一醉酒男子的对话开始，两人互相交谈中，叶芬慢慢向男子吐露心声，将自己的身世娓娓道来。叶芬的爸爸是小学教员，幼年的叶芬在父母的疼爱之下长大，直到八九岁，她开始懵懂知事的时候，渐渐发觉妈妈与一些年轻的小伙子之间不光明的行为。后来，叶芬的妈妈更是变本加厉，竟还抽上了大烟。叶芬爸认为这是一种奇耻大辱，无法继续忍受，与叶芬的妈妈离了婚。叶芬便跟了吸食大烟的妈妈，叶芬的悲惨人生也由此开始了。起初，叶芬转入到一个新的学校，在这里她得到了短暂的快乐，整个人也显得活泼起来。学校里的一位教书先生令她难以忘怀，他的热情和热血灌溉着孩子们，对像她一样被伤害过的孩子更为如此。后来，教书先生离开了学校，而叶芬在不久之后也辍了学。母亲为了抽大烟，竟将叶芬作为商品一样地出售。

听完了叶芬的自述，男子似乎清醒了许多，并试探地呼唤叶芬的名字，问她是否还认识自己。叶芬仔细端详，发现这男子竟是多年前自己十分崇敬的教书先生柳灵根。叶芬喜极而泣，与恩师再一次相遇似乎像做梦一般。后来，在攀谈中得知，老师是因与朋友老褚喝酒醉了才来到她这里。而老褚也正是叶芬相熟的人。柳老师认为老褚是一个有见地有理想有追求的人，于是邀约叶芬一起去客栈寻找老褚，其三人欲一起走向光明的大道。

小说叙述流畅，情感上从哀怨走向希望，写作手法隐晦含蓄。小说表面描写叶芬的凄凉人生，但实则暗含救亡意识。文中发出了“洪水要淹没我们的身体，除非做个斗争的英雄”的呐喊，具有较强的使命感。

附录：三人（节选)

也　丽

“二十四史，我该打何部说起呀？诚然，这包裹久了的人类艳痛的脚步，今夜也该趁机放映一回了。”

我在偷偷地伸舌头，这暗娼竟有这文绉绉的谈吐，我奢想这是一个妓女生涯中的女神。

我有意使这圈圈的白烟遮着我的脸，我小心翼翼地呼吸着。

“我的妈妈已死去半年了，是的，我的自述，是该跟我妈妈身上谈起的，也就是说我的妈妈给予了我这非人的生命，或许是有种种的根因……”

她转过脸去，背面那只手是在脸上揩抹着，等到重转过脸来，眼圈已揉成红润了，但她继续地像有什么力量在催逼她似地说：“我没有兄弟姊妹，我打小就是娇生惯养的一个，虽说不是千金小姐，可是比讨饭吃的人也算得意……爹爹是小学教员。”

“小学教员？”我不觉地喊问着，又爬了起来，这小学教员女儿的现形，使我感到战栗。我又躺下去，让杂念暂时死在心窝里，只维持着听觉。

“是的，妈妈是小学教员的妻，妈妈是爱我的，爹爹也爱我。但我时常体贴着妈妈，远着爹爹，特别在妈妈跟爹爹为短钱花而争吵的时候。我直到了八九岁，懂得了一点人事时，我才开始明白了妈妈的行为是不光明的。爹爹是教员，除了假日整天地在学校里忙着。我也入了学，于是，妈妈就有机可乘了。她出去上邻居家闲扯，不然，就招惹一些年轻小伙子来我们家。有一次我因为得病了，有几天没上学，妈妈的行为就越发暴露在我的眼前了。她欺侮我小，不懂事，她跟年轻小伙子仍是那样的眉来眼去，摸摸索索。有一回，那轻薄儿还给了妈妈不少的钱和衣料。妈妈更爱俏了，搽胭抹粉，全身都是新的，爹爹不在家的时候，她总是跟人家说笑，没有约束，没有忧愁。可是爹爹回来了，她又摇身一变是另一个人了，不是说缺肉，就是说少鱼，或者说当教员的妻，不能跟平常人家的老婆一样，那般穷穷稀稀的……”

“爹爹呢？他清楚当小学教员的苦，他更明白穷神是永远站在当小学教员的头上。可是爹爹说，若能够省吃俭用，没有病灾人祸，是可以挣扎得过下去。但妈妈的主张是教员是体面人，不该这样。至于妈妈的行为，爹爹也渐渐地察觉到了。他在说什么的夹当儿，脸上总是红一阵白一阵，然而，他不曾涉及关于男女间的鸡鸣狗盗的私情……”

“教员是体面人，但妈妈的行事作为是给体面人脸上抹灰了。不过，妈妈始终不这么想，她自以为穿好吃好的，就是体面人的表现。”

“因为我是个女子，不时靠着妈妈，妈妈的行迹也很容易给看穿。妈妈的胆子一天大起一天了。调情，打牌就是她的日课，不知什么工夫，那英人祸害我们的大烟，她也抽上瘾了。过去，林则徐的拒毒，不是完全为国为民为我们后辈吗？可是不知道痛史的民族……”

我像患了羊角疯，我的手脚在极度的哆嗦了。

“越演越烈……”她打了一个唉声，“妈妈的容貌改，朱颜瘦。年轻小伙子也渐渐不大来了，代替的是一批烟客和吗啡鬼。他们瞅着爹爹的脚步，只要爹爹不在家，他们就会接踵而来的。妈妈还下流地曾对我说：‘什么脸面，活一日就该阔绰一日……’这是阔绰吗？我这时懂得恨妈妈了，开始可怜爹爹。”

“爹爹有时借题发挥，妈妈便大哭大闹，直到爹爹在她面前低首赔不是，她才肯罢休。爹爹为人之师，家丑是不可外扬的。”

“爹爹对我，也不像往昔那样的爱顾了，有时候，他还狠狠地盯我几眼。记得，他还对我说：你要知道你自己……”

“我该怎样对爹爹剖白呢？仿佛有一只庞大的手，堵住了我的嘴。当时，我什么话也没有说，可是恨妈妈痛爹爹的心，直在胸膛里乱窜。我觉得我是一个没人理解的人了。”

“越演越烈……突然一个春天的下午，我跟爹爹都在学校没回来的时候，妈妈竟声称遭了盗难，三个胡子把爹爹刚领下来预备买柴米的那二十几元的薪水都抢去了。消息传去，便轰动了寂静的人们，衙门也战战兢兢地支起来警报。搜索犯人时间经过了二三日，谁想到，衙门倒把妈妈传去了。稍加刑讯，盗案大白，所谓三个胡子，便是妈妈的好友——三个吗啡鬼。其实，那三个人并不是名副其实的抢夺，那完全是妈妈布下来的幻阵，以蔽爹爹的耳目，二十几元钱，是被妈妈拿去换了吗啡大烟了。”

“为这种莫大的耻辱，爹爹不能够一忍再忍，在衙门当场立案，跟我的妈妈离异了。可是那时候，妈妈为什么偏要叫我跟她呢？我不是未卜先知者，我没有判别未来的天才。看样子爹爹也很悦意不要我这个累赘，便让妈妈把我领走了。当时，我也曾埋怨爹爹不要我为不当，但我是一个十二三岁的女孩子，知道什么人间的苦辣之事以及做人的艰难。妈妈把我领到姥娘家。姥娘，这人间的妖精，她倒诅骂开爹爹来。就在她的诅咒里，我预感到自己要陷进万丈无底的魔窟里。”

她的面影仍是看不清楚，但一股辛酸，涌到了我的灵魂深处，一把利刃刺进了我的迷昏的脑子里，我的神志这才完全清醒了。我忍不住地坐了起来，险些道破了我的姓名。我为她讲述的这故事而愤慨而难过着。

我的酒意早尽，我的兽性已飞逝，这时，我是多么难为情啊。

“另一个春天，在我的要求之下，我又庆幸地入进另一个学校里，在这，我像又得到了温暖的阳光照耀了。”

她显得活泼起来，阳光真的像照临在她的头上那样了。她的眸子也随之明亮，明亮得像北极的坚冰。过去的疑惑使她不敢相信一切，她侧着额，把我打量了一会儿，又说下去：“我永久不会忘掉一位教我的先生。他是多么热诚，他用着他的热血，来灌溉着我们这群孩子……特别对我或类似我这种受害的孩子，更是尽心竭力地去指导。他说：‘你们是知道了一点儿人事的学生了，最好你们要查看查看你自己的环境，假设你们的环境是可怕的话，你们就要自拔，万不可随波逐流……’他说话的时候，我看得很清楚，那是完全在警告我。可是在当时，我并没有想好怎样去自拔，我只是感到挺大的悲哀。”

……

“还有，还有，但我记不起来了。”

在我的眼前，展开一幅画面:一个教堂，五十几个学生，一个教师一为一种冲动，教师在流泪了，学生也在流泪了。突的，一片热情的拥戴，仿佛又叫响在我的耳边，我几乎感激得跳起来……可是等我镇静了一些，我才意识到我还是坐在暗娼的炕上。

“你的脸色发青了，你为我这陈述而想到什么了吗？”她忽然向我说。

“我吗？……我……”我简直回答不上来，她这劈头的发问。可是为探讨究竟，我希望她能够不受意外的情绪的袭击，她能够接连地讲下去，于是，我搭讪着：“我的酒喝得太多啦，头在痛，眼在发昏……”

“俗语说得好，酒是穿肠的毒药，酒是乱性的东西，它能解千愁吗？”

几滴泪很快地打在她的花衫上，她的身子渐趋于痉挛。

“虽然乱性，你说的这些话，我还能听懂……解千愁？那位用热血灌溉你们的老师，现在怎样了呢？”深怕她扯破了话题，我郑重而惨痛地说。

她没有再瞅我，她马上又踏进回忆里。

“现在怎样？……我还记得当时的教堂，是陷进泪海里去了，那人间的珍贵，那人间的珍贵……可是，好时不常，就在我们那位恩师出走的那年夏天，我便……我便失学了。”

“为什么？”这更是我需要知道的。因为从这往下，才是我要听的新闻。

“其实，我的辍学，并不在恩师出走的关系上。为了恩师的警告，我曾跟妈妈和姥娘争吵过，毕竟我是一个无靠的人。终于屈服在宗法社会的威权之下了。自拔……自拔……”

“失学第二年，我十六岁的冬季……天哪，待我怎样说下去呢？一个可怕的夜里……我便成了他们的商品……野兽的血口，把我吞噬了，二十元钱的代价，一夜的拍卖……”

“这时，妈妈笑了，姥娘笑了，这非人的笑，这贪婪的笑，她们的吗啡针从此更大扎起来，她们的行为就越发的残酷了。拿着我这个没有灵魂的人作她们诱拐的幌子。有钱的劣绅或者是不痛钱的无赖青年，就如三伏里的苍蝇，驱不胜驱。我成了一块腐烂的臭肉了……”

“自拔……自拔……天哪，我的恩师哪儿去了？他知道他这可怜的学生在过着非人的生活吗？这么大的土地，没有我做人的地方。斗争？一木能支起大厦吗？从那时，我就……”

她颓然地扑倒下去，两个眉头死劲在抖动，她连声音都哭不出来了，这被人类蹂躏了的身子，这被人间遗忘了的女子，在我的眼下，倒显出来雄厚的姿态。“女神之再生”这名词，很伶俐地被我想到了，但她这陈述，简直要我的命，我再不能残忍地默听下去，我的一股强制的苦闷，迸然四泻，我失声地：“叶芬你还认识我不？我是柳——”

她惊疑地张开可怕的泪眼，身子抖动的几乎要爬不起来，最后像在绝望里获得了莫大的生之力，疑惑的眼光倏又充满了意外的惊喜与确信，她急急地问:“你就是柳——”

“是的。”

“你就是我们的恩师？”

“是的。”

“柳先生吗？”

“十年来被风吹雨打的柳灵根，原形是一点也不存在了吧？”

“果然呀！”

叶芬又颓然地哭倒了，但她这回的哭，是在悲痛里蓄了欢欣与活力。

“叶芬，你不必再哭了，我们该庆贺我们的奇遇，这夜色虽然这般的深，可是你的光明该从今夜始。”

“先生！”叶芬真的很快压下了哭声，规矩地坐了起来。

“先生，我相信这不是梦，当先生踏进这屋子里的时候，我就发觉一点什么……当先生醉倒呕吐了的时候，我越发认清了先生的旧时模样。虽然瘦了一些，老了一些……可是我怕我的记忆力不强，万一弄错了，遇着了歹人，我的前途，岂不更是火上浇油！侥幸先生要打听我的身世，所以我就把这没曾对任何人诉说的惨史一页一页地翻开来。先生，我起初诉说的时候，在暗地里抱着百分的热，可是看先生不动声色，我又渐渐地感到冰冷了……直等到我问先生脸色为什么发青，先生以喝多了酒对之，我更感到绝望，我寻思是真的认错人了。但我索性揭开我非人的生活……”

“我默然倾听，这是我的不是，可是你知道我在怎样难堪地忍着我的痛恨。你妈妈不光明的行为，你爹爹对你的绝情，那我早就认为是不当的。你我都在学校里的夹当，如你的自述，我也曾警告过你，可是没料得到，在我离校不久，你便为了你的妈妈而牺牲了你自己。但你怎么又流落到这羊镇？”

“这还是我妈妈的摆布。”叶芬生起气来，丝丝的复苏起来，她幼时天真的面庞，也在复苏的生气里看出来几分。

“你妈妈的摆布？”

“是的。”

“又为什么？”

“她那种非人的行为，当时曾遭过地方识者的排斥，为避免，才迁到这羊镇。”

“几年了？”

“七年了。”

“那你的爹爹呢？他现在怎样了呢？”

“他吗？还当教员，他早就另娶了一位女人。他早已不挂念他的女儿了。人类没有爱怜，没有情义。爹爹抛弃了女儿，妈妈凌虐了女儿……再有谁……”

我一时找不出来适当的话解答，我知道她这个时候痛恨诅咒的心达到怎样的一个程度。爹爹抛弃了女儿，妈妈凌虐了女儿都是真的，可是她说“人类没有爱怜，没有情义”，这不完全是对的。我相信她不会否认宇宙间这“爱怜与情义”的存在。不过，它的价值应是“光明”，不是“苟且”，是“仅有”不是“普遍”。

“我也不能一笔勾销了人类的正义，可是这正义有多么高贵而难得呀！先生还是十年前的柳老师吗？”

“这？”叶芬的率直质问，使我觉得挺大的惭愧。“叫我用少数的语言，恐怕答不出来更好的问题，十年？十年来风雨的剥蚀，越发使我流入艰困。不过，今夜，险些叫酒把我毁坏了，这也是老褚的豪放脾气的作怪……”

“老褚？”她愣了，又一种新的惊讶布在叶芬的活生生的脸上。

“老褚！这家伙总算有趣，他请客啦！”

“怎么？你是喝了他的酒吗？”

“是的。”

“先生到这羊镇有几天了？住在什么地方？”

“将近十天了，在大丰客栈。”

“大丰客栈？”叶芬挑了一下眉，突的，我发现她的一种新的惊讶的脸上浮上了温柔赧然的红云来。

“你认识他？”观察她的颜色，我马上想到这一层，对于她伴灯独坐，我更恍然了，尤其是老褚在夜里不时出来，于是我重复地说:“你认识他？”

“我认识……”

“这……”

一个冥想，怂恿了我的灵机，老褚的影子，在我的眼前掠过来掠过去。

“他是怎样一个人呢？先生该能看懂。”

“豪放不羁，仍算可爱的。”

“是吗？先生的眼光，依旧是那么明锐……”叶芬很快地由赧然转入悲凄。

“先生！”叶芬又说，“妈妈为吗啡中毒，她已经死去半年多了，姥娘……她虽然还活着，但我早就想离开她了。不过，一个弱女，一个暗娼，任你怎样也是多余呀！那些男人……高了兴，就把你看成玩物，不高兴……就诅咒你。斗争？英雄没有用武之地，这破烂的身子，真的该埋于泥土中去了。”

“年前碰着了褚德谊，那老褚，虽然他摸索的行迹使人冷齿……可是他的灵魂，他的见地，都值得人赞叹。由于他的影响，我觉得，我也将要复活了……他是一点火星，在招引我这遭难人。”

我全身的血液，注入了一些满意的成分，冥想里滚出来幅美丽的远景，有绿叶，也有红花。

“不久就会停止他现在这不当的行迹……”

“那么你也该歇业啦。”我无须再踌躇了，冥想迫窘了我的神经，我又仿佛看见在远景的这边，那广大草原的一条荒径上，

有三个夜行人。

“我们一块到大丰客栈找老褚去。”

（摘自《东北沦陷时期文学作品与史料编年集成·1945年卷》）

是忤逆，还是觉醒？
——《一个忤逆儿子底供状》评介

关婷元

未农的《一个忤逆儿子底供状》发表于《新文化》（《青年翼》）第五卷第二号，这部作品还曾于1923年6月21日发表于《泰东日报》上。

“供状”来自一个在新旧社会交替中企图革新又与原生家庭矛盾重重的“新青年”的自述。一个生活在封建礼教家庭的孩子，看似处于少爷的地位，却面对着妻妾成群、以“清朝遗老”自居的父亲，遭受着严父与教书先生的责打。他的供状伊始所抱怨的便是：“四书五经的各字都有戒尺拳头钉到脑髓上的钉子，很难从我的记忆上脱落下来，就是到了现在，我要拔彼等还拔不出。”之后便洋洋洒洒了一篇自己短暂人生的诉状。

“革命四起，共和告成”之后，父亲无官可做，只能在家里搬弄些曾经的官威，坐堂、审贼、喊打的对象只能是家中这个当时只有十四岁的少年，“我”天天当被告、担罪名、受审判，难以负担又无所逃罪，想要自杀又没有勇气。终于在亲友用“入学堂可以做官，可以显亲，可以养家”的理由说动父亲，允准“我”去北京考高等师范附属中学读书。入学后也是矛盾不断，父亲觉得“英文数学都是外国的东西”，若想做官应该好好练字，于是“我”每天练字、看些古文，英语数学偷偷在学校自习。一年后，父亲去湖北做知事，托朋友监管“我”。微薄的生活费不足以支持“我”的学费与生活，吃不饱、穿不暖，甚至被学校听差说成是叫花子冒充学生。而父亲信中责问的只有：“我的牛马债，几时才得完清？”

父亲把“我”中学毕业看成“牛马债”还清的时候，即应该赚钱养他了，于是逼“我”去参加袁世凯正在举行的进士和俊士的考试。至此，“我”的忤逆开始萌芽，第一次公然违背了他的意旨，考上了官费的高等师范。高师的第二年父亲便逼“我”订婚娶妻，稍有质疑便是责骂，“我”只能以家中常礼“跪下”告饶。过两年完婚后的“我”才真切地意识到：“娶妇并不是为自己得个伴侣，乃是为父母买一个不支工钱的奴隶。”“我”也得了在家便常生病，回京就好的“怪病”。

至五四运动，“满北京的学生都高呼救国，于是打曹陆、抵制日货、沿街讲演”，“我处在这种白热的空气中，亦被镕化了”。然而，父亲却视此种情况为“犯上作乱”，奈何不为政府所用，无处施展官威，只能又将“我”作为学生代表，坐堂审判起来，“我”不语，则“唠叨不休”，“我”又觉醒了“忤逆”提出质疑，便换来茶碗作“惊堂木”的爆发辱骂。在“我”跪地求饶后，父亲给出了“三条道来”，即刻回家、跟他上湖北、把“我”送到警察厅关起。经大家调停给以通融，两周后学潮未息则自行回家。他去湖北后依然留人监督，学潮也愈发膨胀，然而任其劝告、恐吓，“我”都不理，父亲来信：“狼子野心，吾莫如之何也已矣。”

从高师毕业后，“我”做了教员，暑假回家才知妻子已病了几月，“但做媳妇的，病如何能算病？而且做媳妇的，就不应当有病，按照自然淘汰的公律说，做媳妇的亦决不会有病”。果然，“我”的小母亲——“我”父亲的第二个妾认为这是装病躲懒，于是“我”又与父亲的妾产生了争论，双方各执一词，去信父亲之后，终收到父亲断绝父子关系的回信。最后，以“我”的回信作为对父亲最后的“回礼”结束了这个供状。

贯穿全文的几次“忤逆”是“我”的现实行为，也是自我觉醒的过程，作者以第一人称用“供状”的文体形式展现了时代兴替、青年觉醒面临的困局与必然趋势。整篇小说以细节展现人物性格，以对话铺陈人物关系，以小家矛盾见社会冲突，有故事、有情感，写实入微、见微知著。

附录：一个忤逆儿子底供状（节选）

未　农

我十四岁那一年，革命四起，共和告成，我的父亲不做官了，带我们回家，自誓要做清末遗老。他既抱着亡国的哀思和——更难堪的——丢官的沉痛，而又没处发泄去，于是把革命军几十万人的罪都堆在我一个人的身上。而且做官的时候，文案、审贼、喊打，已经成了他的家常茶饭，在家里虽然没有堂可坐，坐在房里也可以施展一下大老爷的威武、实地演习判断案件的本领。在全家里，过于被审被断被打的，除了我还有谁呢？我于是天天当被告，天天担着一两种莫名其妙的罪名，天天得到极公平的判断，但这种担负未免于我过重了些，我遇着担不起的时候，或无所逃罪的时候，几次要自杀，但终究没有那样大的气魄，仍然勉强活下去。

那时就有他的亲友劝他，送我入学校，这种提议当然不能入他的耳，他们以后又拿“入学堂可以做官，可以显亲，可以养家”的话对他说，他竟被耸动了。他于是大开恩典，给我一大宗款项——十块钱——和更多的嘱咐关于不能入学莫回家的话，命我到北京考高等师范附属中学去。我带着款项、嘱咐和一条十五岁的身子，到了素不相识的北京。我在旅馆住了一个多月，学校幸而考取了，可以回家了。我于是把衣服押在当铺作路费，把铺盖留在旅馆当店钱，空身回到我的慈爱的父亲的面前。我的父亲说：“我给你那些钱，你这样回家，这畜生不定在北京怎样荒唐来着！”

附属中学开学了，我的父亲和我同住在直隶会馆里，我白天去上学，晚上回来自习。我的父亲看见我除读英文演数学以外没有别的工作，他说：“英文数学都是外国的东西，我不晓得，你不要拿那种种东西来欺骗我、混工夫，既就做官就要应考，像你的这笔蜘蛛爬的字，考官一见就会烦了，你还想考得取吗？写白摺子罢！温热书罢！”我不敢辜负他的好意，于是每日写一开白摺子，读几篇似懂不懂的古文，英文数学都在下课后在学校教室里自习。

一年以后，我的父亲到湖北去做知事，说是“为贫而仕”，他留我在北京上学。他恐怕会馆里的人们引我为恶，于是讬他的朋友监管我，他的朋友嫌我的住处离他太远，替我在一个破庙里租了一间房子，我每日出入庙门的时候，常看见他的下人在附近走来走去，大概是侦探我的。我每月用项不得过十元，一切学费、膳费、书籍、衣服、房钱都在内，我的生活大概亦算很好，有几天每日吃四个铜元的红薯过活，冬天我没有钱买煤，下课后不回去，却蹲在教室炉旁烤火。学校里的听差很讨厌我，背地里说：“哪里来了这样一个叫花子，冒充学生？”我的父亲写信说：“我的牛马债，几时才得完清？”

我从中学毕业了，我的父亲的“牛马债”亦已经还清了，我应当做官挣钱养父亲了。这时候袁世凯正举行进士和俊士的考试，我的父亲特派人到北京逼我应考，但我的忤逆在这时已经萌芽了，我公然违背他的意旨，考上官费的高等师范，我的父亲永远是天恩浩荡的，不过多说几个“畜类”多背几遍“并逆子”就算了事。

我在高等师范的第二年，他从京里过，对我说：“现在有人给你说亲，说的是王家和阎家，两家都是很阔的财主，阎家还在京做军衣庄的生意。现在讲自由的时代，我亦不愿意压迫你，定要你娶哪一个，这两家以内，你可以随便选一家。我先告诉你，你已经做过多少忤逆的事，你这次若再不听我的话，我必定去质问你们的校长，他怎样教出这种忤逆的学生来。”我半吞半吐地说：“你是知道的，我现在还年轻，说不到……”桌子砰的一声，我的父亲站起身来，举着拳头说：“你说！你说！你爱上哪个女学生了？快说出来！免得我把你送官。”我即刻跪在地下——道是家庭常礼——央告说：“我哪里敢哟？我的亲事，你主持了罢！你看着好，一定不会错的！”旁人亦一齐替我哀求，半天才得一声赧旨：“滚起来！”

过些日子我订了婚，又过二年我结了婚，我不费一毫气力而干得了一个妻室。假如我会把一切父恩都忘掉，这个大恩却永远不能忘掉，即使到了死后，我的脑还会印着不可磨灭的深痕，以保存这件事，这个时候我才明白：娶妇并不是为自己得个伴侣，乃是为父母买一个不支工钱的奴隶。但有一样可注意的事，我从前暑假在家，虽然十天九病，还不甚厉害，我自结婚以后——享受过分的安慰——每逢在家，病魔更加嫉妒我，整暑假陪我作伴，不肯顷刻离开，我的妻愈献殷勤——脚裹得很小，粉擦得很匀，衣裳穿得很漂亮——我病得愈加厉害，几天吃不下一点饭去。每次乡间医生束手的时候，他们送我到北京治病，说起来亦奇怪，我一到北京，不用医药，病即刻就好了，他们说："北京到底是首善之区，皇帝住的地方，连病魔都不敢侵犯哩！"

五四运动起来了，满北京的学生都高呼救国，于是打曹陆、抵制日货、沿街讲演，都随着起来。我处在这种白热的空气中，亦被镕化了，把我的父亲的最厉害的教训，都丢在脑后。他那时恰好在京，目睹这种"犯上作乱"的举动，恨不得生吃几个学生才痛快。可惜那时候政府瞎了眼睛，不知道用他，他无可奈何，乃硬派我作几千万学生的代表——我真荣辉极了——同我开起谈判来，他拿出大老爷坐堂的气势，指着我说："你们作学生的，放着书不读，却做这种杀人放火的事，你们不是要造反吗？我若是步军统领，我一定把你们个个枪毙，不然，政府的威信何在？他们没有受过家庭教育的死了亦不冤枉，他们的父母受了连累亦是应该的事。像你这个东西，我教给你什么来？我费了多少心血教训你？你现在却同他们当反驳，你自己被枪毙了亦还罢了，算是你自作自受，可怜你的六十岁的父亲亦跟着你吃挂累，岂不冤枉？"我只当没有听得，闭住我的口，一声不响。他见我不理他，更唠叨不休地数下去，把康熙字典上所有的坏字眼都平均分配到几千个学生的身上，我的忤逆性格又被撅动了。我于是低声下气地拿汉朝和明朝学生救国的事和民国没有连坐家属的话，对他说。嗳呀！他的忿怒可就即刻爆发了，他抓起一个茶碗就往地下一摔——这还算是惊堂木呢？还算是惩罚忤逆的榜样呢？我不知道——他站起来，他的胡子亦跟着一根一根地站起来。"你还同我辩论！你还有话说！"他气喘喘地说："难道说我的话说错了吗？你这个畜类！怨不得你生下来的时候，背上有一寸长的毛，人家都说你是畜类托生的！我为什么那时不把你弄死呢？"

我亦觉得奇怪，"那时既知道这样，为什么不把我弄死呢？"我想，"他那时若弄死我，岂不两全其美？"我心里虽然这样想，我的腿却不由自主地弯下去跪在地下求饶。旁边的人都一齐说："看我们的面皮，饶他这一次罢！"结果是说出三条道来，任我选择一条，第一是即刻回家，第二是跟他上湖北，第三是把我送到警察厅关起，等到“那一群反叛都被枪毙了再放出来”。大家调停了半天，算是通融一下，他给我两个礼拜的限，过了限期若学潮仍然不息，要我一定回家。他到湖北去了，留下一个人在北京监督我。两个礼拜以后，学潮愈加膨胀。汉口和上海都罢了市，我还不回去，监督的人劝告我、恐吓我，我总是不理，我的父亲来信说：“狼子野心，吾莫如之何也已矣。”

在高等师范四年，我照例毕了业，我当了一年的教员，一个钱亦没有孝顺我父亲的，他却是宽容大度，没有说什么。

我暑假回家，正赶上我的妻病了，伊已经病了几个月，但做媳妇的，病如何能算病？而且做媳妇的，就不应当有病，按照自然淘汰的公律说，做媳妇的亦决不会有病。我的小母亲——我父亲的第二个妾——虽然不很懂得进化论，却晓得做媳妇的职分，于是一眼看出来这病的虚伪来，做媳妇的会有病，不过是装病躲懒罢了，洗衣、造饭、扫地和一切劳力的工作都拿给久病的人做。我的莽撞性格又被激起，我居然敢同我父亲的妾理论，理论不行，跟着痛骂，我写信告知我的父亲，我的兄弟亦奉母命写信给我的父亲，可怜我复的信与他相比，还算得什么？一个月以内，回信来了，说：“稼年久已有无父无君之心，今又袒护己妻，凌辱父妾，禽兽之行，天人共弃。著阖族即日将稼年及其妻逐出李氏之门，一面禀官立案声明其非李氏之子，永不得袭李氏之产。我生此忤逆子，上无以对祖宗，下无以对族众，唯有仰首问天而已……”

我回信说：“我的最亲爱最敬仰而要辞别的父亲：我在乡下接到手谕，已经遵命办理了。我有一肚子的话要说，但说了徒使我的忤逆再加一等，所以我现在不说了。

“但我有一句阅历来的话，您愿意听吗？古人说：‘愿世世勿生帝王家。’现在我说：‘愿世世勿生官家。’

“现在临别，让我拿话来感谢您生我养我的大恩，我受过的艰苦磨难，是您生我的好处，我现在有个身子作忤逆儿子，是您生我的好处。我将来或者被枪毙，被饿死喂了狗，我还忘不了‘父兮生我’的大恩，‘谁将寸草心报得三春晖’，岂但古人有这种感慨吗？”

（摘自《青年翼》第五卷第二号）

神妙之美　现实之境

——《公婆船》评介

范译鹤

小说《公婆船》发表于1926年6月10日的《泰东日报》，作者署名为太瘦生，从作者署名可以推断，“太瘦生”是笔名，且由于作者的相关资料较少，因此无法从其他信息中推断出作者的真实姓名。

选录这篇小说的主要原因，一方面是由于这篇小说以文言的形式撰写，这篇作品是新文化运动之后，在报纸上出现的文言小说，看似文言，但在内容上却有着现代意味；另一方面，作品语言优美、表现手法精巧，值得一读。

从内容上看，《公婆船》这篇小说情节上比较简单，以公婆船的得名引入，即“浙江瑞安，地临海滨，飞云江横贯其间，东流入海，滨海居民，多业捕鱼，每当潮涨之候，渔舟群集南门外之江边。出■得鱼，趋各鱼行交易，中有公婆船者，亦业渔，夫妇子女，终身聚居船中，故俗名之曰公婆船”。接下来描写公婆船中居民的独特生活习惯：不上岸，不通婚。“其妇女皆天足，不是修饰，上陆时亦赤足行，产育子女，均在船中，婴儿初生，即取海水沐浴，谓如此则长成不畏风浪，子女不习他业，专以结网捕鱼为能事。吾人遇游江滨，常见年约七八岁之童子，举网摇桨，蹀躞船头，意甚自得，虽惊涛骇浪，毫无畏惧。尤奇者其男女婚嫁，仅限于公婆船中人，不与岸上人通姻好。所产女子，亦有极姣好者，邑人虽厚礼聘之，不可得也。”

由叙述可见，《公婆船》利用“船”打造了一个相对独立的“世外桃源”，“船尾船头日相见，浪悠悠，南北东西可自由，朝朝不羡采莲舟，采莲郎君采莲女，对面多情不得语，溪头日暮散如烟，依旧纱窗独自眠，何如两个清溪曲，绿水为家云为屋，不夸莲子是同心，自爱鱼儿皆比目，清溪不枯水不覆，风风雨雨船中宿，船中宿，长相思，长不知。”他们与世隔绝，过着安逸恬静、自给自足、丰衣足食、自由自在的生活。无战争纷扰，无朝代更替，更无剥削压迫。

之所以会出现这样的“怪”现象，据传说是由于“明亡时，有某姓举家避海上，捕鱼自活，以示反清之意，其后子孙繁衍，致有今日之盛，或谓系苗族，兴山居之苗■”。

小说虽然简短，却充分展现了作者的理想和抱负。

公婆船上的明代遗民，宁愿捕鱼自活，也不投降清朝，大有“伯夷、叔齐不食周粟，采薇而食”的气节。可见作者已经看到侵略者侵略东北的野心，以作品为檄文，以守节之士的志向为己志，表达了坚决不与侵略者为伍的决心。

公婆船为读者打造了一个人人平等、自由、安宁祥和的人间仙境，这也是作者心中希望见到的生活的样子。既然明末遗民可以做到不降清而自活，那么处在外敌统治下的人们也应该可以做到摆脱侵略者的控制，去打造一个属于中国人的生活图景。所有人都会向往光明，作者希望通过他的描述，唤起更多人对这种生活的向往，继而团结起来，为了这个目标努力奋斗。

作者对公婆船下的生活没有任何描写，这种留白给予读者丰富的想象空间和反思空间，与其耗费笔墨描写大家身边的生活状态，不如让读者自己去体会残酷的现实。现实越残酷，越能激发读者改变现实的决心，作者的这种叙述结构布局十分巧妙。

附录：公婆船（节选）

太瘦生

浙江瑞安，地临海滨，飞云江横贯其间，东流入海，滨海居民，多业捕鱼，每当潮涨之候，渔舟群集南门外之江边。出■得鱼，趋各鱼行交易，中有公婆船者，亦业渔，夫妇子女，终身聚居船中，故俗名之曰公婆船。船中人非本地产，语言习俗，故各不同。其妇女皆天足，不事修饰，上陆时亦赤足行，产育子女，均在船中，婴儿初生，即取海水沐浴，谓如此则长成不畏风浪，子女不习他业，专以结网捕鱼为能事。吾人遇游江滨，常见年约七八岁之童子，举网摇桨，蹀躞船头，意甚自得，虽惊涛骇浪，毫无畏惧。尤奇者其男女婚嫁，仅限于公婆船中人，不与岸上人通姻好。所产女子，亦有极姣好者，邑人虽厚礼聘之，不可得也。余尝叩其世系，不知所答，据父老相传，谓系明遗民之后。当明亡时，有某姓举家避海上，捕鱼自活，以示反清之意，其后子孙繁衍，致有今日之盛，或谓系苗族，兴山居之苗■。二说均不可考，青田太鹤山人（山人姓端木名■瑚字鹤田，著有太鹤山人诗集十三卷）作公婆曲咏之云：小艇子咿呀响，夫举网、妇打桨，春来春去碧溪头，儿女如花船底养，■溪风好鲤鱼多，鲤鱼换酒桥头家，同声欢笑同声歌，深深要入芙蓉花，芙蓉面面不分散，船尾船头日相见日相见，浪悠悠，南北东西可自由，朝朝不羡采莲舟，采莲郎君采莲女，对面多情不得语，溪头日暮散如烟，依旧纱窗独自眠，何如两个清溪曲，绿水为家云为屋，不夸莲子是同心。

（摘自1926年6月10日《泰东日报》）

无辜小民的光明与温暖

——《阿三的胜利》评介

邱　伟

《阿三的胜利》发表于1937年5月23日的《泰东日报》，作者立民，同年，立民还在《泰东日报》上发表了《娟的别》《三个汉子》等小说。

《阿三的胜利》讲述了西村张绅士家夜晚失盗，而三个月前刚刚被张绅士家解雇的佣工阿三被认定为盗贼。原因是阿三从前是在吴公馆里当差的，“工钱又多，事情也自由”，可是阿三自己说因为“金子那丫头不是人，她勾搭我，有暇就跑到我的工房里去闲扯。她那长长的大辫直垂到后臀，两只水汪汪的眼睛白润润苹果似的脸儿，真逗人。小杜那孩子也知道吃醋，去传到大少爷的耳鼓里去，又谁知连大少爷也钟情这小丫头”。于是，阿三丢了饭碗。阿三又被引荐到张绅士家，可没多久也被解雇了，具体的原因村里的人都不知道。张家失盗的事情发生后，虽然村里人觉得阿三“做事倒谨慎，在哪儿都是落个人甜嘴甜的”，但保不齐是“阿三坏的良心，去勾串土匪的原故”。这成为阿三被怀疑盗窃的第一个理由。

新雇主赵大先生曾警告阿三，“你想做我这门事，可需要老老实实的，要不你可以另安置吧”，阿三不知道赵大先生为什么这么说，是听到了什么还是怀疑什么。现任雇主对阿三的不信任成为阿三被怀疑盗窃的第二个理由。

有了上述两个理由，阿三是盗贼的说法很容易就被大家接受了。村长也是从认定了阿三是盗贼的角度出发，盘问阿三，“阿三——你主人待你不错，你这回被辞的原故也是因为你自己的行为不当，你不知道吗？自作自受吗？虽然——也未半点亏负你，你怎么就昧良心，去勾串土匪来打抢主人。你要说实话，都有谁，东西存在哪里，要把你送到县里去，性命可就没有啦，快说！”任凭阿三如何辩解，也是毫无用处。

可怜的阿三被关进了村公所，等待进一步的审问。

就在张绅士家被盗的同时，村子里开始流传一个小绯闻，张绅士的姨太太和小朱被看见仿佛有不一样的关系。小朱“脸是一个月不知刮几回，还留着旁分开的博士头，擦的油老是水汪汪的，恨不得往下直流。三天一进城，两天一上站，穿的衣服连一个水点都没有，竟是些个绸啦！缎啦！虽说是侍奉人的——看上去好像一位阔少爷相仿”。这样一个风流倜傥的仆人和姨太太的不一样的关系与张绅士家的盗窃案毫无关系，只是西村人的一个谈资。然而，就在阿三“不住地喃喃地诵着上帝，神圣的上帝来拯救我这无辜受罪的小民吧”的同时，姨太太和小朱被村丁押了回来。

阿三被冤枉了，而张绅士对阿三的冤屈，只想“赏赐他几块钱去养伤好了”。而那么贫穷的阿三却坚决地拒绝了张绅士的“赏赐”，带着冤屈被澄清的微笑大踏步地离开了村公所，“一直往东去了，好像欢迎那光明温和的曙光。天之一角，那闪光处”。

整篇小说以贫穷的佣工阿三为主角，无论给工钱多的吴公馆还是给工钱少的张绅士、赵大先生家，对阿三都采用一种骨子里鄙视的态度，认定贫穷的阿三就会干一些鸡鸣狗盗之事，甚至不会问事情的真相，借此隐喻当时社会对穷人的不公和压迫，表达了黑暗的社会制度下，贫苦的老百姓需要被尊重、被倾听的诉求。

附录：阿三的胜利（节选）

立 民

二

“老大爷你老说！咱们这村子简直是住不了啦？竟发生新鲜的新闻。昨天晚上村西张绅士他们家的事，你老听说了吗？”

一大群老者和一个后生坐在村东一座小庙台上，向暖煦煦的太阳光线取暖，一面互相的谈天，并且这个庙台是乡村长者每天必到的，话论桑麻，无事讲些故事啦……很觉生色。今天因为人数都未到齐，大半往西村张绅士去慰问了，现在一个后生向一位六十来岁的老者请问——

哼！半天由老者的烟袋锅上冒出了一股青烟？

“小牛，你哪里知道他们家的失盗纯粹是家神勾外鬼，上次他将阿三打发了之后，就觉着有点古怪。”

“大爷！你说这准是阿三坏的良心，去勾串土匪的原故。”

“哼！”老者将那袋残灰磕到临近的旗杆上，又继着由青布扎花的荷包里装上了旱烟。哒！火镰打着了，燃上了烟，紧紧地吸着——“阿三！那小伙子真不错，做事就是兴不长，待人着实的和蔼，见了人总是先由他那瘦脸上发出一点笑容。上回我们爷俩倒谈过几次，他从前在吴老秀才家里干过长工，后来被辞了，才经老李头子，把他荐到张绅士家里来。做事倒谨慎，在哪儿都是落个人甜水甜的，这回被辞的原故，嘿！倒是外人不可得而知的。”

“是！”附近一位老者不住地点头了。

“大爷！难道说这回张绅士失盗究竟是怎么一回事呢？”

“嘿！”由他那枯老的面庞上发现出笑容来。“家羞不可外言的，人须隐恶扬善……”

“大爷——您快说吧！”后生急问。

“小朱——那小子，够漂亮的吧？脸是一个月不知刮几回，还留着旁分开的博士头，擦的油老是水汪汪的，恨不得往下直流。三天一进城，两天一上站，穿的衣服连一个水点都没有，竟是些个绸啦！缎啦！虽说是侍奉人的——看上去好像一位阔少爷相仿。其实黄鼠狼拜小鸡没怀着什么好心眼，不但张绅士的如夫人跟他有点那个，就是那位小姐也恐玄虚——”

“大爷，你怎么啦？咱们这是看三国掉眼泪，替古人担忧。您那么大岁数，不要说无根据的话了。”

“小牛——这孩子真气人。”声音提高了。“那天我早晨起来，荷负了粪筐去捡粪，看见了小朱那小子正和他们二奶奶在他们的墙根底下，计议着逃走。”

“小朱看见了我，他那张脸立刻羞得像红布，赶紧走到我近前，光好话说了一大遍，临完还给我两块钱，让我不要宣扬。说着又赶紧的遮饰到，那我可未要哇！”

“你们几个听见了，千万不要传到张绅士耳里，如此推测起来少不得是小朱！若揣摩到阿三身上，是不该的——”

正讲着津津有味，由村西来了，后面一大群人跟着，不住地嚷嚷，将偷张绅士的盗匪逮捕了！可是大家听了，急急站起来观这位绿林英雄，原来竟是阿三？

太阳平西了，村公所里的人围了个里三层外三层的水泄不透。大家的目标完全射到一位年约六旬的村长脸上。正在上面吹胡子瞪眼地批判这件事，不住地口讲指书，审问着说：

“阿三——你主人待你不错，你这回被辞的原故也是因为你自己的行为不当，你不知道吗？自作自受吗？虽然——也未半点亏负你，你怎么就昧良心，去勾串土匪来打抢主人。你要说实话，都有谁，东西存在哪里，要把你送到县里去，性命可就没有啦，快说！”

（摘自1937年5月23日《泰东日报》）

融血脉于深爱的土地　筑深情于亲爱的祖国

——《沃土》评介

邱　伟

《沃土》是石军创作于1940年底的一部长篇小说。石军是20世纪三四十年代大连地区的主要作家，生长于大连并在大连走上文学创作之路。从短篇小说《穷病》开始，石军在大连文坛崭露头角，此后先后出版了小说集《边城集》《暴风雨》《新部落》《麦收》等。《沃土》是石军创作的唯一一部长篇小说。

《沃土》共八万四千字，分十二章。小说主人公魏晓岚是一位性格阴郁懦弱、落落寡欢的青年。父辈们靠着力气在东北拓荒，创建了一份富裕的家业。从他们家院子的规模，就可见当时他们的富裕程度。“到那年秋后，魏观亭就果断地盖了十间临街门房在城南门里，并砌了一座一丈五的半砖半坯的院套和一排五个圆仓，开起粮栈来。在县城，开粮栈是最来财不过的一科买卖，几年来，盈余自然丰厚了。于是就骑骆驼上城墙，大干特干起来，先以此及万的余资，重修了自己的家门，把洋草葺就的正房盖，统统换上红色的阔瓦，草辫编就的屋墙，也抹开了海青色的洋灰，嫌五间不够住，两端一头又接了一间耳房，这虽经阴阳先生激烈地反对过，说这叫二鬼抬门相，顶不喜庆，魏观亭却坚持这样盖了，他是相信财星正旺的时候，什么魑魅魍魉，都得退避三舍的。并且又添盖了东西厢房各五间，西厢南端接着搭了三间马棚，为了使这局面对称，跟东厢南端也盖了三间，作为磨房储草料及长短工赍匠儿用，又把从前的七歪八斜的低院墙全部拆毁，另修砌了地基，挖有三尺余深的丈八院套，到离地三尺都是青砖，接着则堆垛着带草的土坯，紧上层是浓黑的粘泥块，再灌一条洋灰，插上破玻璃碎条和啤酒瓶楂，防备宵小越墙而入，给从来的白木头楂的门也拆掉，修了一座堪称素朴而蕴带古色的华丽门楼、上盖镶着青瓦，两扇门的中央，雕刻着‘戬’‘谷’两字，在红漆的四方块当间，映着幽暗的涩光，两边的门框，也刻着春联似的一幅对儿，上联是‘阳春烟景不暖不寒天气’，下联是‘大块文章半耕半读人家’在红地里闪着黑光，上楹有四个微加雕琢并涂着鲜艳色漆的木橛，预备过年贴‘福’字。上格悬挂一张匾，金地，带一棵苍劲的松树，树下站着一只长颈的白鹤，卓然独立，彼方一轮红日，拂开朝霞，在普照着，地上刻着‘升平人瑞’四字，字迹颇雄健而洒脱，大门扇的四角镶着铁叶■■，上面纵横钉一些钻亮的铜钉。这座大门，巍然不稍动，好似代替主人睨视着一切尘俗的穷迫和困窘。”

魏晓岚出生时家境虽已不那么殷实，但仍是富裕的，在学校里被同学们认为是“大粮户的少爷”“有钱的秧子”，但就是这样富裕的农民家庭，也并不想供他读高中大学，魏晓岚也觉得奇怪“咱是出名的有钱财主家的孩子，倒连中学都念不起？”可是妈妈说：“不但你叔父婶母说闲白，连你大哥二哥都帮着使坏，不让你再到学校去，他们总说妈偏向，只供你入高中，别人谁也没念到高中。又说你花钱花得太重，哪一年都得七八百。多咱才能借力，往家挣钱？孩子！你别难为你妈啦。”大家庭的种种掣肘，让魏晓岚陷入了辍学的危机。所以为了读书他与“巨埠一流巨商的姑娘孙静秋”结识，孙静秋“父亲孙某，身下无儿，只有这个女儿，有意选个白面书生，与他姑娘结婚，结婚后，他家那庞大的资产，可以无条件让这少主人继承，并愿供少主人留日留德，就是留阿弗利加和印度，也不痛惜几分学费”。于是魏晓岚决定“还是接近了那家资万贯的妖冶的孙静秋罢。我的家已不足依靠了。我的宿志可不能半途废驰。我接近她，她必尽量以金钱来诱惑我，在我，我会认识清楚他们的圈套，他们的爪牙，我倒要利用利用她们和它们，我好渡过彼岸，倘或不幸灭顶于海中，我也必有所得”。可是，不久他便发现“人与人物与物的结合，确需要这精力与灵魂溶解为一体”。他毅然地脱离孙静秋，独立地去读书和工作。

但是他的耿直并不能被社会接受，同时家里的一些变故，让他更加觉得

“我的家乡已不足依靠了”，于是他离开农村，回到了孙静秋身边。孙静秋用金钱诱惑他，带他过纸醉金迷的靡乱生活，魏晓岚为了学费为了公寓费不得不应付着孙静秋。然而，当他终究是清醒了，他认识到孙静秋带给他的只是感官的享乐，虚伪的、糜烂的城市生活在毁灭他的身体，在侵蚀他的灵魂。清醒之后的魏晓岚高喊着“我们的眼睛，必须是为探寻光明而有的”，擦亮眼睛寻找人生的出路。然而“家败人亡”之后，何处才是净土？魏晓岚感到“如其屈服于祖先数世给传统的枷锁里坐以待毙，何如挣开这束缚人的锁，由低压的氛围脱逃，到有清风丽日的土地上，用天赋的热力，开阔这未壑的贫瘠的土地，让它成为肥田”。于是魏晓岚“便以皮鞭赶着黄牛，黄牛拖铁犁迳出城门而去”。

《沃土》表面上写了一个青年人面对家族没落、学业荒废、社会腐烂表现出来的苦闷，回归土地走回家族兴盛的最初起点，成为缓解这种苦闷的唯一出路。奔向沃土的年轻人心中充满了期望，土地带给他的力量让他获得新生。《沃土》里的魏晓岚是伪满统治时期成千上万青年人的缩影，而他的家族、他的亲朋好友、他的乡亲，甚至是他所见到的各色人物都是处在帝国主义侵略之下的中国人的缩影。在这种政治环境下，有被天灾人祸逼迫的家破人亡的魏家大宅，有沉醉于帝国主义打造的“大东亚共荣”假象里的孙静秋，有不管环境如何依旧为了自身利益而欺骗乡里的郝五爷。在这种环境下，青年的中国人开始选择了不同的道路，离婚的慧贤“已决心入县立民众夜学校读书去了，寻觅她的新鲜的生命之源泉”；不赞同童养媳的晓波“怒发冲冠，阻之不得，所以才走出咱那发酵的旧家”，“他誓不再回家了，也不愿长此读书了，他意欲找点活做，卖点力气，拓展他的生活之途径”；还有依旧在读书，却“对于咱那暮气苍茫的废家，谁还把它看在眼中”，依靠“课余之暇，写一些童话故事，往报馆投稿得的稿费”养活自己的晓峻。在帝国主义打造的麻痹中国人的假象之下，清醒的青年人选择了不同的道路与之抗争，目的只有一个“要紧紧将手握在一起，将心齐在一起，为社会人类，为真理正义，团结一致，干下去的”。

石军早期的作品以提问为主，通过一个故事阐释一个深刻的社会问题，并对这个问题发出诘问，但是往往是只提出问题却无法找到解决的办法。《沃土》不仅对社会现实提出疑问，还通过不同人物的命运和选择提出了解决这一社会问题的路径。在伪满洲国的环境下，给混沌的中国人指明出路，这对于当时的当权者来说是十分恐惧的，所以，《沃土》在出版后不久，即被日本殖民统治当局查封。

附录：沃土（节选）

石　军

第十九章

这一年间，在魏晓岚的眼里，都市的罪恶整个的暴露殆尽了。都市的丑态全盘的浮出无余了。魏晓岚身心俱疲，对于求知的穷极的目标，他发生怀疑了。对于人生的终结的归着，他觉到空虚了。他在这种晦暗而枯涩的氛围里，灵魂感到莫大的低压与无着的飘渺。这以物质堆砌成的都市，无处不是淫媚，荒诞，黑暗，污秽，至少，他对于这国际魔都，这古朽的废墟，他看到是距离真实，明健，清丽，纯情太远。这新的认识的轮廓，那么显明的炫耀他，他整个的疲倦了，他整个的厌恶了。他所以未能在感到疲倦和厌恶的同时，就摈弃了这都市，就离开了这都市，是他那北满人特有的犹疑不决缺少果断的怀疑性格使然。其实，他何尝不像一般的青年一样，有热情，有勇敢，只是由于二次错进都市，过了这么一年学生生活的所得，他虽热情，实是报效不了那被都市特有的煤烟薰得神魂迷乱的荡女。他虽勇敢，也未必有胆量劈倒一具麻醉了官感的腐尸，倒反把所有的热情，丧失在混吃等死的市民身上，那冷酷而只贪图一分一秒的快感里，并将所有的勇敢融溶在苟且偷安的生活的妄恋中。因而他深刻的厌烦了这在历史上曾光荣繁华过的国际魔都。他虚茫得连他的肉身都像装进真空管里了。

那意效操纵着金钱，极力追求世间所有的快乐，而倒反被金钱的魅力沉溺倒了的魔女孙静秋，几番以手腕使魏晓岚上她的圈套，与她陪欢，供她玩乐。

起初几次，魏晓岚碍于情面及为了学资之来源不生困窘，只好忍着十足的厌意，与她来去交际场中，在红灯绿酒之前，漠然陪笑伴欢。及至魏晓岚由于各方面，察觉出她那淫荡不拘的丑事，他更深一层的厌腻了这女人，几番斗争与摆脱，才未致误进她的陷井，但灵魂却亘于全面刻刻阴霾郁悒下来，他仍以求知为难兑现的支票，笼络自己，隐忍坚持，埋头宇宙间的有机物质的学理上。然而，后来，孙静秋以他这种冷然淡漠的态度，实难达成她的愿望，情尽不似往昔那样频来了。同时，对于学费的供求，也报复似的故意与以拖延或少给。他只以怀柔的手法，远一阵近一阵地做着木偶的交往。一方面知道这局面，距离破裂之日已将不远，就用尽一切的方法，谋图自食其力，课余之暇，弄点钱之途，但这些都是白废，一个大学预科的学生，在那种全权独霸的都会里，想得一文钱，也是难以办到的，但截长补短，也借过同学们的学费，补偿公寓的欠债，每当遭到严拒或白眼时，他的软弱的心灵，必波动一番，益发晓得了金钱蛊惑人类的强韧的魔力。这种重重的苦痛逼压着他，打击着他，又使他万般无奈的陪起孙静秋出入跳舞场与咖啡馆之门，一方又怕因此荒废了学业，又怕被学校查出，开除他的学籍。终于在一个金色的秋天，晴空群星皎洁，西风肃杀之沉醉的一夜，他失掉了保持到现在的童贞，被那披散着长发，目射着淫欲的淡绿的光焰而喝得酩酊大醉的女人迷惑住，这如燃的爆弹般火热的身子，便整个地被吞噬在原始人一样的怀抱里了。

祸孽便从此开端了，不久，他便得了性病。

另一方面，他目睹这罪恶之薮的魔都，觉得是空空如也，他倒忆起表妹周彩虹那句话来："憧憬都市的人，想把他的雄志建筑在物质上面。"然而都市是什么呢？都市的物质是什么呢？也无非是山上土里生长或掘发出来的而已。对于花样翻新的都市的物质的观念，他已由新奇转为平淡，由平淡转为空茫了。他仔细的分析都市，那如堡垒一样高出云霄的雄伟的建筑物群，也无非是在一砖一瓦，一石一砂表面涂了点颜料，加了点修饰而已。然而这砖瓦，这石砂，哪一样不是由乡间的土地里挖出的？那风驰电掣的汽车，脚踏车，洋车，也无非是木料与铁片构成的，木料是出自乡间的森林，铁片则产自乡间的山谷，不过在这木料与铁片上面，染上花色鲜丽的油漆而已。女人的丽服是出自乡镇的棉田，绅士的皮靴就是出自乡间之畜群，美酒佳肴，也无一不是产自僻远而荒漠的乡镇，以此例推，都市所以成为都市的来源，悉仰赖于乡村，都市美丽的后面，蕴着丑恶繁华的底层，浮荡着萧条，奢侈无比的辉煌之另一面，则尽是碎铜烂铁，光彩夺目的尽头，必未不是黯淡灰堆。这样，魏晓岚神经质地想着，对于这雄厚而庞大的都市，这红灯绿彩的都市，这光辉灿烂的都市，这铁电交织的都市，渐次发生了憎恶，激愤，得到都市不过是以乡村物质的渣滓堆成的废墟之结论后，他恨不能即刻就跳出去这烟尘蒙蔽的魔都，另回到有徐来的清风，有普照的丽日，有甘甜的山泉，有新鲜的大气的乡村去。把这恶浊的半生，尽付诸东流，把赤裸裸的身体，另做一番白纸的出发。彻底的夹在清风丽日中，做一番有意义的生活，他时时以残断的思考构成，这新生的设计。

自从被孙静秋泥醉的那夜，跟一个恒以金钱的魅力满足快愉的堕落得失掉正常感觉的女性发生关系，不久就得了人类中最文明的野蛮疾患后，他对这魔都，不，对于所有的人类，都全盘丢掉了最后一线希望了。这女人正像这座都市，外表镀着耀眼的油漆颜料，背面满堆着碎砖烂瓦，异装丽服，彩脸曲眉，是掩饰不了污秽的躯体的。他悔恨当初不该像个乞儿，为了仰赖几文铜钱，牺牲了自己那洁白的肉体和洁白的灵魂。他受了此番奇辱后，顿形恍悟他的脚步是走错了。他想：他的光洁可爱的肉身，是为给富家荡女解欲而生的吗？他那一尘不染的心灵，是为让铜臭沾污而有的吗？他咬牙切齿地愤怒，他无言地咆哮了。他狠狠的嘲笑自己误使富翁的金钱，以给这富翁开办工厂为条件，学成毕业后，充当阔佬们的牛马，享受一个技师的虚名，吸吮乡间父老的血汗，制出铁板铁器，建筑废墟，供这都市的仕女享乐，沉醉，以饱这富翁的私囊吗？这不是使富贵与贫贱之间的鸿沟，更形深远，更形辽阔吗？

他悔悟了。

悔悟了这不怎出奇的小道理之后，魏晓岚马上寄给孙静秋一封断绝关系的信，怕伎俩不凡的孙静秋再要挥使何等诉讼手段，就另换一个窄街的小旅社，一方面托人办理转学手续，不想继续攻读工科，意欲到外埠的学校去，研钻一点法律经济，他如一只受箭伤的孤雁，黯然寡欢，一方学费膳费，毫无着落，他冷冷面朝着靠街的窗子，望着这烟尘蒙蒙的庞大的都市流泪了。这拥有六七十万人口而自诩为国际都市的大邑，并没有一个人肯来体谅他，扔几张纸币，接济一把被经济压迫得几乎要癫狂了的苦学生。或道一句安慰他在苦难中独步的灵魂。想到这，他的眼泪更滴落得厉害。窗外已是一片雾影，雾里潜伏着六七十万浮动着的人群。他知道哭也无用，只好当尽所有的夏服，衬衣，甚至于连片刻也不肯释手的书籍都当光了。几次想把语句凄凉一点编缀一下，从家里索要几十元学费，以解此燃眉之急。然而父亲魏凤亭在手谕里，又直在絮叨家中的苦境，六七年来未曾有的大洪水，把八十余垧低洼处的禾谷尽数冲毁，灾害的凄情，从日报上也常看到，余下四十垧，除了城外的菜蔬微有收获外，其余的将能得回种子本，一年间的人力畜力的血汗劳碌，空博得几车谷秆。话虽如此说，父亲总还是慈爱的父亲，背着二份，偷汇一些学费来，但是他已站在歧途上了，站在歧途彷徨了。这歧途便是他到底当走哪条路呢？继续攻读和转学他埠，于学费来源上，都是无一能行得通，辍学归里呢？在他的乡间，又实难立脚，他愈形迷惘，愈见烦扰了。他病上加病，最近患了失眠症。

年关在迩，寒风愈紧，他在这万恶的魔都将转进另一个新年，接到父亲催归的手谕，在这手谕里，还提说三个柜上一年来的经过，顿受经济界的窒息飓风之挫折，简直已是气息奄奄，朝不保夕了。又兼滨城结成了什么粮栈组合，没有两千元以上的押款，不准加入。不加入时，连一粒粮都不许买，即使加入了，也无大益，一县由官方规定一家买特产的代理人，滨城的代理人为资本优厚的福昌栈，为了怜恤当地粮栈者，使他们结成粮栈组合，算做副代理人，每天由福昌栈领得现款，到粮谷市场按照定价卸买，傍晚给粮石送到他们的仓库，每百公斤仅得几角手续费，是类同地主与佃户的关系，所谓“粮栈”，已是一具不兑现的招牌。并云油坊，上秋即被贴上封条，详细内情，谁也不明白，只让广瑞昌机器油坊一家继续开业，有的为年景欠收，吃粮不足，不许打油，有的说是石辗油坊，未得到省垣的营业许可，言论纷杂，莫衷一是，父亲只慷慨无量地写着:“此真乃一篇糊涂账也。” 并在这行潦草的墨迹旁划了两行曲线，藉以表明他那不解此中奥秘的意思。当铺呢？倒有人勇往前来，典当衣服，然而这些破碎难堪的衣履，抛在路上，也恐无人拾取，及至赎期既满，也从无人过问，并兼金钱之融通，愈见闭塞，当铺的营业，实难支持。杂货铺柜上，各项杂货，俱已售罄，再行定购，则殆无表发给者，联合会每月可倒配给一星半点粗布，白面，火油，砂糖等，然而价格皆由官定，获得慎微，每十二尺布，才挣五分钱左右，反之，柜上人手数十，米珠薪桂，物价升■，此种暗累，竟至万余，且营业之将来，毫无好转希望。兼之，年成又是荒薄至甚，灾害显著，哀鸿遍野……

在最末一段，轻淡透露着一个消息，那便是说，他们那围拢着县域的百二十垧土地，统被某公司收买了……

魏晓岚轻轻叹了口气，皱眉，感慨的低语着：

“有盛必有衰，有生必有死，这都是在践行新陈代谢的定律，也在踏履历史的命令与自然的法则。”

第二十章

鸡鸣第二遍，魏晓岚就醒了，醒时，才知道他是朦胧地睡了一小觉。嚷声哭声与奏悲调喇叭声，隐约的响在耳畔。初春的晓凉袭来，他打了个冷战，忙从堂屋东北角那谷草堆中爬起，揉搓了一气眼睛，这横在中堂的黑色的不吉物——棺材，仍像颗压心石，生硬而悲惨地逼得他呼吸短促。棺材盖上，规矩地放置着一叠叠烧纸、黄纸，筛箩中满装金银箔叠就的纸元宝，还有毛头纸剪成的钱搭子和灵幡，一些纸灰落在那儿，腐馁的油漆的气味扑鼻。棺材头上，父亲的生命之灯已熄灭了，五碟干菜，掺拌着纸灰，父亲最爱吃的山楂和橘子，也摆在供桌上，香炉中，香也熄了。只有搁在锅台上那盏半暗半明的豆油灯，残断地烯着蓝焰，颤着黄灰的淡光，照得那绘油漆彩画的棺材头，更为阴森可惧，瞪着狰狞的凶眸，威胁着来临于庭院的黎明。

“好一个凶梦。”魏晓岚边咀嚼着梦境中之所见，一边又打了个冷战，觉得这凶梦，就是这不幸的现实的延长。

他在这绝早的清晨，思前顾后，总觉得已到了他用武的时候了。在这种未曾有的飓风的威虐中，父亲劳碌终生，一无所得的父亲终于放下了不得已的决心，吞服鸦片自杀了。本来，打新春以来，为了屡次的赔损的惨遭，父亲就油然生了厌世之感。那里，精神就恍惚迷离，不似往常那样明健豁达，忧郁变成大蛇，毒棘地咬着他的心叶，对于商战，他完全成了一个败退者，一个俘虏，一个跌落者了。他也不明白，他为什么会落到这种失败的地步，他对于家事和柜事，向以“勤俭治家”为座右铭，对于同来和戚友，向以“明哲保身”为处世要谛。然而，在这种混乱多事的经济的台风里，勤俭能当何用？不独裕丰泰一家，大小商业都一齐的萧索不振，完全冷落了。商家和农民脉络相关，农民穷迫万分，商家怎能兴旺，加以僧多粥少，每天支着门面，虽卖不了多少东西，花销是不减往昔的。旧年积存的小麦，大豆，入春又被以低价买去，此中的损失，就足够惊人。家业又是那样崩溃了。他思前想后，顿起轻生之念，这创业的王者之最后，已落得这样凄惨而可悯，魏晓岚想到这儿，不觉怆然泪下，并思维到他闻得凶耗，疾归故乡时，父亲早已衣冠停当，入殓棺中，那皮下中毒的青色的脸腮，那凹陷的眼框，那眼皮不还未曾阖上吗？他仍在愤懑地睥睨这暴风的世纪之转变的神速。看牙关咬紧口唇，正是抵拒不得于这骤来的风雨之表征，然而他却不会言语了，他沉默而安静地走上了渺茫的旅途。

“太快了。”魏晓岚把这话说出声来。意思不知是说父亲的一生太快，抑或是慨叹他们的家园颓倒的太快，或是两者兼而有之。

“我的父代，就这样仓促地葬送了，我该怎样走路？”接着他就想起来。前夏母亲病危他由H埠坐通往国境S地火车，走到东山里时，亲见的光景：那些腐朽的枯木若是烂到旁边才能生出枝干巩固的小树，但由这小道理比拟到父亲的自杀与崩溃的家道时，他又觉得像不伦不类似的，但这总算未脱出新陈代谢的定律。

刹时，他判断不开他今后应把脚步怎样迈，才不至于复践父代和家园的死亡与没落的后辙，他只有昏迷，只有一团糊涂，在绞榨着他的脑汁，雄鸡虽然在猛烈地叫晓，他的心境却仍迷路在子夜里。

在摆脱不开的礼教的范畴里，他已屈服于旧的因袭劳力，他穿着那身肥大的孝衫，思索良久，也溶解不开在斗争撕打的苦闷。他到灵前，捡选了三根线香，在豆油灯苗上点着，拱一拱，插入香炉的细砂里，回头瞅瞅蜷伏着身子睡在灵旁的晓峰哥，这围绕在父亲的身边，做了几年只以常识和侥幸心混战在商界的哥哥，是否要步入父亲的后尘，跌落在暴风雨中？又看到弟弟晓峻伏在哥哥身肩上熟睡的姿态，他替这燃烧着气焰炽烈的热情之火把的中学生，猜想了不可避免的一段过程，他就是在这过程中滑落了脚步，给热情流下来的一名。

“都醒醒吧，天亮啦，卯时起灵，别睡啦。”说话的是德顺茂的经理许砚卿，这次到魏宅当管事人，帮着筹划殡葬和待客事宜，他是魏凤亭在商场中的莫逆好友，为人耿直热肠，穿着宝蓝毛布夹袄，系着白腰带，由西厢客屋走进，听到正屋鸦雀无声，他警告地招呼，操着黄县口音。

“唉……”魏晓峰从梦中惊醒，动身，晓峻也随着爬起。

“大侄呀。”许砚卿走到晓峰身边，躬下腰。

“有什么吩咐的？”晓峰还在搓眼睛，并以舌头抿着干唇。

“我听你们二份晓潮说，出完殡，就借着老亲故邻还在这儿的机会抓阄分家，要想请我主持，你想，我和你父亲活着的时候，好了一场，死了棺材将入土，就给你们干这个丧天理的玩意儿，我能对起死者吗？这叫什么义气？我可不干哪，送完殡，我就到柜，回灵饭我也不吃。”虽是将手做个筒子，这话嗫嚅着放送给晓峰哥，魏晓岚也听得真实，他早已料到，这是必有的一幕，这不是吗？二份老小和大钧祖父那份，就没有一个人肯为父亲守一夜灵的。显然这是在说明着：他们两份已暗中合作，欲以这家园的台柱折断为契机，实现分家的夙愿。

“分就分罢。反正已经过到家败人亡的时候了。”晓峰哥以干哑的嗓子说，追慕着父亲生前的劳碌，目睹死后的凄凉，痛感到人世无常，并为父亲抱屈，狠命号哭，所以嗓子已经喑哑。

“大侄呀，我可记得你父亲的话，俺老哥俩见了面什么都谈，他最不主张分家呀。他将死，连头七都不等，你们就分起家，我看可对不住你父亲，人死了是有灵的。”许砚卿以长辈的口吻说。

“你不知道呀，大叔，二份大小绞牙啦，不分日子也完啦，分更完啦，反正是个完，不如早分早利爽，省着暗斗气。”

“这是你们的家里事，外人不便管，你们的茔离城挺远吗？”许砚卿有意的来打差，把这几句话用大声嚷着。

晓峰哥对于分家的意见，无形中与魏晓岚的见解完一全致，他想：父亲在时，大家团结，都岌岌可危，扮演那些明争暗斗的把戏，实是指不胜屈。于今，父亲，无异他们的眼中钉的父亲已溘然长逝了。这家庭怎能不随着分裂？并且，剩这么点破柜烂箱陋屋颓垣，实不足一分。柜上的残货与铺底：许能抵偿外债。他接着又沉思：他们在几年前，曾剩余过十万的出名的大粮户的家境，在这样短促期间内，就轰然倾倒下来，并不仅是内部枝节间的一点无谓的争吵和帮腔的撕打之所致，主要的是为碰到这样鲜有的暗潮，他们的家是给这狂潮的波浪吸了去的，弄得粉碎摧残无余了，所余的只有魂魄上的疮疤与烙印而已。

朝饭既罢，院中鼓乐又大吹大擂起来，许砚卿催促抬扛的预备停当，就尖声辣气的招号起灵。屋内，魏宅三支男妇老幼和老亲旧邻，都披麻戴孝，人影伙伙乱，吵嚷杂闹。随着，灵棚外鞭炮声的爆发，大家就以孝帽抚起脸，咿咿呀呀地号哭起来，男的只是啊啊的粗号，女的却一边哭一边嘟念自己所抱冤的心事。随着走进几个壮汉，给盛验魏凤亭的棺材，龇牙咧嘴的抬出院心，放在木框上，扛头手指脚划的比舞一气之后，魏晓峰就给那黑丧盆摔碎，三十二个扛手把这家的打江山的主人的尸体抬走，魏晓岚的母亲也是披头散发，悲痛万分的抱着不太懂事的茉丽依闾目送，她的眼泪早已淌干，那龙钟的老态疯癫了一般目不转睛地盯着黑棺，一边喑哑地喊：

“我的天哪，你太狠心啦，剩下的日子让我怎过呀？哪如我死啦得咧。”那凄厉痛楚的嚷声，让听着的四邻都替她擦眼抹泪。

魏晓岚拄着孝棒，被远亲某搀着，踽踽地走在晓岩哥的身后，只听扛着灵幅的晓峰哥还在号嚓悲哭，但魏晓岚已经不会哭喊了。然心中的酸辛，实有过之于号哭的。对于长安街各商家之摆路祭者，他们都一一跪谢，及走出北门，鸣金诵经的僧道已经辞归，女的上了大车，男的仍随着灵走，魏晓岚颇感到疲倦，而这疲倦却不只限于他身体的局部。

抵魏宅祖坟时，天已中午，由阴阳先生采好了地盘方面，扛上人就七手八脚地挖穴，他们已把这不得志的商战之主安放在他父亲大烈的坟堆前方。昔年，在这辽阔之荒野上开拓的两代斗士，现在已是属于土里的人了。落葬之后，大事算告终结，送殡者们纷纷循来路而去。

归途，魏晓岚心静如水地思索着他未来的行径，一边眺望着这阔别年余的野景，这时正是莽原的野火四起的时候。看那，路两旁的远处近处，都是一片片的荒火，远处的荒火和地平线连在一起，在那样辽阔的漫腾腾的大荒原里，在那蓬蒿没膝的草莽之彼方，燃烧起火焰来了。那红光的火焰，倏起倏灭于草莽间，如怒涛杀到，如万马奔腾，热情而伟壮的如一只火龙升天，弥漫云际，那是多么雄壮，又是多么伟大，那火焰，翻腾着新鲜的红光，跳跃着万丈的烟火，在招手，在咆哮。近处的野火，如暴雨之骤来，杀气腾腾，炽烈地烧过来，又缩回去，横冲直撞，势如破竹，把草芥和小树，烧得如虎嚼狼吞，没膝的野草只一刹那，便被烧净，剩下的只是一面黑灰，这燎原的野火，已成为北满的雄劲伟壮之名物，夜以继日，烧个不停。

"这草就这么留着多好，怎偏要点火烧它？"魏晓岚虽然打起小就看惯了这光景，他总纳闷于点火的缘由，他垂问路旁点火者。

"陈草不烧净，新草是不会茁芽的，俺们指着打草卖钱的，谁不愿意割新草，新草整齐，一般高，长得还旺。"那驼着背点火的人望了望兀自站立动的魏晓岚，并凝视一气他那身刺眼的不吉的孝服，他这样答道。

"陈草不烧，新草也要出来的罢。"魏晓岚怀疑这道理。

"出倒能出，出的太慢哪。"他抬起腰，指着烧净的黑灰处。

"你看那块地方，不已生出新鲜的小草了吗，绿茵茵的。"魏晓岚随手看去，果然，在那片烧尽的黑灰中，艳绿的若草，已萌芽了。他顿时悔悟了这个道理，他只是接续的点头。

当晚，他回到一年前住惯了的清冷的书斋，新的希望这魅力，已经给他那悲凉凄怆的心怀和疲乏的身体征服得一无所有了。他像一个终年终岁踟蹰在歧路的旅人，这次找到正路，这正路，起初走来，也许要有荆棘刺身，也许要有划葛藤缠腿，然而，他决心要在这条不易走的道路上，一显身手大步迈过去了。这才不至于被陈腐的历史压扁，给他挤成片灰色的化石，他毅然的如暴腾的野火一样，决计要冲进这条虽然窄狭，而不失为当走的路径上来。那便是：他把一切的家庭的残渣，都抛到九霄云外，他只要两匹牲畜，一架犁杖，几把锹镐，领着心投意合的几个和几十个想走同路的人，到郊外未僻的秘境去拓荒。

“我摈弃了这只剩几块碎砖烂瓦的废家罢。我叛变了祖代传留下来的继承遗业的蠢举罢，还空守着这无异废墟的家园，不等于守株待兔，作茧自缚吗？”熄灭了灯，他躺在炕上，兴奋地思索着，一边联想到日里的所见，那辽阔的荒原，那熊熊的野火，都在横溢着新奇的力量，震撼着他，鼓舞着他。

“这家园要不推倒呢，后代的继承者的天地，不越弄越窄吗？新的创造怎能入手？正如不把陈草烧掉一样。

“我固然不愿意家景遭此惨剧，然而，现在已被暴风刮倒了，倘使不做活的开辟，流离失所的灰色运命，恐将永远铸在子孙万代的身上了。”魏晓岚紧握着两手，不住地思前顾后。

“与其屈服于祖先数世给传留的枷锁里坐以待毙，何如挣开这束缚人的枷锁，由低压的氛围脱逃，到有清风丽日的土地上，用天赋的热力，开辟这未垦的硗瘠的土地，让它成为肥田。”

“现在的肥田，早先都是莽原。”他这样深追一步。

“只要肯倾注一点力量，使犁仗驰骋于广漠无垠的沃土上，开辟了这几千万年前留下的无声的沃土，这沃土，就会成为肥田。”

“啊！沃土呀，我热烈地爱了你，我诚挚地爱了你，你是伟大的，你是神秘的，你是慈悲的，你是强韧而执拗的，你是养育人类的母体，你是滋生万物的根城。”

魏晓岚的血管在膨胀，血液在沸腾，身体有浴后的感觉，清洁无垢，一尘未染，头脑也明晰如洗，他想：他这样去开荒，是被世人视为痴人呢亦或伟人呢？他又对于伟人思量良久，他嗫嚅着：

“崇拜伟人，莫如首先重视起自己的力量，因为前代的伟人，已变成往时的枯骨了，在能推动其次的世代的伟人没被发现前，我们的一滴血汗，一点微力，都足以被别人看做是伟人的必须条件而珍视它的。”

翌日，他把这坚决不动的愿望，用之开拓，别辟开地，籍来振兴自己的乡镇的计划，告诉周彩虹，周彩虹深示赞意，她说：

“世间没有比亲于自然的拓荒者再幸运的呀。因为他肯彻底于他的生活。”

不顾家庭之纠葛，闹得如何缠搅不清。数日后，他已由和魏宅遭同一运命之破落户中，得到一批热烈的同志者，于是他们就遴选了开垦的地点为莲花泡就近。那儿纯是黑土地带，只要开垦好了，耕耘得当，灌溉及时，这膏腴的沃土，确能养肥了这批拓土而有余。

出发的时节，魏晓岚脱掉丧服，扮成一个百姓模样，以皮鞭赶着黄牛，黄牛拖着铁犁，迳出城门而去，那批同志们尾随其后，步骤雄健前进而去。

那是春天，是城外的野火飞腾着的春天，激荡着的江流，急转直下，春天的阳光该有多么温熙，多么慈祥。

（摘自《东北沦陷时期文学作品与史料编年集成·1935年卷》）

过年关

——《T村的年暮》评介

范译鹤

《T村的年暮》是田兵于1936年5月发表在《明明》上的作品，田兵对于大连文坛而言，是不可忽视的作家。田兵生于1913年，大连旅顺人，毕业于旅顺高等公学师范部，曾用笔名黑梦白、金闪、田兵、吠影、易水、小槌、老马、半斤、蔚然、田岳等。在这些笔名中，田兵是作者的主要笔名，用于1937年在长春《明明》、沈阳《文选》以及《新青年》等刊物上发表作品。

《T村的年暮》将百姓的苦难融汇在日常生活中，通过年关扫尘等日常生活，集中反映了百姓备受压迫的苦难日：临近年关村子里的村民，完全感受不到半点过年的喜庆，相反，越是临近过年，生活越发困难、拮据。罗锅老赵头因为交不起张三爷的地租，只得杀自己家的猪抵债；王大婶家因为欠了张三爷家的钱面临着被收地的危险；吴大嫂家自己种粮、打粮、辛苦劳作一年却吃不到粮；买年货讨吉利的村民们，拿着东挪西凑的钱到集市上，因为"蹦高长的物价"只能买一点洋油，一瓶兑水的烧酒、一把老旱烟、一包二色糖、两升粳米作为年货；老赵头因为砍了张三爷山林的树、私卖了自己家的猪、没还张三爷家的地租，甚至丢掉了自己的性命。

作者用碎片式的故事展示了T村过年前的全貌，每个人都有一点年前的遗憾，但是为了能更好地迎接新年，大家都尽力把痛苦说得轻松一些。在阴沉的环境下，一群被生活压迫的几乎没有生路的人们，尽最大的努力让年过得像个年样。但是，穷人的年就像是过关，是一年里最痛苦、最绝望、最难熬的时刻，没交完的地租、欠的债是需要付出生命来偿还的。人们在这样的村庄里挣扎着生活，期盼着哪一年可以好好地过个年。作者将当时社会的大背景浓缩在一个小小的T村里，看似是一个小村子的悲哀，实则是整个中华大地和中华民族的悲哀。

《T村的年暮》较好地运用了环境描写推动剧情的发展。开篇将快要过年的乡村周围的环境描写为“灰暗暗的，静寂、沉闷、愁惨，感觉它似一块生了锈的铝板，整个地压积在这一带低伏着的村落的头上，使之不稍透出一丝气儿来”，与过年的欢快氛围形成鲜明对比，不禁让读者感觉，在这样一个死板窒息、异常压抑的氛围里，一定会发生一些故事。看似与剧情无关，却起到了引发剧情、推进故事发展的作用。

小说的故事是由无数个片段式的场景构成的，所以作者较多地运用了场面描写和对话描写。整个故事的展开完全是在人物的对话中完成的，王大嫂、二帘妈、碾米的媳妇和老太太扫尘时有一搭没一搭的对话，生动自然地刻画出了百姓们的苦难生活和年关难过的悲凉。同时作者通过场面描写，营造了不同的生活场景，这些生活场景细致地刻画了人物性格，充分展示了人物的内心活动和思想情感，使小说中的人物更鲜活立体。

整篇小说的叙事比较平静，却在平静的语气下隐藏着浓浓的悲哀，这种悲哀有来自对阶级压迫的可鄙可憎，也有对“自我麻醉”的民众的可悲可叹。

附录：T村的年暮（节选）

田　兵

二

“哎哟，天老爷来家了！今儿个比昨个暖和得多啦，你们娘几个不扫尘吗？”

东院的王大嫂，好几年跟着混洋事的丈夫出外，如今回来了撇一口外城腔，并且穿戴各色，爱摆架子，脸上总是擦着白瓦瓦的珞玲粉，厚大的嘴唇总是涂着鲜红的蔷薇口红。将近四十出头的年纪的人啦，还那样花花，因此村子里的人，当面称她王太太，背影里全叫她老狗子花。今儿个比任何天她都起得早，站在院子里的雪地上，在枯树影的夹当，也躺着她的一条灰长的影子。她梳的是从短发而复古了的鸭子尾巴，穿一身紫红色的毛绳衣，暗绿色的毛绳裤子，裤角上还织着耀眼的黄花边。

一群复活了的家雀，打她头上唧唧地飞过去。

房檐溜长的也不过三寸，稀疏的垂着，像房子长了牙，开始滴水儿，巴滴巴滴落在同一个地方。

从来没人看见老狗子花做活，真不善，今儿个却提着把笤帚，似乎干了点，笤帚头子上粘着雪嘛。左手把口里的洋烟卷儿摘下来，夹在中指和食指上擎着，背着太阳，伸着又横又长的脖子，说的话随着簇簇的烟儿流出来，烟消话完，只剩下黄牙和指甲痕形的眼，放出一种应酬人迷惑人的习惯性的笑，她的话声，是从拳头大的石块砌成的矮墙顶存在雪上面那一溜猫爪子印上掠过去的，钻进西院那背着口袋，拿着柳条簸箕，领着十三岁的二帘子和五岁小丫妈的耳朵里。她的话是讨好感的，伏有预兆吉祥的意思，所说的扫尘就是扫陈，也就是扫出陈旧的，不祥的，郁暗和不景气，在小年这天一遭儿赶扫出去，光等着迎接的就是除夕的“发紫”和新年的“新”了。

“嗯哪，扫呀，你扫啦？回来的，得先抢碾子压点黄米壳！”

一头晌的光景，雪溶化了个厉害，所有的大道，小路、垄畔、畦间和大地里都充分浸着雪水。远近的秃山和各处的篱阴、河套、墙角、屋顶，还有散在着的残雪。看来这整个景象仿佛是一个死后的叫花子，穿着破碎的露着棉花的衣衫。街中、巷口的污泥浊水，又如叫花子要来的残汤剩饭，顺着车辙沟徐徐地淌着。几只分不清是白是灰的鸭子，在上面吧嗒吧嗒地走着，不客气地扇动着胜利似的翅膀。

村东头和村西头两盘露天的碾子，从一大早起就被碾米的丫头、媳妇，老太太占满了。簸的、筛的、收的，大人、孩子吱吱哇哇忙个邪乎。有些人，为了挨帮，天再冷，也在那候着。这样做，也是年终应有的习惯和风俗呢。碾了黄面做粘糕，在人们嘴里、心里，粘糕俩字一变而成为“年高”了，竟把“年高年高，步步登高”，成了嚼不烂的经文，凡是有一点力量的人家，蒸粘糕比什么都要抢先做到。

小孩子们在这些日子里，特别高兴，有的穿着用大人袄改成的小袄，或穿着用洋面袋染了色做的，也有用赶庙会时买来的破烂鬼子袄改造的小袄。尽管有的破了洞，裤子露着半截黑红的腿，甚至赤着脚丫穿着破鞋，高兴得都忘了冷啦。这些，在穷苦环境的压力下造成了倔性子的孩子们，也并不去表示不满了，只是一个劲地蹦蹦跶跶，东蹿西跳，像一群小克郎猪，伸长着脖筋，口里喊唱：“辞灶辞灶年来到，姑娘要花小子要炮！”还有的唱着：“小孩小孩你别馋，过了腊八就是年！”他们憧憬着期待着盼望已久的福气，你龇牙，我咧嘴，像头子戏里的小木头人，紧紧跟随着他们的妈妈，不肯离开左右。

“这什么呀？”生日刚过的小丫，在盛在笸箩里才筛出的细面上，用粘着鼻涕的右手小食指，戳了一个很深的眼儿，仰着脸问着。

“不许动，这是给你做好吃的糕面哑！”她妈比自己说的话还快地，在小丫戳面的手背上，啪的就拍了一掌，紧跟着二帘子把小丫咚的推了个腚墩儿，噗哧，又赏了她一脚。

小丫委屈了，“□□□，□□□”，没命地哭起来。

二帘子满不在乎，袖着手，缩着脖，嘻嘻嘻用鼻音笑着。

“滚！都聚这干什么？还能不给你们吃，小穷鬼！”妈气得刚要去拾打驴棍儿的工夫，二帘子跳了两下，跑开了。他伏在白杨树后面，斜着脖，打老远地望着他妈愤怒的样子，他妈咬着牙，跺着脚，眼里冒着火星。

“小该死的，你，你等着家去的，脱不了这顿打，非打扁扁你不直。小死鬼你听着，今儿个不能给你饭吃！”说着，把脚又跺了两跺，用棍子向二帘子指了好几指。

二帘子做着鬼脸，也学他妈妈，跺了两下脚。

周围的小孩和大人都笑了，哈哈地笑了一阵。

“得啦他二婶子，小孩子家的，别生气啦！快筛吧，筛完俺好使！你的黄米是自己打的吗？”

二帘子妈，把鬓边散到脸上的头发，用手向头上拉了拉，随着又摸弄摸弄有点伤了风的鼻子，正好，鼻子眼睛都粘上了面粉。一张跟孩子生气的脸，霎时变成了忧郁的脸，从嘴角启开一线不自然的苦笑。

“哪呢，俺家糜子刚下来就还账啦。这是买来的，三块五一斗的啊，买了三升，这还是贱的，再掺上苞米面，还不知粘不粘呢！咳，就为这点黄米，差点弄出人命来呀！”

苦笑随话音消失，脸上出现的简直是落雪前的黄昏的颜色。

“哦，怎的，为什么？”

“为什么，你听我说，还不是俺家孩子他奶奶一死拉下了饥荒，不办不办就花了二三百块呀！”她抬头看看驴，把筛出的米渣倒进碾心，围着碾盘转转着又收了一瓢面子倒在筛箩里，手推着筛子在筛箩挂上，来来去去。重又把话尾接起来说：

“这不，又加上孩子他叔叔，不爱做庄稼活，说做庄稼活年年穷，改行啦，开了自动车。哪知学了个不着调，吃喝嫖赌什么都干，抽的叫什么白面黑面的，一下子赔上七八百，拉下一腚眼子饥荒，跑啦，一点音信也不知道啦。二帘子爷爷无奈，把自家五垄地托人托脸的，答应给人家二十块钱谢礼，才押给了组合，到如今也没钱赎，成天价长利，白日晚上长呀。这不，这月二十那天，下来啦叫什么督促书，反正就是要钱的票吧，听说……”

她说到这里，把筛出的面渣照样倒进碾心，低头把带来的锅铲子拿起来，贴在碾陀上，哧啦哧啦刮落那些冻在上面的面粉。

当她又坐下来，重新筛面的时候，又说：

“听说这一回再不还人家钱赎地，地就算完啦，这不说，利还得还人家的利，不还，利上长利！再说春天租来的两垄地，三石五斗租，谁想到不光掐脖旱，秋里又起了虫子，总共没打上五石粮，你们说够什么？咳，没法子想，地要都归了人家，那往后不简直就是得饿死！所以……”

正说着，毛驴停了步，歪脖伸嘴要偷面子吃。她忙拿棍子站起来，使劲喊一声，“叫！”毛驴明白，这是催促它走的号令，如果逆了这个号令，准要挨揍的，于是甩甩耳朵，撅起尾巴，拉完冒气的屎蛋，才又急三火四地扑登扑登转悠起来。

“所以二帘子他爹，愁得一宿宿睡不着觉，嘴都急出了泡，这两天我嗓子也火辣辣的发硬，吃不下饭去。”

说到这，旁边的老胡婆子同情地用舌头“啧啧”两声，还有吴家的婆媳俩，也跟着同样“啧啧”两声。“你说，你说像咱们这样人家，该怎办呀！”吴家婆婆还赘上一句话。

忽然，“妈呀！……”原来是小丫又被二帘子打了两拳，小丫没有好声地叫唤，二帘子一溜地转过墙角，隐藏着半边身子，露出个头来笑。

“你说这个鳖羔子，你等着，这过年正没钱，免不了像老孙头家小虎子样，非把你卖了不可。你，真气死我啦！”气得她又站在那，跺着脚指点着。

“快拉倒吧，谁家小孩子还不是一样，净撩嫌，说他们几句就得了，别往心里去，看气个好歹的！拉倒吧，拉倒吧，还讲咱们娘们的话！”

“我替你筛吧！”吴家媳妇把替她收来的一瓢面子，倒进筛箩里，给她筛起来。

“头回说了个半截话。前天我寻思着管怎一年一节的，年糕年高嘛，大人倒好办，能省能抗，咱是有孩子的，孩子见人家吃自己没有……就为这么着跟他爹吵了半宿。谁知，他一大清早起，朦朦胧胧就跑到后屯山神庙，在那棵咔巴树上上了吊，亏了前街老孙当家的看见的早……这不，还借给了一块五角钱，听说还是卖地的钱。咳！管怎的，管怎的……”

一边说，吴家媳妇把一箩面筛靠啦。二帘子妈又拿瓢去收，她的泪水虽然没流出眼外，但早已把眼珠遮得昏暗，偷偷地用袖子往眼上擦了擦。

“咳！都是一家不知一家。这年头太死性啦，咱这不也是借来的，是咱们小份子媳妇卖鸡蛋的几个贴己钱。家里过年的东西什也未舞弄（“舞弄”，方言，置办的意思），就算买了这三升米。咳，没有法子！”

老胡婆子在说话的工夫，又来了两帮催碾子的，紧问怎还没碾完，从此把话尾巴打断了。

“叫！”二帘子妈，对着驴的光瘦的屁股蛋上，敲了一棉槐棍儿。

这条驴是三爷家的，该去换一条了。它从一大早起，就开始拉着很重的碾砣子转圈圈，已经拉过三四伙的了。现在正是太阳站在正午的位置上，竟没有一个草节下嗓子，身上淋漓出的汗水，变成许多小冰片擎在毛尖上。那四条细弱的腿，晃晃荡荡早已没了力气，可是它在没死没换班以前，还怕打，只是勉强又勉强地迈着步子，吐着和这里的人们一样吐的白气。它把脖子伸得挺长，一步一步迈着，只能不时地闻闻碾盘上的面香味，从鼻子里打上几个突突。

“驴该换了吧，不换叫三爷骂祖宗倒小事，就怕……”有人说了这么一句。

三

雪，下了又停，停了又下，厚厚的雪下了几场，大地披上了白色丧衣，这古老的褪了色的小村落，全给包围在雪中，沉默了。

黄昏时候，天色较早就擦了黑。

旷野里，虽然就近的地方，尚能看出地上雪的暗白影子，往远处就模糊糊一片，说不出哪里是田地，哪里是路，哪是坑或洼。如若走起路来，只能是深一脚浅一脚，朝着大约的方向往前行走。

这时有三个人，面对着远处自家的村子。村子里有几处闪烁着荧荧的光似乎掌上了灯，可那里显得更凄冷，宛如一幅死了丈夫的寡妇脸上颤动的泪珠，更增加了有着白雪的大地的阴森可怕。

前后两个年纪四十差不上下的中年汉子，当中夹走着一位六十来岁的老人，身形像个C字，那正是罗锅子老赵头。

他们咯吱咯吱地踏着雪地，一溜一串的粗笨的大脚印，留在走过的地方。每个人都呼哧呼哧喘息着。在这死寂的雪野里，没有月光，也没有星光，大地的严寒老向人们的心脏侵袭，这时只要有一点声音，说一句话，在寒冷里很容易扩大，老远下都能听得清清楚楚。

“他妈个巴子，什么都是贵的，不敢买呀！”

老赵头粗钝的舌头，如啄木鸟叨枯树的声音，第一个开口，预备有人接他的话茬作出反应，可是谁也没吱声。

单说老赵头这时候，他那背在驼背上的一只装着东西的洋面口袋，老想滚过肩来跳进他胸前挂着的筐子里，而那只被烟熏过多年的柳条筐，却快要压到膝盖上了。要说他都买了些什么？前面筐里塞了几只玻璃瓶子，都装得满满的，瓶肚最粗嘴最细的是洋油，那只伸出挺长个脖子里的是烧酒，瓶嘴上插着个苞米骨子，另外有一把关东老旱烟，一包贴着小红贴的二色糖，再有的就是纸码香锞，进宝牌洋火跟几个小纸包。脑袋后头那只袋子里，只装了二升粳米。总的来说，都是年货。

他右手围着筐梁，左手倒背在腰后扯着口袋角，脑袋上戴的那顶带耳朵破得要飞的棉帽子，一走一颠跶。看他的样子，要说他是“圣诞老人”来了，不会有人怀疑吧。

“咳，真是他妈一年不如一年了！你们打的酒多少钱一斤？”后面走的汉子问。

“三角六，又比平常涨了六分，钱也不像钱了，东西蹦高涨！你呢？”前面走的汉子答。

“他妈个臭屁，我怎打的要我三角九？照你买的价，叫他熊倒啦！”

“你打的兴许比我的强吧，你在谁家打的？”

“万年兴啊！张三爷的买卖。”

“我也是。”

“强你妈个胯子，我尝了一口。寡淡寡淡的，也不知他兑了多少凉水？真是买卖鬼喝凉水，嘴唇一翻龇就是个价，丧尽天良！”

“哼，快别说啦，我打的还要了我四角呢。看吧，鬼不过人家，你们没看福兴街原先那一溜买卖，哪个不鬼。”

老赵头临到末尾，插了这几句话。

（发表于1936年5月《明明》第一卷第五期，

摘自《东北沦陷时期文学作品与史料编年集成·1936年卷》）

荒野上的沉郁旅程
——《同车者》评介

范译鹤

《同车者》，作者田兵，1939年12月发表于《文选》第一辑。主要讲述了“我”要到矿山里去办理应完成的工作，因为道路上荒乱，又没有车脚，所以不得不借用矿山会社出张所的势力，坐上了运送矿工的大板车，以资庇护。车上坐着形形色色的人物：颐指气使的日本转运手、黄布制服的矿井兵、被辞退的矿工和性欲旺盛的女人。一路上，“我”作为观察者，以局外人的视角冷静而不动声色地观察着同车人之间的纠葛，架构了一个错综复杂而深刻的故事：士兵与女人如何做着不齿的勾当；矿警如何对日本转运手俯首帖耳、卑躬屈膝；矿井兵们如何压榨矿工们身上的最后一点财产。作者把同车者行动上的丑态和心里面的丑恶通过一个个场面化的书写展示出来，压缩在行驶的大板车这一有限的空间里，用冷静的态度叙述一种巨大的悲哀。

《同车者》是田兵从大连北上佳木斯后的代表性作品。在这一阶段，田兵的创作视野更为广阔，写作题材更加丰富。在那片广袤的北国土地上，田兵每日“听到胡匪袭了堡子，烧了房子，打伤了，拉走了的消息，一年多都在这些声音中怀抱恐惧混在摇晃着不可思议的原野上的人们中间”。这带给他的不仅是丰富的创作题材，还有全新的创作模式。与早期作品相比，这一时期田兵的作品开始从百姓的生活状态入手，更深层次地剖析社会现实，更为理性和直观地反映国家现状，增强了作品的厚重感。

《同车者》在环境描写和人物刻画等方面运用了大量的东北文化元素，较好地烘托了小说的环境氛围，助推了故事情节发展，增加了小说的可读性。

附录：同车者（节选）

田　兵

跨进了玄关，迈进了办公室的门，室内的烟草气息浓厚得使人发呕，只有使劲地压着舌根。

“什么！”当中的一位，带着金边眼镜的大人，还没看见他那新刮的胡茬发青色的嘴部动颤，话已说出来了，好似从鼻子尖上攒出来的。待我把来意说完了，他那尖溜的眼光流散了，但还微轻蔑的在嘴角处笑了笑。

“你的日本语说得很好，外边等着吧。”旁边和他谈话的几个人也像非笑不可地笑了起来。

退出来，狠劲地呼吸了一口气，已完全的把刚才的浓气吁出，换进了一口秋的新气。遥望着那远方的山峰，不觉已走到匍匐的牵牛花蔓的草地上，散在地开着许多黄色，粉紫的野菊花，深闻到了草和野花的香气。

坐在了大板车，最注目的便是五个穿黄布制服的矿警兵，拄着枪，如倒闭了的商店门上贴的封条似的，每个人都斜斜背着一条九龙袋，里边都满满排列着子弹，很亲切地围绕一堆二三十个圆大的西瓜。在这以外便是一个和二十来岁的女人并肩坐着戴黑帽矿区的职员，所说的职员也不是有什么重大差使的人，也不过是个跑跑腿，擦擦地板之流。手里紧紧抱着两只黑褐色的麦酒瓶。也许里边是酒吧，使人有些发□叼着烟卷，和那女人作着涌不尽的笑，在那眼角像开了两朵芦苇子花。

“你不热么？往我怀里点，我给你挡着阴凉。”尽管说些关心那女人的话。

女人，将浓厚的粉脂涂盖着性欲旺盛的脸皮，笑得裂了许多的纹褶，不时地还将戴着伪制的金戒指的手来遮掩那露着金牙的嘴，使人发痒的怪声从指缝里透出来，更给人一种不自在。兵们，大概是不认识这两个人，正像发现了奇货，齐把眼光扫射着，有一个麻面的兵，把那焦干还贴膏药的肥厚的嘴一煽动作了个怪声，“呶！”在每个兵的眼里都像似会通了似的呵呵地笑了一轰，直把那个职员和女人笑得发愣。两个人对瞅了一下，也就不作声了，但是女的低下头去把脖子胀了个黑红。

司机的(职名运转手)日本人走出来了。穿着一身油腻得像揉乱了的菜叶似的蓝色的连襟套子工作服。那灰焦焦的脸，小耳朵尖上顶戴着极窄小的战斗帽，多部偏在后脑勺上。一腿跨上了车轮，把众人看了一圈，便把细小的眼很急促地移到了瓜堆上，脸色暗淡了。

“这谁的？不行不行，快拿去，他妈拉个屁，坏了！”这样自来通的日本人的满洲话，硬挺挺翻动着舌头，说他是说的，不如说他是喷水筒般喷出来的。原来是兵们的本地瓜挤了他的大和种的西瓜。咕噜咕噜便把兵们的瓜给撇了几个滚蛋。

“唉！我的我的，好好的。”田大格子，人都称他班长的矿警，一边乱点着头，满脸便嵌镶了许多媚笑的括弧，急忙地搬弄着递给那麻脸的兵。

“烧饼大哥快帮帮忙！”那芝麻烧饼刚一接手，一滑手，“嘣！”一个西瓜摔碎了，正摔在迷眼笑的那女人的脚旁边，那透七口八洞凉鞋和桃色的袜子都被瓜汁给溅满了。登时把眼球一白，脸色阴下去。那黑帽的家伙也现出了不满意的神色，但正是应尽的义务的，将自己的白色手套由兜子里掏出来，就在那女人的脚尖上用了磨擦的功夫。

众人都笑了。班长不得不笑。麻大哥也跟着不自然地笑了出来。但是那站在车轮上的家伙，非但没笑，反倒：

“嘶，□□□，王八蛋！”口角里喷出许多的飞沫来。

赶他跳下了车去，突然变了脸色，由偏面脸放出一点笑的模样来。

“噢噫！今天欠捡金子，明白吗？”

“呵呵……”

“是是……”

“明白明白！”矿警像七面鸟吞了一条死虫子，都一齐地点着头，答的差不多都要跑到问的话的前方去。又可以说像一群齐声嚷的燕子。

“嘻嘻嘻，”司机者的笑在头后消散着，他已走进了车箱里。噗噗——

噗——车似放了几个很通快的屁，一股很浓厚的滨机油气，拖着一条尘土的尾巴，直向有山处驰去。

“唉！老孙你弄的这两瓜值多少钱？”

麻烧饼把脸向右转了个半面，朝着那长脸细脖大格子班长，很羡慕的神色，二拇指指着那摊瓜。

“你问这干啥？有你屁干？”

鼻梁子上集了个大疙瘩，眼里射出两道厌怒的光，给麻烧饼促的半晌没能哼出气来，眼皮长长的，手指头慢慢缩回来，正像长夏被阳光给晒枯萎了的向日葵。沉默下去半天。

但突然又觉得四下射来的目光，使他一刻都透不出来呼吸，厌烦使他冲动的，把半赤色的伸出有黑长水毛的鼻孔一挣。

“哼！你小子，别那么横气，吃那井里的水，你瞧！”

起初是生气，话说到了一半，一想班长是不好得罪的家伙，舌头又挽了个花，嘴唇子煽动，腮上的筋肉膨胀，故意把兜子拍了拍手，插进兜子里，放出一朵窑娼女人拉客们的笑。手在兜子里向上一纵。这一来班长和以外的三个兵，都伸长了脖子。

“麻子，我摸摸，竟办鬼事。”

那粗大骨节的手，直直的伸过来，捺住了烧饼的子兜口。

“大哥，大哥，是糖！”

“糖？”

那闲着的一只又由上边狠劲地掐住麻子的脖颈。

“快说，说实话！”

“哎呀！说，说！是这个！”左手做了个六字的码子，大拇指在鼻尖处一拄。

“妈的，你真正不要命呵！”

“哈，怕什么有大哥保驾，有弟弟的就有哥哥的。”

麻子在班长松开了脖子后，抬起落了帽子的头来，很得意似的姿态。

“哼！你们三个不用笑我，你们也脱不了，班长，你看他们那袋子里。”

“得啦得啦，谢谢你，狼啃的，什么，大盐。”

“噢！你们三个也要起鬼来啦，你们不说是小米吗，好，下车当小米卖给我。说了半天你们都整外落呵，王八蛋，不让你们偷金子就好啦。”

班长似真非真的吐着他们不该隐着的愤慨，一边把头点点着，把那薄片子嘴唇撅出老长，下边的嘴唇更长。

“站住！”

兵们，发现敌人似的神情，眼睛正如红熟了的杏子，凝视着车下对面来的行人，车还未完全把马力停住，兵们是早已跳下车去，接着运转的家伙也跳出来。

“哪去？从哪来？”

“那边去？看看！”

兵，气汹汹地走近来者的胸前，那行人原来是一个头发都斑白了的老头，领着一个老婆和一个小孩。汗由额角条条的沿着皱纹沟里，披着被汗都卤湿了的破蓝衫，黑色的裤子是经年久破碎去了半截，细干的腿脚，穿着一双裸脚趾的胶皮鞋。战兢兢地放下了担子，那被风雨吹旧的老手，慌忙地把一只拴在了胸前第二个扣子上的胶皮玻璃夹子由口袋里掏出来，作着佛揖。

“老爷，太君，俺打驼背岭来的，那是我的老伴，这是我的小疙。原起是种人家的地，今春并村，修墙修道，把地都荒净顺啦，眼瞅就是秋风凉啦，在乡下一点奔头没有，咳！房子，也没有钱盖，这实在没有法的事，想着到街上找条活路，这——”一边用衣襟揩着额上流下的汗，喘吁吁的，悲切地说着自己的道理。不由自那洼下去的眼的泪腺滑出两滴黑泪。

“撒谎，撒谎，不是不是！”运转手。

“定规装熊（方言，装软弱、装可怜的意思）吧？好好翻翻看。”

班长听了太君的话，更使力气的附加了一句。

“翻！”

“翻翻！”

“对。”

麻烧饼和三个老爷一齐动起手来。

“这什么？”

“老总，那是装的饭碗。”

“嗯，饭碗吗？看看吧！”太君起劲地说，把锅勺碗和碟子类的家具翻弄得乱响。

“唉！麻子，把帽子，鞋，衣裳，裤子通通看一下。”班长的命令。

“是！”麻子。

“我看看老婆！啥没有！你，你再看看那头筐里和小孩子，快！”班长由老婆的枯草似的头发，摸弄到她的白布都变成了黑色的裤腰一并嚷着。

“哎呀妈！”那六七岁的小孩，黄瘦的脖颈像一枝干黄了的豆角，腹上遮着一个褪了色的红兜兜，小破蓝裤都落到了脚背上，一张大嘴占了全部的脸，哭着往后退缩，退至他妈的腿根前，太君还紧跟着摸他的兜兜边，把着他的柳条篮子，在里面将一个油壶拿出来，左右的看，终于把里边的油倾到了地上。

“疙，别怕，妈在这儿。”一手扯着孩子，一手推着太君，“大人，俺孩子刚拉肚才好，你修点好吧，别吓着他。”噗登跪在地下，两手合在一起像拜菩萨的磕起头，那红瞎瞎的眼眶里，和那极矮的鼻子孔，流出许多的粘汁来。

“哼！”太君的笑。

“这个老货，他的你的三滨给好。”

麻子把眼挤了个三角洞，把大嘴启开，露了一排由黄而发了绿的牙齿，迸出孩子般的乞怜的笑，对着运转太君指画那跪着的老婆又指指那老头。

“快说，到底把金子藏在哪里，别叫俺费事。”

麻子掠住了老头的肩膀。

“哎呀，大老爷， 看！我连吃的都没有哪来的金子呢？确实没有！老总老爷，”

两手捧着边缘破碎了苇连头帽子，作揖连点头的哀求着。

“麻子撒手吧！让他们滚蛋吧！”班长。

“好，便宜你。”

“是，谢谢，谢谢！”

“什么谢谢？谢谢不要！”当！将盛饭碗的锅踢翻，“妈拉个屁！定规撒谎吧。”运转太君，一边向车里走着，好几回的回头望那老头。

哈哈的便是一阵附和的笑声，混合在车放的屁里。

“他妈的，偷金子的全是这行玩意，装出这种样，昨天真痛快，那一两三，偏偏叫我看着了，老婆听说好打死啦，说起她也不善，把那沉重的东西藏在头发里。哼，我一瞧就瞧出来了……”

班长这一派话，得意地摇动着那瘦长的头，麻子刚要说出什么，被以外的三个兵笑的，他不由得像见了高粱粒的白鸽般的笑起来。这一来那倚着黑帽家伙的女人，在干燥的粉脸上，装出了不好意思，越发的倚近那黑帽家伙的怀里，黑帽子寡笑不言语，一扬下巴在肋下的袋子里拔出一盒粉包香烟又掏出一盒得宝火柴，塞在了那低着头的女人的手里。女的接过来，抽出了两棵，一起含在了干巴巴红的两叶嘴唇边，把头转在了那黑帽家伙的脑袋后，喳地把火柴擦着，两只手棒着，很叮咛地对准烟草，头一抬，烟草烧着了，便把一只有了白灰头的烟草，殷勤地插在了黑帽家伙的嘴里，笑着，眼缝挤得很细，上眼皮鼓得臃肿了似的亮糊糊的。撒娇的，歪着那脸儿，又把烟草包和火柴塞进了黑帽子的衣袋，黑帽子家伙望了望大家很得意地吹出了一口浓厚的白烟，很迅速地消散。

“班长，我说昨儿咱捡的金子，到底能批多少呢？”和班长对面的一个又瘦又小的兵，把枪倚在肩膀，脖子都好探到班长的鼻子上，若不叫有堆瓜隔着。

“多少，三七的呗！哼，昨天，若是往常年偷几两金子算什么呢，顶多打一顿把金子留下也就算完了！”沉默下去，好像是恐怖着现今，追慕着往昔。

“现在呢？”这句话都如感到应该问似的，一齐把呆板的眼光集中在班长的脸上。

“现在一喝点凉的，像昨天那老家伙至少也得——”把那大骨节子手，又亮到了每个胸前的空间，一翻又一正。“你们要晓得，过二两就得——”随手又由后脑勺头发茬处向下巴子前一扫，很有力气的，瞪起两只眼看大家。

“哎呀——是那样厉害吗？”大家的脸暗淡了，只有麻子饼，把嘴一撇，每个黑麻子眼，都发着愤怒，宛如这个生活竞争的时代，即使是自己的同类也不应有那样的小同情似的，又像是那样的人正是所应该剥蚀的。总之是瞧不起大家的态度。

“哼！什么厉不厉害，捡着了就是咱们的，捡不着就是他的。说厉害你们别捡，别吃饭好，”众人不言语，麻子觉着脸发烧了，左右地看着正没有法子去遮饰自己的粗鲁，突然一举手很兴奋的，指向前方，拿出警犬的神态，“唉！来了，前边又来了一波。”

大家都一齐地向前看。

麻子拍了拍车箱子顶盖，车直至行人的身前停止了。“下来”一群水泡边的蛙子似的跳下去。

“站住，干啥么的？”

麻子还不等班长传命令，便一马当前地把枪对准了那行人的心口窝。

“手擎起来，苦啦！(日语叱责的音译)”运转太君，两只带着油手套的手，先擎在了自己头上做了示范的姿势。行人是两个劳工的样子，往后畏缩，将那粗糙的手向天空方向举起来了。

“哎呀，太君，太君，我们是走道的呀！”一个四十来岁家伙，满脸毛黝黝的胡子，埋了一幅疲倦过劳的眼和鼻子。肩头上背着一件被土和汗染浸了的白汗衫。那一个也同样的举着手，二十来岁，裂着怀的黑衣衫，裹了一幅宽阔的臂膀，只是像一只耕牛。

“知道你是走道的，问你是打哪来，混蛋！”麻子的话。

“俺，问俺哪，老爷，俺俩是打桦皮沟来往鹤岗去，这边支帮散了，到那边找饭吃，找饭吃！”头上脸上流着许多的汗。

“有证明书吗？”班长。

“有！”

“翻翻！”班长还未说这句话的时，麻子和那三个兵连太君便动了手。

“我问你俩，你俩为什么不在那儿沙金子？手放下老实说！”班长问。

“老总老爷，唵，支帮散了呀，金子出得不好，一节一个人只弄得四五块，够干什么的，还得拿官金不说，三月以前安了个什么采金船，那个家伙可厉害，能顶二三千人做活，听说还要安三个，领地段又费事还干啥劲呀！”

“混蛋！你想着怎的，不要脑袋呀，没有金子安采金船，人家怎干来，揍得轻啦！”

麻子愤怒了。

“是，老爷，再不说啦，再说毙了我，饶命吧！”刚硬的头和脖子，不自然地打着点，表示恐惧的乞怜。

“唉！有没有？”太君问。

“没有没有！”兵们一同口音。

“没有吗？你们混蛋，他妈拉巴子！”

“嘿，他妈的，今天的买卖真不好！”麻子扫兴的说，又像特意说给班长听，好说出同样的话来，安慰他。

“买卖不好，是你没有眼珠！”班长，正背了麻子的话，同时更激怒了烧饼。

“你眼没珠，我问你捡着没？”

“没捡着，你看你那幅神气，不能像你那样摸裢当，蹦了一脸麻一哈，哈，哈！”班长的大嘴圆起来笑了，笑得像狼声。三个兵也雷同地笑了一阵。

麻子不致声，只将白眼来酬谢他们的笑。

车，像疯狂了的野兽，在放开了头闸，它便念着出力的声音，一直地穿过了山谷，又爬上了山坡的草路。两旁的碧绿的草地，美丽地渲染着秋初的色彩，微风吹着那着了霜露略杂褐赭的叶梢，银白了的草穗，黄的，紫的花，成重拙的荡动着。那笔直的白桦和绿杨，浓色的松柏，半赤色的枫叶。那远近的山峰和山谷好像停止了呼吸，青郁郁的密得可怕。时常哨出怪鸟的声音，翱翔着秋雁和乌鸦，在太阳不高撒下冷意的天空，天边似乎是发了徵。

“老总——”抱着睡在自己怀里黑帽子家伙的女人，也许看到了将近日暮，感觉到了寂寞，突然用一种疲倦而梦想的目光，直望着沉默着像枯死了的芦草的兵们搭讪微笑着，露出那有金属光泽的牙齿。

“什么？”麻子的眼忽啦打个闪似的启开，高兴想错掌。

“你们哥几个没捡着金子不高兴了吧，不知道他们到底是偷谁的金子？”

“哈，捡金子创■尚。偷谁的金子，偷他自己的呗！”麻子把下巴一抬，把呗字的尾韵扯了个极长，会笑的眼珠在眼睑转了好几转。把众人诱惑的都笑出了口水。

“偷自己的——这话真迷糊人，偷自己的金子犯的什么罪呀？”女的把脸一郑重。

“哼，偷自己就不犯罪吗？他们所沙的金子，都得卖给金矿局，价钱小，还得拿二分五的官金——他们想多落两个，才——”

以下用眼色表示了下边的残语，忽然又觉得不周到似的，一吞唾沫后：

“光企图自己多卖钱，混蛋的东西，人采金赔账，破坏人的规矩人能答应么？你说是不是呢？大姐——不大嫂？”麻烧饼，心中的血液有些跳动得厉害。情绪把想说的话都给遮蔽恍惚。

“——是呀！”女的脸一红。又把手伸进那黑帽家伙的衣袋里，将烟草和火柴拿出来，向每个人很迅速地让了一圈，麻子不客气的，抽出了一支，自己又含在嘴边一支，拉着一根火柴给麻子点着，又把自己的点着。笑嘻嘻的，迷着眼皮很甜蜜，很香地吸着。

“嘿！”

“嘿！”

麻子对面的兵，把鼻子一撅，使了嫉妒而羡慕的鬼脸。班长使那粗大骨节的手在麻子腿旁边结实拧了一把，麻子疼的一抖。嘎嘎的都笑了起来。

麻子把脸向班长一摆弄，又得意的，郑重的态度装在外面，望着那笑着的她，以为这正是进攻的机会。

“大嫂——那一位是你的什么人？”

“这，这——”女的把黑帽子家伙故意一推，低下头去，有吸引力的眼的光芒在上眼皮的睫毛缝里射出来，“这是我的朋友，是朋友！”

（发表于1939年12月《文选》第一辑，
摘自《东北沦陷时期文学作品与史料编年集成·1939年卷》）

公义之下
——《罪恶》评介

范译鹤

《罪恶》，作者曲舒，发表于1932年4月20日《泰东日报》。曲舒是《泰东日报》比较活跃的作者之一，他的作品散见于20世纪二三十年代《泰东日报》的副刊中，从作品可见曲舒的文学创作具有极强的现实主义风格，现以《罪恶》为例，同大家一起赏析。

《罪恶》的情节设计十分巧妙，作者并没有在小说的开头交代“罪恶的事情”究竟是什么，而是把它藏在文章里，随着情节的推进逐步解开悬念。

在作品的开头，混混王二哥被邀请与差役李头、老黄去喝酒，王二哥对被请去喝酒的原因并不清楚，抱着“先到杂货铺里去试试看”的心理赴了约。

在席间，王二哥渐渐明确了李头和老黄的来意，原来“这一回县长也奉到省里的命令，要铲除鸦片和同性的毒品，拒绝其将来的流行”，班头想借此机会赚点钱，却又怕亲自去“脏了手”，便将事情交付给差役李头和老黄去办。

“李头受了班头的差遣，也很愿尽了他的伎俩，但是一个人下乡，又恐怕在诈欺的行为中，有不可能的事故发生。他便把平素有点交情厚道的同伙换了一个，那就是老黄，一半是他要着老黄为他的帮手，一半是想要老黄亦可在这个差事上发点财的。”

“李头和老黄，所受派遣的目的，便是金钱，但即便捉拿这些赋闲无业的人们，他们连充饥的饭也不能寻着，哪里有钱来供给公差们勒索呢？也不过收押几天吧。所以他们就改换标准，施展诡诈的手段到这乡里间无辜的良民身上。李头和老黄从县城里，便直接地来到这王村。他们不知道王村哪一家可称为富裕的。所以他们找王二哥做他们的向导。”他们想和平时熟悉的王二哥勾搭在一起，让王二哥提供“莫须有”的涉毒信息，让富户们拿出点金钱来。而王二哥也想借机报复一下那些平素瞧不起他的店家们，于是一场罪恶的勾当就在这个杂货铺里应运而生了。

小说通过对三个人对话的描写，将罪恶从模糊到清晰，慢慢地呈现出来。作品语言通顺流畅，摆脱了20世纪20年代文白相杂、晦涩的书写状态，具有新文学的典型特征。在《罪恶》中，作者用精练的语言塑造了典型人物，“李头已经有五十多岁了，身量短小，黄瘦的脸，尖尖的嘴巴，一双精溜溜的眼，再加上鼻子下面有几根黄暗暗的胡须，简直的像一个老鼠”，略略数语，勾勒出了差役阴险、狡诈的形象。

小说的情节展开和推进依靠具有人物个性和特征的对话完成。对话的设计紧张连贯却不拖沓，层层抛出的“罪恶”的本质，吸引了读者的阅读兴趣。

小说《罪恶》通过几个底层官差和无赖的交谈，层层揭示了旧社会已经深入骨髓的腐烂本质，有深刻的现实意义。深受压迫的百姓遭受着从上到下的层层盘剥，哪怕是市井无赖也要从底层百姓身上压榨一些油水。“罪恶”这一题目深深表达了作者对旧社会的痛恨，揭示了旧社会对底层百姓所犯下的罪恶，点明主题。

附录：罪恶（节选）

曲　舒

三

李头已经有五十多岁了，身量短小，黄瘦的脸，尖尖的嘴巴，一双精溜溜的眼，再加上鼻子下面有几根黄暗暗的胡须，简直的像一个老鼠。他在县公署的外班干事，已经有许多的年龄了。他干事的手腕，很是灵敏机巧。无论在任何的事件上，他都能赚得一点油水，内中找出几份要孝敬那个外班的头儿，再分散些给同事的朋友们。所以那个头儿平素很信任他，也是同伙所称赞和信仰的，平常都称呼他一个李头。其实出了外班的头，他也轮得上的，不算是妄担着这个“头”一字。

这一回县长也奉到省里的命令，要铲除鸦片和同性的毒品，拒绝其将来的流行。所以县长就命书吏写一篇告示，印刷若干张，分发到各个县范围里所管辖的各村，而那县长每天若莫有几两边土，是不能办公的，这是那几县的百姓谁都知晓的。告示印就以后，当然得使外班的头儿见到那张告示，同时就动了想发财的动机。送完后，就派遣许多能干的差役，到各乡中明察暗访了起来，李头也是被派的一员，而何从是县长所委的呢？

四

李头受了班头的差遣，也很愿尽了他的伎俩，但是一个人下乡，又恐怕在诈欺的行为中，有不可能的事故发生。他便把平素有点交情厚道的同伙换了一个，那就是老黄，一半是他要着老黄为他的帮手，一半是想要老黄亦可在这个差事上发点财的。

本来那个县里，也有许多染着鸦片嗜好的人，大半都是家贫如洗，游手好闲之辈，他们原先是什么缘故，把着毒物染着呢？

许多拥有巨资的富翁，把他的子孙们娇养得太任性了，并不曾想给子孙一点相当的教育。在少年的时代，子孙们一天一天的长成，罪恶的习惯也同时随着增进，未受过训练，当然不能到社会上做他应当从事的职业去觅生活的幸福。所以只能赋闲在家乡里，所交的也是罪恶充满心灵的人们，很容易染着毒性品的嗜好。祖先死亡之后他们更无约束，忘其所以任着性胡作。又有谁能管着呢？因此也都一天一天的堕落了，家产荡尽，也就从富贵者变成贫穷的人了。

有的是曾习过商，有过职业，因为在繁华的都市做事，心中并未存一点坚持力，平常也是受朋友的牵制。大半在娱乐的地方，便也沾染着这种嗜好。日久被经理或老板察觉了，撤差或革职，他们不得不回到家乡来，祖先又未曾给遗留下许多的财产，有着这种嗜好，再也不能寻着相当的职务，也沦落到下流来。

李头和老黄，所受的派遣和目的，便是为金钱而来，即便捉拿这些赋闲无业的人们，他们连充饥的饭都不能寻着，哪里有钱来供给公差的勒索呢？也不过收押几天吧。所以他们就改换标准，施展其诡诈的手段，到这乡里间无辜的良民身上。

李头和老黄从县城里，便直接地来到这王村。他们不知道王村哪一家可称为富裕的。所以他们找王二哥做他们的向导，在傍晚的时候。

五

王二哥生来就是好唱好赌，他和李头相识就是在他几次因为赌案被捉到县里的时期。那李头用他那尖利的观察，看到他是土棍一流的人物，几次被捉到县城，都是李头照顾他，因此他们便成莫逆的朋友。

今天王二哥腰中并未带钱，想要赊几两酒喝，但那杂货店的老板固执的不记他的账，也是以前常常喝酒不付钱的原因，正在争吵的时候，李头和老黄便走进来了。正在要找他的时间不期在这里遇见，李头欢喜地说道：

“王二哥好？你在这里做什么，我们寻你好半天了！”

“噢！李头。”王二哥回头便见他在县里受过人家的恩惠的李头，随嘴叫了一声。

“不准你这样称呼我们兄弟们，王二哥！”

“好吧！大哥什么时候来的，我真一点也不知道。你们是夜猫子进宅，来则有事，又出什么岔？”

“有一点事，正要找你给办办呢，这里不是说话的地方，走，到酒店里去。”李头说着，拉着王二哥便走。

六

来到这酒店，王二哥先让李头坐在客位上，他和老黄也就在左右的坐下，李头要了二两酒，拿出带来的食物和酒菜，他们就大喝大吃起来。

“我忘了，给你两个引荐呢！”李头喝了一口酒说。

“好吧！”他俩一口同音的应者。

“这是我们的伙计老黄，请你们以后多照应吧！”李头指着老黄告诉王二哥。

“客气什么？你的伙计就和我的朋友一样，我们弟兄们何用客套呢？”王二哥刚把酒杯放在桌上答李头，随手又拿起一块牛肉放到嘴里，才把那嘴里咀嚼那块肉吞下问道：“你们俩到底下乡来是办什么案子？”

“咦！你还不知道？你没见你们庄上贴着禁烟告示？我们这次来，就为这件事。”李头回答他说。

“我说你们趁早回去吧！不要枉费力了，不错这庄子上有吃这个玩儿的”，王二哥说着，伸出右手，做一个手势（是平常人用的表明“六”的手势），接着又说道，“都是和我一样的身份，哪有小钱来孝顺你们呢？”声音变了些。

李头很明白王二哥所说的意思，把眼皮一翻，头移到王二哥的耳边，小声的说：“……”

王二哥听到李头说了几句，点了点头表明赞成的便把嘴送到李头的耳旁：“……可不要忘了我呀！”

“放心吧！老二我决定能给你一个大发的报酬。”李头听他说完就答应他说，他们又大吃大嚼起来。

王二哥现在酒也足了，饭也饱了，想起来杂货店方才未赊酒给他喝的事来。

“好！就这样做去，我明天来找你，现在我有一件事情，我要走。”王二哥说着立起身来往外走。

（摘自1932年4月20日《泰东日报》）

一篇充满反讽意味的小说

——《模范贼》评介

王长丽

《模范贼》发表于1931年3月25日《泰东日报》，作者署名血晶，本名不详。

小说开门见山讲了一个偷窃事件。在一所学校的教室里，学生们向先生反映他们的东西被偷了，教员P女士却说："胡说，教室里的学生都不能偷东西，也许是你们忘在哪里去了！"从她的搪塞中，可察觉她有点慌乱。下课了，学生们都出去了。"她在这里东望西瞧地张望着，听了听，四下并无声息，看了看学生都已走尽，'这时候我不动手工作还等何时？但是如果被人抓着，不但对于名声不好听，就是我这口大烟瘾，可怎么弄呢？然而……'P女士扪心自问地沉默好久，终是有了一定的决心，无论怎的也非合照着昨夜的理想进行不可。这是她最后的决心，迫不得已的手段，从犹豫不决的心想里跳了出来，竟不客气开始动作了。"后来，学生们发现他们的东西又丢了，他们知道又是P女士做的事，以前他们"做操衣时候，她曾拿我们二尺帆布！"学生们决定等上课的时候好好问问她，看她如何回答。

小说到这里戛然而止，至于问的结果，读者可以自己猜想。这篇小说希望引起读者关注的重点在于，一个承担着教书育人责任的教员，却是一个偷窃者，这打破了人们对社会道德的普遍认知。这篇小说，首先是揭露了当时积贫积弱的社会现实，在这样的现实环境中，即使是P女士这样的教书先生也遭受着大烟的毒害，因此导致经济上入不敷出，丧失了道德廉耻，干起了偷窃的勾当。表面上，P女士还要维持正人君子、为人师表的道德形象，不承认偷窃行为。这样的先生何以为人师表呢！其次，作者更深的寓意在于以小见大，从个体的遭遇映射国家的命运，为积贫积弱的中华民族的命运担忧。在日本侵略者统治下的大连，人民在经济上受压迫，在精神上被奴役，失去了家园，还无法讨回公道。侵略者就是强盗，偷取了所有的东西，表面上道貌岸然，实际上包藏着狼子野心，是到了团结一心讨伐偷窃者的时候了。

小说采用白描的手法，对人物偷窃心理和行为进行了较详细的描述。“‘哦！不对，这是朋友女儿所忘的东西，我如果偷去了还能对得起谁呢？不！不偷了……但是到这个时候谁还和他讲朋友的面子呢？我偷了去，谁也不知道，假装好人，有多么好呢！一不做二不休，既然翻到这里就不能让他白拉倒。’在反复的思考中，好心终于做了恶心的制服者。”正在偷的过程中，“砰！门开了，闯进来一个人。是谁？这时早把做贼的P教员吓得魂不附体，魄飞云外了。她急忙地把所拿出来的东西装进衣袖里，面部转向墙上在垂着手假装去看所贴的字书，以及学生们的成绩。这时她的面前，竟觉不出有一线的光阴，她在疑了。”这样的描写，让故事充满曲折，具有了可读性。另外小说名为‘模范贼’，也会引发读者的联想和更深入的思考 。

附录：模范贼（节选）

血 晶

“先生，我们教室里的东西被人偷去了不少，都叫谁偷了去？”学生们都在如此的质问P教员。“别胡说，教室里的学生都不能偷东西，也许是你们忘在哪里去了！”P女士被学生如此一问，便逞着霞红的粉面，如此乱挡了几句。然而学生仍不住地嚷嚷着，P女士只得在黑板上瞎写着教给学生的生字，但因学生正在怀疑着她，都在咒骂着她的时候，有谁还肯来专心地听那贼教员呢？

铛……下课的铃声响了，学生都一拥地走出去，教室中只剩着教员一人，她在这里东望西瞧的张望着，听了听，四下并无声息，看了看学生都已走尽，"这时候我不动手工作还等何时？但是如果被人抓着，不但对于名声不好听，就是我这口大烟瘾，可怎么弄呢？然而……"P女士扪心自问地沉默好久，终是有了一定的决心，无论怎的也非合照着昨夜的理想进行不可。这是她最后的决心，迫不得已的手段，从犹豫不决的心里跳了出来，竟不客气开始动作了，翻了这个书箱，又翻那个书箱，在第三个书箱中，是得着值钱的一件东西，至少也能买得两个烟泥子，够过两次的难受流泪的烟瘾，当然是很喜悦的了。"哦！不对，这是朋友女儿所忘的东西，我如果偷去了还能对得起谁呢？不！不偷了……但是到这个时候谁还和他讲朋友的面子呢？我偷了去，谁也不知道，假装好人，有多么好呢！一不做二不休，既然翻到这里就不能让他白拉倒。"在反复的思考中，好心终于做了恶心的制服者。

刚要伸手去拿的时候，砰！门开了，闯进来一个人。是谁？这时早把做贼的P教员吓得魂不附体，魄飞云外了。她急忙地把所拿出来的东西装进衣袖里，面部转向墙上在垂着手假装去看所贴的字书，以及学生们的成绩。这时她的面前，竟觉不出有一线的光阴，她在疑了。

"姐姐，妈叫你回去吃饭了。"她的小妹妹跑到她的眼前，扯着她的衣襟往外拉她，这时她才恢复了知觉，认出是她的小妹妹。"你有多么淘气，到这里做什么，快回去吧！"她用种种妙语巧言，把妹妹给骗走了，这次竟不管三七二十一的一味偷起来，几乎把教室里的东西完全偷干净了。

（摘自1931年3月25日《泰东日报》）

新春一日
——《年》评介

范译鹤

《年》发表于1933年2月22日《泰东日报》上，作者严舍。严舍的作品散见于《泰东日报》20世纪30年代的副刊中，作品多以现实主义题材为主。严舍的个人情况已无从考证，但是创作风格可从他现存的作品中探知一二，现以《年》为例，进行赏析。

《年》用简洁的语言描绘了一个春节聚会时的场景，但是与人们传统过年的欢乐氛围不同，在他们眼里过年只不过是一个可以打牌、喝点小酒、抽抽烟的日子，没有什么欢乐，甚至还有些暴躁，所以作品始终弥漫着阴郁沉闷的气氛。

“阴云的天越发着气闷，铺门是不用说关着的。连窗上的木板也上着，因此都裹足不前了，远远可听得时而疏时而密的鞭炮声，使人们的神经又兴奋起来，意识出这还是过年。伙计们早已躲在一室做他们的勾当，间或有几个散步去的，但都是他们素称为清高之流的人物了。”

“五个脑袋聚在一起，从上望下仿佛是五个梅花影，房间里充满了烟，大概都感觉着一点快感的厌倦，而恢复疲劳者烟也，所以五个中的三个比较高级点的伙计，也就破例来尝尝新滋味。一来也是因为坐第一把交椅的刘先生去赴宴了，这一个绝好的机会，伙计们有点飘飘然了，屋里充满了烟。”

在这样一个令人沉闷的氛围中，作者聚焦场面描写，同时以对话的形式为主，通过对话塑造了参加这场扑克局的人粗鄙、暴躁、穷极无聊的“众生相”，利用对话刻画细节，反映社会现实。

例如，在作品中有这样一段对话：

“小三，去，上隔壁买点东西来吃，瓜子、橘子，一样四毛，我请客！”酒糟鼻子的钱又减少了一节，做老爷的竟这样慷慨，肯花八毛钱请客。缺牙的老五感觉着有点异样了、欣然了。

“此刻肚子的确有点饿，还不快点，没魂！”酒糟鼻子忽地站起来说，但小三已经在开门了。

“今天早晨吃饭叫你你不吃，那一个，吃完再打也不晚的，竟舍不得放手。”橄榄头一点着烟说，“要不是这样，怎么会饿？看我！”

从这段谈话中可见，不能吃饱肚子是一个严重的社会问题。过年，应该是每家食物准备最充足的时候，可是来打扑克的人却饿着肚子，明着说是为了打扑克舍不得放手，可是真实的原因谁又知道呢！吃顿饱饭仍是当时老百姓生活的主要需求，隐喻地展示了当时底层百姓生活的穷困与无奈。

整部作品没有大段的铺陈渲染，显得尤为精巧简练。语言口语化明显，通顺流畅、短小精练，没有特殊的雕琢，却更为凸显人物的身份与性格。用语言烘托场面，通过人物对话推动情节发展，连贯不拖沓，吸引读者的阅读兴趣。

附录：年（节选）

严　舍

“妈妈的，动什么动，动，拾起来！”一个酒糟鼻子有点发怒了，本来正在赢的时候，所谓“红钱”是不应该滚下地去的，尤其是被小三动下去，的确有点不吉利。酒糟鼻子更红了，“真不配！你也配推牌九！”

“算了，算了，已经拾起来了，别耽误功夫！”一个橄榄似的尖头戴瓜皮帽的带着调解的口气说，“两毛钱的孤注，两毛钱的桶”！

十双烛的电灯的确暗。差不多连牌上刻的点子，都有模糊，屋里，充满了烟。

“十过，你拿！”

大家都聚精会神的摸起来。

“天、天、天、天……妈妈的，两点！”缺牙的老五有点颓然了。

小三是——仿佛没有喊叫的资格，默默地翻开。

“你拿的是天九，妈妈的，我是说不吉利嘛！”酒糟鼻子益发红了，赔了三个老毛子。橄榄头的孤注桶都潦进老爷——酒糟鼻子的钱堆里去了。

还算告一段落，鞭炮声仍旧是疏密有致的声音。

“小三，去，上隔壁买点东西来吃，瓜子、橘子，一样四毛，我请客！”酒糟鼻子的钱又减少了一节，做老爷的竟这样慷慨，肯花八毛钱请客。缺牙的老五感觉着有点异样了、欣然了。

“此刻肚子的确有点饿，还不快点，没魂！”酒糟鼻子忽地站起来说，但小三已经在开门了。

“今天早晨吃饭叫你你不吃，那一圈，吃完再打也不晚的，竟舍不得放手。”橄榄头一面点着烟说，“要不是这样，怎么会饿？看我！”

屋里充满了烟。

“不要等小三，来、来、来！六过，你拿，又开始了。”

“慢点翻，两毛钱软桶！”同时一双乌黑的手从半空伸了下来，放了两毛钱在桌子中央，大家都愕然了。

“小鬼头，什么时候来的？一辈子做事都这样。”橄榄头已发现是对门酒店的老板，头上剃的光溜溜的，皮光可鉴，今天大约又是同老婆吵了嘴出来避祸的。

这样，又多了一员战将。

经过了两个小时，已是上灯的时候，炮声益发密了。

“算了吧，今晚听落子去，谁赢了？”酒糟鼻子欠了一个伸。

结果是各人都没有赢。

（摘自1933年2月22日《泰东日报》）

动荡社会中的半生漂泊
——《苦教员之自述》评介

王长丽

《苦教员之自述》作者邵俊文，发表于《青年翼》第六卷第十二号、第七卷第一号合刊，为纪实类中篇小说。小说从主人公儿时生活谈起，讲述了他贫而好学，一心求学，到后来做教员的半生经历。从主人公多舛曲折的人生命运中，我们对清末至民初20年间社会教育的变革与乱象有了清晰的认识，对当时社会经济与民生的现状有了深刻的了解。

作者对主人公少时经历着墨较多，重在渲染其出身贫寒和求学的艰难。苦儿出生于贫苦人家，自小失去母亲，寄养于外婆家，外婆“爱护交加，不啻其孙”。但舅母来后，“颇不满意于余”，就下了逐客令。苦儿只好随着父亲暂时住其主人家，给人放猪，过着寄人篱下的生活。后来“余家主人为其子延师课读”，余好学，闲时经常请教先生，得先生在主人面前夸赞，遂开始伴少公子读书，相处“亲若同胞”。后因主人家遭变故，余离开后半工半读，遇到慈同学相助纸笔，后来经慈翁推荐，设馆教学。谁知好景不长，不到半年，政府变法兴学，“余乃得半年之束脩，辞馆而去”。后来，余和慈同学又考取了县立师范传习所。毕业后，余为谋生，就做了教员。后结婚生子，日子更加艰难，“数载积蓄，早已罄尽，幸赖余及余父每年所入之薪水，得以糊口”。屋漏偏逢连夜雨，赶上疫病流行，全家都病倒，而父亲竟一病不起，溘然长逝。余“多方告贷，始将余父之丧事办竣”。小说聚焦于一个苦教员的半生经历，却窥一斑而见全豹，多数底层民众生活之现状可想而知。

小说第二部分着重描写余教学生涯中的遭遇。余最早在申村乡村小学任教。“至申村后始知该村关于校舍之筹备，尚未议及”，后“公决以古庙之东廊房，稍事改造，作为校舍”。最初“学生到校九人而已。复多方劝导，并解散村中私塾一处，始凑足二十人”。面对当地校董等人不重视教学，学校基本教学设备缺乏等问题，余据理力争，后村长学董“聆此恳切之警告，始如梦方醒。觉前此之误谬，急向余道歉”。“三日后果将应用校具，购置齐楚”。余认真教学，“对于学科及时间，按部就班，向不肯疏懈，贻人口实”。在废科举、兴新学的过程中，教育界力求改革，但存在问题也颇多。严厉的视学检查和频繁的课本改换、学制变更等，都给教员和学生带来纷扰，增加了更多的负担，让人不堪其苦。而研究会、假期教育讲习会等的实施，因缺乏针对性、系统性，则“徒耗费时间与金钱”，最终无疾而终。这一切都反映出社会变革时期教育界之现状，存在诸多亟须变革之问题。主人公身处其中，感同身受，将自己的困惑与思考付诸笔端，意在引起政府警醒。

小说中还有一部分内容就是作者对当时社会普遍问题的关注，以及社会变革给人们思想和生活带来的巨大影响。清末民初社会动荡，军阀内战，物价飞涨，奉票毛荒。经过二次奉直战后，奉票之价值，不断低落。“物质昂贵，生计困难，各界同慨。然以清苦之教育界尤为甚。”社会制度变革又带来人民思想观念上的变化。剪发辫、兴新学，开启民智，是当务之急。主人公作为教员，能身体力行，带头剪发，并在课堂上积极倡导，都显示出主人公的责任感。小说对政府整顿钱法和教员增资的曲折过程，写得较详细，可见主人公之迫切心情。文中最后提到，政府要大力整顿，并提出提高教员待遇的四个方面，让余等教员们看到了希望。

小说主要是写个人经历，而个人的命运总是与国家兴替、民族存亡息息相关的，从主人公的自述中，我们可以清晰地了解他身处教育界之变革中，更能感受到社会变革中的动荡与民生的疾苦。小说的社会意义也在于此。

小说在艺术上的特点是采用了自述体的形式，以第一人称顺序记述，故事连贯性强。同时为突出重点、表述清晰，小说分为二十节，每节专注一段时期的事情或一个问题，以引起读者关注。如“儿童时代之艰辛”就讲述主人公少年贫苦，艰难求学，饱尝人间冷暖和人情世故等内容。主人公历经20年坎坷曲折的教员生涯，切身体会到旧制度的弊端以及变革兴学的艰难，从“村长学童之顽固”等节中可见一斑。而主人公初心不改，遵章办事，按制教学，努力使自己成为一名称职的教员，在艰难中坚守着希望，这些内容在“行政人员之督促”“视学考察之严厉”两节中都有所体现。同时，作者在“家庭生活之困难”“奉票毛荒之恐怖”两节中写出了教员生活的清苦，传达出当时社会民众普遍的生存状态。而在“优待教员之希望”中则体现了作者对教育事业满怀的殷殷之情。

小说采用半文半白的文体，叙述流畅，语言准确，显示出作者较深的文字功底。

但小说的不足也是显而易见的。比如，自述文体因形式局限，不便过度展开，就缺乏对人物心理、动作、对话等即时而生动的描写，因而故事性较差，缺乏情境感。另外，作者状写个人遭遇较多，对一些社会问题、制度弊端等虽有揭露和质疑，但较少深入反思，更缺乏犀利的批判精神。这也可能是受制于时代环境的缘故吧。

附录：苦教员之自述（节选）

邵俊文

三　变法兴学之际遇

余携款径往慈翁家。报告学馆解散之经过。并偿其前假之洋。慈老曰，大势所迫，不得不尔。顷闻县城设立师范传习所，招收国文素有根底者，不收学费，且供膳费，肄业期限以六个月为度，子与吾儿可前往投考藉图进取。余应之曰可。遂与慈同学赴县城报名投考。届时入场考试，国文试题为兴学育才论，外有算术试题二。余对于国文题解，既彻底明瞭，行文自不十分错误。惟对于算术试题，瞠目不知所以。幸场中对于算术试题，能做对无错误十无一二焉。故榜揭后，余与慈同学均获售，且列前茅。亦余之梦想不到者也。静候数日，遂入堂行开学典礼。地方官各机关首领，及堂内职教员，咸萃一堂，颇极一时之盛。其训词大致谓，朝廷（前清末叶）鉴于科举之流弊，无真实之人才。乃变法兴学，教育英俊。诸生适逢其会，宜努力学习，各勤厥业，将来毕业出堂，担任教职，为后进作先觉，为国家谋幸福。方不负国家栽培之意矣。换言之，诸生实负有改造社会之责任，勿轻忽视之。余聆此高谈伟论，顿启茅塞，始知向者坐井观天，所见甚小。此后余乃脱王家村先生之面孔，一变而为新学界青年之态度，朝乾夕惕，一味研究，顾余对于知识科目，尚有把握不感若何困难，惟对于技能科目，向未之习，每届考验，勉强及格幸余手工图画两科，以竭力研究之余，略有进境，毕业考验，忝列优等。

四 充当教员之兴会

毕业后，诸同学不愿就职者有之，改就地方自治事务者（自治甫成立）有之，自愿升学者（省城添招优级师范选科）又有之，惟余家贫，急于谋生。虽乡村单级小学，亦所乐就。乃托监督（彼时称校长曰监督）力为介绍，不数日，经劝学所总董（彼时称所长曰总董）委充申村单级小学教员，月薪小洋二十元，自到校之日起支。余以苦学生，骤得委任，其乐何如。乃往劝学所总董处谢委。总董以老绅士而办教育，岸然道貌，态度森严，盛气凌人，大有不可一世之概。余见之卑躬折节，唯恐有失。彼仅曰，谨慎作去。余唯唯而退。次至所中各员司处略事周旋，并请不时指示。彼等亦无相当之答复。余乃退。复至监督处请训，监督告余曰，临别赠言，愧无贡献。兹以三事略为吾子言之。一、作事宜贯彻主张，勿虎头蛇尾。二、教授宜实事求是，勿因循敷衍。三、课程表宜及早支配，勿上课时手忙脚乱。余闻之拳拳服膺，不敢河汉。兴辞去。翌日乃雇车前往就职。

五 村长学童之顽固

至申村后始知该村关于校舍之筹备，尚未议及。余促村长学董召集全体筹备会。届期与会者，多头脑简单无识无知之老叟，对坐无语，不发一词。有顷村长始启口而言曰，教员已到，校舍尚无，大家想用如何方法对付之。一老叟叹气道，官家命令，徒抗无益。以余拙见，宜及早筹备校舍为是。未审大家以为何如，众会首全体通过，认为可行。公决以古庙之东廊房，稍事改造，作为校舍，但须因陋就简，不可铺张。次日着手修缮，定期开学。至期仅将旧式之高棹板凳，排列成行。学生到校九人而已。复多方劝导，并解散村中私塾一处，始凑足二十人。而校内应用之时计也，铜铃也，小黑板也，大算盘也，以及夫各科挂图也，均付阙如。余催村长学董购置校具，彼等皆曰，读书已耳，何必购无用之物。余曰均有用，缺一不可，讵得谓之无用哉。且奉命而来，贵村如不遵章办理，余将据实禀揭，村长学董均应声曰，洋先生（彼时村人称教员曰洋先生）真仗势欺人，到校数日，如此要挟，吾辈从此将学堂停办，汝欲如何，便如何耳。余睹此状况，势成骑虎，不得不缮具呈文，据实上达。而村中机警之老农，群谏村长曰，阻挠新政，谁负其咎。与其被县署传押，何若购置校具。以身试法，智者不为。吾子其甘蹈无情之法网乎。村长学董固倔强，然聆此恳切之警告，始如梦方醒。觉前此之误谬，急向余道歉。并恳余勿据实禀揭，所缺校具，不日即赴城购置。余以为此事，如获和平解决，何必操之过激，遂允其请。三日后果将应用校具，购置齐楚。余即正式上课。何意国家多故，革命军起义于武昌，清宣统帝逊位于燕都。国体改革，剪发之命令颁布。余以在职故，不得不将发辫剪去。复对学生讲演剪发之益。讲演毕，果有艾生起而相应，竟将发辫剪去。顽固之村长又出而反对曰，汝欲效洋鬼子则可，何必引诱学生蹈汝覆辙乎，且彼母已在门外急欲与汝交涉。余闻言故壮其词曰，剪发乃国家之明令，漫云彼母来，即彼父来，余亦何惧。彼母闻余言果气馁而退。嗣后，余对于学生之剪发问题，抱定稳健主义，绝对不再鲁莽从事，惹起村长之反对。

六　学东无理之请求

余在此任职，对于学科及时间，按部就班，向不肯疏懈，贻人口实。乃一般学董不余之谅，反向余提出抗议谓，我等之学生来兹求学，能读书识字，于愿已足。不欲作画匠，何必学手工图画。不希望当兵，何必学体操唱歌。念六天歇一天，吾等尤所不欲。余应之曰，国家变法经大多数人之议决，始能正式公布，决非率尔操觚，毫无用意于其间也。欲养成儿童审美整洁之习惯，实用职业之预备，非于儿童时代学习手工图画不足以肇其基。欲陶冶儿童之心性，强健儿童之体格，非于儿童时代学习体操唱歌，不足以启其端。且各种学科，均载在部章，余岂敢随一二人之好恶而增减科目乎？至星期一节，余嗣后令学生补习半日，休息半日，折中办法，谅无不可。诸公明达，勿报杞忧。彼等始默然而退。余仍遵章教授，若辈之目笑腹非不顾也。余在此设教三载于兹，往来既稔，应酬自繁。非男学东求余占卦写契约，即女学东烦余写拘魂单择吉日。此等无谓之应酬，却之不可，应之麻烦。其最苦恼者，每值阴历年底，求余写春联者，不一而足。大有山阴道上应接不暇之势，而平时之缮写婚丧对联尤为可偻指计也。总之余抱定在乡随乡之目的，有不能不虚与委蛇者。

（摘自《青年翼》第六卷第十二号、第七卷第一号合刊）

揭开伪满洲国傀儡军队黑色面纱
——《入伍》评介

范译鹤

《入伍》是杨慈灯创作的军旅题材作品。杨慈灯有过相当一段时间的军旅生涯，这段经历让他在创作军旅题材小说方面有很大优势。他的军旅题材作品，多收录于《老总短篇集》《一百个短篇》中，在20世纪三四十年代的军旅作品中独树一帜。甚至有研究者将杨慈灯笔下的“老总”与沈从文笔下的湘军相提并论，认为“慈灯在东北，恰如沈从文之在南方”。

在杨慈灯的军旅小说中，作者的叙述重点常不在战场，而是以细腻的笔法刻画了军队中形形色色大大小小的人物形象，通过描写日常生活中“老总们”的言谈举止、所作所为与精神面貌，为读者勾勒出伪满军人的全景生活画卷。

杨慈灯用平实的语言进行叙述，使得作品的语言有很强的口语色彩，很多情节像对话一般娓娓道来，真实而亲切，使作品具有很强的可读性。

长篇小说《入伍》是杨慈灯较为成熟的军旅题材作品，作者用第一人称叙述，以“我”的见闻作为发展线索，生动地描绘了一群没有现在也没有未来的伪满军人的颓废生活。

小说讲述了在军阀混战的年代，“我”为了生计，到伪满军队里当了兵。部队的生活，让“我”接触到了各式各样的老总们，也看到了他们的生活状态：家庭穷困的陈泽升，经常从食堂偷饭菜给老婆孩子吃，事发后，被打了五十军棍，像拖死狗似的拖回兵舍；老兵油子李富贵，外号李大蒜，特别喜欢讲一些男女的私事，唱一些下流的小调；头脑机灵、身体蠢笨的张兴，对训练从不上心，总想着找乐子、捞外快；老号兵则是个有故事的人，他和蔼可亲，经常给大家讲他经历过的事情，对待每一个人都一视同仁；连长利用职权克扣军饷、给养金，从士兵身上榨取油水，甚至倒卖物资，暗中私运大烟土，从中获利……

“我”在不知不觉间也加入到他们的队伍里，虽然心里对弟兄们悲惨的命运感到同情，对“老总们”的丑恶行径感到厌恶，但是为了能在这个队伍里生存下去，“我”不得不周旋在这群龌龊的“老总们”之中。

纵观下来，伪满洲军队的老总们精神上的浑浑噩噩和生活上的醉生梦死，实际上是思想空虚和迷惘的一种外在表现。身为军人却不知道自己为什么打仗，作为中国人却不知道自己为什么给日本人卖命，这样的问题让他们迷惘，找不到答案。例如，在《入伍》中，面对各种荒唐的场景，“我”也会产生诸如“部队是和谁打仗，为什么打仗，伤和死的意义在哪里”的疑问，但是这些疑问并没有得到解答，换来的是奚落、取笑，“我”也只好用猜疑和幻想安慰自己，让空洞的灵魂继续糊涂下去。

在《入伍》中，作者也用一定的笔墨描写了部分思想觉醒了的军人。例如，军队中“师爷”对傀儡政权“深恶痛绝”，内心充满了仇恨，“有一大些中国人真就不爱国，不爱不要紧，还出卖国，把中国卖给洋鬼子”，“将来待我有权那一天，定饶不了汉奸头子”。很明显，这些觉醒了的军人虽然认识到这样的军队不是我们想要的，出卖国家的国人是可恨的，但是碍于思想的限制，他们认为只要消灭了这样的军队、这样的国人就解决了问题，他们需要引领者。看到伪满军队的颓败腐朽，听到一些思想觉悟军人的心声，“我”对这样的社会也产生了怀疑。直到有一天，在一次与“敌军”的交火中，“我”从麻子手中要下了“敌人”的一个小手账，想在有功夫的时候研究研究这个小手账都写着什么。休息的时候，“我”拿出那个小手账，里面用不大规整的字写着一些地名，有一首歌很不错，头两句是：“我们都是神枪手，一个子弹消灭两个仇敌……”再后来，“我”听到帮助运尸体的车夫形容“敌军”的连长，那个连长有学问、爱看书，一点儿架子没有，对待兄弟好极了，他们那些兄弟对老百姓不错呀！不拿东西，也不打人，真讲理。这促使“我”开始思考“敌人”是个什么样的队伍，真正的军人又是什么样子，实现了“我”的思想觉醒，“我”开始厌弃这样的军队，自觉地与那些有血性、有思想、耻为亡国奴的觉醒者们站在一起，成为可以燎原的星星之火。

杨慈灯的军旅小说具有浓郁的地方特色，且写作视角独特、作品内容有深度，对旧军队的描写刻画、批判揭露入木三分。在作品《入伍》中，杨慈灯用冷静的笔触真实地再现了伪满军队的生活，与其说叙述了“我”在伪满军队中见到的腐败颓废和堕落，不如说是叙述了“我”的心灵成长历程。战乱的社会、腐败的军队、苦难的人民以及逐渐觉醒的一批又一批中国人，充满了思辨的色彩，增加了作品的厚重性。

1945年东北光复后，上海中国华图书会出版了这部小说，有评论家认为，“《入伍》是东北这一时期长篇小说中最为独特的这一个”，并认为作品揭露了当时驻扎在东北的“傀儡军队”的种种恶行，这一题材不仅在东北新文学史上独树一帜，在中国现代文学上也是一次新的开拓。

附录：入伍（节选）

杨慈灯

第二部

二

我看不出人们的嘴脸和心里的思想是不是一致的，师爷在这方面给了我很深的启示，他在表面对你尊敬亲密，说些温柔甜蜜的语言，在背地却往往咒骂你，把你的短处一条一条仔细地分析，嘲笑，讽刺，夸张咒骂个不亦乐乎。

比较起来，还是弟兄们好得多了。连长和司务长秘密地商量着钱的问题的时候，我就躲出来和弟兄们在一起。我们时常愿意坐在马厩隔壁空屋后面的高坡上谈天，参加的全是志同道合的老朋友。张兴蹲坐着，两手抱紧了膝盖，歪着头，三国志专家摇摆着强壮魁梧的身体，咧着大嘴，像鸭子似的左摇右晃地走过来，背靠着砖墙，把脚底下的石头踢在一边，沉思着说：

“周排长叫我买鞋垫，买了一双草的来他不要，要布的，叫我拿去换，为一双鞋垫跑一趟城，老总的腿也太不值钱了，日他娘的。”

秦世新，瞪着兔子似的眼珠，跳跳跃跃地走来，也不知是谁惹恼了他，满脸都是怒气：

“那个‘□□□□□□□□□□’认干亲了！”

张兴松开两手，指指身边：

“来，坐下，怎么回事？”

“老婆子家我们以后不能去了，老婆子给麻脸做干娘，是麻子自己认的。”

张兴听到这样的消息，好像有针刺了他一下屁股似的，急速地跳起来，跳到我的对面又蹲下，重重地说：

“那么人家的媳妇，不用说也专属于他啦？”

我有很久没有看见那个灰白的头发、落去了不少门牙的可怜老太婆和她的儿媳妇，那个头发梳得光光，脸上的脂粉很厚的少妇了。听说在过旧历年前后，娘俩凭着那副保存得很好的牌九弄了不少的头钱，少妇没有认可的买卖也很发达，老婆子有好久都是睡在外屋。为了弄钱吃饭，忍着羞辱过着那低贱的生活。现在，麻子又做了他们娘俩幕后的政客，这在她们将来的事业上不知会发生怎样的影响。

秦世新所不放心的是怕那娘俩上了麻子的当。

“麻子这个婊子儿诡计多端，他想得点儿好处，你们明白么？”

我实在不明白，认老太婆做干娘能有什么屁好处。

晒得黑里透红的面孔，被风吹霜打的粗糙的嘴脸，痴涩的眼光，发紫的鼻尖，都静静地陈列在阳光找不到的树荫下。暂时的也不说话，都想着麻子脸上每一个麻粒里包藏着怎样的奸计。

秦世新似乎早就为了这件事留心观察好了。

“换防的时候，他把人家的媳妇领着一走，剩下老婆子只好老老实实等着饿死！”

绰号叫吹鼓手的老总发怒的质问他：

“他领去养活不起怎么办？”

秦世新的兔子眼睛往四面转了一下，轻蔑地咧着蛤蟆嘴，皱起眼眉来把吹鼓手教训了一阵：

“我要说你是个笨驴，你又不承认，你想想，麻子把她领走，能过的时候，就和她过，不能过，往窑子里一卖，钱到手，这就得了，谁管他什么良心不良心的，这个年头，有良心的都倒霉，没有良心的才能发财！”

吹鼓手抓住了论敌的弱点，兴致很高地跳起来反驳：

“她不会跟麻子去呀！”

秦世新的下巴动了几下，举起两手在吹鼓手面前好像扇风似的摇摆了一下，把脸转到别处，很厌恶的吐了一口：

“跟着老婆子活受罪，无论什么样的女人也不乐意，如果早有人领她走，她早就远走高飞了，哼，女人就是这种贱玩意儿……”

紧接着大家便热烈的讨论起这个问题来。有的说，她会自愿地随着麻子走，有的说，她会有志气，目前不过是屈服在麻子的麻劳力之下，无可奈何。张兴的意见却与众不同：

“要叫我说，她以为麻子当班长，手里能有几个钱，打算把它贴出来，不为别的。”

老号兵夹着号筒，两条腿往外撇着溜溜达达地走过来，把眼眉一扬，张开黑洞似的大嘴，把大家的意会连根踢倒了：

“你们上厨房看看，团长赏的猪肉是怎么弄的？”

厨房里的事和我不发生一丝一毫的关系，因为我的给养金从到公馆那一天起就提出去了。老号兵的话他们都十分的关心，秦世新好像是个总司令，用威严的态度和庄重的口气询问老号兵：

“伙夫偷卖了么？”

老号兵愁眉苦脸的掀起破军帽抓抓头发，报告大家：

“五十斤猪肉就那么一点儿？你去看看桶里的菜。”

我们像一窝蜂似的飞进厨房。把两个刚从锅里盛出来还冒着热气的菜捅团团围住了。伙夫头是个眼圈红肿，右眼角的下面有块疮疤，脾气暴躁的中年汉子。他斩钉截铁地说：团长赏的猪肉都炖在菜里，没有一个人私吞一斤半两的，要不信把猪肉拿出来称一称，这句话把大家激出了火，秦世新过去推了伙夫一拳：

“你怎么不说人话呢？”

“谁要调皮捣蛋，我去报告执行官，要管，有当官儿的，你们管不着！”

吹鼓手摩拳擦掌的，咬着黄黑的牙齿，用强壮的肩膀推开了人的壁，他那一双带刺的眼睛笔直地射在伙夫的脸上，他的鼻孔似乎有一种特别敏锐的嗅觉，从伙夫身上嗅出了难以隐瞒的劣迹。

“你用不着拿当官儿的来吓唬人，没有人害怕这一套，我告诉你，弟兄大家伙的肉，是应得的，少一两也不成，人都有眼睛，那么些肉，就这么几块，谁也不信，哼！你骗得了当官儿的可骗不了我们！”

伙夫用油污的袖头焦急的抹抹发红的眼角，两只手乱甩乱舞，好像不这样就说不出话来似的，他的筋肉涨肿的面孔气得青紫了，举起长柄的勺子，不耐烦地在菜桶里用力地搅动了一下，像牛一样大声地：

“好，你们这些人来打我一个，我把命交给你们，看你们能把我怎样！”

张兴趁着“动乱”的机会，用指甲捏出两块肥瘦均衡的肉块三口两口吞进肚子里吃了，对我满足地笑了笑，幸福地点点头。

吹鼓手和伙夫厮打了半天才爬起来，伙夫不服气地去报告执行官，现在是司务长代理执行官的任务，他一出现，大家不说话了，因为司务长一向是和自私自利的伙夫一鼻孔出气的，分辩的结果，无产阶级弟兄们这方面吃了亏：

“厨房的事，有我司务长掌管，你们当弟兄的管得着么，团长赏的肉，连长、连副全有份，不是单给士兵的，连长二十斤，每位连副五斤，司务长三斤，上士二斤，录师爷二斤，这就刨去三十七斤，司务长那三斤没有提出来，给你们一起合三十斤你们还不知足，试问，我当司务长的多要几斤，你们当弟兄的有好意思说个不字么？团长赏五十斤肉，给你们留二十斤这可以说够优待了，别不知道好歹，领头打架的是谁？”

大家面面相觑，吹鼓手害怕得后退，缩着肩膀，他的鼻梁被伙夫的指甲划破了一块皮，司务长一眼看见他，对他伸直了硬实的手指点了点：

“是你领头来打架，好，我报告连长再说。”

司务长怒气冲冲地跺着脚出去，蠢笨地摇晃着身体。伙夫很得意，把勺子拿到屋里头，叨叨念念地说：

“连长一个人就是三十斤，谁有本事要来给我看看！”

“公馆”里所有的地方我都偷着观察了，没有那三十斤肉，问老郑，他也不知道，而且奇怪地反问：

“司务长送来的十斤肉已经吃光了，你问这个干什么？”

我猜想，一定是司务长那个家伙搞的鬼，在中间做了手脚，我想把这件事报告连长，让他知道他部下最亲近的心腹人也在暗地里耍猴戏，但是我的忠诚的报告还没有呈上去，另一件惊人的事实把我的话打岔忘了！

三

这天下午，团长的小舅子姜连副从城里回来，带了许多东西，有一个皮箱，他自己非常谨慎地用两手提着。我想溜溜须帮拿一下，他赶紧摇头，抹抹脸上的汗水嘱咐我：

“你快把柳条包扛进来，别的东西先不着急。”

我从马车上好容易把那个笨重的柳条包扛到屋里。连长很重视这个柳条包，连长太太也殷勤的过来帮助我把柳条包放在椅子上：

“轻轻地放下呀。”她这样的和我说，声调是异乎寻常的温和亲切。

连长很高兴的样子摸摸柳条包，又过去打开手提箱，弯下身体，他伸直脖子，用鼻子闻闻，往肚子里狠吸了两口气，对着床边说：

“东西不错呀！”回过身去望着姜连副满脸的汗水笑了笑：

“团长怎么说的？”

姜连副很焦急地用力把上身军服脱下来扔在窗前的桌角上，点了点头，摸摸自己的脸说：

“等一会儿再讲，给我打盆水！”

我刚要去打水，连长太太把我喊住：

“你过来把柳条包搬到里屋去，让她去打！”

“丫鬟”悄悄地拿着洗脸盆出去了。

我看得出，连长对待自己的二太太也不太满意，有时是和大夫人统一的拍奏命令她，指挥她，我实在不明白这是什么原因。

姜连副草率地洗完了脸，拿出一支烟卷来，太太给他热心的划火柴。

“你歇一歇，一会儿就吃饭。”

姜连副表现出自己是世界上最有本领而且是最得意的人那样，一副得意的嘴脸，悠闲自得地喷着缕缕的灰烟，一面烦躁地摇动着扇子，用得意和夸张的口气对连长说：

“价钱和上次一样，东西可比上次的好，不信你看看，待会儿尝尝吧。”

“哎哟，你办得好极了，得好好地请你，你在团长公馆住了三天还是四天？”

太太活泼地扭动着像木棍似的死板板的腰肢，她很诚意周到的招待着客人，同时很严格的指挥她部下的奴隶：

“你去告诉老郑，炒菜稍等一会儿，不着急。”

丫鬟把这份任务达成以后太太又下达新的口头命令：

“你再告诉老郑，叫他弄几个凉菜，黄瓜要拍扁以后再切，蒜要切碎一点儿，少来酱油，卤鸡蛋不要切成六瓣，告示他好几回也记不住，真是个糊涂虫！”

连长把手提箱打开了，里面用厚厚的油纸包了许多层，咖啡色，糖一样黏质的，很值价，弄到手后可以多卖好几倍价钱，这东西的名目我知道：亡国灭种的“大烟土”。

我只是听说我们“傀儡军队”，更有些军官军座或班长私运大烟土很发财，然而亲眼看见却是有生以来第一次。姜连副这批“黑货”好像是从团长那里运来的，他们必须把团长索要的价码交上去，有剩余的利益便归他们自己分配。

大家在暗中猜测连长手里有不少钱，我想，他的钱全都是从这方面获的利，还有就是从士兵身上榨取油水，不发薪饷，给养金。柴炭费，办公费的十分之九装进自己的腰包，受苦和受罪的只是无能为力的弟兄们。

我给连长当差，并没有分赃的资格。来了高贵的客人赏的钱和打牌抽得红数目有限，还得和老郑分，不能全部归我自己所有。我得的钱，大部分买了“活的语言”做的书籍，他们打牌的时候全仗着老郑侍候，我是尽可能的偷出时间来醉心地翻翻书本，郑先生很不满意我，时常用热烈的口气规劝我：

“你太痴了，要好好地侍候他们打牌，能多给点钱，你一躲出来就不露面，像你这样年轻轻的死在书本上，真是少见，再说，你看那些书，算什么呢，没有用处啊！”

他这样的话好像清风过耳，并不能给我些细微的影响，我觉着他很可怜，为了几个小钱把灵魂都廉价的出卖了。连长和太太们的收入虽然富足，但是也不能动摇我的兴趣。

我时常在无事的时候，一个人孤单的坐在门口树底下，在这里，温暖的阳光从枝叶间穿出来吻着我的头，凉风抚摸着我的脸，也把我的思想吹得兴奋了，我闭着眼睛幻想过许许多多的事，自己的和别人的，而想得最多的乃是自己现在的地位，我能这样的干一辈子么？

我觉着逃跑的魏秉武的情人现在所处的位子太可怜了！她的父亲，那个傻头傻脑的老东西有时来看她自己的女儿，所受的待遇也很刻薄，连长太太并不拿他当什么亲戚看待，有一次，我清清楚楚地听见，当老头子来的时候，他的女儿没有在屋，连长太太很粗野地问他：

“你的闺女，早不是什么处女啦，按理说应该打发她走。我们是为了后人，连长不是为了讨小老婆子玩乐的，要讨小玩的话，城里有的是好看的，怎样也不能讨到你们家里呀，什么？见了人，连句话都不会说。”

又有一次，老头子来和连长借钱，连长很费思索的拿出十块钱给他。他走后，连长太太大发雷霆指着姨太太的鼻尖，像野兽似的怒吼：

“不少你们的，不欠你们的，干嘛常来借钱？你告诉那个老头子，来就来，不许张嘴借钱闭嘴借钱的，多讨厌，没有事顶好少叫他来！”

“丫鬟”也忍受不住了，反驳她：

“不是我叫他来的呀！”

太太的怒气更大，两只瘦扁的脚一齐地跳起来：

“我知道不是你叫他来的，我是说，动不动就来借钱，叫人讨厌！噢，怎么的，你不准我说话么？”

“我几时不叫你说话？”

“放臭狗屁！”太太的眼睛变成三角形，用手掌敲击着桌角，“你不准我说话行么？你有权利不准我说话么？”

连长过意不去，把烟枪放下，欠下一点儿身体来摆摆手：

“得，得，为一句话也值得争吵！”

“我告诉你，以后说话不许你插嘴！”

姜连副来送钱，把这场未完成的打架交响乐扰乱了。

（摘自《杨慈灯文集·中卷》）

一块月饼，一家悲欢
——《月饼》评介

范译鹤

杨慈灯原名杨小先，慈灯是他的笔名。杨慈灯是大连地区重要的作家，并且在大连众多的作家中，杨慈灯是高产且独具特色的一个。他的作品大量地出现在《泰东日报》《大同报》等报刊中，涉及的题材十分广泛，具有现实意义。

《月饼》的情节简单却沉重：中秋节快到了，常年在外辛苦奔波的父亲想在买米的同时买两块月饼给孩子吃，满足孩子对月饼的期待，但是母亲认为填饱家人的肚子更重要，“月饼以后再说吧！”虽然没有得到孩子母亲的同意，但父亲仍然用“军官在出操时下口令的声音指挥他自己，迈开大腿”，走出了家门，伴随着“太阳的影子已经走下墙头，整个院落失掉温暖的太阳光，只有草房盖，还留有一少半淡黄色的光线，村里大多数人家的烟囱都向半空吐着青烟了”的时候，父亲回来了，不仅买回了米，也买回来了一块月饼。可是由于物价上涨，父亲买回的米不能够解决一家人的温饱，母亲坚定地认为“这样贵东西，我们现在哪里买得起呢？我看……还是不要买吧！”无奈之下，母亲对家里的小女儿说：“菊月呀，你走一趟，把这个送回去，换了米吧！”在还月饼的路上，妹妹被邻居家的狗咬伤，月饼被狗叼了去，不仅没有换回米，吃月饼的愿望也落了空，一家人在失望、愁苦的情绪中度过了本应其乐融融的团圆节。

《月饼》在围绕着“盼月饼—买月饼—还月饼—丢月饼”的线索叙述在普

通人家生活片段的表象中，蕴藏着复杂而深沉的情感。父亲执着于买月饼的原因是为了满足孩子对月饼的期待，“‘孩子不要吗？人家都……’父亲的话好像被骨头噎住了喉咙似的，只说了半截。他悲苦地挤挤眼皮，举起手搔搔头发”，言语和动作中体现了父亲对孩子的疼爱以及内心对孩子的愧疚。母亲坚持让父亲把月饼退掉，是为了家庭的生计考虑，从这个角度说，母亲的决定也没有错。在买与还的冲突中，一家人困窘的生活在不经意间得以展示，从希望到失望的情绪转换，揭开了底层人民苦难生活的伤疤，具有现实意义。

杨慈灯作品语言质朴，没有过多的雕琢，却真诚、有力量。他擅长用大量的对话去推动情节，揭示人物心理和经历，塑造人物性格。作品大多采用主人公自我讲述的方式进行，并没有给自己的文字赋予过多的感情色彩，也很少对发生的故事进行评价。相反，杨慈灯擅长将自己隐藏在作品中，用情节与人物的冲突体现深刻的思想内涵。这一点在《月饼》中体现得十分明显，作品中父亲与母亲的对话占据很大的篇幅，正是这些对话推动了情节的发展，塑造了父亲的形象，刻画了一家人苦难而灰色的面孔，揭示了现实的无奈。

附录：月饼（节选）

杨慈灯

父亲厌恶地坐在凳上，他低头叹口粗气，满脸沮丧的神色，完全是对于生的兴趣失掉了的表现，穷苦的单独的人的力量在他眼里消耗得不剩分毫，只有最后的一丝微光，他的灵魂对着这渺茫的微光恋恋不舍，他生气了，十二分的生气了，紧紧地咬着牙齿。

然而母亲并不是怕谁的怒脸，尤其是父亲的颜色她早已看惯，她把月饼用手巾包好。

“菊月呀，你走一趟，把这个送回去，换了米吧！”

父亲气得牙齿咬得很响，他怒眉竖目说：

“你……多余，留下吧！你叫她去……唉！她能去么？”

“能够！”母亲不服气地说，她的意思是理智的。

然而父亲的情绪烧得很高，他跳了起来喊着：

“我说，留着吧！已经买来了！”

“不！送回去，我们吃不起，菊月，你去吧！”

妹妹怯怯地接过包袱，抖着两手，慢慢地往外面走。

父亲不响地立起，他在隔板上抓过一个饭碗，恨恨地向地上一摔，“啪！”碎了！他的爆性子上来了，母亲苦痛地闭着灰嘴唇对妹妹使个眼色，并且悄声嘱咐她。

“小心那河东范家的狗！”

妹妹为难地去了。

父亲一见妹妹走更为暴躁，是穷苦的力量倒在驱使他，他对母亲说些难听的话：“倒一辈子大霉，全是因为你们，如果没有你们追着我，我早就远走高飞，什么地方都可以去了！”他喘了几口气，接续说：“不是因为你们这些嘴么？吃我一个人，把我吃死了算完，我快累死了！我做大工，我受活罪全是为了你们！”

这样的话，本是家常便饭，母亲听得很多，这时，她只是紧闭着嘴唇，什么也不说。她也不想说什么了，她还有什么可说的呢？如果她说什么，不但不能熄灭了父亲的怒火，却能激怒他，所以她默默地，开始淘米，动手做饭。

父亲发了一阵脾气，看看没有谁理，便自消自灭，不动声色地上了炕，躺下去，把手放在头上，看着屋顶。

把悲酸的眼泪吞进肚里，始终是忍耐着各种苦楚的母亲，她大部分的言语都倾吐给沉思默想。

她把米淘在锅里，盖上锅盖坐下烧火，并且时时地向外面探着头，她不安地睁着挂念的眼睛，恨不能一下盼到妹妹回家。

黄昏从地上生出来，渐渐地向上长，终于一跃而起，在半空张着大翅膀，把太阳遮蔽，把昼间罩上一层灰暗的网，天下成了一片灰色了。

树梢在黄昏下，只留有一团不清的黑影，墙壁是一片模糊的轮廓，而黑夜，接着便很快地上来了。

母亲把饭收拾在桌上，父亲已经消了气，他默默地喝着稀粥，什么话也不说。

母亲出去了，她立在包围的街角上盼望着，她等了半天好像听见在远远西方有孩子的哭声，顺着凄凉的夜风飘进她耳里，她心里一惊，慌忙地向西面走去。

深黑的秋天的夜里，有些寒意，村里寂静无声，只有远处的犬吠和庙上的钟响，把寂静打破，母亲越走越快，那哭声越来越近。

她听清了，那是妹妹哭声，好像一柄利剑一般刺穿了她的胸膛，她的心流血而粉碎了。

妹妹被狗咬了！咬伤了左腿。她的月饼没有送回去，还没有换了米，但是狗把她咬了并且把月饼抢了去。

她哭着，叫着痛，惊骇夺去了她的胆量，她抖擞着身体闭着眼睛喊叫妈妈。

母亲找了布，看过她的伤口给她包扎。

父亲又发脾气了：

“这都是你……你办的事，叫你留下，偏去送，看！咬死了一个就好了！”

他跺着脚说话，咬着牙齿，母亲不理会，她的灵魂早已受伤，已经是不健全的了，生的力量从很早的就离开了她，她不过是用勉强的几分气力来支持着身子，不使她倒下，她不希望别的，只挂念这些个孩子，如果没有孩子她或许早已断了生的系念，此刻，她正燃烧着死的欢喜。她看见了死的草原，那走向死之国的道路，然而她不是快乐的欢喜，是悲痛的，酸苦的。

（摘自《杨慈灯文集·中卷》）

女性意识觉醒下的"自由"选择
——《难为了她》评介

范译鹤

《难为了她》发表于1928年7月19日的《泰东日报》，作者孟船钟。孟船钟的真实情况已无从考证，但从他的作品中，可以对他的写作风格略探一二。

《难为了她》的情节十分简单，"昨宵同着几位朋友瞧了一宿戏，所以今朝日上三竿，她还在那做那又香又甜的南柯大梦呢。锦被半露、玉臂横伸，呼噜声里带出如兰的香气，青丝蓬蓬衬着洁白似雪枕头煞是好看，红日融融映着微绛的脸儿更显出几分娇媚"，爱兰同时接到了"一方绿"袁少爷和好友薛沉先生的两封信。两人在信中分别对爱兰倾诉衷肠。"我也不晓得是怎么一椿事，离开你的影儿，即丢了我的魂儿！真是坐不安席、食不甘味、五中发烧、四肢麻木，丢了什么似的，你呢？和我表同情么？昨日幸亏接着你的信，立时精神愉快、脑筋清爽，是不啻救命的仙药到来。""无情的岁月、电掣似的过去，自那日公园分袂，不睹芳颜，又是一星期余了。我每日的生活你知道吗？除去烦闷苦恼、忧郁、悲恨还有什么呢？我每当夕阳将残，电灯初红的时候，你的门前我总要踱来踱去几回，怎么就没碰巧遇着你一次呢？"两人还邀请她到S剧院看电影。面对二人的盛情邀请，爱兰突然顿觉无聊，"爱兰读已，笑容顿敛，不觉扫兴起来，两眼瞧着花儿呆呆地出神，左右为难、进退狼狈，这才是难为了她了，末后只得懒懒说出一句：'对不起你们二位了……'"

作品语言流畅、细腻，表现力强。例如在描写爱兰的睡颜时，"锦被半露、玉臂横伸，呼噜声里带出如兰的香气，青丝蓬蓬衬着洁白似雪枕头煞是好看，红日融融映着微绛的脸儿更显出几分娇媚”，略略数语，生动、传神。

作品情节简短，却包含着“女性主义”的色彩。新文化运动后，女性解放被推入高潮，与传统女性不同，新女性拒绝成为男性的附属品，所做出的选择不以男性的选择为转移，具有很强烈的主观色彩。作品中的爱兰正是这样的“新女性”，在与男性的交往中，不是被动地“被选择”，而是主动地选择答应或是拒绝，具有了一定的自主观念与进步性，且有画面感，十分巧妙。

附录：难为了她（节选）

孟船钟

“……小姐——方绿袁少爷打发人送来一封信。”一个老妈一手揿着帐子，一手拿着信这样的喊。爱兰遂把星眸微启，蠕蠕地动了几动，完了又长了一长懒腰，把信接过来，老妈去后她才把信拆开，倚在枕上兴勃勃念下去：

“爱兰妹妹：我也不晓得是怎么一椿事，离开你的影儿，即丢了我的魂儿！真是坐不安席、食不甘味、五中发烧、四肢麻木，丢了什么似的，你呢？和我表同情么？昨日幸亏接着你的信，立时精神愉快、脑筋清爽，是不啻救命的仙药到来。

至于住S戏院看电影，这是向来欢迎的事，况且今日下午二点呢？届时惟望你移玉早临，不要使我独坐幽处发闷焦急呀！

祝你安适。

七月十日 绿哥上”

爱兰看罢喜形于色，遂又把信装起，开开被格上的抽屉放在里面。慢慢把倚在枕上的嫩臂向后一用力抬了起来，哎哟一声，想是压得酸了，脱去睡衣、披上长袍，老妪早已把净面水里装器布置妥当对镜用手掠了几掠头发，遂慢慢走到窗前，呼吸着新鲜空气。

革履橐橐声自远而近，呼吸一口未尽，绿衣人已到窗前，顺手递过一封湖色信封的信来，自已雄壮，上边写着“陈爱兰女士亲启”的字样，一看便知是她的好朋友薛沉先生来的，喜气洋洋的，傍着生意茂盛的花儿坐下，雪白笺上，龙飞凤舞似的写着“亲爱的兰妹”。

“无情的岁月、电掣似的过去，自那日公园分袂，不睹芳颜，又是一星期余了。我每日的生活你知道吗？除去烦闷苦恼、忧郁、悲恨还有什么呢？我每当夕阳将残，电灯初红的时候，你的门前我总要踱来踱去几回，怎么就没碰巧遇着你一次呢？虽然如此，到底还是不肯舍弃的，一出门这步就走到了失望地。咳！兰妹想是你终日必有尽兴快乐的地方吧？我呢？……

你以前不是说等着S戏院换了片子我们要一同去看看吗？借着也好叙叙衷肠，今日听着他们嘀咕咕的，说是换了刘备招亲说是某公司的佳品、某明星的杰作，所以我才把你对我说的话想起来。今日下午（十日）午后一点钟，我要在那儿等着你呢！同时也有许多话要和你谈，你从来邀我，我可没有‘有约不来过夜半’吧！再谈再谈。”

爱兰读已，笑容顿敛，不觉扫兴起来，两眼瞧着花儿呆呆地出神，左右为难、进退狼狈，这才是难为了她了，末后只得懒懒说出一句：“对不起你们二位了……”

脱稿于西岗雪麈馆

（摘自1928年7月19日《泰东日报》）

沙滩上的渔夫梦
——《沙滩》评介

关婷元

小说《沙滩》是岛魂的代表作，发表于1934年2月22日的《泰东日报》，是在1932年发表的小说《渔夫梦》的基础上，经过修改而成。岛魂是响涛社的发起人之一，他是北京一所大学的学生，因经济困难失学，从1932年起开始在大连报刊上发表作品，是当时大连有影响力的作家之一。

《沙滩》这篇小说讲述了以捕鱼为生、贫穷困苦的杨世元与生活斗争，又离奇历险的故事。全篇分为六节，第一节通过“子催”呼唤杨世元归家，杨世元忧郁拖拉着不得不回去帮妻儿解决吃饭问题，引出渔民们一旦天气不好不能打鱼便面临没有生计的困局；第二节开始捕鱼的现实描写，天还未亮，杨世元便与打鱼伙伴老五出海打鱼，初遇风浪，“浪花汹涌、礁石澎湃、湍流大旋、反花反朵，将这小船像握在它的手心一般，教它死，它不敢生，教它生它便生”，颇为惊险；第三节小船与暗礁相撞，老五摔入旋涡，不幸遇难，杨世元则幸亏会浮水靠着一块破船板活了下来；第四节讲述了“荒岛忘忧”的幻境故事，饥肠辘辘的杨世元初登荒岛，却被眼前的景致迷住，“谷中的荆棘到处丛生，羊肠的小路，弯弯曲曲，高树矮草，山棘榛柏，悬崖奇岩，峥嵘矗立，满目大自然，使他‘乐而忘忧’不知身在何处”；第五节“岁月不居，时节如流”，时光荏苒、转眼十年，杨世元荒岛求生从渔夫变成了农夫，他所居住的茅舍后边有一座寺庙“一静寺”，寺里的老和尚法元说他六十年前也是一个渔夫，被大风吹到这岛上，“浏览岛景，看破红尘，修炼正果”，杨世元在这种境地里过着令人艳羡的生活；第六节揭露真相。又有一个年纪约莫二十五六岁的渔夫出现在岛上，杨世元托他稍信回家，却逐渐幻化出妖魔险境，终于将杨世元吓醒，原来一切只是梦一场。

“沙滩”是渔夫命运的载体，“渔夫梦”是故事的主题写照，两个名字各得其法，作者通过这种“幻境”的方式与结局试图为穷苦百姓指出一条不可能实现的出路，既表达了知识分子的愤懑不满，也有些脱离现实的无奈，颇有些宣泄之情大于积极意义之嫌。

附录：沙滩（节选）

岛　魂

四

充满着凄惨而欢喜的杨世元，肚里咕噜咕噜地响了一阵，冷不丁的他想起他自己好些日子没有吃饭了，摸摸腰里，没有分文，看看左右全是一片荒山旷野。“讨食吧！没有人家，可怎么办呢？”不自主的发了怎么几句唏嘘话。也许深山里有些草种果实，捡点吃或充饥，站起来信步地向前走去。

秋日的天气，的确是萧杀，满目凋零凄惨之状，黄叶堆积地上山谷沟溪，虽然有一些秋天所应用的野菊草木等，也是呈露出不耐烦疲倦的状态，看起来大自然的一片忱寂之气。真的，把一个勇气十足的杨世元，笼罩在万层地狱里。他顺着山坡向上走，山顶间的崎岖道路，仿佛转留给步行人走的，路旁的柏■都裂了。杂生在尖峭的乱石间，留给人们不尽的渴意，许多岩鹰离地不远不近地飞绕，像在侦察这荒芜之岛的动静。朝山两旁俯望下去，一切都被封罩在迷梦里。经过几处水沼，两抹矮林，带着喘息，向前望了一望。“呀，好了！那雾气沉沉的树林里，一定是有人家！”

这时候的太阳，刚刚西沉，那一片落日的景况和岛上的自然相映照，颇有诗意，假若他是一位诗人的话，他道念几句诗词，也给这黄昏的晚景点缀些美之气。然而心中难过的杨世元，又有什么可喜可乐的事呢。于是朦胧地睡去。

翌晨起来时，东方的太阳已经离海好几丈了，晨曦的清气，野花的香味，小鸟的吱吱，那一种天然的景致，早把一个苦于家庭累的杨世元的愁肠抛于脑后。他拍拍身上的尘土，抖擞抖擞精神走向深山里。谷中的荆棘到处丛生，羊肠的小路，弯弯曲曲，高树矮草，山棘榛柏，悬崖奇岩，峥嵘矗立，满目大自然，使他“乐而忘忧”不知身在何处。

“蓬莱岛，山神山。”很自然的说着，这是他幼年的时候，听他二大爷说过的神话故事里的仙人所居之处，不能，因为他知道他不是神仙而是凡人，脚踏着叶枯的草哗啦啦振破深山的寂静，抖胆前进。

五

“岁月不居，时节如流。”杨世元从进岛中深山后，瞬间已经过去了十年，在这十年的光阴中，由渔夫的生活，换而为农夫的生活了。他的住所是一所矮小的茅舍，靠在一个小小的山岗的侧面，屋后的山岗上，生着几株参天的松柏和几棵不知名的冬青树，所以在这个小的茅屋后面，一年四季，都是绿阴朦胧的，特别的显出好像一种仙境的处所。

茅屋的左边，铺着几亩的水田，在这水田的对面，回环婉转的抱着一条小河，迤逶地从柴扉前流到右边的山涧。河岸的两旁，长着一些冬夏长青的小草，从对面遥望，都是一些凸凹曲折不平的小山，直到海滨，方才像被刀切的一般成为悬崖溶入海里。

这所小屋的顶上，盖遍了茅草，四壁都是土墙，处在这种自然的境内，确实比那些都市的高洋楼，还要觉着雅致而清幽。落日的晚霞和茅屋屋顶上飞来的炊照，同着河底的清流，突郁的山峰，绿树的浓荫，来去的浮云，每天总是替这个小屋，点缀了不少的奇景。茅舍的后面山上有个寺庙是古的，这个古庙的匾上写着是一静寺，老和尚法元便是他的师父。说起这一静寺的来历，确也有点荒诞无稽。据说这个寺的建筑，在秦朝始皇的时代，因为秦始皇赶山走东海，把山神赶到这儿，这岛便是东海岛，在这东海岛的上边建这一静寺以镇压山神，恐怕此等山魔跑回中原扰乱这万世不灭的江山。然而杨世元也是听老和尚法元传说。法元在六十年前也是一个渔夫被大风吹到这岛上，浏览岛景看破红尘，修炼正果。老和尚死后，杨世元便是后补者，他死后，又是谁来，正是天道难测，谁又能定数呢？杨世元的生活就这样的渡过了，令人羡之不尽！

六

一天早晨有几块云彩横过山头、向南飞去，表现出大风后的气象。从辽远的小山路上，走来一个渔夫，年纪约莫二十五六岁，据他说是被风吹到这儿停风的。于是杨世元便求他把老和尚的真言，替他写的家信，寄回家去，信中的歌曲便是：

云兰飞，
风吼吼，
雾漫漫，
波滔滔，
将我送到大洋。
黑雾遮天暗，
秋云照海昏，
四方像泼墨，
一派靛状浑。
刮时扬水播波，
吹起舵尾船身，
大浪来的如山倒，
小波起的使河泛，
只刮动昆仑顶上石，
只卷得江湖波浪混。

我无魂，
他无魂，
口中兹道老天爷，
救命吧，没作恶，
救人一命能成佛，

道道念念现暗礁，
没仔细，
迟转舵，
船冲暗礁碎落落，
亦是老五命该然，
他死海里我逃活。

顶耸碧汉上，
峰接青霄间，
周围草木万万千，
来往鸟兽日日多，
喳喳嗓，
吼吼号，
使人瞧着乐逍遥。
向阳处，
琪花瑶草，
背阴方，
松柏长青，
缓步从容深山迈，
她妈的更艳阔。
羊肠路，
崎峻岭，
削壁悬崖，
直立高峰，
溪涧清流水，
深林黑郁郁，
真所谓天乐之国。

世人有钱我不爱，
我有山水谁能摸，
世人有妻我不乐，
我有明月与老鸦，
无非一场春草梦，
死后也得葬土窝。
绸缎眼珍馐腹，
多少骨肉同世过，
自私自利无已时，
世间哪能无争夺。
耳不理目不动，
只当一些鬼哭号，
一世逍遥乐得得。

我在此处无牵连，
早披星露，
夜伴月，
浮尘之事，
离心窝。
名利都是聪敏有，
哪有愚人受得着。
世界之上，
花含露，
太阳露出，
便消灭，
天长地久，
有时尽，
此歌绵绵，
永无绝！！

刚刚看到这儿，渔夫不觉大笑，由笑中渐变成哭笑、冷笑、讥笑、嘲笑，摇身一跳，现出一位上至天下至地的三头六臂黑妖魔，把杨世元轻轻地捉到手里，从削壁悬崖上，抛将下去。杨世元只听得耳旁风声山崩地裂，石头冒烟。他偷着睁睁眼睛，哎呀我的姥姥，眼见得要落在石礁上，怎么办呢，将眼一闭，身子一抖咬定牙关，随他吧，噗咚哗啦刷喳，哎呀完了。将眼睁开，漆黑的沙滩，哪里有一个人影，原来杨世元睡在船板上，船板很窄，一转身掉落在沙滩上，揉揉眼，摸摸脑袋，还觉得隐隐有点痒痛处。

“梦，她妈的，真讨厌！”

一九三四年二月，改作

（摘自1934年2月22日《泰东日报》）

假觉醒拯救不了旧道德
——《恶果》评介

关婷元

《恶果》是汪楚翘连载于《新文化》第二卷第五号、第二卷第六号、周年纪念号上的小说，是汪楚翘在大连期间的代表性作品之一。

小说以黄彩和韦撷英的爱情为开端。黄彩与韦撷英是一对自由恋爱的情侣，两人在学生时代互生情愫、渴望婚姻。黄彩向韦家求婚几次被拒，因韦父嫌黄家世代务农，而韦家在城里有产业，韦家大伯又是前清官员，担心女儿从小以小姐头衔长大，只知烹饪缝纫，不习农活耕作，嫁去受累，后碍于女儿坚持终于同意。婚礼热闹非凡，婚后甜蜜非常。两人每天相依相偎腻在一起，家中父亲、兄嫂终日务农，嫌隙渐生。后韦父以赠予财产的方式为女儿善后，换得其在黄家的地位，两家总算安生度日，却也祸根深种。

后来，黄彩进京求学，两人难舍难离，约定以往来书信寄托相思。最初的几月，信件紧密真挚，俩人的爱情热情高涨，天空海阔、海枯石烂。直到黄彩在中央公园游玩、饮茶时，遇到在高校读书的青年女郎冯毓光，一见钟情、日思夜想。黄彩争取各种机会在冯毓光面前卖弄学识、发表高论，极尽讨好，而对韦撷英的来信日渐冷落，但尚存自责、忏悔，在良心不安中拆开翻阅，想回以决绝的书信，却又寻不出理由，终不落忍。一日，黄彩的二哥来城中找他帮忙。原来，与黄家有些交情的张村富绅打死了一个交不全粮租的佃户，想要找学过法律的黄彩帮忙打官司。黄彩本觉此事龌龊想要拒绝，然听到有不少钱可拿便答应了，后替张地主写了状子，还想出一些办法，为其打赢了官司。而在与二哥闲叙家常之时，黄彩听闻了家中撷英同张把式每晚于房内相谈甚欢之事，心生芥蒂。

另一边，冯毓光知道了黄彩在家中已有妻室的情况，多次拒绝了黄彩的求婚，并晓以大义，一觉男女爱情不一定要结婚，二觉婚姻是寻得终身唯一伴侣，两人交情并未达到，三觉不能无缘无故夺人爱人，并劝慰黄彩应珍惜家中恩爱良人而不是攀援、欺骗并无深厚感情的自己。黄彩在被冯毓光感化后，给韦撷英寄去了一封深深忏悔的长信，算是独自宣布告别了与冯毓光的恋人关系，一度感觉心灵得到了净化，身体精神学业都有进益。然而，转眼便与因家世凄惨沦落风尘的女子玉兰过上了一段缠绵、玩乐的日子。后又在一次关于“妇女解放”等问题的演说中，黄彩与张家女儿各自发表了撼动人心的演说，赢得满堂喝彩。与此同时，韦父做生意失败，家世难保，于黄彩仕途、经济都再无可利用之处。

独留家中的韦撷英每日喂猪、洗衣、做饭、缝衣，做着这些在黄家看来不算粗重的工作，并在暗里被各种挑剔，与黄家格格不入。她满心期待着黄彩的归来，却在见面后没得到丝毫慰藉，只觉言谈冰冷、不复从前。黄彩在家中又听到兄嫂关于撷英与张把式的议论，愈加愤恨。这时张地主又来请黄彩帮忙，解除女儿与家道中落的柳家的婚约，黄彩故技重施，矫作拒绝、收钱办事，并对张家女儿暗生兴趣。在日后的接触中，黄彩再次发挥投其所好、言辞凿凿的辩才机智，颇得张女士欢心。然而张女士认识撷英，知道其知书达理，了解他俩佳偶天成，所以跟冯毓光一样，对黄彩的一些话语心生疑虑。黄彩则在心中比较冯、张两位女士的性情、品貌，取舍利弊地判断着谁更好相处、更适合婚姻。此时玉兰请半通先生写的情意绵绵的信邮寄家中，黄彩觉其可怜无味、令人作呕。

卧房里还在为黄彩裁衣缝袜的撷英还不知黄彩已让其二哥购买砒霜，预加害于她。黄彩还将韦父请来，当面商议撷英与人“通奸”一事。韦父听闻便气得恨不得立刻把女儿处死。黄家兄弟一起羞辱韦父，逼其写下任凭黄家处理女儿的字据，事后两家只能公开其为急症丧命。之前一直伪饰对撷英爱之甚深、惨遭背叛的黄彩终于露出本来面目，恶狠狠地站在撷英面前令其喝药，撷英至死不承认其捏造的罪案却也无力辩论。撷英死前自白，一直相信人生乐趣在于情感，从母子、父子、兄弟亲情到成人后超乎朋友社会最为玄妙的男女爱情，即使在婚后遭亲家兄嫂恶气，皆能予以忍受，却于始终爱恋的丈夫的构陷下信条崩塌、乐趣推翻、心生死意。最终，韦撷英在家庭与爱情的双重悲剧下自尽惨死。

这部中篇小说措辞讲究，文风优美，来往信件颇富诗意，文白交织间展示了主人公的学识。然而学识非学养，无论任何时代，知识分子都不能空有“学问唬人”“理念先行”的外壳，所思所言与所行相配才是真正的觉醒，警惕泛泛空谈“新思想”下“夹带私货”地行“旧道德”之实。

附录：恶果（节选）

汪楚翘

光阴一天一天的过去，新年也一天一天的走近。他俩在这几个月内的往来信件，算是最密而且最为恳挚的时期。诚然他俩满腔情意，不是这一管三寸的毛锥所能描写得尽，然而他们总是用尽方法，利用它来抒摅所最难描画和最难抽象说出的情思。一张二张……一封二封……不已地写，写秃了多少毛锥，仍然不能减少一些儿愁思，并且不能说尽他们所要说的话。我今在这“可供一炊熟”的信件中，抄出一二，以见他俩的爱情热烈。

撷英吾爱：

秋风驱走了酷暑，蝉儿懒懒地噤声不啼，到免了他在耳中嘈杂，触起我离人的愁思。月阴如画，夜凉如水，拿着一管洞箫，坐在婆娑大树之下，对月狂吹。两三只的宿鸟，张起它的两翼，高高地飞去，如遇着非常事变，淡黄色的金叶，随着轻风，抑扬高下的跳舞。假使携着你的手儿，同坐屈曲如蚪的树下，共赏如许清高的雅景，我将拼着我的喉咙，吹尽我所知道的一切曲谱，求你欣赏，求你评判。更将挽着你的玉腕，在此水晶世界中，作几番的跳舞。爱人啊，多么有趣啊。然而几度不宁的幻想，徒换了几度的悲哀失望。万斛愁思，潮一般的汹涌。收起洞箫，仰望着月姨，愿借你那普遍无私的光儿，传达我此间消息。月姨呀，你许我不。

散了罢，不如变个梦儿，飞回故乡，访我爱人，或者较有把握。叵奈讨人厌的睡魔，越希望他，越不肯来。任你在床蓐中颠三覆四，仍然不能入梦。壁上的时钟，不管人家怎样思量，怎样憔悴，滴答滴答地响个不止。满腔愤懑，终于不能勉强合眼。披衣起坐，从口袋中拿出你的信件，缓缓地读，沉沉地想。生恐你的信中有什么精言微义，被我这粗心人忽略看了。你的泪痕，依然点点滴滴地仿佛可见。我微弱而容易感触的心弦，立起了忐忑凄凉的颤动。那流惯了的泪泉，忍不住一点一滴地沾污了你的书札。新旧泪痕，不管人家笑话，默默地互相接吻了。蓦地抬起头来，可怜的扇儿，默默含愁地望着。扇儿啊，别发愁啊，失时的东西，早被人家捐弃了。然而你可以骄傲地说道："我还不失主人的欢心。"因上面沾染了我和我爱人的泪痕，谁肯轻易抛弃。

可恶的时间，无聊地默默过出。无数思潮，像山一般地一波未平一波又起。我虽尽量的抑制，终于遏不住它那鹿一般的野性。思潮起伏得这样迅速，无论如何敏捷，终不容易把住，索性任它奔逸了。晨曦之神，偷着脸儿，上我窗台，笑我呆痴疯狂了。

神经紊乱了，思想凌乱了，毕竟遏制不住了。只将这些毫无秩序，凌乱无章的情绪，夹七夹八地写寄吾爱。你当明白我的意思，唉，除了你，更有谁人明白。愿你的精神，像旭日一般地旺盛，愿你的身体，像朝霞一般地放彩。别再念我远羁异地的旅客。

你最亲最爱的　黄彩

我最亲最爱的：

……自你去京以后，家中之人，更格外仇我厌我，几视我若眼中之钉。然而我并不怨恨他们，不但不能怨恨，而且默允他们的行为，完全合理。因为我之生也，亦携两手两足以俱来，独不能和他们一样的工作，加以你对于我未免过于宠爱，应当稍稍受些磨折以忏悔愚拙的我的过分享受……

你的　撷英

我最亲最爱的：

六出雪花，飘扬飞荡，将那一座崔巍而嵯峨的北山，装饰得和玲珑宝塔一样。不知京中也有此奇境吗？恨不得手挽君子，踏雪偕游。无论山中有否红梅，而登此璀璨光辉的胜景，恐也不让那十洲三岛的神仙眷属……天气严寒，你的衣被是否单薄？你的室中是否生火？孱弱的你，万不可拼着血肉躯体，与这种自然现象——寒冷相反抗。寄奉手套一个，袜子两双。非欲你睹物思人，只望你善自保养……

你的　撷英

从这几封琐碎零乱的信里看去，他们两方爱情，纵然不能说是达于沸点以上，总不能说他们两方有甚破绽，更不能说他俩爱情，未必维持永久。据在下看，当他俩爱情热烈的高潮时候，真觉天空海阔中，只有他俩爱情颠扑不破。什么玉咧金咧，都不足与比拟其万一。岂知后来变幻，竟比白云苍狗还莫测呢。有些人说：“爱情这个东西，没有永久的维持性。”在理论上，似乎说不过去，而在事实上，至少也有一部分成立。那么，爱情所至，海枯石烂，“在天愿作比翼鸟，在地愿作连理枝”又作何说？在下愚见，以纯洁真挚的感情，无论如何，决不至于发生破裂。其所以至于不能永久维持，必定双方爱情，杂有不纯成分，或以一时冲动，出于盲从。其建筑的基础，毫不稳固，一旦偶感些须魔障，立见发生破裂了。

大约三月半前后的一个礼拜日，中央公园的游人，格外加多。青年的男女，邀集几个朋友或恋人，坐在露天里或者室内，一面品茗，一面谈笑。或者约集朋友或恋人，并肩儿谈着笑着踟蹰着指着，“肩相摩，背相擦”，笑语喧哗，空气鼓荡。黄彩也和别的青年一样，逐队游玩。绕了几个圈子，似乎兴味萧索，两足也觉得疲倦，口中也觉得干燥，拣了一个座儿，坐下，泡了一壶龙井，慢慢地喝着。举头四望，和他右手贴近的一个座儿，坐着一位秀丽天成的女子，手中拿着一张晨报附刊，沉默默地看着，也没有旁的朋友和她一块儿坐地。他忽然不知不觉地，发生一种肉欲冲动的异性爱，很想和她谈话，苦于没有机会，默默沉思，异常烦闷。

“黄彩兄几时来的呢？”一片洪大的声浪，从人群中射入黄彩耳里。他那失了作用的神经系统，经此异外刺激，渐渐地恢复原状。回头一望，一位二十来岁的青年，鼻架一幅托力克的眼镜，手拿一根司提克，身穿一件库缎的驼绒袍子，走到面前和黄彩拉手。他忙站起来道：“柴志文兄坐坐吧。”原来志文和他都在e学校念书，颇称相得。彼此方欲叙谈，志文蓦地看见那位邻座的女郎，赶紧上前招呼道：“毓光妹妹来了吗，姑妈怎么没有来呢？”那位女士放下报纸，站起来道：“我同同学一块儿来的，她刚遇着一位朋友，邀她说几句话去了，我妈有点事儿，没有同我一阵。志文哥你刚来的吗？”黄彩遇此千载难逢的机会，岂肯轻轻放过，立忙问志文道：“这位女士贵姓哪？”志文听说，即刻代为介绍。原来这位女士姓冯名毓光，是志文的表妹，现在w校念书。黄彩竭诚尽敬谈了几句钦慕的话，志文又将他和黄彩关系及黄彩的学识，约略报告。他也照例周旋一会，黄彩乘此机会大放厥词，口若悬河，卖弄自家学问。伊因彼此新交，未便过于拒绝，加以黄彩品貌英秀，吐属轩朗，所以两方谈话，颇能入港。不多一会，伊的同学来到，邀伊一起回家，伊便起身告辞。黄彩心中，老大不快，恨不得将伊同学饱以老拳。自伊去后，黄彩脑海之中，不知不觉地起了许多不可思议的幻想，时起时伏，七上八下。虽然他也很想力自镇定，终于无效，眼前一切事物，虽有许多可欣可嘘，所有往来的人，虽也肩摩栉比，但他一点也不觉得，甚且认为烦闷孤寂，终于闷恹恹地和志文握别。

一间不很高大的屋子里面，案上堆满了中西书籍，整整齐齐地分类排列。

两盆娇嫩的鲜兰，穿着蹁蹁跹跹的舞衣，戴着蝴蝶似的花冠，迎风摇曳，一股沁骨透脾的芳香，布满了斗大的小室。屋子的主人，每天从学校或别地回来，必将房中一切陈设或书籍，殷勤整理，而使它们的面目，为之一新。这日晚上，他忽神不守舍似的闷恹恹地从外面跑回，可怜的兰花仍然笑嘻嘻地恭候，室中书籍桌椅，仍然等待他来整理拂拭。壁上的时钟，仍然嘀嗒嘀嗒地和他谈话，但他一点儿也不觉得。公然忍于抛弃他的旧日朋友，长叹一声，向卧榻中一躺，反复思量，忽想起一种最深刻最刺骨的回忆。一个朔风发了狂似的从乱山中呼号不已的寒夜，和伊坐在一个严密而和暖的闺房里，围着红血一般的火炉，将寒气驱逐到无何有之乡。他用两只手儿，紧紧地握着伊那柔荑似的玉手，他俩的颈膊亲密密地贴着。伊微微地笑道："我们俩人的爱情，不如淡一点的好，像这样过于浓厚，假或遇着些微破绽，愈显得格外的痛苦……但我决不像那'初恋'中的安琪女士的那样薄幸啦……"那位姓冯女士并未表示过怎样恋我，我何必抛弃我那爱情真挚的伊而害这样片面义务的"单思"病呢。散了吧，再不要这样地胡思乱想了。猛地跳将起来，跪在床上，向他那隔绝数百里外的爱人，深深地忏悔。满怀烦闷，本像一幅浓云密密地布满了空际，忽遭排山倒海的狂风，将它扫得个罄净，心曲顿时舒畅了，精神顿时兴奋了。昂首向外瞧望，有趣的轻风，在绿森森的树上，抑扬宛转的唱起。一轮残日，颤巍巍地坠落树梢，幻成了几缕霞光闪闪的金线。他懒懒地踱过院中，站在门外，所有行人，都不能使他注意，表示十分骄傲。

一辆黑色人力车，载着一位青年女郎，闪电似的飞跑，直从他的门首经过。伊用一双黑莹莹的眼睛微微地睃他一眼，然后似笑非笑地点头而过。他在这种神秘的暗示之中，又复坠落在深逾万丈的苦海里，所有神经系统的各种机关，完全陷于停止状态。一片片的浓云，又从新地布满脑际，一星儿曙光，又从新昧却。黄彩斜倚着门首，眼痴痴地望着那辆车儿，一溜烟地东去。可憎的墙儿，无情无绪地将伊们吸去，几杆"硕大且长"的电杆，睁着一双红而且大的眼睛，呆呆地望着，窃笑肉欲魔力，可以泯灭人类的理智作用。

"'社交公开'的声浪，高唱入云，鼓励了全宇宙的空气，毫无怀疑的必要。一般青年男女，未必视神经和听觉的作用，完全失效。怎么到了这个时代，还在文化途中打倒车呢。”

先农坛里的一个茶馆，坐着一个青年男子，琐琐屑屑地和坐在他上首的一位女子说着。伊缓缓地答道：“男女教育平等，职业平等……一切事务，男女都立于水平线上，社交公开，自是当然的结果，用不着讨论的余地。那些头脑冬烘的先生，每遇着男女集处一堆，便联想到性欲上去，拼命地攻击，而一班自命新文化的先锋，也斤斤地从性欲方面辩论。未必社交公开，便为引起性欲的媒介，更未必男女两方划成显著的鸿沟以后，就没有桑间陌上的事吗？所以我的意见，凡与我宗旨同事业不同……的人，不管他同性异性，我都一律欢迎，甚至连他是不是同性异性，我都忘却了。那些不大明了事理的先生，如和一个异性朋友结交，便联想到恋爱的达于极点以后的如何处置——即结婚问题，这是大错而特错的事啦。黄先生，你以为何如？”那位青年不住地点头称“是”，末了表示十分敬意地道：“像冯女士这番高论，真足发聩振聋了。”一个白衣的人，拿着一把水壶替伊们冲茶，伊俩谈锋遂被轻轻地打断。这个问题告终以后，忽又移向别的问题，各逞雄才，讨论些柏格森的直觉哲学和近代哲学的趋向，七扯八拉，花费不少时间。冯女士伸出手来，看看手表已经十点四十五分，遂起身道：“天气不早了，我们回去吧。”黄彩掏出一张钞票给了茶钱，一阵出园，各自上车。到了大门外，一个往西，一个上东，彼此点头，说一声“再见”。黄彩笑吟吟的，一路思量，到了a胡同中间门牌十二号下车进去，房主给他一封从家里来的书信，他略略看看封面，很不在意地放在口袋，复从别个口袋，掏出一根钥匙，开了房门，“默默若有所思”地，斜着身体坐着，回溯今天情景的余味。忽然想起刚才接着的一封书信，自言自语地道，她又来了什么信呢，谁耐烦理她咧。叵奈良心在暗中不住地责备他道：“你和伊的爱情，不应当这样糊里糊涂的决裂吧。”他受不过良心的苛责，终于闷沉沉地拆开了。

我最亲最爱的：

未接你的书信，现有半个多月了，往常三五天内，必有一个绿衣使者，背着邮包，传达你的消息，怎么这一次耽搁了多日呢？春风虽然和煦，春寒尚足中人，别是万恶的病魔和你恶作剧吗……当那四周寂寂的午夜，惨绿绿的灯光，豆一般大的闪闪烁烁，拿着一本莎士比亚的乐府，眼里虽然勉强看着，心猿却像断了缰绳似的闪电一般地东驰西走，究竟书中说些什么，连一个字儿也没有领略……爱人啊，我的心灵，我的命运，我的一切，都交付你了。只有你的甘液，浇灌我的干燥，只有你的慰藉，破除我的烦闷。我虽备受你家庭中的欺凌侮辱，而一颗光明灿烂之‘爱的果’树，幸得绿叶蓊郁地树植于我这清澈微弱的心田上面，我决不愿轻易抛弃了它，厌弃现在的人间世……

你的　撷英

这封情真语挚的信，处处足以触动他的心弦，鼓起一种波纹似的情感，固然不能使他生起一种强烈的兴奋，幡然改变现在的方针，但也轻易放却不下。踌躇了半晌，拿起笔儿，想回一封决绝的书信，使他完全失望，因而或可冷淡一些。但又寻不出一个理由，终于笔落不下，站起身来，望望窗外，复又拿起书信。“我的心灵，我的命运，我的一切，都交付你了。只有你的甘液，浇灌我的干燥，只有你的慰藉，驱逐我的烦闷”等语，不知不觉地又触入眼帘，一滴滴地从惭愧中流出的汗液，像明珠似的布满了额际。末了，狠狠地将它丢入书橱，而“我的心灵，我的命运……”等语，仍然跃跃地在脑际中活动，窗外的清风，嘲笑似的窃窃私语。

（摘自《新文化》第二卷第五号、第二卷第六号、周年纪念号）

自省者先疯魔
——《忏悔》评介

关婷元

汪楚翘的短篇代表作《忏悔》发表于《新文化》第二卷第三号。这篇小说写的是一个姓段的青年木匠，本有个幸福恬淡的家庭，妻子温柔、儿子可爱。青年木匠外出务工，妻儿过着清苦简朴但也乐观轻快的生活。段木匠则在张大人家做工，每日谨小慎微，压抑无奈地劳作，即使对只有八九岁的小少爷也唯唯诺诺、言听计从。直到有一日他目睹了一个同病相怜的穷苦人被张大人欺诈去了“可怜血汗换来的金钱”，却被反咬一口，惨遭张家恶仆的毒打。一个堂堂的汉子被打得“一件灰而且黑的短衫，撕了几块，露出两只漆黑的背膊，一条条的血迹，像刻划似的一样”，甚至“两眼的泪珠一缕缕地直淌，口里呜呜咽地暗泣，默诉满腔冤屈的心事”。这一惨烈的冲击撕碎了段木匠最后一道心理防线，“心理感觉一种不可思议的难受，像受了一种极锋利的薄刃，在心房上一片一片地脔割一样”，直至无知无觉地机械劳作，被斧凿划破鲜血直流也没有反应。宛如魔怔一般被同伴送回了家，整日“若‘行尸走肉’，命他坐就坐，命他走就走，命他吃饭就吃饭，命他睡觉就睡觉，毫不抗拒，毫无意志”。村中的长者、大夫来看望，却不得医治之法，他却突然“诈尸”般地从床上爬起，开始控诉起世间的黑暗不公、社会的虚伪欺诈、人性的残暴阴险等不堪的苦难现状，忏悔起自己之前只顾自己，对受苦受难的同胞未能伸出援手，“充耳不闻、熟视不睹”的罪过。到最后，“慰劳”这位“真挚热烈”的忏悔者的仍是自然的天光、明月的普照。

这篇小说通过清丽的文字、浓烈的对比、惨烈的突转、急声的呼号，激励着时代青年的觉醒，号召他们坚决地与丑恶社会斗争。

附录：忏悔（节选）

汪楚翘

他忽然想起天光乍明，霜风透骨，独自上山牧羊的苦况。和他的妻女半夜三更，一灯如豆，十指冻成生铁的情状。可怜血汗换来的金钱，完全被人诈去，反遭一场毒打，不由得凄凄凉凉的大哭起来。

那两位受了特种教育的仆役，自有一种特别的心理，那同情心的本能，在他们早已丧尽，不复丝毫存在。对于这种可怜的人无论怎样的悲伤痛苦，决不能引起他们一丝半点的同情，反恶狠狠地叱着骂着推着打着，将他一直儿轰出。

木匠目击这些情状，心理感觉一种不可思议的难受，像受了一种极锋利的薄刃，在心房上一片一片的脔割一样。他已失去了知觉，失去了自己，那无聊的双手。虽仍继续不断地做那机械式的工作，其实他的两手，已与他的真吾，断绝关系。他的斧凿常常误伤他自己的身体，血飞点点而毫不自觉。

他的同伴，都觉十分诧异，见他呆头呆脑像失魄丧魄似的，以为他冲遇着什么神灵欲向他求一祭，忙忙碌碌地送他归去。他若“行尸走肉”，命他坐就坐，命他走就走，命他吃饭就吃饭，命他睡觉就睡觉，毫不反抗，毫无意志。伊噙着一腔子眼泪，一面扶持他睡，一面跑到家堂里面，烧三炷香叩求祖宗和灶神爷的默佑。隔壁王大嫂子，素称贤惠，走水安慰伊道：

“现在的年头儿，什么稀奇事儿都有。前日房村的房大奶奶，坐在门首乘凉，忽然倒在地下，见神见怪的胡说。亏得曹四的母亲，替伊瞧瞧香，才把伊的疾病治好。那曹四的母亲，瞧的是九天玄女香，最灵不过。你明天也去瞧瞧香吧。”

东村的朱三伯伯，也扶着拐杖，带着孙子，来看望他。见伊哭得伤心，忙带着人去请五里铺的马大先生，替他治病。不一会儿，马大先生戴着一个极古式的大眼镜，颟顸地走进屋里，屏着气儿，将木匠的左手，放在一个枕头上面，用三个指头，按住他的寸关尺脉穴，皱皱眉头，端详了一会，然后换了他的右手，也照样的抚弄一会，对伊们道：

“照他的脉象说，似乎是受了什么惊恐，神不守舍，我且暂定一个安神定魄的方儿吃着试试吧！”

当他们纷纷议论扰攘不宁的时候，他忽从床上爬起，告伊们道：

“人类的社会，是一个虚偷欺诈残虐的社会啦！明明一条正正堂堂的道儿，他们都不肯走，偏要寻那荆棘丛生危险万状的歧道。万丈光明，照遍大千世界的事业，他们都望望然舍弃，偏要干那幽暗阴险的生活。你打尽了主意，想残害我，我用尽了方策，想制服你。一部人类的历史，都成了血淋淋的遗迹啊！

“咳！这么残暴的行为，是人类天赋的本能和自卫的要务吗？不然。为什么整千万的人们，都学习一种虚伪的应酬、欺诈的技术、残暴的手段呢？那专门虚伪和残暴的人们反备受人类特别的称颂和优待。那些愚懦正直和忠厚的人们，纵受尽同类的摧残和欺侮，反以为自然法则的当然结果，没有一个肯为他们申诉。”

伊用一杯极淡的清茶，送在他的手里，然后安慰他道：

“你受了谁的闷气如此悲苦呢？天下的事，别要过于认真啦！只可当作一幕一幕的戏剧，全不在意地让它过去吧。”

他将茶杯接在手内，呷了一口，微微地对伊笑了一笑道：

“你似乎是很爱我但我可以断言你不是纯粹的爱我，不过爱你的丈夫罢了。积习虚伪的人们啊！久假而忘返。真的和假的爱情，分别不清楚了。

“我真罪过啦！我不知何以忏悔啦！当我在未觉悟以前，我对待你，无论是否有几分的真爱，我总觉着你既是我的妻室，我有权管你，应当怜你。咳！这是何等的错误！同是上帝底下的人，谁配管谁？谁配怜谁？那么，从前我对你一切的爱情，或者一切的虐待，善意的，恶意的，都是我的罪过。

“我替人家做工的时候，总觉着替人做事，似与自己无大益处，忘却我们做工，乃尽自己的天职，心里常常存着一种粉饰敷衍的作伪心理，胶固而不肯失。那么，偶有优良的成绩，乃偶然的事情，非我的意志，而成绩不良的时候，我就无所逃其责了。

“绿森森的大树，自娱自乐地生长山间，吸着雨儿露儿，维持他们生活，开着美丽的鲜花，供人们的欣赏，结着鲜甜的果实，供人们的食欲。倘当大风飘荡的时候，它披着舞衣，蹁蹁跹跹地跳舞，抑扬顿挫地歌唱，自乐其乐，何等愉快而骄傲呢！

“我乃拿着斧锯，不管他有罪无罪，也不管他的痛苦，公然戕贼他的生命，以供我们人类的房屋器用。他虽宛转悲惨的哀求，我也充耳不闻、熟视无睹，这是何等的罪过啊！

“……”

片片的浮云，离开了莽苍苍的碧空，飘落在汪洋大海。慈祥和蔼的月姨，笑嘻嘻地放出爱光，从窗棂中射入，密密地吻他两颊，慰劳一位真挚热烈的忏悔者。

（摘自《新文化》第二卷第三号）

青涩国手成长记

——《骗国手》评介

关婷元

小说《骗国手》，作者怡怡，发表于1924年7月5日的《泰东日报》。怡怡应为笔名，其曾在1924年到1926年间多次在《泰东日报》上发表短篇小说，如《钟义媪》《圣火》《周秀才》《周氏父女》《夫人杀贼》等。其作品大多为笔记体小说，又以"志人小说"见长，借某个人物、身份、职业命名，叙事简约、半文半白、篇幅短小，可以当作人物趣闻轶事、民间故事传说来看。《骗国手》便是这样一篇文言笔记小说，颇具古风。

这篇小说讲的是：一个叫作蒋子舟的慈溪人，年方十七便擅长下棋，一天有人自称从镇海慕名而来，邀其前往对弈，子舟随其同往后发现落入圈套，最终凭实力自证清白、名扬天下、成为国手。题名中的"国手"乃指"古时候棋力非常高的棋士，相当于今天的棋圣和名人的头衔"，"骗"则在于事件的发生源于一场阴谋。原来拜访邀请子舟的人在他俩抵达官邸后，先独自拜见了家主，并言称自己家贫落魄、无以为生，乞求官员接济，希望能将儿子卖于官家换些银钱，官员"心本慈善，怜其贫，既慨然许之"，但是这个人在拿到钱后表示心中有愧，不愿于此凄惨境地下再父子相见徒增哀伤，便请求从后门离去。这样便为官员与子舟间埋下了误会的种子，致使府中佣人以为子舟便是那个被留下的儿子，意欲使唤其帮佣。之后的故事可见于下文节选，子舟觉得受辱据理力争，后用带来的棋谱自证身份，官员提出与其对弈，其胜便信其所言，子舟果然连胜几局，得到了应有的尊敬。至此事件也真相大白，文中虽未多做赘述，读者却可恍然大悟，整个故事从最初便是个棋局，一个“局外人”引男主人公入瓮之后“功成身退”，最终反倒成全了一代国手的诞生。

民国时期的文言小说、笔记小说起到了承上启下的作用，20世纪初的白话文运动掀起了白话小说的创作热潮，具有革新求变的特殊意义，然而有些传统的类型小说也别具韵味、值得传承。像起源可追溯到南朝刘义庆《世说新语》的笔记体小说，便是“具有小说性质、介于随笔和小说之间的一种文体”，以内容丰富、形式灵活、尺幅短书、不拘一格见长，因此适合用凝练的文言语词表达。此篇《骗国手》便是虽为文言体，但用词通俗易懂，故事简洁明了，起承转合自然流畅，达到了辞约旨丰的艺术效果。

附录：骗国手（节选）

怡 怡

子舟立门外，移时未见有人出而肃客。忽一婢，由内出，蓬头赤足，貌丑可厌。然其力似颇大，肩两桶水，疾足而来，曰，子初为仆，■随我来，同往吸水。子舟愤然作色曰，汝不以客待我，而以仆辱我，岂无眸子者乎。两相龃龉，其声甚属，闻于某宦，宦即手持一纸，出谓子舟曰，是非汝父所立之身债券耶，何哓哓为。子舟诧曰，异哉，谁为吾父，吾来此，由君家邀我手谈耳，遂探怀取弈谱证之。某宦至此，亦略有所悟，但终不能无疑，因曰，汝工弈良佳，果胜吾，吾即信汝。未几对局，子舟连胜，某宦因之大悦，以酒肉款之，攀留数月，谦恭备至。时江东有某国手，技甚精，因又延致对局，子舟又获连胜。某宦叹赏不置，累荐于故旧大家中之好弈者，辄获数百金而归。山■国手之名，传播于世焉。

（摘自1924年7月5日《泰东日报》）

社会百态尽在一席之间

——《一席话》评介

范译鹤

《一席话》发表于1928年9月17日的《泰东日报》上，作者知非。以现存的资料，无法考证作者更详细的信息。

《一席话》是一篇现实题材的短篇小说，以“邻家办喜事，正日子的一天，道喜、上礼。极不善于应酬的我，也只得硬着头皮去随个人情”开头，引领读者进入到作品中去。在席间，“我”作为旁听者，记录了一个痂子、一个穿大褂而留八字胡的和一个穿短衫而戴草笠的三个人的谈话。

对话内容简单、日常：有说粮食收成的“在一阵吃菜、喝酒、杯箸错杂当中，穿大褂的也没有指定是谁的说：‘今年庄稼听说是很好，将来年景总算是错不了啦！’‘哼！庄稼倒很好，年头也不算难！’”有抱怨人工越来越贵的，“老四，你今年发财啦”，“发财！饥荒还不知道怎么开销呢，人工劳费一大堆，几个长锄还都没法开支呢，甲上下排，一垧地七元五角现大洋，我那三十四垧地的花项，你算算，是不是二百四五十元，秋天还不知道得多少花项呢，除去租子，不变卖骡马，就算可以，还想发财吗？”也有在投机拉关系的，“二爷，今年租粮总算错不了，没有什么打算吗？将来不办点地事吗？”“打算着呢，就是没有合适的，子恒帮我留点心吧。”在嘈杂的鼓吹声中，踡伏在桌子上一隅的“我”显得格格不入，急急地吃了一碗米饭，也算是行了最普遍的告辞礼。

较之于其他同时期作品，作品《一席话》已经脱离了文白杂糅的情况，更接近白话体，阅读起来更为顺畅，具有新文学的典型特点。作品短小精悍、语言流畅，以对话的形式推动情节的发展、揭示社会情况，具有现实主义色彩。

附录：一席话（节选）

知　非

在一阵吃菜、喝酒、杯箸错杂的当中，穿大褂的也没有指定是谁的说："今年庄稼听说是很好，将来年景总算是错不了啦！""哼！庄稼倒很好，年头也不算难！"穿短衫的吃完了一口菜，放下箸子说。

"老四，你今年发财啦，"痂子问穿短衫的说。"发财！饥荒还不知道怎么开销呢，人工劳费一大堆，几个长锄还都没法开支呢，甲上下排，一垧地七元五角现大洋，我那三十四垧地的花项，你算算，是不是二百四五十元，秋天还不知道得多少花项呢，除去租子，不变卖骡马，就算可以，还想发财吗？""借碟子！""吃菜呵！"嘈杂的语声，打断了暂时的辞锋。

"车子不是发回来了吗，怎么还均这些钱呢？"痂子继续说，"发回来能怎么样，车上雇的人，每个人五百元，回来人家也是照数要，马呢，原先也就没有很好的，走这一越发糟蹋完啦，还能值几个钱，况且是甲长老爷，这一变卖，剩下的钱，怕是还不够吃馆子的呢。"穿短衫的说完，频频咂了几口酒，眼球除去黑的部分外，已竟都作微微的红红色。

穿大褂的对于这些话，似乎感到了厌倦了。"二爷，今年租粮总算错不了，没有什么打算吗？将来不办点地事吗？""打算着呢，就是没有合适的，子恒帮我留点心吧。"痂子说完，拿起酒壶来，"满上，来，子恒！""我自己来吧，二爷！"粉皮、烧肉、丸子、一碗一碗的摆到桌子上，"来饭""再喝一杯""足啦！"

（摘自1928年9月17日《泰东日报》）

贫民作家的现实苦

——《雨夜》评介

关婷元

小说《雨夜》，作者波影，发表于1934年9月6日的《泰东日报》。波影曾在1933年到1934年的《泰东日报》上发表过多篇短篇小说，有《风雪中》《幽夜的碎影》《幼灵的创痕》《遭遇》《岩下之恋》等。

《雨夜》讲述的是一个叫作天风的小说家在创作理想与生存现实间纠葛的故事。他费尽心血创作了关注民生疾苦的作品，却不符合读者追求华丽愉快文风的喜好，终使得“不是因为他的作品思想过激，就是为他词句太粗暴，不能披露就得打掉他的理想的希望——稿费”，因此生活困窘，不能照顾妻儿过上足够温饱的生活。这篇短篇小说将人物的生存困境与冲突矛盾集中于一个雨夜，“正睡在甜蜜的、团乐的、愉快的、幸福的梦乡里”的夫妻因为孩子的哭叫醒来，发现房屋漏雨流了一炕，妻子焦急地催促丈夫起床修补屋顶，天风觉得此刻雨大等天晴再说，拿洗衣盆接住漏雨的地方便要将就睡下。抱着哭闹孩子的妻子开始念叨起生活的艰辛，吃穿住都得不到保证，吃苦受罪没有了活下去的气力，天风想要继续“画饼充饥”地安慰却也觉得羞愧。妻子继续控诉丈夫的不务正业，“就像你那样天天不是看小说，就是瞎写些碎纸”，“管什么活不干就能换钱来，以此话，就是遮懒罢！”而这边家庭开支全靠自己做点针线贴补家用，而今屋漏偏逢连夜雨的惨状更是让她难以支撑。在夫妻俩你来我往悲愤的交流中，天风终于意识到找份“正业”的必要，觉悟了应该承担起对妻儿的责任，下定了去解决问题寻找工作的决心，同时也与曾经的自己与理想无奈地告别。

作者通过人物语言的犀利交锋交代了人物的性情、关系与命运，等等，手法质朴、用词口语、行文流畅，描绘了大时代背景下小人物的生存图景与现实困境。下文节选了这篇小说的开头与结尾，可以对比看到人物命运轨迹的偏移。

附录：雨夜（节选）

波　影

天风是个小说家。不，最喜欢读小说的，他的作品也值得拿出手，带点蒋光慈和茅盾的作风。他的性子很古怪，总不爱描写那些吟花咏月赞美女人的文章，一动笔就像被什么一种魔物地引诱似的，写来写去竟写些贫民的生活，无产者的活动剧。于是词句干燥，内容粗劣，单调地不能引人注目，难以受一般青年的欢迎，社会人类的同情！

……

天风被她说的在悲哀中惭愧起来了，觉悟了，悔恨已往的迷途，他这样想着："今后总得想个事做做，再说就这样混下去也太不像事了，不叫人家笑骂吗？一点大丈夫气概没有，整天价感伤着愤慨着作些文章，看些小说，也就是太丢趣味了。这样的社会，这样的环境，也不容许这样的人存在哪！有件正业，哪能遭妻子度苦恼，人的讥笑、白眼、轻视呢？应该找点事做做，就这样决心！明天去……咳！上那去吃，作什么去？这也是个难问题，有了什么事情都行，只能赚钱就行。苦力、作工……佣人……什么事都可以干！明天、明天……去。"

天风正想完了，盆里雨水涌了，淌了一炕，他的女人叫他把水倒了后，他也好像解决了从明天开始作的大计划！

这样天风因种种地驱使，今夜就与小说脱离关系了，时候在半夜，以后他与他的女人儿子伴着凄雨的夜声，等着明天雨霁的光明来！

（摘自1934年9月6日《泰东日报》）

爱情迷梦

——《梦断花残》评介

古雅静

小说《梦断花残》，1941年6月1日开始连载于《麒麟》杂志。作者赵恂九，是20世纪三四十年代大连地区通俗小说作家的代表性人物，出生于当时大连金州一个叫岔山屯的地方，现在大概位于金州三十里堡周围，原名赵忠忱，常用的笔名有竹心、大我、猪心等。他创作的小说数量之多，在大连作家中名列前茅。他的《流动》《他的忏悔》《春梦》《荒郊泪》《声声慢》《梦断花残》《故乡之春》等作品在当时引起了不少的关注。

《梦断花残》讲述的是家境贫寒的黄素秋一心想嫁入有钱人家享受富贵，但最后却饱受富家之苦，愤而离去，拥抱真挚爱情的故事。这一部《梦断花残》反映出当时人们的爱情观中已经出现崇拜金钱和追求享乐的思想，这种都市迷梦般的情爱价值观在赵恂九的笔下得到的都是悲剧性的结局。

小说主人公黄素秋起初与富家子弟甘启民恋爱，而后忽听甘家房产土地全被查收，家道中落，甘启民见不得家庭遭到这样不幸的变故，离家出走谋求生计，二人也就不欢而散。而在此时，恰巧出现了另一位富贵公子名为白云贵，因买地事宜巧遇黄素秋，并且非常欣赏她的风韵，两人一来二去便顺理成章地结了婚。黄素秋得到这样一位翩翩夫婿，还有钱有势，正如她梦想的一样。但不料，婚后二人过得并不开心。时间久了，白云贵对黄素秋的热情已不在，并且时常不回家，还在外拈花惹草。再加之白云贵的母亲瞧不起黄素秋家贫，经常说一些难以入耳的话语，令黄素秋忍无可忍。最后，黄素秋带着孩子留书出走。出走的途中竟碰见她以前的爱人甘启民，甘启民了解了黄素秋的情况以后，坦言他始终爱着黄素秋，仍然愿意与她一起生活。于是，黄素秋抛弃了享受富贵的爱情观，选择与甘启民一起生活，拥抱真挚的爱情。

《梦断花残》中，赵恂九非常重视人物语言的描写，主人公黄素秋的人物性格和其对婚恋的态度都是通过对话的形式表现出来，让读者可以准确地把握和理解这个人物的性格特点和内心世界，使得人物形象丰满、真实，凸出了这个人物在小说中的个性特点。

黄素秋梦想追求荣华富贵的生活，如竹篮打水一场空，最终还是选择了纯粹的爱情。故事的最后以圆满的结局为小说画上句号，对读者的心理起到了抚慰的作用，也对大众的恋爱观起到了积极的引导作用。

附录：梦断花残（节选）

赵恂九

第一回

牡丹花下喁喁私语，柴扉室中脉脉谈情，一簇一簇像棉花般的白云，浮舞在蔚蓝色空中。草木的叶子渐次枯黄，一阵一阵的凉风，吹到门前的杨柳树枝上，在飒飒的作响。寒蝉在枝间断续的歌唱着，到处都是现着秋天的气象。

就在像这样一天的午后。黄素秋上身穿着浅草色带小红花的小夹衫，下身穿了一条黑色裤子，像墨般的短发披在头后。独自默默地立在庭院中的一株天竺牡丹花前，在兀自出神。天竺牡丹的花叶，虽然在鲜红的开放着，枝叶虽然深绿的在亭立着。但她毫没领会，在他的脑府中好像在思索些什么。他到底是说些什么？乃非局外人所能得知，然在表面上观察，她一定是有点感觉寂寞。

他正在孤孤单单地沉默着出神的时候。东邻的吕秀媛，穿着半旧红花布小夹衫走了过来。吕秀媛见黄素秋丽在天竺牡丹花前出神，便悄悄地转到它的身后，用两只粗糙的手，冷不防地便把黄素秋的眼睛捂上。黄素秋被她这一吓，刚才出鞘的神魂，早已收了回来，乃娇嗔着说：“秀媛！你为什么这样鬼鬼祟祟的，把我吓了一跳！”

“对不起，”吕秀媛见她知道是自己，便把手撤了回来，乃出声的笑着说：“你怎么知道是我？”

“我怎不知道是你，”黄素秋正色的说，“除了你，也没有这样淘气的人！”

“黄小姐，”吕秀媛一惊一乍的说，“我刚才见到一件与你有大关系的新闻，你爱不爱听？你若是爱听，我就告诉给你，你若是不爱听，就此罢论，因为我这次来，就是为你这件事来的！”

“什么事？”黄素秋渐渐由刚才寂寞冷淡的面孔转呈微笑的颜色说，“我爱听，你说吧。”

“你既然爱听，我倒是可以说的，”吕秀媛带着微笑慢条斯理地说，“但是在我告诉你之先，我有一件事情要你答复我。”

“有什么事情你说吧！”黄素秋见吕秀媛的话味儿，早已知道她要说什么了，故在她的心中像开了一朵花般的当即愉快了起来，同时她的这种愉快，立时便表现在她那白皙细嫩的面孔上。

“我所要你答复我的，就是你对……”吕秀媛说到此处，忽然停止，只在微笑着。

“什么？快说！”黄素秋笑着注视着鲜红的天竺牡丹花叶在催促着。

“就是……”吕秀媛故意顿挫了一下，然后装着正经的颜色说，“就是你对甘启民甘少爷的感情如何？”

“你这死丫头，我知道你没有别的事么！”黄素秋假惺惺的装着羞嗔怒不开心的样子有意无意地摘取牡丹花瓣。

“好！”吕秀媛拉着长音笑了一笑后又说，“你不答复我，我也不必说了”她说着便装着要走的样子。黄素秋见吕秀媛要走，伸手便把吕秀媛扯住，然后急忙的微笑着说：“你先别走，我怪寂寞的，我告诉你还不行吗？”

“好，那么你说吧，你与甘少爷的感情如何？”吕秀媛说着便转回身来，在等着黄素秋的答复。黄素秋沉默了一会儿，微红着脸色仍用力的忽然说：

“感情好又怎样？”

“……”吕秀媛住了一会儿。出声笑着说，“好就好，你还用使那么大的劲儿说干什么？”

“你这个人太难说话了，”黄素秋微笑着说，“轻了也不是，重了也不是，深了也不是，浅了也不是，那么你叫我怎么说好呢？”

“好了，我也不和你计较这些个了，我知道你一提起甘少爷来心里是快活的，来来，我们到那儿去坐着说，”吕秀媛说着便把黄素秋拉到花旁墙下的一块儿，长形青色的路上坐下，于是便胡乱的真真假假虚虚实实的微笑着说：“刚才前村的王老太太到我们家里去串门，关于你和甘少爷的婚事，便和我妈谈了起来。她说甘少爷曾托她，叫和你母亲商量，但是他因为知道你母亲的意思，不愿把你送到有钱的家里去受罪，所以他没敢对你母亲说……”吕秀媛说到此处，故意看了一看黄素秋的脸色，见她的表情立时变现出不高兴的样子。吕秀媛住了一会儿，又微笑着说：

“你且不要忧虑。好消息正在后头儿。”

“你这死丫头就会俏皮人儿！”黄素秋微笑中带着不快的脸色说，“我有什么可说，可忧虑的。我母亲不愿意就不愿意。”

“你说什么？”吕秀媛故意装着不同意的样子，紧接着又说，“你不要口强心软，你要知道，你们的感情那样要好，若是不能达到结婚的目的，那不太可惜了吗？不过你先不要着急。等听我把话说完了你再发表意见。”

吕秀媛偷着看了一看黄素秋的脸色后，又微笑着说：“我听见王老太太的话后，很不以为然，于是我便急忙说现在的男女订婚不必父母做主，自己看谁好便可与谁订婚或结婚，黄小姐和甘少爷从小是同学的，双方的感情像水乳般的融合。甘少爷在中学毕业后，虽然没升入什么高等大学，可是家里有很大的绸缎百货店，并不用读书去谋生活。现在甘少爷已经在自己的百货店里当经理了，甘少爷今年春天以来，每次来家，必来看看黄小姐的，好像一日不见黄小姐便不能过活似的。而黄小姐对她也是有同样的情形。黄小姐常对我说过，她非和甘少爷结婚不可……”

“谁对你说来？”黄素秋不待吕秀媛说完便一面反驳。一面把吕秀媛推了一下，然后晕红着脸又微笑着说：“我们俩的感情的确不错。他对我这种温存体贴的劲儿，实在令我感激，”

她越说越快活，竟把害羞放到了乌有之乡去，于是又很得意的继续说：“他前天来家还送我一件衣裳料子，我说我没场做。自己也做不好，于是他把我的尺寸量好，又拿去给我做去了，做得了必能给我拿来。以前他也常送东西给我，近来他更不闲着给我买东西，我这双皮鞋就是他送给我的。”

她说着便微笑着低着头，很得意地看了一看自己的皮鞋。吕秀媛也当即去看，只见她那双皮鞋是黑灰色带银色花，后跟是半高跟，穿在黄素秋的脚上，委实的适恰美观。

吕秀媛看完后，乃以取笑的口吻说：“他送这些好东西给你，可知他对你是怎样的要好了，你若是不能和他结婚，不是太对不住人家了吗？”

她说着边咯咯地笑了起来。黄素秋没说什么，只在沉默着微笑。但她因吕秀媛主张他和甘启民结婚，她打心眼儿里觉得快活，这种快活的表情已经笼罩了全面孔并浑身的每一个神经系统中。

吕秀媛见黄素秋只在沉默着。做愉快的微笑仍又故意的微笑着问道：“那么你们二位关于将来结婚的事情没有过口的吗？”

“你问这些事情做什么？”黄素秋说着又把吕秀媛用肩臂抗了一下，住了一会儿，微红着脸说，“上月二号，他曾向我要……”

“他要求你允许和他结婚是不？”吕秀媛微笑着当即又说，“那么你当然是已经允许他了？”

“你怎么向问罪犯似的老追问，我不说了！”王素秋娇嗔着不说话了，只在垂着头，注视地上某一部分的沙土，但观她脸上的表情依然是呈现着愉快之色。

“你不愿我追问吗？好，再谈！”吕秀媛说着便站起来又要走。黄素秋上手便把她的衣襟扯住，用力一拉，便把吕秀媛拉坐下，急忙地说：“我告诉你，你坐下吧，”

“那么怎样？”吕秀媛又问。

“我已经允许他了！”黄素秋说道这话时，把声音拖得很长。

“那么你们几时结婚，你们结婚的时候，无论如何可不要忘了我呀！”

吕秀媛刚一说完，黄素秋便说：“哪能那样快？”

“怎么不快，”吕秀媛又以取笑的口吻说，“现在这些大女学生都是抱着特别快速的主意，允许了就得赶紧结婚，结了婚就得赶紧抱小宝宝。”

“什么！”黄素秋打了一下吕秀园的腿，然后以正经的面色说，“我自己也很奇怪，为什么就是那样爱他呢，好像一天也不能离开他似的，离开他便觉着孤独与寂寞，但是事实哪能办得到呢，除非结了婚，然而结婚恐怕要归于梦想，因为我的父母依然愚守着旧礼，不许我和甘少爷交朋友。”

吕秀媛不待她说完便很快地说：“你不好自己做主哦，如果父母执拗不允许你和甘少爷结婚，你就革家庭的命。到那时，你父母见你态度强硬，也必能允许你的。”吕秀媛正色地说。

“革命？”黄素秋说，“现在还不到时机，我现在还要看看形势，如果到了不得不独行的时间时，我便要不顾一切地打破旧礼教下的婚姻制度，去实行自由结婚的主义。”

“那么你父母知不知道你和甘少爷要好？”吕秀媛微笑着问。

“知道！”黄素秋悒悒地说，“我母亲曾劝过我，不要和他来往。”

“为什么呢？”吕秀媛明知故问。

“刚才王老太太不是对你说来吗？”黄素秋的面孔，完全变成了沉郁的颜色，沉默着注视了一会儿自己的皮鞋后又说，“她说他是有钱有势的子弟，我们家里贫寒，赶不上人家，不敢和人家结亲戚。既然不能结亲戚就不便和他来往了，省得受他人说长道短，说些不好听的话。”

黄素秋叹了一口气，好似把不如意郁愤吐出来般的，住了一会儿又说：

“我母亲，或者因为年纪老的关系吧？她的意见老是与我不同。就拿甘少爷来说吧，就是这样，譬如甘少爷的家里很有钱，那么我们为什么因为他有钱就不能和他结亲戚呢。我以为正是因为他有钱，我才愿意和他结婚，他若是个穷措大，任它就长的像梅兰芳般的好看，我也不和他结婚。我以为我们人生一世所需要的就是荣华富贵，请看世上的人，请看那些享乐的人们和有势力的人们，哪一个不是有钱的人，所以我常说有了钱才能够享乐，有了钱才能够有势，如果我们得不到富贵，那是没法子的事情，如果能够得到，我们为什么不去得呢！”

黄素秋的精神好像越说越兴奋般的又继续的说：“甘少爷的家里财产那样的雄厚，甘少爷家里的人又都那样的阔绰，我若是去了，不是也……”她说到此处，觉着把话说的太露骨了，愿意和甘启民结婚的事，在别人跟前说的太露骨了，忽然有点不好意思起来，遂绯红着脸低下头去不说了。

吕秀媛早已知道她所要说的话了，微笑着说：“你在我们女同学面前还用害臊什么？好了！你不好意思说，我替你说了吧，你的意思是不是说我若是去不也能稳稳当当的作一位阔绰的少奶奶吗？”

“实在的话，吕小姐！”黄素秋又作得意之色说，“我们既然快要到手的富贵，为什么故意把它扔掉而不享受呢！”她说着偷偷看吕秀媛一眼，见吕秀媛只在沉默着，于是对吕秀媛说：“关于我的事，今天就止于此吧。我要问问你的事情。”

“问我的事情？”吕秀媛正在沉默着，听她发表宏论的时候，忽听到黄素秋要问自己，乃抬头反问道，“你问我什么事，我就要问你的什么事，”

黄素秋微笑着说：“就是在你的心目中，有没有一位富贵公子哥儿的对象呢？”

“我吗？”吕秀媛笑着说，“我的希望可就大了，我现在不是穷吗，可是我的志向与希望也挺富的，就像甘少爷那样有钱的人，他是不配和我结婚的。能配得上和我结婚的人，至少也得有那甘少爷的财产四五倍才能行！”

“哎呀天儿呀！”黄素秋吓了一跳，伸了一伸舌头，然后又说，“你的条件这样刻薄，这可有点太困难了，在我知道的范围内，没有称那些资产的。”

黄素秋一面说着一面在心里想：你这样才是真正的奢望和妄想呢。你不愿和甘少爷结婚？你要和比他还要有钱的人结婚？你也不自己撒泼尿照照自己的脸，你能得上和有钱的人结婚嗎？你瞧不起甘少爷？其实甘少爷才瞧不起你呢！你家里穷的那样，吃了这顿没有那顿，你还瞧不起人哪！连我这受中昭教育的人，还几乎没能攀得上交甘少爷，况且你这样仅在小学校里读了几年的人，还敢那样自大？以螳螂之臂当车，你太不自量力了！

黄素秋以自己的心比人家的心，以为吕秀媛的心真是这样了，她正在沉默着批评吕秀媛的时候，忽听吕秀媛笑着说："你在想什么？你以为我这话是真的嗎？我那是说的笑话哪！"

吕秀媛微笑着注视着黄素秋的脸说："我哪敢有那样大的奢望！不看我们吃的，还要看看我们穿的，不看我穿的，还要看看我自己的长相，我哪敢抱着那样想吃天鹅肉的妄想呢！我告诉你一句实话吧，我今生今世，绝不与有资产的子弟结婚。"

黄素秋听着此话，很觉着奇怪，她以为吕秀媛也被她的母亲传染了，不然的话，她为什么也不主张与有钱的人结婚呢？乃急忙问道：

"你这是什么意思？你刚才主张叫我和甘少爷结婚，而你自己呢，竟大不然了，你这样的矛盾，是什么道理呢？"

"你不知道吗？你以为奇怪吗？"吕秀媛说，"这没什么可奇怪的，因为我知道我自己是个穷命的人，我命中注定是该要遭一辈子的罪，不该叫我享受富贵，不然的话，我们家里头几年那样有钱，为什么我的小学还没等毕业，我们的买卖便赔累倒闭，跟着家中也破产了呢！所以我说我是个穷命的人，不应该享受富贵，如果我去与命争，与有钱的家结婚，我马上便得被烧死……"

吕秀媛正将继续向下说的时候，便听见有一个男子，口中一面哼着小曲，一面走了进来。她俩不约而同地急忙抬头一看，不是别人，正是甘启民提着一个小包裹，笑嘻嘻的走了进来。黄素秋的面孔，立时便泛出红晕来。吕秀媛还没等站起来，黄素秋早就跑上前去，一面接小包，一面笑着说：

"你怎么今天才来？"

"我昨天就打算来。"甘启民满面春风地说，"因为给你做的衣裳，还没做好，今天早晨才做得了。"

甘启民一面说着，追走到庭院中央时，无意中抬头向鲜红的天竺牡丹那儿一看，见吕秀媛独自立在花前看花，于是到花前微笑着对吕秀媛说：

"吕女士今天怎么想出功夫来了？"

"我今天因为不大舒服，才待了一天，不然早就上山拾柴草去了。"

"啊！吕女士真可佩服。"甘启民笑着说，"像你这样舍得出力的女子，真是不可多得。”

“不舍得出力怎么办！”吕秀媛微红着脸微笑着说，“一天不出力，一天便得挨饿。”

“您太客气了，”甘启民说，“我记得我们小时在一块儿念书诗，你就很简朴的……”

“好了，你们俩还竟谈起家常话来了呢！”

黄素秋见甘启民与吕秀媛谈得那样有味，不觉着由心的底处，冒出一股酸味来，微红着脸，在微笑中带出一种冷的表情说：“你们愿意谈，到家里坐着谈吧！”

她说着便把甘启民用力地推了一下，甘启民见因为自己和吕秀媛说话，把黄素秋惹得不高兴了，于是对吕秀媛微笑着说：“走吧，我们到家里谈吧。”他说着便表示跟吕秀媛同走的样子，而吕秀媛更是机灵，早就看出黄素秋的气色来了，于是对甘启民说：“你进去吧，我还有点活儿没做，再见吧。”

吕秀媛说着早已一溜烟地走了，等甘启民回头看黄素秋的时候，她早已堵着气先进家了。甘启民知道风头不对，便也跟着走了进去。他还没坐下，黄素秋顶头便是一句问道：

“你们俩的话说完了吗？”

“完了，”甘启民和颜悦色地笑着说，“我本来没有什么话可以和她说，不过从小是同学的，一旦见面不说句客套话，也太有点不好意思了，仿佛像我们有钱的人，瞧不起穷人似的，这都是我们在社交上惯有的虚套，关于这一点，求你谅解！”他说着便红着脸笑了起来。

“于我有甚关系？还用求我谅解做什么！”黄素秋故意娇嗔着，背过脸去。

“是的，我错了，知过必改，求你饶我这一次吧！”甘启民说着便笑着要去扳黄素秋的头，黄素秋早已察觉了出来，忽然转过去做个鬼脸说：

“你真是个无知的小孩子，我和你闹着玩哪！”

“谢谢你不罪之恩！”

甘启民说着便是一个九十度的鞠躬加敬礼。这一下子把个要娇的黄素秋，闹得格格地笑了起来，甘启民见她喜欢了，乃坐在炕前对面的板凳上，遂正色地说：

“我看吕秀媛很拮据落魄的样子，她的家景挺不好吗？”

“她的家景还能够好吗！”

黄素秋以轻视的口吻说：

“她的父亲吕松山，当年是个顶呱呱叫的买卖人，也曾开过买卖，后因倒把失败，把个家业也糟蹋完了，他又因为有口鸦片瘾之累，现在连糊口的粮，都没有了，每天就指望她母女俩做工度日。”

“是的，”甘启民又说，“我记得我们在学堂的时候，她的家是还挺好来着，这几年没见，她们家竟闹得这样穷困，太可惜了，她生在那样的家庭里！”

“有什么可惜？”黄素秋又急忙地问。

“怎么不可惜？”甘启民见她又有点不高兴的样子，乃故意地说，

“像吕小姐那样一棵美丽的花，生在没有沃土和水分的石岩上，受着艰难困苦，不是太可惜了吗？”

他一面说着一面微笑着注视黄素秋的脸色，只见她的脸色，渐渐的沉重了下去，忽然大声地带着叱责的口气说：

“好，你可怜她你就跟她去吧！你爱她你就找她去吧，我这里不要你，你要走快走，不要被我带连坏你！”

“你又来了！”甘启民出声的笑着说，“我这才真是和你闹着玩呢，你不想想，像她那样丑八怪样，我能爱她吗？你未免太多疑了，好了，我再不说了还不行吗？”

甘启民说着又站了起来赔礼。黄素秋忽然扑哧的咯咯地笑了起来，乃娇嗔着说：“你们男子，都是口是心非专会欺骗女子！”

“可是我与众不同，”甘启民郑重地说，“我从来不会骗人，尤其对女人，尤其我对于你，我更是以赤子之心对你，真诚的毫无虚伪的爱你，我是只爱你一个人，我敢对天起誓。”

“好了，好了，我信任你就是了！”黄素秋正色地说，“可是今后，再不

许你提起吕秀媛一个字，你若是再提她，我们俩便由此断交。”

“好！我听从你的话就是了！”甘启民微笑着说，“我们今天不要谈那些无味的事情了，你打开那个包，看看你的衣服，做的好不好？你穿穿试试看，若是不合体，我好拿回去叫他改，再不然我们再做一件别的，反正我们绸缎百货店里什么样款式绸缎都有，你喜爱哪样，我就给你做哪样，”

“……”

黄素秋微笑着没说什么，走到炕前，把搁在炕上的包袱解开，拿出崭新的黄绿地带水红绣花的丝质旗袍来，擎在手中，看了一看针线，一面向身上穿一面媚笑着说：“这家成衣局的样式还算不错，就是针线，有点不大结实的样子。”

“是的，”甘启民见她已经穿起身上去，乃微红着脸站了起来说，“伯父伯母们都上哪儿去了？”

“我母亲到我姨母家去了，我父亲和我哥嫂子，都上山去了，单我个人在家里看门儿。”

“啊，都没在家呀！”

甘启民心中像感觉宽松般的，一面说着一面走到黄素秋面前，去相看衣服。他故意给把领子向上提了一提。恰在此时，由黄素秋的身上和发中，发散出一阵女人身上独有的一种香气，钻入了他的嗅觉里，他立时便被这种芬香给沉醉了！乃以颤动的声音说：

“这件衣裳，你……你穿着，还……还很合适，你这一穿，更像清水池中才开放的一朵荷花了，美……美丽极了！”

他说着便转到黄素秋前面，绯红着脸色，凝视着黄素秋的粉白细嫩的面庞。他此时的气息，有点短促了，他的血液也加速度循环着。他向窗外看了一看，见没有人来，遂伸手便把黄素秋的头搂了过来，吻了一个香吻。而黄素秋怕他再有规外的不稳举动，随手把他舍开了，并喘吁着说：

“你这是做什么！被人看见，像个什么样子。”

“不要紧的，这里没有别人，仅我们留在屋里，谁能看见！”

甘启民绯红着脸微笑着说：

“并且我们这是社交上的一见惯举动，就是被人看见了，也没什么妨碍”他说着便出大声地笑了起来。

“……”

黄素秋没说什么，只是沉默着相看衣裳。但在她的心头与脑际是否是真的在相看衣裳，固不得其详细。■■得到香甘的吻后，坐在板凳上的甘启民所观察，黄素秋那种痴呆的沉默，绝不是为相看衣裳而沉默。只见她用手无秩序地揉摆衣襟，便可以看出来的。甘启民又认为黄素秋此时的精神，表面上虽在沉默，而在心里来必不是沉默，她一定在追忆刚才的愉快而希望更进一步地对她有所表示。他想到此处，他的胆量更大了起来。他以为他今天趁着家无外人，是对黄素秋作进一步表示爱情的好机会。同时他又想即便进一步地对黄素秋表示爱情，也决不会遭到黄素秋的拒绝。他见刚才和她接吻时似拒而实非拒的黄素秋，如果自己对她更进一步表示爱情，她绝不会给自己以难堪的。他思索到这儿，他的意志坚决了。于是他的血液，又加速度地激搅了起来。他胸中的小鹿儿，也在跃动了起来。他的脸像火烧般的发烧，他现在全幅的精神，都集中在黄素秋的身上。他现在不知大地上尚有别的物伴之存在着，他现在世界上的事物一切都是空虚的，一切都于他无用，只有黄素秋才能够救活他。他渐渐的由板凳上站起来了，他一点一点像很畏缩般的向黄素秋跟前移步。他正要不顾一切去拥抱黄素秋的时候黄素秋忽然转过首来正色地发出警告说：

“你今天要稳当一点，我不是已经对你说决定和你结婚吗？但是，但是我们俩的终身大事，不能把我们女人所宝贵的东西，这样草草率率地送给任何一个男子。因为我上有父母，尤其我母亲对我的婚事，很为关心，同时她又是墨守旧章的人，对我的婚事，绝对不许可我自由，而我又无力反抗她，就是有力反抗，她我也不愿反抗。因为人言可畏，我怕社会人士■视我指骂我。所以我今天希望你稳当一点，不要太性急蒙鲁了。既然想和我结婚，你可托人去商量她老人家，商量妥帖后，我们俩再乐呵呵结婚。费去这一番手续，虽然似乎无味，但我相信反能因此而增加我们俩间的爱情！”

“这事已不用你说，我早就托人了。”

甘启民刚才非分之想，被黄素秋这一顿堂皇的呵论训词，早已打得云消雾散。然后又向板凳上坐下说：

“我已经托我们村子的王老太太来给说媒，她还没给我回信，不知她来没来呢？”

“她还没来。”黄素秋悒悒地一面脱衣裳，一面答。

“我恐怕我们俩的这段婚事，要受周折。”甘启民微笑着说，

“我听王老太太说过，你母亲不愿把你送给有钱的家里去！”

“是的，此事我也知道我母亲的意思，”黄素秋站在炕前，微红双颊，两手一面包衣裳一面低着头说，“不过我若是坚持到底，她老人家或者也能够允许。”

“是的。”甘启民转忧为喜说，“成不成都在你的身上，你这样说我可就放心了！”

“……”

黄素秋没说什么，只在沉默着微笑，甘启民沉默了下去。他见黄素秋今天的态度与■■，比往日又美丽又活泼。黄素秋今天在他的心目中，简直是天下独一无二的美人。他以为得到这样一位爱人，将来还能和他结婚，世界的人类，再没有比他再幸福的了。他见黄素秋只沉默着不说话，于是他乃先打破满屋的寂静空气说道：“那么我们结婚在什么时候好呢？我看十多月就不错！”

“你还来倒快的呢！”黄素秋绯红着面孔媚笑着眼角扫射了一眼甘启民后说，“冬天有多么寒冷啊！”

“那么本月就结婚。”甘启民笑着说。

“你怎么越来越快！”黄素秋羞红着脸说。

“你不愿快着点吗？”甘启民出声地笑着说。

“去你的吧，你老是不说正经话！”黄素秋又娇嗔了起来。

“对不起，我又说错了。”甘启民微笑着凝视着黄素秋的脸说，“那么我们等来年春天三四月再结婚，你看怎样？”

“是的，我也看来年春天好。”黄素秋说这话时满脸都罩上了一层红云。

“那么我们就决定春天三月吧。”甘启民很高兴的又继续着说，“春天结婚，也实在富于诗意，则如小鸟儿在空中飞鸣着，桃杏花在鲜艳的争放着，山

谷野间的草木，在欣欣地向荣着，温暖的风，光徐徐地吹来，像很温柔娇媚般的牵扯你那轻软如羽的衣裳，那是有多么快乐舒畅的一个日子呀！啊！我爱春天，是的，还是春天结婚的，好因为春日里的万物，都能增助我们俩的兴趣与恩爱。”

“你几时学会这一套现代歌颂春天的言语呢！”

“成吗？”甘启民笑着说，“我在报上整天的读诵新诗，在杂志上也常读诵新诗，我对于新诗特别感觉着兴趣，我也快完全全的变成一个诗人了。”他说着便哈哈的大笑起来。

“可是我还有一个条件要对你说。”黄素秋媚笑着说。

“什么条件你说吧，我都能够接受你的要求。”甘启民说后便在等着她提出，但黄素秋有点迟疑不好意思出口，住了一会儿媚态可掬地笑着说：

“我可不在乡下结婚，还要行新式婚礼。”

“好！”甘启民毅然地说，“这事很容易办得到，因为我大哥，虽是个旧式商人，可是脑筋倒新鲜，很合乎现代潮流。我母亲虽然守旧，愿儿子坐大花轿，可是她最疼爱我，不肯拂我的意。不过我父亲若是不去世的话，这话可得另讲了，因为他老人家守旧守得厉害，他的意见，谁也驳不过来，可是现在他老人家不能管我们了。好！我都答应你了，你还有什么条件？”

“我还有……”黄素秋欲说又止。

“还有什么？不妨一并说出来，我好遵命去办。”甘启民微笑着催促，黄素秋住了一会儿说，“结婚时的衣裳和皮鞋……”

“我当什么事情呢！”甘启民又待她说完便笑道挥嘴说，“关于你一切的衣裳皮鞋并其他柜箱妆奁，把全个委任给店面好了，都由顶你名去买，一个一钱也不用你花。说句实在的话，我们家里拿出这个几钱来，可说像九牛一毛的容易。”

“好，那么我先谢谢你！”

黄素秋说时对甘启民微微的送了一个甜蜜的媚笑，甘启民被她这个媚笑，立时便陶醉得昏迷了。他不转睛的在凝视着黄素秋的面孔，他见黄素秋那新月般的眉睫，秋水般的秀目，墨般的头发，桃花般的双颊，樱桃般的朱唇，再加上雪般的白齿，不斜不歪的一排，长在不大不小的口中，每笑都要露出，委实的觉着勾人魂魄。他已经被黄素秋的风韵美丽给陶醉得无知觉了。他今天恨不得马上就和黄素秋结婚，马上就与黄素秋携手同入温柔乡。而黄素秋现在与甘启民一样的陷入陶醉的美梦了。她在想：我和他结婚后，他能给我买美丽时尚的衣服，他能供给我所需要的物质，他能随便我超尚时髦。这样我一旦回家瞧我的父母时，全村中的男女，见着我穿着他们和她们所没见过的时装，一定都要来羡慕我的，那时我要怎样愉快呀！此时的黄素秋，仿佛自己已经和甘启民结了婚衣锦还乡般的沉入无知觉的状态中了。他们俩正在各自向前去寻甘梦的当儿，忽有一人排闼而入，他俩都惊醒过来吓了一跳，急忙抬头一看，不是别人，正是不愿素秋和甘少爷结婚的黄老太太回来了。

（摘自《伪满洲国期刊汇编》）

春色微澜
——《春光》评介

范译鹤

《春光》1925年3月24日发表于《泰东日报》，作者姚萌悟。在目前作者所见的资料中，仅看到《春光》一篇作品，作者更详细的资料已不可考，作者的写作风格仅能从这篇作品中略推一二。

《春光》篇幅很短，情节简单，甚至可以看做是对一个场景的细腻描写。讲述了春日里的普通一天，“和煦的春风吹了，万物都苏醒过来。沿湖的青草，早织成柔和的地毯。秋天变了黄色的浮萍，也慢慢绿了起来，铺满了水面。太阳从云里露出他的半面，抱吻着一湖美的清水。杨柳一面用他们的小的绿芽，合成了青嫩悦目的黄绿颜色，一面尽力伸长着臂，好像要与水中的影子握手的意思”，两个小学生陈谦和吕雁在课后相遇了。经过短暂的寒暄与告别之后，陈谦沉醉于湖边的景色，他“慢慢跳耀着走着，他觉得遍体舒畅，心里非常满意。他走到湖边，这湖是他最欢悦的，每到闲暇的时日，必要游玩一次。但是因为前几天下雨，今天好像重逢一样，格外亲密。微风吹着，波纹荡着，湖里的倒影也辗转低徊，现在缠绵的样子。他见一切都含着新意，不知不觉走到湖沿，站在那里”。作者观察细腻，以优美的语言描写了阳光、草地、柳树、湖水以及浮萍的变化，将一幅五彩斑斓的画面呈现于读者面前，同时采用拟人化手法，让眼前景物变得生动、活泼起来。

作品语言流畅、生动、细腻，文笔轻松活泼，较之于20世纪20年代的作品，在白话文的应用上达到了较高的水平。在作者的笔下，两个小学生之间

“两小无猜”的情愫被细腻地展现出来，十分天真美好，“天真的感情、自然的微妙，都占在他幼小的心头。他好像寻着什么似的，又好像失了什么似的，思潮也不住的起伏。一会，觉得身体轻了，长了翅膀，变成洁白的水鸟了，在湖上飞翔。一会，又觉得在渔人的扁舟里游荡。于是他乐了，乐得从幼稚心中发出天真微笑来”。

附录：春光（节选）

姚萌悟

“再见！”陈谦向吕雁鞠躬说，“现在时光很是美丽，请你将写生器具带来，我还要与你共做一件东西哩！”

吕雁说：“好！”遂向东边走去了。陈谦慢慢跳耀着走着，他觉得遍体舒畅，心里非常满意。他走到湖边，这湖是他最欢悦的，每到闲暇的时日，必要游玩一次。但是因为前几天下雨，今天好像重逢一样，格外亲密。微风吹着，波纹荡着，湖里的倒景也辗转低徊，现在缠绵的样子。他见一切都含着新意，不知不觉走到湖沿，站在那里。

他看得呆了，好一些游丝，在空洞洞心上荡漾。许多天真的感情、自然的微妙，都占在他幼小的心头。他好像寻着什么似的，又好像失了什么似的，思潮也不住的起伏。一会，觉得身体轻了，长了翅膀，变成洁白的水鸟了，在湖上飞翔。一会，又觉得在渔人的扁舟里游荡。于是他乐了，乐得从幼稚心中发出天真微笑来。

一只很大的水鸟飞来，在日光中看去，只觉得浑身雪亮。他在水上旋了几旋，水珠儿打起多高。陈谦注目看时，已看着一个鱼向浅的蓬草中飞去了，陈谦在这时好像惊了似的，连忙一步一步走去。

湖上依然是充满着生气的与美的沉默。

（摘自1925年3月24日《泰东日报》）

新青年的突围与陷落

——《续新青年写真》评介

邱　伟

姚瑛的《续新青年写真》是一篇纪实小说，作者自己也说明“不悉此乃尽属实情，不过其中十分之三，由愚意稍加点缀耳”。纪实小说又称纪实体小说，作者讲述的故事往往是在真实材料的基础上经过文学式的概括、提炼和艺术虚构创作而成。关于作者姚瑛，生平简历都不得而知，但是他却有《一个牧猪小孩的思想》《阿霞余泪》等小说在大连报刊上发表，我们可以从他的作品中去了解他。

《续新青年写真》讲述了农民家的儿子、某书院英文专业学生杨贵良与父亲任过数县科长、某女学校品学兼优的女学生高丽天，因为一次偶遇，产生了一种莫名其妙的感触。回校后的杨贵良“无日无时不思那所遇的女子”，高丽天甚至觉得“倘能与此人作为伴侣，此生的心愿已足了”。爱情的种子在这对青年男女的心里开始萌芽。

再一次的相遇让他们彼此打开心扉，各道钦慕之情。此后两人通过书信相互定情。在丽天的书信中这样写道：“贵良先生台鉴。前于公园邂逅，相逢一谈，顿成知己，诚三生有幸，君之学品优长，意志宏大，定为有造之才。出而为国用，实令人钦佩之极。古云，士为知己死，女为悦己容，诚非虚语也。每于清夜自思，终身无托，不知落了几多悲泪。恐今生无遇矣。无如天不绝人，假以良缘，实感激苍天造物之无穷。妹思君既未婚，侬亦未曾嫁人，愿与君感钟伯之遇，结秦晋之盟，不知君能否相表同情？如蒙怜爱，请赐玉言。否则，侬亦必不他适，甘愿孤身寄世，以终天年而已。”贵良回复：“且弟有何能，蒙姊高爱，实今生之幸，焉有不从之理。前因公园别后，无日无时不思姊之举动异常，早已爱之于五中矣。愿姊勿念，弟当必遵守玉言，及时力学。”此后，贵良为了能够与丽天相配，“对于自己学业更是加勉的专心，有一日千里的势况”，由于过于劳累“竟染成了一个咯血恶病”，不得已，返回家乡调养。

谁知道，刚刚恢复了身体返回学校的贵良竟得知丽天被父亲“就许给某县官的少爷了”，丽天自然是不愿意的，谁想她的父亲竟骂起来了“你们念书的丫头，动不动讲自由，真是没有道理的说话，谁叫你生我家，我就不许你自由，看你怎么样？”忍气吞声的丽天每天在忧虑中过活，仅七天的工夫就染了呕血症，不到一个月的工夫，就一命归西了。

得知这一消息的贵良悲伤过度，仅三两日的工夫，咯血病又发作起来了。对于自己的病，贵良是采取放任的态度，对生命也没有什么期盼。某一天，贵良仿佛听到丽天对他说“愿君孝义兼全，永为我祷告，也就感激不尽了。你不想你的慈爱父母无依么！再做来生夫妻吧！”自此以后，贵良不再感到忧愁了，也开始好好地养病和孝顺父母，并且立誓“以后将父母侍养终年，甘愿做一个鳏夫了”。

姚瑛的作品可见的不多，这篇小说，从架构上来说比较简单，矛盾冲突表现得也不是很激烈。叙事风格平和、舒畅，却表达了新文化运动后，青年男女要求婚姻自由、争取婚姻自由的时代要求。这一时期，各种新闻媒体报道过很多因为父母包办婚姻导致的婚姻悲剧，一批觉醒的知识分子要求“婚姻自由”和“离婚自由”，要求改变一切对婚姻自由的束缚。其中最直接和最具体的莫过于冲破封建宗法势力对婚姻的粗暴干涉。《续新青年写真》中，贵良和丽天的爱情悲剧根源在于丽天的父亲用封建宗法势力压制住了丽天的自由，丽天虽然接受了高等教育，接受了恋爱自由的新思想，但是终究没有足够的力量与父权抗衡，只能忧郁而亡。从这一方面来看，姚瑛的这篇小说有一定的社会批判性，读者在青年男女的爱情悲剧中深深感受到封建糟粕思想的压迫，产生了对新思想新文化强烈的渴望，完全应和当时社会思想发展的主流。

附录：续新青年写真（节选）

姚　瑛

自此二人来往的书信及足迹，差不多五六日一封信，八九日一见面，因此二人的爱情越发深了。思潮越发长了。但他二人的举动，并不是那世上的浪爱男儿，浮情女子，侈言爱情，朝约夕远的可比呀！你们不要看错了——当作苟且的男女样看待他们，两个纯粹出于神圣的爱情啊！所以贵良从此以后，对于自己学业更是加勉的专心，有一日千里的势况，不觉劳心过度，可怜那大好男儿的身首，竟染成了一个咯血恶病。他的父亲听他染吐血病，就立刻命他返里调养。

独自寂寂寞寞在家过了三个礼拜，又整装求学去了。一日正在自修的时间，接到丽天的凶信传来，诸位们知道什么信呢？因为丽天的父亲已知道这个消息了，丽天的父亲连任过数县的科长，积蓄了许多造孽的钱，与她母亲，每日以老爷太太自命。终日不是竹战，就是打扑克，消遣取乐，不问丽天愿意不愿意，就许给某县官的少爷了，我想这个事简直是卖他的女儿。籍着运动差使是打，丽天听见这个动静，愤不顾生，要想寻死又恐对不起贵良，从此每日自朝至晚，愁眉不展的样子，早已露出来了。以后私自商量她的母亲，不但不能如愿，反被她的父亲骂起来了："你们念书的丫头，动不动讲自由，真是没有道理的说话，谁叫你生我家，我就不许你自由，看你怎么样？"丽天听了这些话，也只好忍气吞声走了。但是她更加忧虑了，背地中也不知流了几许悲泪。

过了七日的工夫，她自己忧愁过度，不意染了呕血症，又不能对她父母说，因此病势越发加重了。不到一个月的工夫，就离了恶作剧的家庭，一命归西去了。临死的时候，那片凄惨的景况，令人肃静无声。若有可畏的神在，只听她咽气的时候说道："余……余……负……君矣，愿……君……无恙……"我写到此处，我的心不觉难过到极也，笔也懒提了，不由得眼中也替他含泪啦……唉！吾们国内女子，因为不良的家庭，不知死了多少人了……仅仅丽天一人么？吾恐多得很啦……呜呼！中国何时能铲尽这样的恶家庭呢？余愿祷祝上天，求那真正快乐的家庭速来到吧！

贵良自接到丽天凶耗以后，也就哭出声音来了。三两日的工夫，贵良的吐血病又大振作起来了。昏倒数次，幸皆被救过来了。他的亲友接着这个消息，急将贵良接至家去，加以调养。恐他撇了一对老而无依的老夫妇。除了看护以外，又用多少好话来劝他。贵良也是很孝的男儿，每日自己也时常珍护。无如病势已重，就医无效，对于自己的病，欲取个放任主意，听其自然。每逢清畅天气，即自走至乡村去，呼吸新空气，天天儿以为常事，终日徘徊山水间，倒觉有了许多的乐趣了。

一日，太阳刚绕下山，暗淡的余光直照到贵良的窗前，透过屋内，贵良坐在他的书案前边，直对着斜阳的残照，生了愁心，嘴里嘤嘤地也不知说些什么。只听他母亲说："儿呀！你要静心养病，你的慈爱父盼望你很多呀！"贵良说："我慈爱的父，平生不知辛苦几十年，到现在才得我这样的家庭，未承想得了我一个儿子，染了恶病，增加父亲许多劳苦。我今年在学校已有三年了，还有一年的光景就要卒业了。我总想尽我最善努力，不知我的病还得几时才好呢？丽天那样可爱得女士，生生为我离了世间，不令人可惜她一片得真诚么？父呀……母呀……我心里……着实……难过。"刚说到此处，忽地从咽喉内涌出许多新红的血浆，竟昏倒在地。他父母扶住半天才醒过来。

唉呀！苦死我了！觉着丽天在目前说："愿君孝义兼全，永为我祷告，也就感激不尽了。你不想你的慈爱父母无依么！再做来生夫妻吧！"

过几点钟的工夫，有了精神，看他父母均在面前抚摸他的头，遂叫道："父啊……母啊……不要悲伤啦！再不能惹父母生愁了！"贵良自此次起来以后，真也就不做那些忧愁了，因此病也就渐渐的减轻，常向别人说："以后将父母侍养终年，甘愿做一个鳏夫了。"故至今年未娶呢。

（摘自1921年12月8日《泰东日报》）

对黑暗现实的血泪控诉
——《我的心儿碎了》评介

王长丽

《我的心儿碎了》发表在《青年翼》第七卷第七号上，署名凌畏女士。从名字判断，作者应该是一位女士。20世纪20年代在大连的报刊上发表作品的文学创作者，明显表明女性身份的作者并不多，凌畏女士是其中之一。

凌畏女士从女性的视角和心理讲述了一段感人肺腑的姐弟情。

在北方偏远山村的一户农家中，一个10岁的小男孩躺在床上，“瘦长的脸上，红得和火一般，身上的骨头可以一根一根地数出来，显得已病得很厉害了。一个中年妇人深锁着双眉坐在床边，含着两眼清泪，呆望着床上的病儿。墙隅坐着一位十四五岁的女孩子，手里拿了一件未做好的衣服，一针一针地缝着，但是被泪珠模糊了的双目，实在不能看见她的针了”。虽然吃了药，但小男孩依然烧得厉害，不断咳嗽。这天风雪交加，姐姐玉儿为了弟弟还是冒着风雪跑去城里请医生，历经千辛万苦到了医院，但医生说了今天不出诊。“玉儿气极了，又乱打了一阵，但是再也没人出来开门了。天更暗了，村里的人家都燃起灯来了，她只好跟着脚印回来。风仍旧很大，她恨那老头儿急了，一路走一路骂。突然来了一阵狂风，比较以前的更大了许多，险些把她吹倒。她吓极了，一条一条的毛管都竖起来。”姐姐伤心地回到家中，听见的是母亲的哭嚎。

小说作者关注社会现实，将笔触放在底层人物身上，表达了他们的喜怒哀乐。往昔的美好，通过姐姐的回忆栩栩如生地呈现在我们面前，她和弟弟去钓鱼、摸螺、堆雪人，姐弟情深，虽苦犹乐。而现在弟弟病了，因为请不到医生，姐姐永远失去了弟弟，这是她心中永远的痛。

小说揭露了现实社会中的苦难和不公，显示了作者的正义和责任感。贫苦人家无钱无势，生病就只能看人家脸色，听天由命，这是什么世道啊！

作者在谋篇布局上颇具匠心。一是画面感很强，故事切入如电影镜头一般，从漫天风雪中迅速逼近一间瓦房，进入屋内，看到一个小床，床上有一个小男孩。对男孩龙儿生病状态的描写很细致，突出他的病重。还有对玉儿一路上环境的描写，突出天气的恶劣。这些可以说为龙儿的死去埋下了伏笔。二是采用插入式回忆，宣泄人物情感。玉儿担心弟弟的病情，求医途中不禁回想起与弟弟在一起的时光。“她看见门前一堆雪——一堆未做好雪人的白雪。她呆了。她的泪一滴一滴的掉在这雪堆里，成了一个一个小孔。她想这雪人原是前几日我和弟弟一同做的。头还没有做好，弟弟就生病了。那时弟弟两手捧了一个大雪球，跳了过来，放在雪堆上，预备做雪人的头。他那圆圆的脸，带着一些红，两个大而黑的眼睛，含着天真，两只又圆又白的手，更加可爱。”走到小河旁，“她记起有年春天她和弟弟在这里游玩，弟弟赤了足在河里洗脚，自己拿了竹竿坐在柳荫下钓鱼”。后来，他们一起摸螺儿，晚上拿回家吃，还受到母亲称赞。

作者用女性特有的细腻深沉情感回忆姐弟往昔美好的时光，通过今昔的对比，引起读者的共情心理。一个如此聪明、可爱的孩子，给家人带来那么多欢乐，最终却被疾病夺去了生命，但仅仅是病的原因吗？如果得到及时的救治，弟弟或许不会死。凌畏女士以细腻深沉的情感表达了对弟弟之死的悲痛之情。《我的心儿碎了》与同一时期大连作家石军的《穷病》有异曲同工之处。石军在《穷病》的结尾感叹道：“这个年头，穷人连活都活不起呀！”凌畏女士在文末一声“我的心儿碎了”如一声呐喊，将感情推向高潮，表达了对弟弟之死的锥心之痛，也是对当时黑暗社会制度的猛烈抨击，对势力、冷漠、自私利己的丑恶人性的声讨，令人动容，发人深思。

附录：我的心儿碎了（节选）

凌畏女士

妇人的泪珠再不能忍了，一滴一滴地滚到龙儿脸上。龙儿咳嗽的更厉害了，呼吸也更急促了。玉儿不等她母亲的回答就急忙跑了出来。刚到门口，一阵风扑了过来，使她打了几个寒噤，倒退了几步。当时她责备她自己的良心说："弟弟病到这个地步，你还不去救他吗？"她决定冒着风雪出去了。她看见门前一堆雪——一堆未做好雪人的白雪。她呆了。她的泪一滴一滴的掉在这雪堆里，成了一个一个小孔。她想这雪人原是前几日我和弟弟一同做的。头还没有做好，弟弟就生病了。那时弟弟两手捧了一个大雪球，跳了过来，放在雪堆上，预备做雪人的头。他那圆圆的脸，带着一些红，两个大而黑的眼睛，含着天真，两只又圆又白的手，更加可爱。她立刻又想起现在睡在床上的弟弟，简直是两个人了。

她想……那不是我的弟弟吧。我的弟弟在外面玩呢。不，这是我的弟弟，这就是我的弟弟啊！她觉得不能再迟了，她于是加紧脚步快快的跑。她望了望前面的路十分惊吓，因为去医院的一条小路，已被雪埋没了，四面全是白茫茫的，真不容易分辨，幸而看见左旁有两棵有枝无叶的小树，她记得是向着小树走的。她就拔起脚向那面走了。她的脚插在雪里冻得要僵了，肌肤也被风吹得要裂了，但是一点也不觉得，只希望快些到了目的地。没多时，她看见一片无叶的杨树，底下有座小桥，河里的水已结冰了，她知道过了小桥，就是医院了。她心中一喜，哪知脚被树根一绊跌了一跤，她在雪里用尽气力才爬了起来，她累极了，到了桥边坐在雪地上，略为休息。

她记起有年春天她和弟弟在这里游玩，弟弟赤了足在河里洗脚，自己拿了竹竿坐在柳荫下钓鱼。微风吹着柳枝轻拂在水面，底下的碧波被风吹成许多皱纹，岸上一阵阵的花香送了过来。

“姐姐，快把竿儿拿过来，这里有两条鱼呢。”他站在水中低着头望水里的鱼。

“傻子，鱼给你惊跑了。”

“谁不叫你快些，现在真的跑了，你钓了这许多时候还没钓着呢，我们还是摸螺儿吧。”于是摸起螺儿来了。晚饭时拿出来吃，母亲还称赞呢。

她又往下继续想……还有一天放学的时候，弟弟说，我将来要被红毛鬼拖去的。我当时最怕红魔鬼，我气急了，就追着打他，但是没有追着。我就拾了一块石头掷过去。哪知正打在他头上，鲜红的血直流下来，现在我后悔极了，我不该打他。若是现在他说，我被一百个红毛鬼拖去，我也不打他了。

她这样的想着，又走起来了。不一会儿到了医院门口，她伸了拳头用力打门，但是打了许多时候也没有人出来开门，她气急了，又用脚踢了一阵，才见一个老头儿，吸着烟慢慢的开了门。

“什么事？”老头儿懒懒地问。

“我的弟弟病得很重，我是来请大夫的。”

“瞎眼的小孩子，你不看这样的大雪，大夫怎能出去！”老头儿带着轻视的眼光说。

“谢谢你，请你替我通报一声吧。”她哀求着说。

“不行。大夫说过今天不出门的。”他顺手将门关上。玉儿气极了，又乱打了一阵，但是再也没人出来开门了。天更暗了，村里的人家都燃起灯来了，她只好跟着脚印回来。风仍旧很大，她恨那老头儿急了，一路走一路骂。突然来了一阵狂风，比较以前的更大了许多，险些把她吹倒。她吓极了，一条一条的毛管都竖起来。她尽力的跑，将要到家里的时候，更加怕了，好似真有红毛鬼追着她一般，心房跳得十分厉害。到了门口，她听见母亲的哭声，脚也软了，一直爬进房去——爬到她弟弟的床边。母亲抱着弟弟，哭得声音也哑了。

“妈妈……弟……”她哭得喊不出了，用尽了力气只喊了一声

“弟……我……的心儿……碎了……”随着也就昏倒在龙儿身上了。

（摘自《青年翼》第七卷第七号）

善不积不足以成名　恶不积不足以灭身

——《灾祸》评介

邱　伟

《灾祸》发表于1934年3月2日《泰东日报》。作者署名秦喟，秦喟是石军早期发表作品的笔名之一。《灾祸》是石军早期作品中短篇小说的代表作。

《灾祸》讲述了清溪村“在财产上、在能干上、在权势上”“都能安然的独把牛耳”的张地主一家的故事。

张地主，名曰张国灵，又称“张老好”，因为年轻的时候“亲身到田亩劳作、桑园监督，朝起天没发灰就起身，又因努力结果，蕴蓄几多银洋在南洼西台又治下几垧”，现在“南洼、西台等处好地尚有三四十垧，两家佃户给张家寄生”，张地主为了这些家业也是付出了很多辛苦，他自己说“初时自己受过苦，为置办这点家业，头发不到四十就覆上一层雪屑”。至于他的孩子们也都很出色，“留过洋的大儿子民利，现在当县警什么厅厅长，这张家风声更高了。二儿子民福那年轻小伙子又在新城什么高级中学念洋书。二姑娘那到新城第二天就剪掉辫子的芳梅又是什么女子师中？总之，连高小的三郎和张家的佣夫们，都显然不同别家”。

就是这样的张地主也会为全家的生计发愁：总是先祖血汗遗下的几亩肥田，不得不拿全心力加以爱护给后代子孙传留。张地主想家家农户都在闹着恐慌，饭碗牢成与否在未来期内谁也测定不到。虽说地是有几十垧，然而年头好坏，能给■最大的损益，这是一。至于新城常常闹甚风潮，又是革什么命不命，可怕的一些破坏乡村的口号，不知在哪年终归是要袭来的。就是不然，各村闹的胡匪、盗劫等行为，也足使人胆要缩颤！佃户呢？娘的，不听抬举，又是粪精涨行，人工在新城里也值钱，年年的闹演着落租运动，又是刘魁赵阿德一流坏东西弄什么佃户联合会，自家不种偏要联大帮，租地户同样的罢业，这说不了又得年年落租粮。至于粮价更是个难头，新城的粮栈行家，除掉狡猾敲竹杠是硬手外，不会别的。从外地运来的米，质的方面明明不及本城，经理们总爱价钱低贱，这买米的人们并不注重米质好坏，你争我夺的购买，以之受外来米的影响，自然又得落行。二郎民福和芳梅又在要钱的时期，这各方面的恐慌侵来不是寻常景况了。在这种种恐慌中，刘魁等佃户要求减租，如果不减租，就要张地主家的十几垧地变成荒原的事情最让张地主头疼，看着别人家已经下了种子的田地，张地主气得“一把倒在炕心。苍老的额头挤出豆大的汗球，青肿得血管鼓起，半天没有动颤”。

然而，张地主的这种烦恼很快就被大儿子给解决了：一小时以前清溪村简单的生活方式上有些变态，北村东山麓泥块垛的房前，空前的站了一辆灰白汽车。这车很带威严，和寻常汽车迥然不同，在人民脑里刻的印象、叫的声音尤为猛烈。车到在刘魁门前，刘魁心里哇地一凉，嗳嗳，什么都到尽头了！车中下来两个背荷枪的军人打扮，肩上两面都钉的白布，上面还像有些装饰样，可是已破掉了。这高鼻梁的脸苍黄，像有不寻常的嗜好样。他先说了：

“我们是县署的，我们是县署警务厅差来有公的！”

“刘魁哪一个，你招了点案子，像似和张民利大帅有关系样。好走吧，若想对家眷有话就快说呦！”

刘魁眼前有无数的黑点花斑空间飞舞，他情感似已失去作用，嘴畔鼓起白沫，妻已放起长声哭起来。

不出所料，刘魁被带走了，从此再无音讯。

张地主终于可以找新的佃户去播种他在南洼和西台的几垧好地了。要知道，这几垧地可是来之不易的。这是他女儿芳梅与许家订婚的彩礼，但是这彩礼仿佛来的不是很光彩：“许家和张家的亲是一小就定的，无非各面羡仰的是财产，不过‘财主’的盛名许家却还不及张家，然而两家结合的因缘在地。张家西台十八垧地当初都归许家所有。张国灵能干，真聪达，起先找李四麻子当地媒，到许家买西台的好地，那时许家倒不像目前的破产到地都种不起，许家一连好几个不干。芳梅生下几个月，张地主就想起和许家噶亲（定亲的意思）的事上了。当时换了媒人，给芳梅、许明新定下联姻亲事，其后未及两个月，李四麻子就又牺上‘犬马之劳’来串动买西台的地，挂上亲戚怎能拒绝，明新父亲那时定钱还没有下，就狠狠心把连张家地边的两垧多地白白的让给他，权当亲事的的仪礼费。转过年赶六月大潦，西台尽成泽国，庄稼穗头探出水面求救。官家老店清溪村都挨家进去水，谁也不顾一切的垒水濠、修房子，这时张国灵穿着雨衣和伙计王二轻轻走到西台，看水将消了点，就把张家和许家地边两头的两块黄界石撅起，神不知鬼不觉地埋进许家地里十数步。这消了以后，界石又和往常一样忠诚地给主人看地界。当时许家老头倒没察觉。以后终于破案了。是官村亲眼看见的，从这许张两家阴面已种下毒，但亲族这因果观念在两家主角脑里印得太深了！礼仪上的应酬来往，还马虎得模糊就过去了。张国灵得陇望蜀之念仍严烈地燃着。为许家西台的地，他曾受过千辛万苦，几夜都难寐。于是，在自家侍弄得成手的老练的把戏不知闹到几多次数，像蚕吃桑叶样，像狂骤之巨浪打击岸畔砂石样，侵蚀、施威、厌踏。于是，许家现下只有两垧地了。

得了这么多彩礼的芳梅却在许家破产之后，选择退婚，未婚夫许明新痛骂芳梅‘这贱骨头只认铜臭，哪有真挚的爱情？其实哪懂得恋爱？’”

女儿的婚姻泡汤了，大儿子也因为“肥胖的大媳子不露脸，过门十好几年没开怀”要另取一个与“哪个官爷打了离婚”的女子。为了这场婚礼，张地主要修一条从县署到张家的道路，为了让来参加婚礼的县长的车不颠簸。

谁想到“今天天异样的突变了，本来十月是暖和像三月艳阳天样，谁料变恶了，黑云彩直上，老北桿子风真冷，雪花像棉桃样落下来。从清溪村到县的官道上二百多个可怜虫却是不少一个，手冻得拘在一起扶不起铁器了，但仍用嘴里的白气哈着手皮，叫它有一丝热气好和北风战争”。祸不单行，一辆飞驰而来的汽车，速度极快，在大雪中冻得发抖的修路人根本来不及躲闪，被撞伤了两个。这带给民众极大的愤怒，对张家的行为做出了控诉：“天哪，我心爱的朋友，我们的时候到了，我们受尽了张家的蹂躏烹熬了，小百姓魂儿哪去了？我们的魂儿茫茫了，渺渺了，将要灭绝了，为他个人的私见，为大儿子想发泄兽淫，他们便这样摧残我们的性命。张家呀！你万恶具备的张家，你熄灭了吧！我们急需起来猛力推倒这劣绅土豪呀！为助他的威风，给他的门面添彩，给县长老爷买好，他让咱兄弟受这无名的罪。唉唉！朋友们，我们的精血让他卖了，我们的所有尽变成他的威权的潜在物了，就此以往我们的怨苦，就像这日夜不停地清溪河一样的有增无减呀……”

于是，就在这天晚上，张家发生了绝大的灾祸，一场大火让张家变成了火海，张地主和李四麻子都在这晚上失踪了。

《灾祸》架构错综复杂、构思巧妙，故事主线复线张弛有度，人物形象丰满立体，语言风格具有浓郁的地域特色。

石军在《灾祸》中以张家为主线，讲述了清溪村的灾祸。不同主体呈现出的灾祸各不相同：刘魁的灾祸——佃户刘魁被抓进警务厅，家里剩下带着幼子的媳妇；许家的灾祸——张家以许明新和芳梅的婚事为诱饵，侵吞了许家西台的良田，导致许明新父亲郁郁而终；张家大儿媳妇的灾祸——因为不能生孩子被休；张家二儿媳妇的灾祸——因不会赶时髦被送到了娘家；二百多修路人的灾祸——饿着肚子在寒风中修路，还有两人被撞伤，生死不知。这一切的悲惨遭遇，最直接的制造者是张地主一家，然而，残酷的社会现实才是一切灾祸的真正源头。在“灾祸”面前，张地主家只能“哭的死去活来”，而底层的农民却充满了对“灾祸”的无限抗争。刘魁虽然被抓走了，孤苦无依的妻子却告诉年幼的儿子“狗儿！狗儿！在你这样嫩芽一般的童期里，不愿叫你知道世上一切的不幸，一切的黑暗，一切的不健全哪！但是你强要问道你阿爸哪去了时，我可以对你说，你阿爸去到普天之下去找真理去了！好孩子，请不要问这些，倘从此在人间终究遇不到你爸爸时，那等你长大了，也去吧，到普天之下去找真理去吧！……”虽然底层农民的抗争力量薄弱，但是只要坚持下去，一代一代，终究会取得胜利。小说结尾处佃户们发出“你万恶具备的张家，你熄灭了吧！我们需起来猛力推倒这劣绅土豪呀”的呐喊，同时用行动证明张地主是可以被灭亡的。

《灾祸》所体现出的对现实的反抗，充满了革命性，在日本殖民统治当局严密的文化监控下是很难得的文学作品。

附录：灾祸（节选）

秦 啁

三

是张国灵的嚎声，在屋内像似对媳妇说的样。

“哼，别说他一个刘魁，要他一百个刘魁谁敢和咱爷子闹勾当。清溪村，人也看见几个，从根没有敢往咱身上挡横，了得！从十一岁的孩子往上数，吓这这爷们不是吹牛，刘魁这王八蛋的，不识轻重，真惹咱老子生气，这糟我把那个狗蛋×的。”

他们满嘴发着污言，无王无法地直骂，真能看出特有的威势，掳着挂上痰丝的须根。媳妇们显是得意地挤着笑，肥脸的大媳妇接着阿公的话根说：

“哪如去年让胡子给他枪决了冤屈一辈子！”

“阿爸！那么那个鬼不种咱地谁今年接手种呢？”新娶的很派成又很会撒娇的二媳妇这样关心地说。

“哼！傻媳妇，你刚来，许是咱家的情形你还不大懂。难道说那光措大不种，咱就不吃饭了不成？嘻，真妈的不达事理。你西屋里四伯伯给说合几句，他还不觉。一石五、一石五，种他娘的屁股。你李四伯伯立时给应许，接手种了，而且那个人精细，量咱家的权势他看的透，开口就两石，我说还照一石八吧，你李伯伯满口应声了。那才是精明人呢……”

“不过我看刘家有点可怜！”儿媳妇总是心还软。

“好个傻媳子，你倒还是个小孩子心，没经过事情，什么都要动情可怜吗？那穷得吃这顿那顿不知在哪里的光蛋子，也待人可怜吗？你是没见过刘魁，那眼睛贼星星又凶莽，能抢他早开抢了呢！”

一小时以前清溪村简单的生活方式上有些变态，北村东山麓泥块垛的房前，空前的站了一辆灰白汽车。这车很带威严，和寻常汽车迫然不同，在人民脑里刻的印象、叫的声音尤为猛烈。车到在刘魁门前，刘魁心里哇的一凉，嗳嗳，什么都到尽头了！车中下来两个背荷枪的军人打扮，肩上两面都钉的白布，上面还像有些装饰样，可是已破掉了。这高鼻梁的脸苍黄，像有不寻常的嗜好样。他先说了：

“我们是县署的，我们是县署警务厅差来有公的！”

“刘魁哪一个，你招了点案子，像似和张民利大帅有关系样。好走吧，若想对家眷有话就快说呦！”

刘魁眼前有无数的黑点花斑空间飞舞，他情感似已失去作用，嘴畔鼓起白沫，妻已放起长声哭起来。

“哟哟，狗儿的爸爸呀！可害了我们一家的生命了！为什么事呢大官人！可吓坏俺娘们了！狗的爸爸，狗的爸爸，你终究不听俺的话，到底为这个招官司了！嗐嗐，张国灵那老贼面善心恶，不必弄他点地还惹气，明面像老诚？嗐，他是胸怀莫测呀！你偏不听我言，好了，这回可完了，什么都完了，一切的一切都活到尽头了！唉唉！”

清溪村的好胜的民众都拥着黑压压地挤在一堆，刘魁像在法场闹狂样，猛力的对着群众说，内里也有表示极端赞同他的言论，可是大多半都以为刘魁吓疯了，顺嘴乱言，什么走遍天下讲明白？军人打扮的催促着别再发彪。妻断续地呜咽还可听出是：“丈夫呀！讲什么理呢？我和狗儿可怎活呢？唉唉！我也只有被××欺死了！天下哪有光明的太阳哟！哪有光明的正路！”

灰白汽车拖起一道卷扬的灰尘，在猛猛地叫着走了，观众也哄地散开了，有几个妇人给狗儿的妈安慰，说些遭遇谁也测不到的风凉话，然而散走了。

晚上狗儿的妈也没有烧饭，飞萤般的煤油灯也没有燃起，不过不时能听见■■两岁的狗儿的夜哭声，也许在他的小小的心灵中，也发现出环境的变异了！炕席撕破成一半，露泥的场面用褴褛敷着，窗外不知在啥时落起一刻千金的春雨了！万物都在黑暗包围中，狗儿的妈想到日里的事，过去的张地主的手段，未来的恐慌像这泥泞的夜路一样不易走吧？从破被絮中想找点擦泪的布角，没注意触在狗儿的胸前，将合眼要睡的狗儿醒了，他这边哭，这边不清澈地说：“阿，阿爸，阿爸呀，阿爸哪去了？阿爸哪去了？阿爸爸……”使她的悲伤重燃，欲闭的泪腺又倒泻起来，落在狗儿的脸上。狗儿仿佛又像睡去了，她喃喃地说："狗儿！狗儿！在你这样嫩芽一般的童期里，不愿叫你知道世上一切的不幸，一切的黑暗，一切的不健全哪！但是你强要问道你阿爸哪去了时，我可以对你说，你阿爸去到普天之下去找真理去了！好孩子，请不要问这些，倘从此在人间终究遇不到你爸爸时，那你等长大了，也去吧，到普天之下去找真理去吧！……"

时已深夜，张地主家的黑狗还在忠实地吠着。

四

新城已黄昏了！沿虹桥马路道旁，等距离地栽植着银杏树，树形既风雅，晚风给树叶吹得乱动颤，西天的红霞尚恋恋着不愿分散样。有的汽车已掌上了灯，拖着肥肉往跳舞场跑。股份公司的四层五层■，把楼突的长散淡影晒在油柏路上。从虹桥公园那面过来一对人影，像是男一女一，这是从他们话音的声波的高低上推测的。身子也能看出来矮一点的到底苗条，衣服被夕霞映得分不出来色样，矮一点的左臂和高一点的右臂挨着一起往这边走来。只听那矮一点的说完，那高一点的就笑嘻嘻地说：

"是呀！我的梅妹，青年人有几个不爱漂亮呢？况我们又住在这神秘的新城？不如此人家都笑话呀！"

"锋哥！在我们这相爱过程里，真充满了新颖的锐流的恋的气味，确实现代青年男女，不善钟情的不是个无流动血液的傻蛋吗？你看看这尘的恶浊，说什么学生义务在改造社会呢？这不自量的莽汉，要想话虽容易说，改造倒不如让自个生命早结束呦，所以还是我们好呀！"

说完已经走到近前，男的不肖说是淡白的西装，因为夏天颈下只系一个绿地白纹的蝶花，没有戴帽子，发很长，丝丝梳着倒很爽快，脸是稍带瘦俏，血液像黄色样，但眼是晶灵，好笑，像温厚，有时又带勇猛气。表面看去，真是好阔的公子，胸前悬着的细方形铜章是表明他是本城G美术专门的学生。女的，芳梅，在师中享高才生盛名张芳梅，纯自制丝旗袍，恨不得给两臂都露出样，短得可爱，旗袍紧挤身给两处隆起处弓形轻易地现出，特别是胸部要人陶醉。赤着足，穿的挖了不少眼的黑皮鞋，头发完全披在后肩，润红的肥脸佩着白袍的是可爱。风吹着她的旗袍摆动，像仙女样轻浮。芳梅和她的爱人雪锋情爱的走着，即至她把话说完，老练的把雪锋的头搬过胸前，一边走一边吻着，雪锋像打上兴奋剂样，说了：

“我黝膀的人间地狱，迷途的羔羊，哪里是暂时的归宿？芳梅，我的安琪儿，我是一匹迷羊，你是老羊，我只可投在你的怀抱。咱忘掉一切的爱享着吧，你的樱唇和乳峰真够迷人的销魂咧！陶醉了哟！”

银杏树下奔来个卖报童子，他破裂喉咙地呼着：“小报，先生小姐要报不？×军和×军又火拼开战了唉！”

“去你的吧！我们是唯爱主义者，我们是极端的享乐主义者哟，今天有酒今天醉！谁管他娘的×军开火与否呢？开火只有小平民糟大鼻子，至于我们神圣爱侣，是有个长时吻使什么都消散了。”

卖报童子像似听不懂，脸扭过旁边，又摇着身边的铃子往蛇曲马路踉跄地跑去。银杏叶子又幌起来迷眼的白光，薄浮的夜雾袭来，新城也冷凉起了。

“梅哟！你的未婚夫，他，这日子没有动静吗？怎么听同学乱言，说他许明新要和我老李决斗吾？”

雪锋芳臂搂在芳梅的颈项，并肩的到底谈到关头。

“你就不信任人呢？怎偏提那个蔫瓜，谁的未婚夫？哼！是我的爱人，请别再提起他了，我衷心厌烦！”

“得咧，我的聪明人儿，你说几个他不是你的未婚夫？那小伙又有钱又标致的不像男子，你倒不……”

被说的芳梅嗤的笑了，却不好意思起来，最后说：“什么标致不标致，我们倒没关心你们男子那些地场，钱又有啥可以值得到了？不过他那流氓式打扮和那些人家听够了的臭口号却惹人厌弃到欲呕呢。新城一有什么游艺会音乐会，他便豪发天才的出风头，惹得一些野雉们亡命的追逐他，其实的钢琴手艺差得很，那卑劣的行为谁看得上？再动不动轻率提倡什么运动，那个皮相的人儿，妹我能给那种东西整个的肉吗？”

“嘻！难道你要和他打离婚不成？早晚我想你这艳肉不是被他所抱？音乐家的少太太漂亮极了呢！”

“音乐家太太倒有啥漂不漂亮的，你不是一样的音乐家吗？总之，我是始终要和那不文雅不大方的流氓绝离，什么女人的所爱第一是名誉，第二是金钱？那样女子已给时代埋葬在虚空里了！我是始终不爱他的，那心里空洞的野汉懂得什么钟情？只不过要捉个对方泄泄兽欲罢了！所以出出风头以后，一些野雉被他享爱着，既至性欲发泄完了，就踢掉一个另往新的野雉面去追寻哟！”

芳梅这样心情虽常和雪锋倾吐，但雪锋始终捉不到他厌弃许明新的正鹄究在那里。清溪村的邻村是官家老店，庄上住户像少于清溪村，许明新的生地便在此。父亲终长像老牛样做苦工，遗留的祖地自家掌管。许家和张家的亲是一小就定的，无非各面羡仰的是财产，不过“财主”的盛名许家却还不及张家，然而两家结合的因缘在地。张家西台十八垧地当初都归许家所有。张国灵能干，真聪达，起先找李四麻子当地媒，到许家买西台的好地，那时许家倒不像目前的破产到地都种不起，许家一连好几个不干。芳梅生下几个月，张国灵就想起和许家割亲的事上了。当时换了人媒，给芳梅许明新定下联姻亲事，其后未及两个月，李四麻子就又牺上“犬马之劳”来串动买西台的地，挂上亲戚怎能拒绝，明新父亲那时定钱还没有下，就狠狠心把连张家地边的两垧多地白白的让给他，权当亲事的仪礼费。转过年赶六月大潦，西台尽成泽国，庄稼穗头探出水面求救。官家老店清溪村都挨家进去水，谁也不顾一切的垒水濠、修房子，这时张国灵穿着雨衣和伙计王二轻轻走到西台，看水将消了点，就把张家和许家地边两头的两块黄界石撅起，神不知鬼不觉的埋进许家地里十数步。这消了以后，界石又和往常一样的忠诚的给主人看地界。当时许家老头倒没察觉。以后终于破案了。是官村亲眼看见的，从这许张两家阴面已种下毒，但亲族这因果观念在两家主角脑里印得太深了！礼仪上的应酬来往，还马虎得模糊就过去了。张国灵得陇望蜀之念仍严烈地燃着。为许家西台的地，他曾受过千辛万苦，几夜都难寐。于是，在自家侍弄得成手的老练的把戏不知闹到几多次数，像蚕吃桑叶样，像狂骤之巨浪打击岸畔砂石样，侵蚀、施威、厌踏。于是，许家现下只有两垧了，张家拿芳梅像珠宝玉器在许家眼前。芳梅于是功成名就，就至少西台几垧良田不得不归功于她了。前几年，许明新入了新城攻读，也有信给张家，要求解放芳梅，也同入某校，好效效时髦的够当。那时也怨明新年纪小一点并不知世间在纯爱之外有不少物质的诱惑力潜在，每天和芳梅无邪的相爱着。日子久了，对于两方面的性情和思想就自然了解不少，芳梅发现了他是个血气勇刚意志健强，而又富于反抗性的男子。同时，明新发现她是个为小物质左右性格的，爱金钱比爱名誉地位都重的一个人，一个没有血的动物。不能性情融合，牵强是多余麻烦的。从这，分离或冲突的预兆就生胎了。果然日后，经过一次剧烈的争斗后，绝变了。

为物质欲的行动，芳梅在新城因为这一点蜚声街巷，也有不少穷学生倾倒她的姿色，但终因背影之不足敷用，一个个都被可怜的甩了。于是她最极力追逐，终于在乐专掏出个傻瓜李雪锋。他的资产在清溪南村和张家对峙着，是享头等富户盛名的。芳梅哪有不顺心？于是，动起百般妖媚，其间彼此虽没有过火行动，但今晚却例外了，也许有理由？

“总之，我的甜哥哥，妹妹的性能具体了解的只有锋你，我和你的爱还有疑虑的吗？我是个坦白者，坦白者外界的引惑我难从，一切的权和势，争不去我的纯白的灵魂哟，爱的我的灵可寄托给谁，有谁能佩我的思念的？我想世上只有一个人。”

街灯完全挂起浓亮，西天的红霞老了，夏的都市之夜是特有诗境的爽快味。异乡流浪者在楼上凉台或街角吹着有韵律的短笛，有的拉胡琴，有的低唱些流行的小曲，孩子们总忘不掉玩，还在空场复习校里的游戏。虽然天已这般黑，蛇曲马路是些下等社会的居处，街道上、房屋上都能看出，已走尽了，再往西一拐便是新城繁华之极的新兴马路，摆鲜货摊的小贩，又像卖报童子一样的口吻喊着。雪锋早就把魂儿弄掉了！对芳梅的赤裸裸的爱可以怎样接受呢？他全身都异常颤战，能看出突突跳的血管，四肢棉软了，紧搂着芳梅，眼睛都像燃着火苗了样。

“呀呀我的我的宝贝，咱们陶醉吧、融化吧，把你我的区别去掉吧，你的血便是我的血，我的肉也是你的肉呀！宝贝，宝贝，我这话你明白？你可……”

这是庞大的华丽的灿烂煌耀的福仙旅馆，六层乳白西式楼厦，第一层是百货店，是“时代之花”，罗列的物品精彩、新奇、标致，逛夜方市的人挤满。待人爱的女店员是那样殷勤，对某一阶级的士女。屋顶像老鹫翅羽的旋动的电扇不嫌疲倦，电炬光辉真精美，把山样的妙品照的像妖精样。有九时许，走进来一对情侣，素白的凉快的服装，女的特别是眼睛与众不同，四下稍一流动，恐怕有一万人倾倒她的裙边吧？何况紧贴身的那个青年人？于是她一双眼直扫动，要求男的给以物质的满足。钞票从男的怀里不知跳出多少，只物品包都够他二人搬的。女的眼睛扫的更欢，大些人止住步很羡仰的望他俩，不知嘴又都念什么。俩人乘着绿灯电梯，数着到在第五阶，男的扯了女的一把，俩人绕跩出来，茶房领着在头等房间止住脚，先让俩人进去，然后把电钮一搬，电光飕的着了。屋不大，满墙挂的书额，靠南窗是张正方形的银丝床，鸭绒被、兽毡、汽枕、装饰箱、写字台，再没别的。女的乐出声来，把那些物品包放在台上，迅速地抱着男的，男的急着给女的解旗袍、脱鞋，女的只娇着。男的西装也脱了，洁白衬衣还没解完，女的早已变成赤条条的香肉，急给男的衬衣撕下，拉开鸭绒被，于是什么也不露了，只能听出急促的喘息。

约莫有十几分钟后，茶房来送水，刚一脚跨进门里，一脚还在门外的当儿，只听里面男的颤战着说：

“呀！我的这回我们的爱可有着落了，过去好似空洞无边的死海，今夜之中靠岸了。我们的爱今宵可有结晶了，这就是爱之归宿，这就是美丽的恋之花哟！妹，怎样，你这时还想他吗？那个流氓吗？”

话茶房是听不懂，将再想走，女的也滴滴的说了：

“什么他？世界上最能体解我的只有你，你一个人！你就是我所渴望的郎君呀！今宵就是我们最可纪念的欢乐之夜呀！享爱之夕呀！爱的花总在今夜美丽地开了，绚乱地纯洁地放了异香了，你便是这爱的花的主人，培植这生命的园丁，爱的花最怕强风呀、烈雨呀，最易枯萎、凋零的呀！亲爱的，你既是园丁，将来供甜的水来灌，供香的肥料来喂，它就能健美地活下来呀！哥，我这话你懂吗？”

茶房脸上挂起轻轻的笑容，仿佛话的后半他也听出门道了，他把在屋里的腿拖出，然后顺嘴说：

“哼！狗人物，什么爱的花得甜水灌浇香料喂？简直说和他要钱钞得咧，这会说话的卖淫妇！”

五

那不是他吗，这可怎好？那不是他有谁呢？那——

一个星期过去了！今天依旧是另一个新的星期。新城学生谁个不爱这佳节，不爱星期的也许只有寄命给工场里的苦工吧！以外也许还有至少张芳梅和李雪锋是反斯的，严厉的反斯的。新城一样朝起慌常有湿的雾袭来，要人们不知在啥时太阳出来老高了。公司的洋楼铁门仍是威严地紧闭，像还有什么危险样。早起黄包车夫就走起身子，电车的喇叭像要杀人样，一切重新进展着。惶惶的，伧伧的，真忙道人。雪锋早在师中女宿舍楼下等着，至少有两个时辰吧？不轻易把芳梅盼下楼来，他想一口把她咽在肚里，但这勇气又消了！两人出了校门，踏上绿色电车，车把他俩拖出市外了。风景完全变了！碧绿的树林里、阔爷的官邸、平民的窠窑、垃圾堆、海。电车在海滨小车站停下，学生们、阔太太们个个都下去了，自然他俩也夹杂在内。于是看这碧天一样的海的伟大，浪涛澎湃的往岸崖痛击，白的细腻的浪花吹人士灵儿声碎了。他俩挟着臂走，顺这些学海水浴的人儿中间穿开走着，对面一个穿大杉、肩上挂着浴衣、脖颈系一条毛巾的学生模样，那人也看见他本想躲开，但因走在眼前才抬头，躲又不好意思。芳梅早把身子映在雪锋身后，雪锋只好说：

“呦，老许，偏巧在这遇着，你也来得这样早吗？”

许明新并没有留心听雪锋的话，只注意身后的女子既看出是芳梅更想就此躲开，但两面都来不及了，三个人同样的苦闷压上心头。芳梅也抬起头来，脸直红到脖后，羞羞地离开了雪锋，上前抓住明新的手，紧紧地一握，然后瞅瞅恶抖抖的雪锋，自后退了几步，她像立在圣母像前一样赤条条的罪恶爬上心。

“许哥，明见的许哥，日前实在为了不得已的苦衷，我们就这样离绝了！我是一万个对不起你，你要谅解妹妹这心中的苦楚就得了，我们日后——”

往下说不下去了，她死盯着明新，雪锋两个眼睛冒出火来。明新感伤地瞭望了一下碧海以后，无力地说：

“我们都是人生战线上的朋友，哪有什么离合之分呢？好哇，我在这为你们的热爱成功而祈祷！”

明新抢上前先握了雪锋的手，后握芳梅的手，觉着这是极难感受的无聊，他说着点了点头，放开步走。年老的爸爸数日前死了，致死的一切基因呢？许明新想到这里不由心头乱跳突突的烈火腾然燃起，暴烈的火焰掩埋不住了，身上登时一发酸，回过头，他俩已走十几步了，他猛力地呼喊起来，他说：

“芳梅，你个忘恩负义的芳梅，你个骗子手的臭肉，我明新的爸爸死了，他死了！我有满腔愤慨，早晚想到你张家一泄。今天遇到你我实在无心再忍下去了！不防你告知你那万恶的爸爸，土豪劣绅的爸爸吧，你想我许家和你张家前生无仇，今生无恨，你那杀万刀的劣贼张国灵，他用尽悍毒的手腕，把我许家祖遗的和爸爸血汗熬成的西台几亩薄田给剥削无余了！始先谁愿和你这贱骨头连婚？你那恶毒的爸爸为什么将你许于我？他的狗心安在？嘻嘻！铜臭的贱人，你的卖价是我爸爸血肉煎出的两垧地。这两垧地倒不要紧，至少我的爸爸是被你们害死了，这你们豺狼性的悍毒哟，这一切灾祸的造成者哟！朋友，亲爱的雪锋哟，请猛劲觉悟，恋爱只能凉了你的血，把你的幽魂拖到坟墓中去的呀！这贱骨头只认铜臭，哪有真挚的爱情？其实哪懂得恋爱？不过看上你家的几垧良田。亲爱的，我的爸爸不就为这个贱人惹下祸根，中年重病，老年他便死了吗？你是我亲爱的同学，来，我们携手逃出爱的圈套，走上人生的前线努力吧！”

六

转过年秋，二儿子民福强把那个说是不会时髦的妻送到娘家，虽然妻张大了嘴嚎啕四五天，但天之造物本来就戏玩的。民福又和一个极漂亮的女子结了婚，去度蜜月旅行了。不过芳梅不知因了啥事犯校规，被师中学校当局开除了。关于他的未婚夫许明新和爱人李雪锋的消息也杳然无所问津，也不知离开了新城走向他埠？也不知茫茫地死去了。带杀气的秋风朝着清溪村吹来，萧瑟的秋雨淋在古老的土城上更有一般凄凉。十月里，小阳春，张国灵眉梢锁起来，在街东头走到西头是因为这码事。事实上说为留后，正鹄是为泄泄淫愁起见。大儿子和自己商量过几次了，硬要另娶一房，这肥胖的大媳子不露脸，过门十好几年没开怀，想为抱孙打量，自己这家道三个五个不打紧，不过内情复杂，大媳子满心不愿意。至于这方，叫什么谭映萤，不是在家女，说和哪个官爷打了离婚。

法院那面这份案子还没布决，这谭映萤便和大儿子情投意合，非为早速结婚不可。这虽是文明时候，这家门娶方活人妻当妾，总觉不入心，张国灵想。但也没法，十月十七是迎婚纳妾大吉期，张国灵也就定规了这天。一切仪式早就排好，依民利心想跟县署礼堂来个简单的婚式，张国灵说还是在自家娶好，家面上客多，招待怠慢了是于家门不体面的。于是派李四麻子当总管，副总管是族侄，那能干龙登虎跟的张民发以下办事人不下二三十名。大抵是北村南村的家长们，谁管什么事都派定了，在粉白的张家的大门旁石灰墙贴上横长的红帖子。两三天以前，张国灵给二十多号自己手下的家长叫来，命令说有一家算一家，连作三大官工，哪家若是不露头驱除村外，冻死那个贼。要官工修道，从县署到张家，七月间经大水动破，兼民间收获庄稼，给这道压成深辙，这回喜事，县长的汽车别叫他颠簸，十六里长的道，又得清溪村小民遭殃。村长尊令，哼，哪一个敢有所违？第二天大清早，人都肩着铁器先到张家门首，由张家长点检了名，有一家姓赵的来晚了几步，被总管李四麻子好顿脚踢，倒把赵家那人踢得直竖竖地跪在张国灵眼前，李四麻子还站在一旁喘吁吁的。

今天天异样的突变了，本来十月是暖和像三月艳阳天样，谁料变恶了，黑云彩直上，老北梣子风真冷，雪花像棉桃样落下来。从清溪村到县的官道上二百多个可怜虫却是不少一个，手冻得拘在一起扶不起铁器了，但仍用嘴里的白气哈着手皮，叫它有一丝热气好和北风战争。是是真是，天爷爷也有意奚落穷百姓耶？各自心中都在这样想。

雪越下越大，从西南飞来一辆汽车，因为速度极快之故，又加眼睛让雪花弄昏了，汽车来了躲不及，迸在胸前，两个修道的接踵倒在道上，二百多人立时大为喧闹，结局，李四麻子差付人抬着这两个伤者回自己的家。这些黑了就散工，李四麻子走得早，民众都极为愤慨，蹲在薄雪堆里，只听一个说：

“天哪，我心爱的朋友，我们的时候到了，我们受尽了张家的蹂躏烹熬了，小百姓魂儿哪去了？我们的魂儿茫茫了，渺渺了，将要灭绝了，为他个人的私见，为大儿子想发泄兽淫，他们便这样摧残我们的性命。张家呀！你万恶具备的张家，你熄灭了吧！我们急需起来猛力推倒这劣绅土豪呀！为助他的威风，给他的门面添彩，给县长老爷买好，他让咱兄弟受这无名的罪。唉唉！朋友们，我们的精血让他卖了，我们的所有尽变成他的威权的潜在物了，就此以往我们的怨苦，就像这日夜不停地清溪河一样的有增无减呀……”里头也有流泪的，事后自各归了家去。

这天晚上，清溪村又发生了绝大的灾祸。明天就是张家纳妾的日子，张家房前屋后垒了十几个宴灶，烹起汤药，一时没加小心，炉底下的火让风甩到薪堆，风又大，因而，张家变成火源，照着满天通红。张家一家都哭的死去活来，还有说这场火起是有旁的原因，因为张国灵和李四麻子都在这晚上失踪了。

这只有天知道！

（摘自1934年3月2日《泰东日报》）

烟馆百态
——《大烟馆》评介

古雅静

小说《大烟馆》，发表于1929年1月12日《泰东日报》，作者菊影。菊影的详细生平已不可考。其作品除《大烟馆》外，还可见发表在1929年6月22日《泰东日报》上的《村居》。

《大烟馆》讲述了主人公到大烟馆找朋友时的所见所闻。小说以第一人称作为写作视角，随着“我”的眼睛所看到的展开故事叙述，代入感强烈。开篇便介绍了主人公要到烟馆找一个朋友，走进了大烟馆。一进烟馆，“我”就感受到了烟馆那种靡靡的环境，“一股子大烟味气，直钻入脑门子里，几乎要把我熏的晕过去。但是在那道■■黑朋友们觉来，却是无上的味籍的”。穿过层层烟雾，他看见了自己的朋友。朋友一见他就把烟枪擎到他的面前，意图让他也享受一下这美妙的滋味。主人公以“我不会吸”微笑着婉拒了朋友。但是，朋友执意让他吸上一口，主人公无奈推脱不过就吸了一口，便觉得有些晕醉了。他闭着眼躺在榻上，听到隔壁的女先儿（女先儿，指女卖艺人）唱起了小曲，朋友突然精神了起来，和“我”攀谈起唱曲儿的事情来。主人公只顾躺着，感受着这燕语莺声的唱曲儿，闭着眼睛冥思遐想。一会儿，说大鼓的女先儿走了过来，和朋友窃窃私语，似乎有许多委屈要说。主人公突然坐起，似乎对她的冤苦之事特别感兴趣。后来，主人公通过朋友和女先儿之间的对话和黏腻的动作，才知道朋友与这位女先儿的亲密关系。而后，文中又提到了一位八九岁、刚学会唱曲的小女孩儿，小说在主人公与小女孩儿的对话中进入了结尾。

这篇小说中，作者通过对烟馆里不同人物的微妙描写，令读者体悟到那个特定时代的社会特征与人生状态。“我的朋友”是已经堕落在烟馆里的人，女先儿是“我”的朋友在烟馆里的情感依托。“我”对大烟是拒绝的，但是在朋友的规劝下吸了一口，就晕醉了，甚至开始闭着眼睛冥思遐想起来。八九岁学唱曲的小女孩儿是烟馆里唯一一个纯净的人，可是在这样靡靡的环境里，小女孩儿还能够清醒多久。大烟的危害每个人都知道，却有那么多人沉迷其中不能自拔，还有的人抱着试试看的态度吸一口，孰不知，这一口就可能把人带进了万丈深渊。看似作者在叙述着那个年代大烟馆里芸芸众生的生活百态，实则却折射出那个年代，在国家和民族危亡面前，有的人选择沉沦，有的人选择观望，但是总是有那么一群清醒的人，在前赴后继地挣扎着，毕竟未来可期。

附录：大烟馆（节选）

菊　影

我被让不过，只得歆在榻上吸了一口，我只不过吸了一口烟，便有些晕道道的醉了。我虽然从前吸过几回，然而都是因为我的肚子疼的缘故。在这时我那朋友又独自穷穷穷地吸起来了。我这时闭着眼儿，像驾云一般地躺在榻上似有一搭无一搭的和我那朋友谈着话。

这时隔壁的房间里的串烟馆的女先儿喝起来了，只听得“皓月当空明如画，妓女哀叹坐在青楼，斜倚着栏杆皱着眉头，嗳嗳嗳嗳呦！一阵好悲秋。”

“唱的好不好？”我的朋友急的坐起来对我说。他的精神，似乎陡然添了好几倍。

“好什么，南腔北调的。”我顺口答了一句。

“还有唱得比她好听的呢。”我的朋友笑着对我说，并且他的神气又足了好些。

隔壁的妓女悲秋唱完了。嘈杂的空气转入沉寂中，我躺在榻上，闭着眼儿在冥思遐想，耳旁边忽听得燕语莺声的细语，相距咫尺的我竟不能听出一句半语来，我略略地睁了睁眼，呵！原来是一个她，（说大鼓的女先儿）正在那和我的朋友叽叽咕咕的呢。她皱眉蹙着额，似乎有许多的委屈要告诉我的朋友似的。

我于是霍地坐起说道，有什么冤苦事不妨说开一下子，他■不到还有我呢。我说完了笑了一笑。她知道我打趣她，便有似瞪地看了我一眼，似笑非笑似哭非哭的走开了。最后我朋友对我说，她因为今晚儿没赚钱，受了她领家的气，并且要我捧一捧她，■■■■大怜爱她的心咧！一在这我便联想起一■■来，这些日子，耳闻的我的这位朋友吸阿片是因为迷恋了一个说大鼓的，在这儿我便恍然大悟，这个她便是他所迷恋的她了。

一会儿她又进来，坐在我的朋友的怀里，脸贴着脸儿说："唱不唱？"

"唱！唱！"

"唱什么？"

"……"他似乎在想什么。

"唱什么？"她又跟着一句。

"无论唱什么都可以。"到底他脑子里没想唱什么好来。

"无论唱什么也是得你说！"

"好！好！"

"挑一段好听的唱吧。"我插了一句。

"那么唱十八摸吧。"她说。于是她招呼了一声儿，外面的弦儿便响起来。

她唱的时候，我正和一个八九岁的小女孩儿拉扯起来，我问她都会唱什么，她说才学会了四五块儿曲儿，所以我也没心绪听她的十八摸了。但是恍然听见的只是一些"东一摸，西一摸，一摸摸在姐儿的……"罢了。我们的闲扯扯完了，他们的十八摸也摸完了。

"还唱什么呢？"她再要求他。

"好，再唱一段珠帘寨吧。"他便准予所求。

十八摸我没有留神听，好歹都不知道。这段珠帘寨我倒要仔细地听一听咧。只听得胡琴一响，她的樱口一张便是："太保传令把队收，孤与贤弟叙一叙旧■由，有■昔当年在五凤楼，文武百官，庆贺千秋……"

她唱得好歹我却不说，只是我最好听的一个人，但是一听到她的唱，便令我没心绪。无心听，好歹可想而知了。无可奈何，我只得再和那小女孩儿说话，到还觉的有些趣呢。她唱完了珠帘寨，小女孩儿便不和我说话了。我的朋友从衣儿内掏出六毫小洋来，递给她，她笑逐颜开的轻轻的娇娇地道了一声，"谢谢！"马上便走了。

（摘自1929年1月12日《泰东日报》）

一场军阀祸，几抹“难民泪”

——《难民泪》评介

关婷元

小说《难民泪》，作者银州锐郎，发表于1924年10月28日的《泰东日报》。银州，处于辽宁省铁岭市，917年，辽太祖在此地冶炼银子，故将富州（即今铁岭城）改为银州，据此可推测银州锐郎可能是铁岭人，取此笔名进行创作。在1924年至1927年之间，他在《泰东日报》发表了多篇小说，有《情海茫茫》《雨夜的愁人》《警兵》《运时》《清白女郎》等。

《难民泪》是一篇纪实类小说，讲述了民国军阀混战下受难的小民的苦痛生活。原本“自幼经商起家，家中虽不十分富饶，也可算小康之家”的王及和一家，居于临榆县。虽妻子早逝，但子孝媳贤，孙子孙女承欢膝下，家庭很是和睦。闲暇时，王及和“天天拉着孙男孙女，到外边闲走，或是听书啦，或看戏啦，或则找一个热闹地方溜达着玩去，终朝如同在极乐国中生活，无一毫的忧虑”。直至“奉张和洛吴，在临榆一带争雄，杀气弥大，伤害无算，战地的小民，出没于枪林弹雨之中，受其害者，不可胜数”，王家也同其他战地居民一样被驱逐出门逃难。王家本想变卖家当留外出使用，不料儿子治全在市前卖牲畜时碰到军人上街“拉夫”，即拉苦工人补充军队缺额，不从者竟被就地打死，剩下的好几十人包括老人、孩子都被连人带牲口地拉回军营。王翁得知此事后一路寻找儿子来到军营却被告知他们已上前线，直至听说这些人是被拉去“踏地雷”“跑炸弹”，全家人不知治全死活，只能坐于一处“哭泣不止”，“一家大小终朝愁眉泪眼”。祸不单行的是军阀混战打到临榆，虽担心儿子却不得不出门逃难的一家四口来到一个村庄，遇到无数阵前逃亡的败兵“奸淫杀戮，任意所为”，儿媳谢氏“本是个贞洁烈女”，惹恼了遇行无礼之事的丘八兵，被一枪打死，家中所带逃难之物也全被士兵掠走。王翁甚至要变卖身上穿着的衣物来换口棺材安葬儿媳，自己有心死去又念及两个稚子，只能“带领两个孩子，终朝沿门乞讨”。有人怜悯，有人嫌弃，有人反说他们是骗子，老人与孩子每天过着半饥半饱的生活，“他们衣食皆无，两个小孩还终朝的泣哭，老翁被饥寒所迫，兼愁忿交加，不觉染病在床，呻吟不止，也不能上街要饭去了，只得命两个小孩子，一回到街要饭吃去”。乞讨之于年幼的孩子更加艰难，无钱无饭，生活无以为继，更因无法支付住店的钱被赶到街头。王翁拖着病病歪歪的身体带着两个孩子来到一个破庙“七圣祠”，暂且安顿后又领两个孩子出门乞讨。稚子年幼未能体察到老人身体的异样，在疾病的摧残、愁苦的悲伤、往昔的追忆、凛冽的风雪中，王翁走到了人生的尽头。最后，村民帮忙安葬，孩子继续乞讨，被兵祸影响的难民的生活没有尽头。

这篇小说的题眼即为文眼，文中的几“哭”几“泪”贯穿始终、直抵人心，王治全被征兵时惊吓的泪被军人的鞭子抽了回去，王翁觉知家中老小无所依靠的泪被强忍下去出门找寻办法，儿媳谢氏默默忍下的泪更是无处诉说的苦，眼见母亲死去孩子放声大哭的泪被士兵打得不敢再哭，等等，直至家破人亡、生离死别，被军阀欺侮、殒命的无辜难民，于生前死后眼泪不尽、苦难不止。

附录：难民泪（节选）

银州锐郎

王翁道：“今晨我命他卖马去了，去了半日还未见回来呢。方才我正在门外等候看她呢。”老德道：“方才我在铺中门口站立，见许多的军人，把侄儿拉去当兵去了。”王翁听到这里大惊问道：“怎么？他、他当、他当兵去了？

为什么他们无故的拉人呢？”老德叹道：“咳，这个年头，不是不说理么，他们争地盘、当大官，把一个好好的国家闹的乱七八糟的了。现在因为兵额缺少才拉些苦工，前去补救，治全侄儿，今番大概必定叫人拉去了。”王翁听到这里，就大哭起来说道：“可叹，我一辈子，所生这一个儿子，不想又被人家拉去，到如今我家中，老的老小的小，就一个中年的人还叫人家拉去了。我那儿子，此一去尚不知道生死存亡。咳咳，不佑人的苍天，怎么把我好好的一家人，竟给拆散了这样的凄凉呢。”老德劝道：“老弟不要如此的悲哀，吉人自有天相，你这大的年纪，倘若哭个好歹的，你们日子不是更没法过了吗？”王翁这才止住了泪痕。这个时候他儿媳谢氏，在后房听了老翁的哭声，不知何故带头领着两个小儿，走将进来，见王翁同张老德对面坐着，流泪不止。谢氏问道：“张大伯在此，爹爹为什么哭泣呢？”王翁用手巾把眼泪擦了一擦，向谢氏把治全被拉的话儿，细细的说了一遍。谢氏听了，心中好似刀割的一样，因张老德在旁，勉强着拿出镇静的样子，不至落下泪来，说道：“爹爹，你老哭也是无益，不如到街■，打听打听能否有救回的法子，岂不是更好吗？”王翁听了，谢氏这一番言语，也颇有理，可就向张老德说道：“那么我到街前打听去。”老德说：“那可好，俺们二人就回去罢。”说罢王翁同老德出门去，走到街前，老德以为铺中无人，可就回到他小铺去了。王翁自己满街的寻找，忽见两个人站在道旁说话，那个中年的说道：“大哥看见拉夫的无有？”这个老者说：“未有呵。怎么一回事呢？”那中年的说道：“方才许多军人在市上，拉了好几百卖马的人们，都送到大营当兵去了。”王翁听了他们这个话儿道，那个少年人必晓得内中的情由，他可就走向去，前往中年人，问道：“我借问你老先生一个信，方才你们说的在市上卖马拉的■哪乡去了呢？”那中年抬头一看，见老翁出言到很和蔼，他便道：“方才那些人等，都拉倒前面营中去了。”王翁向他们谢了一谢，可就往大营去了，走到大营的门前，脱下帽来，向他们施了一礼，未等说话，就见一个军人，瞪着眼睛问道：“你作什么的？跑到这里干什么来了？”老翁陪笑说道：“借问众位老总一个信，我听说，在马市上拉来的夫役，不知如今在哪里去了？”见那军人喝道：“你这个老东西，问那个做什么？快给我滚出去。”老翁只得倒退了几步，旁边有一个年老的军人，见老翁殷殷的相问，知他其中必有个缘故，向老翁问道：“老头你问那个做什么呢？”王翁见那个军人到很和气的，乃陪笑说道：“老总你有所 不知，只因我有个儿子名叫王治全，今天早晨我命他上街卖马去了，听人说，被人拉去当兵去了，不知他究竟被那营的兵士拉去。”见那兵士说道：“今晨在马市拉的夫役，都上前线去了，你快回家去吧。”王翁听那兵之言，好似高楼失脚，吃惊非小，知道也不能救了，可就往兵士道了个谢，就回家去了。在路上听着街有人说道：“新从马市拉的夫役，都叫他们踏地雷去了，若有地雷叫先把他们炸死，省着丧旧有的军队。”也有说叫他抛炸弹的，种种言词，不一而足。王翁听了这个话儿，心中更觉难过，不知治全的性命如何，他垂头丧气，一步一步的回家去了。到了家中，谢氏正在房中盼望，忽见老翁回来，向老翁说道：“爹爹回来了，打听你那儿子的信息，可是怎样了？”老翁叹道：“咳，这回算完了。”谢氏惊问道：“怎么的了？”老翁道：“我方到军营打听，听说他们已开往前线去了，又听人说不是叫他们踏地雷，就是叫他们跑炸弹，大约此去是九死一生了。”说到此处不觉的呜呜的就哭将起来。谢氏听了这一番的言语，不知他男人的死活，她坐在一旁，也滴滴的落泪。直到红日西■、皓月东升，他们依然是哭泣不止，那窗外飒飒的秋风，不住的呼呼的吹着，更助他们无限的凄凉、无限的愁苦。自是一家大小终朝愁眉泪眼的，如在愁城里度日，不似往日阖家大小，团聚一堂，那个欢乐的景象了。那知道，福无双至、祸不单行，奉直双方，在榆关开火了，临榆的居民，多半避难他乡，有亲的投亲，无亲的投友，逃离他乡、流离失所的，不知凡几。咳，军阀祸民，可算极惨了。王翁这天听说两军已经开了火了，不觉惊恐异常，想念自己的儿子必然已经到阵前去了，此时尚不知伊的生死存亡，坐在房中茶饭不入，只是不住的滴滴落泪。又见本邑的住户，一家一家的，都走了，他也只得命谢氏儿媳和一个孙儿一个孙女出门逃难。走出门来，也不知奔哪条路好，心中暗暗的，祝告苍天保佑、神佛加护。那一家四口，晓行夜宿，走到一个小小的村庄，找一个小店住下。刚要就宿，忽听满村的犬声，汪汪的乱咬，以为来了胡匪，大家都惊慌失措。及进得村来，原来是无数的败兵，自阵前逃回来■到这个村中，奸淫杀戮，任意所为。有几个兵来到店中，欲向谢氏无礼，谢氏本是个贞洁烈女，乃狂呼大骂不止，怒恼了丘八爷爷，用枪咕咚的一声，把谢氏就打死了。那■个孩子见他母亲死了，不觉放声大哭，怒恼了一个丘八，上前用力打了小孩子两下，那小孩也不敢哭了。所带的东西，全被逃兵掠去，可叹王翁一家大小，死别生离，可算惨■了。到了次日，王翁把自己身上的衣服卖了，买口棺材，把谢氏葬了。他手中无有分文，只得终朝带领一个孙男、一个孙女，在各村讨要谋生，有心死去，又念两个孩子。可叹六七十岁的老翁，遭这样的痛苦。咳，这都是万罪军阀的罪恶呀。咳，水火豺狼虽然猛烈，祸国的军阀的暴虐尤甚于水火豺狼呵。咳，可叹这无辜的小民受这个样的痛苦。真算神佛无灵、苍天瞎眼了。王翁家中无故的受了这一场的涂炭，可叹一个龙钟老者，带领两个孩子，终朝沿门乞讨。有怜惜他们的，还可给他们点残茶剩饭，有一种最恶的，人不但不给他们饭吃，反说老翁是个骗子，故意找两个贫家的小孩一同乞讨，遇有可怜他们的，好多给他点东西吃，所以老翁同两个小孩子，每天半饥半饱的生活。这时候已到九月中旬，他们衣食皆无，两个小孩还终朝的泣哭，老翁被饥寒所迫，兼愁忿交加，不觉染病在床，呻吟不止，也不能上街要饭去了，只得命两个小孩子，一回到街要饭吃去。那两个小孩年纪幼小，每天出去，连两碗饭■要不回来，在那些个日子，老翁出去要饭，每天还可以要几个铜元，好支付店钱，现在老翁病在店中，那两个小孩，连饭都要不来，哪里来的铜元，因之两三天也未支付店钱。这天店主张志青，见老翁病在床上，好几天未给他的店钱，又恐怕老翁死到店中，他可就走■床前，向老翁说道："你们好几天未给店钱了，今天我手中无钱，你把店钱招数给我罢。"老翁抬头一看，见店主怒着脸儿，向他要钱，老翁只得陪笑说道："现在我有病在床，不能上街前讨要，哪里有钱支付店钱呢。望店主再等两天吧，我的病好了，能上街的时候，要来几个钱，再还你吧。"店主怒道："什么我等你好了？给我的钱，那么你得多少日子才能好呢？你病个一年半载的，我这个还得赔黄啦。"老翁见店主向他再三的逼迫，乃含泪央求道："我们本逃难来的，望店主开个慈善之门，留我在此多住几日，候战事平定，回到家去，典地变产，加倍还你的店钱。"店主怒道："不行、不行，我们这个店中小本经营，等不了那些个日子，有钱的住店，没钱就请啊。以你也不必花言巧语的哄我了。”老翁见他下逐客之令，不得不走，勉强的站起身来，手拉孙男孙女，一歪一斜，哭哭泣泣的走出店来。那呼呼的冷风吹的他们战栗不止，走了半里多地，见道旁有一座庙宇，近前一看，上面挂一个匾额上写“七圣祠”三个大字。翁拉着孙男孙女，走进庙来，拿一块砖头，自躺在庙内，又命两个孩子出门讨食。哭哭泣泣的一人拿着一个破筐、一枪木头，走出门来，被风吹的他们得了的乱战。讨要了半日，才要了两碗剩饭，两个小孩分着用了。回到庙中，见老翁躺在地上呻吟不止，两个孩年纪幼小也不懂得什么，到了天晚，在庙中供桌底下，就呼呼的睡了。独有这老翁三天水米未曾沾唇，自己躺在冰凉的地下，咳声不止，夜阑人静睹景伤心，发出无限的愁苦来。想在家的时候，阖家大小欢聚一堂，何等的快乐，到如今，死别生离，只落得飘零在外，带领两个小小的孩子受这样的困苦，自己染病不起，思前想后，发出无限的愁苦来，流泪不止。那黑洞洞的天空，有几颗半明不暗的星儿，也现出很惨淡的颜色，也像助老翁的凄凉似的。到了次日，两个小孩，依然是出外讨饭，老翁还是自己躺在庙内，不想不佑人的苍天，把天空布满了乌云，不大的时候，那雪花儿一片一片的，从空中飞将下来，那凛冽的寒风，吹人透骨。老翁身上无衣、腹内无食，兼重病在身，躺在凉地以上冻的战栗不止。那风儿吹的一阵比一阵寒，老翁冻的一时比一时冷，可怜六十余岁的老翁，半日的工夫，被冷风吹往极乐境中去了。那两个小孩，自外讨要回来见老翁自己躺在地下，叫之不应、呼之不语、遍体冰凉，知道老翁死了，不觉放声大哭起来。到了次日，村中大众出资，把老翁的尸身，葬埋荒山之上。可怜两个幼小的孩子，依然在街前讨饭。咳，无辜的难民呵！咳，万恶的军阀呵！

（摘自1924年10月28日《泰东日报》）

我的春梦痕
——《伊的像片》评介

关婷元

小说《伊的像片》发表于1927年5月24日的《泰东日报》，作者绳会，代表作有短篇小说《断碣孤魂》、笔记小说《义侠陆虎》、技击小说《李太和》、短篇小说《归途》等，陆续发表在1927年的《泰东日报》上。

这篇小说在当时的报纸栏目里被定义为“幻想小说”，显然这个概念与如今的意思是有差别的。实际上，这个作品以第一人称“我”的视角讲述了一个亦真亦梦的故事。全篇从一张照片说起，娇俏可爱的女子小像是男主人公与恋人分别时收到的临别赠予，用以寄托思念，故一直珍而视之，常看此小影追忆往事。原来，“我”作为男子外出谋求功名、建功立业，与恋人、家人难免分离之苦，只能将父母家庭托付于恋人素妹照顾，伊则心胸豁达、善解人意，即使心底再多不舍、默默流泪仍鼓舞“我”离家远行、积极上进。忆及“汽笛一声、征轮急转，辞别故乡的我，早又如飞地去作那枯寂的生活了”，“我”直觉“长夜无眠、孤灯冷对，思伊的心情，真有如钱塘怒潮”，迷茫的强行睡去，恍惚间看到“可爱的伊，手里拿着一把极美丽的鲜花，笑盈盈地向我走来”，狂喜的“我”正要和伊甜蜜的吻，忽被冰冷冷的打到了脸，惊醒过来。“原来是伊的像片，不知在什么时候、从手里落在我的脸上了，四顾左右、静悄悄的，一些声息都没有，只有窗外的风声，兀自吼个不住，打得窗纸劈扑作响，越发烦闷欲死。”最终男主也只是在梦境里见到了思念的恋人，现实中依然独自苦闷。

此文有两处用典值得释义。宗悫（què）乘风：宗悫，字元干，南阳涅阳（今河南邓州）人，东晋书画家宗炳之侄，南朝宋名将，孩童时的宗悫就有“我要乘着长风破浪前行！”的志向，在做豫州太守时觉得才能无以施展，后因军功升为振武将军，在顺利完成攻打任务后，城里堆积如山的珍宝，他一针一线都没据为己有，凯旋时随身带的只有他的枕头和被子，最终名高位显，被封为洮阳侯。终军请缨：终军，字子云，济南人，西汉著名的政治、外交人物，作为少年英才政见对策、外交才略，主动请缨出使匈奴是他的功绩，也是他人生的终点，遇害番禺时年仅二十多岁，弱冠请缨、英年早逝，人称“终童”，但他短暂的一生留下了“弃繻”“请缨”等流芳千古的典故，为后世所推崇。

居家女子能出口成章，以此二人比喻男主，鼓舞其实现自己的远大抱负，委婉地暗中表达了女子的学识与牺牲，秀外慧中的伊人才是男子实现人生理想的幕后英雄。作为一篇关于思念的小小说，读来清新脱俗、颇有深意，值得一读。

附录：伊的像片（节选）

绳 会

记得伊赠我这张像片的时候，是在别日的早晨，伊很郑重地交到我的手里，说道：“这是我最近摄的小影，作我们临别时的赠品吧。咳、我也知道离合悲欢、是人生难免的事，尤其是你这番的远■是作乘风的宗悫、效请缨的终军，将来为苍生造幸福，成不世的英雄。我正应该很欢喜的送你远别，祝你成名，有什么可悲怆的呢，不知怎的一听说你要起程的话，竟仿佛……”伊说到这里，眼圈儿一红，两滴情泪，早夺眶而出。这时的我虽不像伊的一样洒泪，但是一种说不出的痛苦，恐怕比伊还要难受■万分呢。“素妹，你的心胸向来是极豁达的，千万不要因为别离过分的悲痛了，今日的不过是暂时的欢聚的时期，正是来日方长，希望你在我行后，对■身体上、饮食上要多多留意，父母的面前，要替我多尽些孝道，姊妹们更要雍雍睦睦■的，那便是真个爱我了……”“屏哥，这些话还用着你加意的叮嘱吗？难道我的性情，你还未能彻底的知道吗？家庭的事，你尽管放心，只要……”铛……铛……铛……壁上的时针，正打了八下。“屏儿呵，你今天不是要起身的吗？坐那早九点半的车，这时候该走得啦，应拿的东西，都往一堆儿，收拾收拾免得临走时，想不到……”慈祥的母亲在隔壁的屋里这样的喊着说。“是啦……”伊用手帕把眼泪擦了一擦，一面替我这样的答■着，一面催我快走，可是伊的本心，何尝愿我快走呢。汽笛一声、车轮急转，辞别故乡的我，早又如飞的去过那枯寂的生活了。当此长夜无眠、孤灯冷对，思伊的心情，真有如钱塘怒潮，不可遏止、思念无已，便强作睡眠，迷茫间，见可爱的伊，手里拿着一把极美丽的鲜花，笑盈盈的向我走来，我狂喜极了，刚要和伊婀娜甜蜜的吻，忽觉冰冷冷的在我脸上打了一下，立刻从梦中惊觉，呵！原来是伊的像片，不知在什么时候、从手里落在我的脸上了，四顾左右、静悄悄的，一些声息都没有，只有窗外的风声，兀自吼个不住，打得窗纸劈扑作响，越发烦闷欲死。

（摘自1927年5月24日《泰东日报》）

复仇、爱与善良的故事

——《敌人之子》评介

邱　伟

小说《敌人之子》，作者菁英，发表于1941年9月6日的《泰东日报》。《泰东日报》上还可见菁英的《魔症》《敌人之子》《红叶》等小说。

《敌人之子》的开篇描述了一位坐在冰糕店的男人“相貌不很平凡，广博的额角上拖条浓黑的眉毛斜长着，双皮的眼睛，带几分忧郁忿恨的滋味”，可男人的脑海和眼神中都透着隐忍，原来这是曾经的“王警长家的少爷”王玉杰。他的父亲作为警长，在剿匪的过程中被胡匪打死，他也被胡匪绑架，是母亲用父亲的殉职赏金把他赎出来的。他被胡匪绑架的日子里记住了杀死他父亲的“有一幅极恶抖的面孔，黑色眉毛长得斜竖着”的胡匪李三的样子。仇恨一直埋藏在他的心底，为父亲报仇、杀死敌人是他永远不能忘却的事情。“二十年前的事情他不忘记，他脑袋分明很清楚，胳膊上的伤痕，二十年来还莫有消逝，然而创伤的人已随日月多年不见形影了，腰间的匣子恐怕莫有可响的日子。听说李三那仇敌下山做良民了。他想自己当年的荣华，已像受创的野兽潜伏了，不能再贪恋那愉乐的迷梦，他觉悟这世界的真相，大街上莫有捧夸王少爷的美词了。”

这间冰糕店是他认识恋人英英的地方，也是胡匪李三抢走英英的地方。再次来到这里，却缘分般地认识了一位长得特别像英英的姑娘，恰巧是英英的养女。想见英英的玉杰随着姑娘来到英英的家，然而，英英的表情却是慌张而恐怖，随着她的叫喊声，“从里面急促地走出来一个人，身体肥胖，手拿焦扇，长一幅恶抖的面孔，黑黑的眉毛，他分明是二十年前的胡匪。于是王玉杰觉悟了，原来走进敌人住宅，自己的爱人已成了敌人的妻子”。他不加思索，愤怒地掏出手枪，“枪声随着手的自动力射向那胖子身上去，他倒下去，在他披散衣衫的胸脯上，一股血马上喷出来。王玉杰再看那妇人英英，已在战兢地哀叫。她脱身不了，喊不出声，他知道她现在完全拿自己是仇人，他恨恨又响一枪，他们一对死尸都倒落在一起”。随着枪响，从屋里跑出来一个少年，王玉杰知道那是敌人的儿子，想到“这也是胡匪的子弟，我何不叫您斩草除根！”于是，又将枪口对准了少年。敌人之子也被他杀死，他似乎完成了终身的使命“毅然地远去了”。

整篇小说故事叙事清晰，主题鲜明。“敌人之子”一语双关，对于玉杰来说，李三的儿子是敌人之子，而对于李三来说，玉杰也是敌人之子。玉杰作为敌人之子，隐忍多年，用流浪的生活积累阅历，积蓄杀死敌人的力量。而李三的儿子并不知道自己是敌人之子，在懵懵懂懂中就命丧抢下。英英作为主要的线索人物激化了矛盾，使得小说情节得到升华，是最终造成王玉杰枪杀“敌人之子”的最主要的动因。

作者的语言较之于20世纪二三十年代的作品来说，更接近白话体，阅读起来更为顺畅，语言表达更为明确，同时起到了烘托人物情感、推动故事发展的作用。在开篇，王玉杰一个人坐在冰糕店的时候，窗外的景物是这样的：“冰糕店的外面，涔涔的雨滴夹杂着细风，它们都在不停止的飞舞。因为天气是将傍黑、有落雨的关系，大陆上显然更阴暗了”。冰糕店与店外冰冷的细雨、傍黑的昏暗，预示着人物的心情已经跌落到冰点以下，吸引着读者关注在这样的一个情境下出现的人物应该有着怎样的故事。

全篇小说读下来，短小精悍，情节和内容连贯紧凑并不拖沓，一气呵成。

附录：敌人之子（节选）

菁　英

二十年前的事情他不忘记，他脑袋分明很清楚，胳膊上的伤痕，二十年来还没有消逝，然而创伤的人已随日月多年不见形影了，腰间的匣子恐怕没有可响的日子。听说李三那仇敌下山做良民了。他想自己当年的荣华，已像受创的野兽潜伏了，不能再贪恋那愉乐的迷梦，他觉悟这世界的真相，大街上莫有捧夸王少爷的美词了。

这些年当过着流浪的生活，他无能力跳出现世他的泥坑，每天照常的侵入社会的腐层，但他有着父亲遗嘱的记忆，伴随着杀敌的念头，但是敌人无形迹了，他做了现在的良国民？发财才下山了么？这厌恨匪贼，这杀父的敌人！

他想起来有极量的忿恨，摸索自己的脑袋很觉有些热，昏沉中叹息。今天又坐在外面落雨的冰糕店里，二十年前的同样境遇，有英英姑娘，有李三的敌人——他们都没有了，自己已是四十多岁的人，可是热血永久是年轻时同样的热血。他轻轻放下手里的半杯冰水，心中喃喃地低语：

“我不能用冰水浇凉了热血的心！”

他握住腰间的匣子，却也有点怒发冲冠的姿势，一只手又去夺起来盛冰水的杯子……

“我不需要这凉的东西了。”杀敌的意志如放荒的火焰，于是一种粉碎的动静，在地板上陈列了玻璃的块段，这样也似乎解除心中不少的忿恨。

“先生！怎么了？”一个挺漂亮的女招待跑过来，他只凝望着地上的碎块痴笑。

“先生！怎么了？”女招待又这样问去。

“啊！”惊醒抬起头来用眼睛扫视着她，心里更有所感。他慢慢的坐下，拉女招待的手说：“姑娘！为什么你要做这个职业？”

"先生！这亦是迫不得已的。"她低下头，玩弄手中的汗巾。

"你知道这里所来的绝非好人么？"

"固然有的！"

屋里一时沉静了，外面细雨停止了，空中的黑云慢慢地撤开，露出来傍晚的阳光。

"唉！为什么美丽的姑娘都在这里？"王玉杰自语着，他望向女招待已经落座在自己身旁的凳上。他看她有小鸟同样的姿态，至于面目言语举止都像二十年前认识过的英英，她大概已经成了四十多岁的妇人了。

"唉！为什么美丽的姑娘都在这里？"二十年前冰糕店里的事情还在脑袋中重演一回。

"先生！您为什么要这样说呢？我并不美丽。"

"极其美丽，并且我看您便会想起一个女人来。"

"您想起谁呀？"

"我想起二十年前认识的英英，她亦在冰糕店里当过招待……"

"英英？"这女招待从凳上一高跳起来——"您从前认识的招待叫英英？"她似乎发现了什么珍奇的事体。

"是了！她叫英英，和您一样的美丽。不过她现在已是四十多岁的人了！"

"是四十二岁不？我有个义妈叫英英……"

"你义妈叫英英？住在哪里？姓什么？"王玉杰的心跳荡起来，眼睛瞪得挺直的。

"是她么？她姓李，住在第五条胡同。"

王玉杰沈静不说话了，他毕竟不很老，正是壮年时期，他心里有个酌量——父亲的遗嘱——杀敌——英英——

于是摸索腰间的手枪，交了吃冰糕钱，什么也不说，悄悄地走出去了。

…………

次日——灯光灿烂地黄昏，街上走动着游人，是吃饱饭了，在闲散着。王玉杰要求冰糕店的姑娘做向导，从很光明的第五条胡同走进去，他要探访那位二十年前相隔的英英——

在一所新式的厅筑门外立住了脚，门上挂一块“李警长寓”的牌子，因电光十足的关系，他看得清楚，然而他不敢冒失地去押门旁的电铃。女招待并不思索便触动了一下，接连一个中少妇人走出来，青蓝的衣服，有阶级的打扮，一张老而摩登的脸，一对发亮的眼睛，她看见异样的来客，刚想发话——

“义妈，您老好么？这位是您的亲戚！”女招待指着王玉杰。妇人睁大了眼睛看他，那眼睛的表情最初是疑问，继续是惊讶而恐怖，她正要张嘴说什么，恰巧王玉杰已开话了……

“英英！二十年前的事情您还记得不？”

“啊？你是谁？我孩子都二十多岁了。”那妇人要转身进去。王玉杰就便抓住她后身——

“我是谁？二十年前的王少爷……冰糕店里的话忘了吗？”他说着在黑暗中摸出来匣子。

“你是胡匪不成？”她惊慌地挣扎，恐怖地嚷起来——然而他不怕，只叹息而伤心似的冷笑，于是他又狠狠地说：“英英！您说和我结婚的话都忘了不成？”

“我不愿记那些多年的话。”她住了一秒间又高喊着，“快出来！这是什么人！”

从里面急促的走出来一个人，身体肥胖，手拿焦扇，长一幅恶抖的面孔，黑黑的眉毛，他分明是二十年前的胡匪。于是王玉杰觉悟了，原来走进敌人住宅，自己的爱人已成了敌人的妻子。唉！女人忘性极快，敌人已成了富家翁。他不等再加思索，一阵愤怒，枪声随着手的自动力射向那胖子身上去，她莫动静幕的倒下去，在他披散衣衫的胸脯上，一股血马上喷出来。王玉杰再看那妇人英英，已在战兢地哀叫。她脱身不了，喊不出声，他知道她现在完全拿自己是仇人，他恨恨又响一枪，他们一对死尸都倒落在一起，血染遍了“李警长寓”的门首。他像侠客般的英壮，望着已死去的二块尸体，心中异常爽亮。敌人死了，爱人反成敌人的妻子，她更应该死的……他默然心想。

“什么人？”也许为枪声所惊吓，在屋里跑出一个少年，身穿丽装，手里擎着匣子，徒然看见横陈在门首的人，他忘了一切，心慌脚麻的喊着“父亲！

母亲！”他们都像睡熟了似的。

王玉杰躲在门外，偷偷地探望，他知道那是敌人的儿子，二十年前英英所养的儿子，也是现在这般大了。他唔想：“这也是胡匪的子弟，我何不叫您斩草除根！”他的动作很速，未等心思完毕，枪的弹子又对准少年去，同时一个前面倒下去。

他紧握住匣子，回转身子去看同来的女招待，她已不省人事地倒在门旁。他急急的叫着：“姑娘！谢谢您，我要去了！”他放开脚步，拼命地奔向前去，胡同里更黑暗，大街上的游人都惊恐地跑去，他出于庄严的相貌，毅然地远去了！

（摘自1941年9月6日《泰东日报》）

沈城寻路

——《出路》评介

古雅静

短篇小说《出路》，作者笳啸，刊载于1931年1月9日《泰东日报》。关于笳啸的详细介绍并没有找到，但见其除《出路》外，另有多篇小说刊载于《泰东日报》之上，分别为：《鲜血》发表于1930年8月12日，《一个山东人》发表于1931年1月18日，《爱的觉醒》发表于1931年1月21日，《雨天》发表于1930年9月3日，《月上柳梢头》发表于1930年11月30日。

小说《出路》描写了主人公为了给自己谋一条出路，在沈阳的各种遭遇。他穿梭于灰色的古城、迷雾笼罩的巍楼之间，见识了大公馆里的先生太太、五光十色的商街和各色各样的成功面孔。所有的遭遇和见闻，为读者勾勒和构建了一座城市的风貌。

小说以第一人称为叙述视角，开篇用景色描写渲染情绪。“在个阴沉的微晓，四周还遍布着黑幕”，将读者带入到一种低沉的情绪，奠定了这个故事阴沉压抑的整体氛围。主人公在这样的心情之下从冰冷的被窝里爬了出来，脑子里回荡着一句话，“要知道此去大不容易，困难的景象！路费……”主人公好不容易凑足了路费，要去沈阳寻找一条出路，他在“日影已上了三竿”的时候“冲跑到先生大公馆里去见他”，却被“未起床”的理由拒之门外。在门外等候多时的“我”，最终被权贵浇了一头冷水，出路自然是没有寻到。在见识了沈阳那些成功的先生和太太的趾高气昂后，“我”感到找到一条出路真的是太困难了，“较骆驼穿毛孔一样的难”。

《出路》通过环境和人物心理描写较好地呈现了主人公为谋求一条生活的出路的迫切心情，使读者从文中体会到了生活的不易。同时，也让读者看到了上层社会人士生活的奢靡与腐败。“我”作为底层百姓，生活的出路是“我”以及我的家人们心中最重要的事，可是在那些成功人士眼里却毫不相干，没有一个成功人士会去关心底层百姓的生存。作者已经意识到想要寻找出路，并不是去大公馆里见先生就能够办到的，到最后也没有找到一条能够找到出路的办法，在结尾处只能发“忍耐着……忍耐着吧！”的无奈怨声。

附录：出路（节选）

笳　啸

在个阴沉的微晓，四周还遍布着黑幕，我从冰冷的被窝里爬出来，一轮旧腐的马车，顺序淡淡的路灯，将我■出颓枯灰色的古城。

“此去务必寻出个事来！要知道此去大不容易，困难的景象！路费……”在车子上仰望铅灰色天空中，疏落着的晨星，记住了模糊昨天姐告诉我的一句，“不容易……务必……”

沈阳的风光依旧，这个落魄愁困的人儿，今日逢之，心里怎不徒起点凄凉之感？一个个迷雾笼罩着一座座巍楼，马路旁一个虫子似的我，只顾注意躲避着“皮皮”摩托车的胶轮，左右的跑着。三寸高的污尘，吃了一肚子！

“能不能辜负了我这次跑趟沈阳？”天哪！可算是解决了。当我从家大公馆滚出来时候，先生的嘲笑的脸，壮大的便便圆腹，委婉隐拒■的■骂言辞。雪光亮瞳转的白眼……坐在拥众的电车上，自己思量着，这种可笑的遭遇，这次跑来的报酬。

■呆的较猪还笨的我，日影已上了三竿。就冲跑到先生大公馆里去见他。

“未起床呢！”公馆见人的规则，先到传达室给我传达一下，听着传达的命令，不得不鹄候。

哎哟！肚子等的饿的要命，先生可从小姨太太怀里，抛阁恋恋甜梦起床了呦！

“咯咯咯”娇滴滴的女人，媚笑脂粉声味，喧动在先生的室中。

……

沈市，大官厅林立着一商店杂列着，出入都是些扬眉吐气拍马花钱弄成功的职员。脸蛋儿像葡萄色的小姐太太携带着时髦服料雪花膏穿梭。晨雾包照着马路，我无目的地瞎跑着，北风飒飒飘飞。同涤心找个斗室小饭馆，吃完饭出来，我含包眼泪登上公共电车，别了涤心。

一个西装女人，涂的嘴唇像狗血色鲜红，我在走下电车时，她也姗姗走下，会同路旁一位站着的西装青年并肩走向沈阳大旅馆去了。

我真想永远不回那座古城，但！什么都在不允许我，惆怅垂首，一列夜里客车，拉回我又到了半日多的沈城！踏进家中屋中，又记起，“此次去，务必寻得点事情，路费，不容易……”啊！出路！出路是较骆驼穿毛孔一样的难么？老爷先生太太……们，你们等着，等着我给你们送大洋去，留买雪花膏，高跟鞋，那时饭碗能赐给吧。

同病的朋友将脑袋削得尖尖的，忍耐着……忍耐着吧！

（摘自1931年1月9日《泰东日报》）

吃人的伪善 虚伪的人性

——《胜利的笑脸》评介

邱 伟

《胜利的笑脸》发表在1936年12月7日的《泰东日报》，作者野骚。在《泰东日报》上还可见野骚的《更夫》《快乐里的愁伤》《王寡妇》《外姓人》《风骚》等小说作品，从这些作品可见，野骚擅长以人物为中心展开故事。

《胜利的笑脸》的主人公是位穷人家的姑娘——贞巧姐。贞巧姐生得十分俊俏，“小模样长得也是那股劲，弯弯的两道柳叶黛眉嵌在水灵活泼的眼睛上，白生生的面皮，瓜子面、樱桃红般的小嘴”，在附近几个村里也算是顶呱呱漂亮的一个姑娘。然而，母亲常年病重，即使她谨谨慎慎的不分白天黑夜地照顾着，也总是不见起色。还好有个在杜善人家管事的杨真对她照顾有加，经常暗地里接济和帮助她一下，给她疲惫的身心带来了一丝宽慰。

杜善人总是“慈善为本、方便为门”，“就是城里的那些绅士们也知道杜老善人的名望大，连知县还常来拜望他呢！大门上的金活活的‘好善乐施’‘慈悲为本’的匾还是他们送来的哪！”在杜善人的“帮助”下，贞巧姐一家，总算有了居住的房屋。可是常年病着的妈妈的医药费还是让贞巧姐一家背上了沉重的债务。当贞巧姐的父亲去求杜善人借钱的时候，杜善人却说“怎么这次你自己来了呢！巧姐怎么没来？”推脱了理由没有借钱。贞巧姐的老父亲心知肚明，“假如他能要姑娘的话，不叫姑娘受苦，不给气受也行。这个虽然想过好几次，但却没有投靠的门道！可是早晚是能够实现的，因为善人的意思早已经看透了！虽然姑娘去了，只能占着一个姨太太的位儿，只要大家不挨饿又有钱花，有钱的人娶几个姨太太是应该的，也算不了什么！”杜老善已经娶了好几房姨太太，都是贫苦人家的姑娘，关键这些个姨太太都是父母主动送过来感谢杜老善人的，就如贞巧姐的爸爸一样，恨不得杜老善人收了他的女儿为姨太太。

贞巧姐早就看出来杜老善人不善良的一面，也知道父亲要把自己送到杜老善人家里当姨太太的心思，母亲虽然不太愿意把女儿这样送去做姨太太，但是能怎么办呢，只能在贞巧姐哭的时候“在旁边安慰着，给姑娘擦眼泪什么的”，并说道“好孩子，不要哭，妈怪心痛的，慢慢日子好了，也就好了！”

杜老善人怎么等也等不到贞巧姐自己送上门来，竟然还让杨真去给通融通融。杨真早已经看透杜老善人的真实面目，“他准知道这回事早晚会暴发的，但有什么法子去抑制他呢？尤其是她那一对厌人的父母，一听了这个话，嘿！就像吸铁石似的来巴结你，磕几个响头的心思都有！这真的使杨真不知怎样好了！”

终于，在一天清晨，杜老善人在贞巧姐爸爸眼泪汪汪的哭诉中得知贞巧姐跑了，于是“慈善的胡子气硬得像张飞，圆大的眼珠子像似要从眼睛里跳出来”。但为了维持善人的模样“又不敢声张出去和他要人。咳！保持着吧！钱换来的名望，终会还有的，唉……但也不定，兴许神佛保佑，能找回来也不定准！真的这才是哑巴吃黄连，盼望着没有希望的希望啊！”

逃脱了杜老善人村子的贞巧姐和杨真，露出了胜利的微笑。

从这篇小说可见，野骚的创作中人物形象性格鲜明，人物的语言和行动充满个性特征。例如贞巧姐是一位孝顺、温柔，内心却充满刚毅的女子，她既有中国传统妇女的优良品德，又有不服命运、不向命运低头的反抗性。比如贞巧姐照顾妈妈时“每时每刻都不离开她妈的枕头边，小小心心地服侍着，问寒问暖”，总是悄声地说：“妈！醒醒！吃药吧！”看着眼睛已经罩满了红纱的父亲时，“宁肯一切罪苦都让自己受”，让爸爸去睡觉，自己熬夜照顾妈妈。但是当贞巧姐到杜老善人家里时，对待不安好心的杜老善人“连睬他也不睬他，可是终是脸红红的请个安、问个好，也就规规矩矩地站在旁边不理他”。这样的一些语言和动作，让贞巧姐这个人物更加的立体和逼真，因为有了这些语言和行动的铺垫，才有结尾处与情人杨真逃出杜老善人魔爪的勇气。

同时作者运用反衬的手法，将表面好善乐施、实则坏事做尽的杜老善人生动形象地展现在读者眼前。故事的前部分将杜老善人的“善”描写的充分饱满，当杜老善人“恶”的本性暴露时，在曾经的“善”的衬托下，这份“恶”愈发地凸显和令人憎恨，从而使杜老善人的人物形象完整逼真，更为生动形象。

《胜利的笑脸》用一个简单的结构，平白的叙事，讲述了社会的黑暗、人性的美丑、生活的压迫和命运的无奈，在当时的社会背景下，有一定的社会现实意义。

附录：胜利的笑脸（节选）

野 骚

六

根本庄稼人的姑娘就太什么！假如能痛痛快快地去一趟不就什么都好办了么！老是一个劲地别扭着。

现在是自己跑了一趟，但等于白跑！尤其是杜老善人的脸，这回不知怎么，那么不好看！不睬人的架，使他不知怎么去对付好！虽然还是那张脸，还是那个慈善胡子，但觉着有些变了！归终什么没有借给！他还说什么“怎么这次你自己来了呢！巧姐怎么没来？”情有可原的是，贵足不踏贱地的，虽然他不能到自己家里来瞧瞧，就领去给他看看，也没有什么关系，因为他亲孩子，可是他太给人以难堪了！十七八的姑娘，他就要嬉皮赖脸的动手动脚，那副神气太叫人看不过眼去啊！

好孩子始终是好孩子，连睬他也不睬他，可是终是脸红红地请个安、问个好，也就规规矩矩地站在旁边不理他。但就这样也就能使杜老善人哈哈一笑，借给钱用了！

借的钱虽然是债，但也未曾来讨过一回，还是慈善人，终究是乐施为本啊。可是这回她没有去，就什么也没有借得着。若是她多暂都不去，难道一家人就这样坐待饿死么？唉……

若从父母方面想，好说她是能去的。孝顺的姑娘，谁还不知道！难道她能悖逆父母挨饿不去么？绝不能的，不妨回去劝劝她试试看！

张大在回家的一路上，竟算计了这些个，算计完了是到了家门口，便乐了乐，一步可就迈进门坎里去！

七

说起来也叫人忿，也叫人欢喜。姑娘，去了不用说，痛痛快快地出来了。可是姑娘的眼泪又因之这个，便又多掉下来一次了？但除求帮而外，又有什么办法呢？吃饭是人生的要素，不吃能行么？假如他能要姑娘的话，不叫姑娘受苦，不给气受也行。这个虽然想过好几次，但却没有投的门道！可是早晚是能够实现的，因为善人的意思早已经看透了！虽然姑娘去了，只能占着一个姨太太的位儿，只要大家不挨饿有钱花，有钱的人娶几个姨太太是应该的，也算不了什么！

张大这些日子的确为了自己的姑娘的事切实的考虑过好些次，但只能得着这些一个结果！

八

贞巧的妈也太会体贴孩子的心了！当她每回回来掉眼泪时，她便在旁边安慰着，给姑娘擦眼泪什么的。

“好孩子，不要哭，妈怪心痛的，慢慢日子好了，也就好了！”

真的，母亲的爱，的确能胜过天啊！不然姑娘也就能孝顺了么？

九

杨真近几天瞅着空也到她们家里走过几趟，在张大的谈话中他也瞅出门道来了！就是善人的心思他也看透了！

“真的这样就要使我们的爱情分离么？可是……可是……”

他只有搔头，暗中为愁，心焦吧啦！安全的办法又想不出来，又不能求人帮着想。就是求人万万不能，求这方左右的人，理由是明白的，善人的事，谁还不想巴结一下子啊，就是知县老爷也要那个了！自己哪能有希望！

虽然和贞巧姐商议过，但只有换些摇头和掉泪，真的这时他的心，惶惶好似失火的楼中呢！

十

事真的要僵了！杜老善人在昨天晚上特地把杨真叫过去，甜莫索地漏出了几句话，叫他从中给通融通融，意思是几个旧货，玩得已经太厌了，再来个新的尝尝！

他准知道这回事早晚会暴发的，但有什么法子去抑制他呢？尤其是她那一对厌人的父母，一听了这个话，嘿！就像吸铁石似的来巴结你，磕几个响头的心思都有！这真的使杨真不知怎样好了！

善人做事都是那么的，看善人的意思是叫张大亲之托出人来送到门口来才行哪，叫杨真去告诉他的意思是，不过善人这方面已经默默地认可了！娶前几位姨太太时，不是也使这个法子办的么！可是这样也就使他们夫妇乐的不知怎样好了！哼！巴结上这样一份阔亲戚，往后的日子还能错么？无怪张大这些日子也换了架，时常地跑到善人的家里坐着，也不知他是去干什么？尤其是见了人，他那股喜形如色的劲头才神气啦！总而言之，他是在欢欢喜喜地等着那个日子降临，就是了！

可是就这些事，也足以使贞巧姐的眼泪一天比一天多起来，形容也随之憔悴得不堪了！

杜老善人这些日子也变了个像，笑面不用提，更大了，慈善的胡子，分得更光滑更起劲了！腰板挺得尤其是那么直，见人更是加倍的亲善啦！

每天他都坐不住灵霄宝殿似的，恨不能一把把她折过来，凭着自己的意思摆布着她。这样有时他幻想到得意处便不自禁的把杨真叫过来，催他叫张大快点托人把她送上门来！

那么他每刻每时眼睛所看到的东西，好似都张开了大嘴，朝着他做个鬼脸，望着他发笑。

无怪善人是那股劲，眼见得要饱偿夙愿，叫谁还不乐？

十一

事情都能出乎得意人的意外。于是一个清晨，张大便踉跄地跑到善人的家里来。

根本慈善的人得静养神的，那么就说他现在还在静养神中。在静养神中谁也不敢去推醒他，因为这也是善人家中的一条规律啊！

于是张大急得不知怎样好？找杨真没在家，一打听，说是昨天就到城里去办什么紧要的事情去啦。这样一来，他就没有■，也不敢去惊动善人的静养。如是急的他在客厅里踱过来又踱过去，坐下去又站起来……好容易盼到日头升到天半腰啦，善人才从静养的自在梦中悠悠地醒转了过来，于是便伸了伸胳臂、打了个哈气，便要吃朝点。可是这时张大等得也火了起来，于是便泪汪汪地跑了进去。他还没有先说什么，便叹气了一声，这样在老善人又疑惑他又来借什么了！可是出乎善人的意外，他哭丧着脸儿说：

"……巧姐跑了……"他说话的声音颤颤的小得厉害。

"什么？"他却疑惑他的老耳朵有些不好使。

"巧姐……跑了！……"

"跑啦！"一股失望的黑幕上了他的心头，一个高跳了起来"什么时候跑了？"

"昨晚跑的……"

"他妈的，怎么不给好好看护着"他呆怔了一会，又一股火使他在发作了！"我为的什么？告诉你，赶快给我找回来，不然，哼！……"

"是……是……不过……还得求善人慈悲慈悲！"

"什么？他妈的混蛋！"接着"叭"的便是一脚！

张大吓得战战的不敢再说什么！

"滚出去！告诉你，快给我找回来！"

慈善的胡子气硬得像张飞，圆大的眼珠子像似要从眼眶里跳出来，呼哧呼哧握着拳头，瞪着张大一步一步踉跄得走去了大门，渐渐得看不见了！

于是他瞅着天花板心里在想："糟了！心跑了！可是她能够跟谁跑呢？咳……这该杀的小妮子！雪花花的洋钱为你拿出去了多少……""可是完了！一切都完了！又不敢声张出去和他要人。咳！保持着吧！钱换来的名望，终会还有的，唉……但也不定，兴许神佛保佑，能找回来也不定准！"真的这才是哑巴吃黄连，盼望着没有希望的希望啊！

十二

跳出了恶魔包围外的两个人在相偎着，遥望杜老善人的村子，作胜利的笑脸。

（摘自1936年12月7日《泰东日报》）

自欺意识与生活困境

——《一天里》评介

范译鹤

《一天里》，作者渡沙，发表于1935年3月18日的《泰东日报》。渡沙的真实情况已无从考证，但从他的作品中，可以对他的写作风格略探一二。

《一天里》描述了乡村普通人家"一天里"的生活。因为工作的原因回归到大家庭与父母、弟弟妹妹同住的一对青年夫妻，在乡间过着"世外桃源"般的日子，读书、作诗、写信，谈论《清史》、《红楼梦》和鲁迅。充满了进步色彩。弟弟、妹妹也不时加入到他们的生活中，嬉笑打闹，欢声笑语。但是真正的生活却没有夫妻二人表现的那么轻松，生病的母亲没钱抓药、欠张家的米钱勉强能还上……"生活难"像幽灵一样在他们身边挥之不去。

《一天里》语言流畅，以对话见长，情节简单却构思巧妙。在这篇篇幅不长的作品里，蕴藏着明暗两条线索：一方面，讲述了夫妻二人互敬互爱的生活日常。"结婚后，因为职业的关系，在一起生活这却是头一次！窗户射进来的光，异样的暖，似乎包藏着春的前奏曲。炕上的猫儿将头曲到肚子上，睡在阳光射照的地方，写字台上狼藉的书册都映在前面的镜子里，嘀嗒的钟声对书册谈着亲密的话。"

不难看出，作品中的这对夫妇是受到新文化运动影响的知识青年，在相近的价值观和世界观之下，夫妻间琴瑟和鸣，对夫妻之间生活片段的描写，勾勒了一幅美好的生活图景。

"他的信将写完，伸了个懒腰！她用着鼻音哼着歌儿！一时妹妹走了，屋里钟声、歌声和谐而愉快的奏出微妙的曲！他将写完的信收了起来，觉着寂寞，随手拿来一本《红楼梦》在看着林潇湘的将终，看到中段，将书本按在写字台上，在余白上写着‘人的心只有自己知道，人的眼只能看见外皮！黛宝的两颗心，日夜在交流着生命的绝境……’他愤慨似的写着！‘呀，又多了一个批书的了。’偷看的她笑说着，又去看《清史》。”

“‘北国听说少批评家，这有了！’他不甘服她的‘“又多了一个批书的人”我常这样想，一本有价值的作品，往往精彩的地方似乎大体有两面！例如刘姥姥进大观园那一段的精彩，在技巧上的成功居多，而黛玉的死、宝玉的出家，则是结构上的成功。张恨水的《啼笑因缘》叫人不忘，也如张氏自己所说，是不团圆的成功！而对于这些结构的焦点一般都不愿意看下去，所以愈是叫人没勇气看下去的地方，愈是不可忽略的，不是？’她得意地说，右手摸着鼻子，左手拿着《清史》！”

“‘我也是这样想……我昨天看鲁迅的《呐喊》上的《社戏》，忽感到描写与感官的关系，一般利用得最多得是听觉与视觉，而嗅觉的力量绝不小。例如《社戏》中“两岸的豆麦和河底的水草所发散出来的清香夹杂在水气中扑面的吹来”几个字，读起来便有香味，又有真实、朴纯的风味儿！’他和她共看着《呐喊》，他一面说得很起劲！”

另一方面，全家的窘迫生活却渗透在方方面面，让人喘不上气。在作品的末尾，略略数语，点出了这对年轻夫妇遭遇到的窘境，为日常米面犯愁，为病中母亲的药费发愁。

“晚风飒飒中，他回来了！吃饭时，他报告父亲：‘恒春堂那款无望了，而欠张家的粮米钱好歹交足了数，张家的婆子夜叉似的嚷个不休。’父亲只听着，由额上的皱纹中似乎迸出‘生活难’三个字。而他在沉思中想起汪静之的‘祖母啊！你为我添了几根白发呢！’那首诗。”

两条线索交叉在一起，和谐的表象反衬了现实的黑暗，带给读者巨大的反差感，使作品充满了现实意义。小说揭开了知识青年对待生活的“无力”与虚空，空有一腔情怀无法代替生活中的柴米油盐，没有经济基础，一切只是沙漠中的空中楼阁，虚无缥缈。挂在嘴边的“批判精神”如果不落实在行动上也只是“空谈”，只是自我麻痹的“精神鸦片”。知识青年要怎样将情怀与现实联结，是作品留给读者思考的问题。

附录：一天里（节选）

渡 沙

他的信将写完，伸了个懒腰！她用着鼻音哼着歌儿！一时妹妹走了，屋里钟声、歌声和谐而愉快的奏出微妙的曲！他将写完的信收了起来，觉着寂寞，随手拿来一本《红楼梦》在看着林潇湘的将终，看到中段，将书本按在写字台上，在余白上写着“人的心只有自己知道，人的眼只能看见外皮！黛宝的两颗心，日夜在交流着生命的绝境……”他愤慨似的写着！“呀，又多了一个批书的了。”偷看的她笑说着，又去看《清史》。

“我不看了！真难受、真可怜，天地以万物为刍狗！有什么真？我要是宝玉也出家！”

“别替古人担忧啦！这书叫人不忘的地方，除去描写的艺术外，只有这个不团圆的结局吧！人间终非天堂，连上帝都会做了个蛇变成魔鬼，人间哪能没有错安排？不过替宝黛做叹息倒是人情，我看这本《清史》现在看到鸦片战，真没心往下看！”

“北国听说少批评家，这有了！”他不甘服她的“‘又多了一个批书的人’我常这样想，一本有价值的作品，往往精彩的地方似乎大体有两面！例如刘姥姥进大观园那一段的精彩，在技巧上的成功居多，而黛的死、宝的出家，则是结构上的成功。张恨水的《啼笑因缘》叫人不忘，也如张氏自己所说，是不团圆的成功！而对于这些结构的焦点一般都不愿意看下去，所以愈是叫人没勇气看下去的地方，愈是不可忽略的，不是？”她得意地说，右手摸着鼻子，左手拿着《清史》！

“我也是这样想……我昨天看鲁迅的《呐喊》上的《社戏》，忽感到描写与感官的关系，一般利用得最多得是听觉与视觉，然而嗅觉的力量绝不小。例如《社戏》中‘两岸的豆麦和河底的水草所发散出来的清香夹杂在水气中扑面的吹来’几个字，读起来便有香味，又有真实、朴纯的风味儿！”他和她共看着《呐喊》，他一面说得很起劲！

“别说啦，饭味怎样？”妹妹在招呼吃饭。他和她相对一笑，便同到母亲屋里去。父亲因为怕饭凉，叫大家一同吃，一张炕桌的周围竟是人头。下午的阳光，终带冷气！溜冰的弟弟来家了，对他说：“后街的阿发把鼻子摔破了，哭的眼泪在衣上都冻成冰珠！他妈又骂了他一顿！他爹又要打他！”把冰冷的两手伸在嘴边哈着，眼看着他，似乎在等他的什么！

“现在还要去么？小心点！摔掉门牙，可没人给媳妇！”他吸着纸烟一面望着弟弟的脸儿！

“很冷不去啦！嫂嫂呢？”望着嫂嫂的椅子。

“在母亲屋里！找她干什么？”轻摸着弟弟的头。

“请她教我唱歌！春光好那个歌真好听！”面上带出甘蜜的样儿！

弟弟上了母亲屋里，他为了饥荒要上前村！走到母亲的窗外听得弟弟：“教我唱歌好不好，嫂嫂！”

“昨天的学会了么？”

往下没听清楚。他已站在街上，问李二叔上不上前村了。

晚风飒飒中，他回来了！吃饭时，他报告父亲：“恒春堂那款无望了，而欠张家的粮米钱好歹交足了数，张家的婆子夜叉似的嚷个不休。”父亲只听着，由额上的皱纹中似乎迸出“生活难”三个字。而他在沉思中想起汪静之的“祖母啊！你为我添了几根白发呢！”那首诗。

饭后他和她在自己的屋子里吃着茶！隔壁听见母亲的咳嗽的声儿，霎时的沉静后，他望着她说：“这个年头生活真不容易，只听说家家负债，没看见几个人不为金钱去皱着眉头的！”拿起水碗喝了一口。

“在××财产制下，人类便是金钱的奴隶，中小资产阶级的没落，虽增加了资本家的集中数，但××的罪证缩写在××家的账本上。在这种制度下，负债的增加正是人间性的没落！象牙塔里的玫瑰香，虽变装了大象文学，叫人听得甘蜜蜜的，但肚子不饱人，终是享不着什么？”

“发牢骚也是多余！你把那本书递给我吧。”他指着一本洋装书。她递了书，捧着一本唱歌集用口琴吹着《特别快车》。激愤愤的空气，随着口琴声儿被愉快的空气替换了！他将书按在膝盖上，也随着口琴的调儿在哼着：“盛会齐晏开……”她似乎吹乏了，他也似乎唱够了，他看着一册《经济学》，她在看《清史》！

（摘自1935年3月18日《泰东日报》）

愤怒的抗争
——《奋斗》评介

古雅静

小说《奋斗》，作者慢卿，发表于1930年8月8日《泰东日报》。慢卿的《奋斗》是一篇短篇小说，他的长篇小说《人海波涛》连载于1930的《泰东日报》。

小说《奋斗》讲述了主人公志新反抗封建婚姻制度和工厂主压榨的故事。小说篇幅不长，仅有八百余字，却使读者感受到了斗争的强大力量。

小说以志新父亲对他的说教和怒骂开篇，“我把你个王八犊子！血一点汗一点地供给你念书，希望你增光门楣以求深造！不料竟造就成了个忤逆子！这家的姑娘你不要？那家的姑娘也不要，谁家的？能称你的意呢？我只知‘父母之命，媒妁之言’的古理，不要给我滚出去！”由这一段话可以得知，志新为了抵抗“父母之命，媒妁之言”的婚姻旧理，不同意父母给定的婚约，惹得父亲大发雷霆。为表明抗婚的决心，志新离家出走，漂泊他乡，在M埠的一个大工厂里做工。工厂里的工人，工作时间长却工资微薄，自己与工友们的生活惨况令他忍无可忍，他意图团结工厂里的工友们，向厂主要求改善待遇。厂主得知此事，对志新非常不满，并表示，如果志新不满意可以离开。志新见此，反诘厂主，两人争执起来。厂主见状，命令手下将其捆绑，送去公安局。经多人劝阻，志新最终没有被送去公安局。但是他已无法按捺住心中的怒火，在沉沉的深夜里，割断了厂中的电线，放起冲天的大火，将工厂烧得片瓦无存，厂主也“无形的行了火葬”。

《奋斗》这篇小说，短小精悍，语言朴实无华，却从字里行间中透出一股反对封建礼教、反抗剥削压迫的抗争精神。志新只是那个时代具有反抗精神民众的一个缩影，他反抗旧的婚姻制度，但是反抗的结果只是离开那个充满旧理的家庭。他反抗工厂主的压迫，却只能采取火烧工厂的方式解决。哪里有压迫，哪里就有反抗，不顺应时代发展的旧礼教、不把工人当人看的工厂主就应该被推翻。但是从志新的身上可以看到，当时的"志新们"还没有认识到离开一个旧家庭、火烧一个工厂主都不是解决问题的根本办法。改变这个社会，唤醒劳动人民脱离旧礼教残害、摆脱工厂主压迫的抗争意识，才是"志新们"真正的奋斗目标。

附录：奋斗（节选）

慢 卿

"朋友们哪，每天工作时间这样长，所得的劳资微而又微，我们应当团结起来，向厂主卜要求改善待遇，增加工资。我们进行的步骤要稳重，我们要求的态度重要循理，不过激，不剧烈，总期望唤醒他们资本家的压榨的劣想。改良了我们同在呻吟残喘着度牛马式之生活的被压迫的同胞们的人生。"

志新在某大工厂里，时常的向共同在工作的工友们这样说："工头！你把志新招呼来，你管的什么，在工作时间哪能容他随便的说那不三不四的话呢？"厂主人听得志新时常向工人演说，要要求改善待遇增加劳资，不由心头火起，唤叫工头要施展厂主的威严。"你——他妈的吃了两天饱饭，就要起事，嫌这工作劳苦资小，你不会走吗？另找好地方去呀，你在我这工厂里说三道四的，你什么心意，趁早滚你妈的蛋。"厂主人一看着志新怒焰万丈地骂说。"你骂谁？我们挣钱还挣你骂吗？"志新也怒形于色地诘问厂主人。"啊！给我绑上他，送他公安局，这样的共产党徒，哪能容留？"厂主人见志新怒诘，遂以如同杀人之利器的"共产党"三字，给他加在头上，吩咐工头■送。

“万恶的旧家庭其恶如彼，可恨的场主恶狠如此。穷苦同胞何以生呢？……咳！顺之未必其生，逆之未必其死……破坏——是改造建设成功之母，不有大乱，终无大治，不有破坏终无新建设。我既志在革旧，应当努力破坏，努力与旧的奋斗。”经多人劝阻幸未被以共产党送官惩处的志新脑海里总是这样想着。沉沉的深夜，辘辘的机声，大地都在黑暗，空气尽在紧张。恼愤的志新，从着思想的使命，割断了厂中的电线，纵放起冲天的大火，将某大工厂焚烧了个片瓦无存。尊严的场主也无形地行了火葬。

（摘自1930年8月8日《泰东日报》）

言情外衣下的现代性呈现

——《玉环遗恨》评介

邱　伟

《玉环遗恨》是一篇家庭小说，于1919年10月12日开始连载于《泰东日报》，作者燕市晨钟。

燕市晨钟是《泰东日报》早期的主要编辑人员，笔名燕市晨钟。他不仅发表小说，还发表了大量的戏曲评论文章，是20世纪20年代前后大连地区比较具有代表性的报界人物之一。

《玉环遗恨》采取章回体例的写作方式，共十五回。章回小说特点明显，分回标目，段落整齐，标题充分概括每回的主要内容，从每回的题目可见《玉环遗恨》具有话本或评书的特点，例如：第一回标题为“马星垣学堂毕业　为贺寿再入京师”，第四回标题为“讲时势高谈阔论　劝出山一篇良言”。

《玉环遗恨》以马星垣带着长子马世昌入京师为姐夫德福华贺寿为开端，引出了马世昌与德福华女儿玉环的凄惨爱情故事。马世昌与玉环日久生情，真心相爱，双方母做主给他们定了亲，玉环的母亲认为“世昌侄儿是很有心胸的，将来定能大富大贵，我女儿玉环长得却也下得去，我打算咱们就效那世俗姑表作亲吧”，“亲上加亲”。但随着德福华、马星垣夫妇的相继过世，原本住在玉环家的马世昌被玉环的母亲以“我们老爷去世也没给我留下一点儿产业，我打算把我西院的房子卖出去，我们母女也好过日子，没有别的，我也顾不了亲戚啦”为由赶出了家门，并且放下狠话“你想我女儿那样的容貌才学，能够给你们那穷酸吗？那可真是拿着鲜花插在粪堆上啦。简直是癞蛤蟆要吃天鹅肉，那不是妄想吗？”拒绝了马世昌与玉环的婚事。

马世昌只能带着弟弟和两个老仆人流落在外，因久病不得医治而去世。被母亲许配别人家的玉环面对母亲、爱人和世俗无可奈何，既“不敢怨天，不敢尤人，不敢恨生母，又不敢以兄之身侍他人”，只能“以五尺丝巾了此残生”。一对曾经令人羡慕的青年男女就这样带着对世俗的怨恨、带着对爱人的不舍双双离世。正如作者在开篇写道：“这是前清末造的一桩事，实命名叫玉环遗恨。这四个字的写意阅者诸公们看完了也就明白啦。其中所说的就是我们中国这婚姻问题、父母专制的害处与家庭教育是很有关系的。”

《玉环遗恨》据作者介绍是发生在清末的一桩惨事，但是小说发表于1919年底，这一时期新文化运动已经在北京上海轰轰烈烈地展开，大连作为东北地区较早接受新文化影响的地区，先进的知识分子已经开始接受并宣传新文化思想，这篇小说题为“玉环遗恨”，就带有对封建婚姻制度强烈的批判性。

玉环的母亲是封建包办婚姻制度的代表，在小说中，她左右着玉环的婚事，“父母之命，媒妁之言”是他们最强大的理论支撑。玉环母亲在玉环婚事上的决定权，暗示着在新文化运动初期，封建意识和封建势力仍然占据着统治地位，女性的社会地位仍然受着封建思想的禁锢。

马世昌和玉环虽然接受了教育，却被封建思想和文化禁锢着，无法用自身的力量撼动封建婚姻制度和封建家长制，成为封建婚姻制度的牺牲品。然而，年轻人用生命的代价表达了挣脱封建思想禁锢的决心和对婚姻自由的向往。

附录：玉环遗恨（节选）

燕市晨钟

第十一回　马世昌被逐迁居　德马氏忘亲负义

却说马宅的义仆马二向世昌说道：“少爷，你别老哭啦，现在离着发引还有八天的工夫，你打算怎么办呐？”世昌说：“我是一点儿主意也没有，我现在也没有钱，这个事情没有别的，你是我父亲的老义仆，我这件事情全交给你，你算算家里还有什么产业，你就都替我变卖了，我把这些钱全要发丧我父母。”世昌说到这儿，又是放声大哭。马二也是一个劲儿地掉眼泪，主仆哭了一会也就各自和衣就寝，不提。单说一幌儿就是七八天的工夫，这一天发引的日子到啦，世昌他是个孝道的人，所以就叫马二把这白事办得也很热闹，所来的亲友全怜悯世昌这小哥儿两个的境遇，没有一个人不掉泪的，这且无须细表。在下把这一段事情交代清楚我要另笔续玉环的一段伤心史，闲话撇开。

且说马宅发引以后，世昌仍然是上学堂念书，就把些旧日用的仆役全遣散了，只有义仆马二、老媪李妈这两个人是星垣旧用的老仆役，他们两个人是很沾过马宅的恩惠的，所以现在马宅虽然家道中落，可是看着世昌兄弟这个景况，绝不忍离去的。这且不提，再说德氏是一个嫌贫爱富的人在下已经表过。

这一回马宅办白事没有现钱，直把世昌急得终日不食。德氏也不闻不问装聋作哑，这且不说。有一天，德氏把马二找过去说道：“我是一个寡妇失业的人，我们老爷去世也没给我留下一点儿产业，我打算把我西院的房子卖出去，我们母女也好过日子，没有别的，我也顾不了亲戚啦。你告诉你们少爷想法子搬家得啦。”马二听了这一句话真仿佛冷水浇头一般，心里不住地咒骂德氏说：“你们是骨肉至亲，现在马宅家道中落，就该念至亲关情想法子周济才是。况且我们老爷太太在世何等的慷慨，看起这个来真是浮云世界流水人情。”这是马二心里的话，未曾发表出来，再说马二听德氏把话说完也就说道：“德太太，你既是这样儿说我们主仆也不好叨扰你，可是我们少爷的亲事你想几时办好呐？”德氏一听亲事两个字，把脸一红把眼一瞪，说：“马二，你真不要脸，谁家大姑娘拿着亲事可以随便说着玩的吗？我告诉你，你要是再说这话，连你们那穷少爷全算着，赶紧给我走着，别在这儿搅我。你想我女儿那样的容貌才学，能够给你们那穷酸吗？那可真是拿着鲜花插在粪堆上啦。简直的是癞蛤蟆要吃天鹅肉，那不是妄想吗？”

马二听了这一篇话比从先说的更厉害啦，在屋子里木了半天，没法子垂头丧气地回西院去了。到了西院，把德氏说的那些话一五一十地全告诉了世昌，世昌听了这些话，不由得一阵伤心，掉下几点儿泪来，又向马二说道：“咱们虽然是穷，却别忘了志气两个字，明天你就到街上找几间房子，找着房子咱们就搬出去，不要受人奚落。”次日，马二也就到了街上寻找房子，走来走去走到东单牌楼石大人胡同，猛一抬头看见胡同口墙上贴着招租的广告，马二留神一念原来是四间西厢房就坐落在本胡同路南的大门里。马二看罢也就信步进了胡同，上前一打门，里边出来一位老者就把马二让进去了，原来这位老者就是房东，马二就同老者议定了租价，马二也就告辞了老者，说：“我们大概明天就要搬来的。”老者答应一声说：“随你便吧。”当下马二回了堂子胡同见了世昌把找房子的事告诉明白，世昌道：“那是很好啦，咱们明天就搬吧。”

第十二回 殷孙氏建议重亲 多情女临风挥泪

话说马二赁妥了房子，次日世昌就见了德氏说了许多的客气叨扰的话，德氏也不深留，从此世昌兄弟主仆就移居石大人胡同去了，这且不提。再说玉环整天儿在屋里描针刺绣，德氏如何下逐客令叫世昌搬家，如何不承认亲戚，世昌如何搬走了，她是一字也不知。

这一天贵娥向玉环说道：“姐姐，我听见说在你们西院住的那门子亲戚搬走了。”这是贵娥小孩子家无心话，她哪知道玉环是有心听的。当下玉环就是一愣，说道：“你怎么知道呢？”贵娥说：“有一天我大娘把西院的那个老头儿叫什么二的找过来啦，我大娘就把他说了一大顿，叫他们赶紧的搬家给腾房子，后来那个老头儿又说亲事一层你打算几时办好呢，我大娘一听就生气啦，说你要再说亲事两个字连你们那穷酸少爷赶快给我走着。今天早晨我听见外边车响我出去一看，就是西院搬家的。我又看看他们那少爷，两只眼肿的就同桃儿一样，现在全搬完了。”贵娥一边说着一边用手摆弄玩意儿，这个时候直把玉环听得如呆如痴，没等贵娥说完她早就泪如泉涌啦，心里不住地暗恨她母亲嫌贫爱富人面兽心。又一想世昌哥哥带着几岁的兄弟也不能搬到哪里去了，他现在念书还没有毕业，家里又没有恒产，眼看着就到了冬景啦，怎样可以度日呢？玉环想到这里真是肝肠欲裂乱剑穿胸的一般，不住地用丝巾擦抹眼泪。

贵娥说完了话儿，不见玉环吱声，抬头一看，见玉环正掉泪呐。贵娥不知所以，说：“姐姐你哭什么呀？”贵娥连说了两句玉环才听见，也就向贵娥笑道：“谁哭呐，我用手■了眼睛啦，怪疼的。”贵娥听了信以为实，也不介意。从此玉环就终日的背着人哭泣，也不思饮食，就同害病的一样。后来日子多了，德氏也就看出来咧，百般地问她要怎么样，玉环也是不说，只说有点儿不舒服，把德氏急得万般无奈。因为她是爱女心切，所以焦躁的了不得。有一天就同殷孙氏说："你看我这个女儿，也不知她要怎样，终日里不是哭就是泣，谁家过好好的日子这样儿呀。我又想就是这一个女儿，总不能叫她有了好歹，真要是有了好歹，我这条老命也是无须活着的。"殷氏说道："你不用愁闷，我想俗语有两句话，就是说女大不可留，留来留去结成仇，这是天演的公例（糊说）。你我全从大姑娘时代过过，难道还不知道这个吗？我干女儿今年十八岁了，要是总不叫她出嫁，我想还怕出别的意外呢（此之谓以小人之心度君子）。"德氏听到这里，她本是一个没心没肺的人，也就应声答道："你说的这些话却很有理的（观此二语则德氏之为人可知），我是不能出去的，亲戚也很少，就托你给她找个主儿吧。可是，我女儿不能受辛苦的，要是那半破子人家，我可不能给，总有家道殷实一点我才作呢。"当下殷氏也就满口应承说："我能办，不会办错的。"从此，殷孙氏就当了说媒拉皮条儿的啦，这儿碰那儿撞，德氏因为要挑选一个富户人家，所以殷孙氏提了几次都不合适。有一天，殷孙氏回来向德氏说道："我今天出去却找着了门当户对的人家儿啦！"德氏接着问道："谁家呀？"殷孙氏说："我先喝一口水再说。"德氏叫老媪给殷氏斟了一杯茶放在桌上，殷氏又拿她那二尺多长的关东烟袋装上一锅儿关东烟，用手取洋火燃着了吸了两口，这才说道。

第十三回 说姻缘殷氏捣鬼 哭先父肝肠寸断

你知道海岱门外头有一个手帕胡同啊，里边有一个住家的姓荣，是正黄旗人，在那王府里充当佐领，跟我们当家的同行（物以类聚）。我不知道他名字叫什么，我听我们当家的念道过，说叫什么荣寿哇。就是他家里是很有钱的，人口也清净，他就是夫妻俩和两个阿哥。大哥儿今年才19岁，二哥儿还在怀里抱呐。荣寿老夫妻早就同我说过，家里没人，要想给大哥儿早一点娶亲，好抱孙子。可是给他提亲他也很是挑剔的，我看你们要是作亲，一来可以说是门当户对，二来可以说是女貌郎才，真是小对儿才子佳人。就是你百年之后，叫荣大哥儿给你打幡儿，说真的，就是自己的亲儿子也有不送终的，你想是不是呀？再者说玉环是我的干女儿，倘若是那半破子人家不用说你不肯给，从我这儿说就不能给的，咱家拿着娇生惯养、如花似玉的女儿往火坑里送呀。我是实诚人，不会巧嘴花舌花言巧语的，也不是说荣家是个财主，谁不知道哇，在海岱门一块儿一打听没有一个人不晓得的。这门子亲事要是作成了，准包管你没有后悔，就是那荣大哥儿的才貌，也很可以配的上我干女儿。殷孙氏一边说一边吸他那臭关东烟，还很觉着洋洋得意似的。

德氏听了这一片话，心里却很是愿意，也就顺口答道："你等着，我同玉环商量商量去。"德氏说完了话儿，就立起身来走进玉环房里。一见玉环在床倒着，面儿朝里，贵娥坐在旁边，一边玩耍一边给她干姐姐捶腿。德氏进来她也没看见，德氏也就坐在床上说："玉环，起来，我同你商量点儿事情。"

玉环回头一看，见是她母亲，也就笑了，说："您什么时候进来的呢，我们在屋子里这两个活人会全没听见你走道儿响，你要是做贼去可行啦。"玉环说完了也就全笑起来啦。德氏这才说道："我今天同你说点儿事，你也不用害羞，这是人间大道理。"玉环一听就知道她母亲没有好心啦，也不吱声，就一斜身儿又倒在床上了。德氏一见不由得气往上冲，说："你这孩子，我把你惯坏了，难道你跟我一辈子吗？怎么一点儿好歹全不知道哇？你老气我，你把我气死，你就成了舍哥儿啦。"德氏越说越气越嚷嚷。

殷孙氏在上房里听见也就赶紧地跑过来，说："你别生气呀，慢慢地同干女儿商量。"德氏说："我没那闲工夫同她商量，将来叫她自己想，我横是对得起她的啦，像这样的儿女简直的是冤孽。"德氏说着话也就往上房去了。这里殷孙氏见德氏走了，一看玉环在床上倒着哭的泪人儿一般，枕头衣襟全湿啦。

殷氏就叫老媪拿一个热手巾把儿来给玉环擦擦脸，又向前劝道："干女儿别哭啦，你看看你这些日子把身子糟蹋成什么啦，面黄肌瘦的，有什么心事不好同你妈说，何妨同我说说呢（你算什么东西）。"玉环止住悲声，说道："干妈，你不知道，你想我母亲若大的年纪，我上无三兄下无四弟，我怎么能够离开她老人家呀。倘要是有个天灾病业头疼脑热的，又有何人侍奉汤药呢？不想我母亲不原谅我这一点儿苦衷，说我是故意撒刁，真把我屈煞了。"说着又哭起来。殷氏又劝道："这是你一份的孝心，人人当佩服的，可是你想你今年这么大啦，要是老守在闺阁里，就要惹人议论了。可是也议论不着你，必是说你母亲不办正事啦，谁家二十来岁的大姑娘老不出嫁呀，你想对不对呢？"殷孙氏摇唇鼓舌，自以为可以劝动了玉环的心眼儿，她哪知道她说了半天玉环没用心听一句。殷氏见玉环只是低头落泪并不言语，她以为玉环是默然承认了，她又说道："这门亲事是我给提的（没有你谁挨骂），将久过门之后准能叫你们小两口儿全须叩头谢谢我。况且人家荣府上是一个大财主，准能叫你吃一辈子珍馐美味，穿一辈子绸缎绫罗，你这福分我真是羡慕不到手的（下贱东西）。"玉环听了这些话焉能容得，说："你快出去吧，我要关门睡觉了。"说罢又放声痛哭不止。

第十四回　马世昌少年落魄　德玉环卧病深闺

却说殷氏一见玉环如此，也就没脸再坐着啦，搭跛着也就出去了。玉环叫贵娥把门关上，还是啼哭不止，贵娥见玉环哭的如此，她也跟着放声大哭。

玉环倒在床上思前想后，说："要是有我父亲在世，哪里能够像我母亲这样糊涂的。也想不到这殷氏是这样品卑身贱的东西，早知如此我是不认她作干妈的。"又一想到世昌的境遇更是心切关怀，又哭了一会，觉着精神恍惚也就昏昏睡去。再说殷氏从玉环屋儿里出来进了上房，一见德氏坐在床上还生气呐，殷氏又劝了德氏一会。停有半晌的工夫德氏才开口说道："亲事咱们就那样办吧，既是你给提的我也没有什么不放心的。"殷氏说："亲事是没有错儿，可是那边说放了定礼，就要择期迎娶的。"德氏说："那就随人家的便儿啦，还能说叫人晚一点娶吗。"殷氏笑道："你真是一个明白人。"德氏也就笑道："明白人养糊涂女儿。"当下二人大笑起来。次日，殷孙氏又到荣姓家里把事情全办妥当了。

择定吉日过了定礼，德氏此时心满意足，以为是结了一门子阔亲戚非常的得意，净等着那边择期迎娶啦。看官要知道这一回事全是殷氏的鼓吹。过礼的时候德氏也没叫玉环知道，她哪知纸里焉能包住了火，后来玉环耳头里就有点儿影响，知道了这件事啦，由此玉环就郁闷成病终日不起了，这且不提。

回文再说世昌自从搬到石大人胡同去，他兄弟全有老义媪李妈抚养，他还是刻苦攻读昼夜不倦，后来也没有钱念书啦，只得自己在家用功，焚膏继晷苦不堪言。多亏了义仆马二义媪李妈同他们哥儿两个过日子，世昌虽然是年轻的人，可是人小心大很知道自强自立。无如命运如此，可真不是勉强的，日子一长也就害起病来。一直的卧病十几天个工夫，眼看着一天重似一天。

这一日早晨，马二上街请医生去，正从德宅门首经过，可巧贵娥在门前站立玩耍，她看见马二她却认得，贵娥是个小孩子本不懂得什么。她看见马二进胡同口儿她就跟进去啦，这也是该当凑巧，贵娥跑到玉环屋里说："姐姐，你看新新景不看？"玉环说："什么新新景啊，这样大惊小怪的。"贵娥说："从先在西院住的那个马老头儿呀，蓬头垢面的同花子乞丐一样儿，真是好新新景啦。"玉环听罢，把双眉一皱停了半时说："你把他叫到我屋里来，可别叫你大娘知道了。"

贵娥答应，出去恰好马二才过了德宅门首不远。贵娥把他叫住说："我干姐姐叫你呐，你可别大声说话呀，我干姐姐说啦，不叫我大娘知道呐。"马二答应一声是了。说话的工夫进了玉环的屋子，马二一见玉环面黄肌瘦却不同先前一样啦，暗暗吃了一惊。也就给玉环请了一个安，站在一旁。玉环一看马二须发皆白，衣服破烂不堪，真仿佛市肆上的乞丐一样。玉环见了马二这样的狼狈就知道世昌也万不能丰裕的了，想到这里还没问马二话呐就先泪落如雨啦。停了半时，忍泪含酸向马二问了问世昌哥儿两个的光景。马二细细的向玉环哭诉了一回。此时玉环已经是泣不成声啦，贵娥也跟着哭，马二更是悲恸，可不敢哭出来。玉环俯在桌儿上哭的身体疲困，就叫贵娥由箱子里取出二百块钱来交给马二说："你回去把钱交给你们少爷，我这儿还一封信你也带回去交给你们少爷，可别给别人看见了。"马二连声答应，不大的工夫玉环把信写完交给马二，马二一手拿着钱一手拿着信给玉环叩了头，替他们少爷谢了玉环的恩德，这才出了德宅回去了。

第十五回　留余恨香魂渺渺　殉尺书乘鹤西游

话说马二出了德宅一直的到了家，见了世昌就把路过德宅被玉环小姐知道，如何有一个小姑娘把我叫进去，玉小姐如何地卧病，如何地赠银修书，他就一五一十地告诉了世昌。世昌一听焉能不伤心呢，可是他现在病危膏肓，不能再用心的啦。马二有心把这封信先不给世昌，可世昌哪里答应马二，没有法子就把原信递给他了。

世昌拆开一看只见上面写道：世昌表兄，爱鉴窃思先严辞世弹指数年，我母愍庸，为人蛊惑，以致婚姻二字竟食前言。然则我母之喜富嫌贫，固不必有所讳言者也。殊不知儿女终身之事奚可强迫者哉，第以妹现处之境遇，也不敢怨天，不敢尤人，不敢恨生母，又不敢以兄之身侍他人，彻底愁思无以自解，唯有以五尺丝巾了此残生而已。倘天地有灵，愿来生结成手足。此妹之焚香稽首者，也望兄切勿以此介意，致误前途，庶可免妹之一重罪孽也，临书挥泪不知所云，伏维青鉴不宣。妹玉环手字。

世昌把信念完也没言语，只见他脸上直变颜色。不大的工夫满脸青紫，马二在旁边一个点儿地落泪，说："少爷，你觉着怎么样啊？"世昌也不吱声，又停了十分钟的工夫，只听哇的一声，马二一看说声不好，只见由口里吐了许多鲜血，这个时候世昌连眼睛也不睁开啦。

马二用手一摸，已经是气绝了。世昌一死不大要紧，直把马二哭坏了，看他白发苍苍俯在世昌尸前身上一个点儿地哆嗦，真是令人不忍卒睹，这且勿庸提了。回文再说玉环自从给了马二银两信件去后，她把牙关一咬，绝是要自缢身死了此残生，当晚就悬梁自尽啦。在下编到这儿，看官们脑筋里有一点儿感想没有，这就是婚姻问题，四字却有极大的研究地步。我编这本玉环遗恨宗旨也无非就是要择一段关于父母强迫婚姻可悲可惨的事情，对诸君们学说学说。至于书中马其昌，我听说后来被德氏接到家里认作义子，马宅的义仆马二死后，马其昌已经成家立业了，很给马二发丧一个阔殡。正是：

一段良缘成幻影　多情儿女丧残生

婚姻休说前生定　莫道媒妁尽可从

（摘自1919年10月12日《泰东日报》）

思想的巨人 行动的矮子
——《一个神经病者》评介

王长丽

《一个神经病者》发表于《青年翼》第五卷第十二号。作者檄生，本名不详。作者写了这样一个人物：一个大学生，每天听着钟声上课、下课，但心思却不在课堂上。虽然“他有课必上，决不缺席。但他上课，也不过是仅仅应声‘到’罢了，教授先生讲的他半个字也不曾听到，究竟他坐在位上干些什么呢？就是他自己也不晓得。只见他睁了眼，张了口，向空望着，好像在想什么。若问他究竟想些什么呢？他又不晓得了”。

他对任何事物都无兴趣，至于上课、吃饭、睡觉、走路、谈话，等等，对他而言就是消磨时间罢了，没有更多的意义。“所以他做什么事，都不是认为这事有什么意思才去干，而是本于消磨时间的见地的。他以为人生就在消磨时间，于是发明了‘涂字’，因为这实是一个消磨时间的妙法。”有时，他也会寻找一些新的消磨时间的方式，比如看戏，“于是就开始每晚到戏院去，当台上演得有趣，大家哄笑时他也大笑。可是他的笑，不是笑台上演得有趣，而是见了看众张开大口，捧腹狂笑，他思索这种现象的神秘而不得，所以大笑的。当初几晚，他也觉得有点快乐，但是一秒钟的快乐，绝不可以延长到一分钟的。而且归后回想起来就非常的不快乐，于是他从此懒到剧院去了”。

他对恋爱抱有极深的成见，也不和人交际，所以没有什么朋友。“他说，他看见人们脸上都戴着极厚的网，看不见真面目。他只情愿同小学里的小朋友们玩，时常买些花生、糖果，和小朋友们抢着吃。”他想和小鸟玩儿，鸟儿会四散飞去，想和鱼亲近，鱼儿也是迅速游走。这些对他的心理都是巨大的打击。有一天，一颗陨星落在地球上，从此，他就希望着能长出翅膀，飞离地球。

作者写这篇小说寓意是很明显的，借一个人的行为衬托出一群普通人的形象，具有反讽的意味。在所有人眼中，这个行为怪异的呆想者就是一个神经病，人们也懒得搭理他。任何一个社会都需要有责任感、有行动力的人，去推动社会进步。这篇小说中的主人公或许是有思想的人，但面对种种社会问题和人生的不如意，他无力解决又缺乏行动，只能一味地空想甚至逃避。而社会上的大多数人，自认为积极乐观，却是以一种随遇而安的态度与社会妥协，这种集体无意识的现象，是当时社会的一种通病，却不为人所知。作者借小说表达了自己的思考，无论是个体还是群体，对这个社会和自己的人生都缺乏更清醒的认识和深入的思考。个体的空想和集体的顺其自然，都是缺乏责任感的表现，都不是作者想要的状态。小说鞭笞了空想者和不作为的状态，表达了渴望改变社会现状，创造一个充满活力、和谐安宁的社会的愿望。

附录：一个神经病者（节选）

橄　生

四

如果有人和他谈论恋爱，他总是冷笑。他以为世间绝没有真正纯洁的恋爱。所谓恋爱，不过是金钱名誉等化合物的代名词。即使不是代名词，然而恋爱的成分，百分之九十九为金钱、名誉等，却是的的确确的。

他说他极同情于斯特林堡，因为他也是憎厌妇女惧怕妇女的，见了妇女，面庞就不知不觉地变得通红，一句话都说不出。他说妇女们好像是个钓者。钓者得了鱼，赶快拿回家，烹熟着吃到肚里去，这是钓者对于鱼的大恩惠、大功德，假使钓者钓起一个鱼，放在手上赏玩赏玩，让鱼吃些空气中的灰尘，翻翻白眼，张张口，然后再把鱼投到水中，鱼经过这番浩劫以后，不残不活，委实难受。可是妇女们就好做这类的钓者。

间或有些人向他声明，“我们的恋爱是神圣的、灵的！”但他一听到，不是向旁啐一口，就是喊头痛。因此人们都有点恨他。不过晓得他是个有神经病的，只好一笑置之。

五

在他宿舍背后，有一条铁道。一日夜间，轰轰的火车，来往不绝。他凭着窗口，望着火车拖了很多的人过来，又拖了很多的人过去，他几次看了大笑起来，像是已经得了什么似的。

半夜里，他呆想了睡不着觉，便索性点起蜡烛，坐在床上呆想。他委实是个呆想大家，简直可称为呆想博士了。

从别人对于他的批评，他知道人们不满意他，说他态度讨厌。他自己反省一下以为没有什么态度，只是自然而然的，何曾有所谓态度的特别现象。

六

他懒玩那些交际圈套，所以没有什么朋友。他说，他看见人们脸上都戴着极厚的网，看不见真面目。他只情愿同小学里的小朋友们玩，时常买些花生、糖果，和小朋友们抢着吃。

有一次，他一人到郊外去散步，看见小鸟在草地上跳着、叫着、打着、吵着，他想起和小朋友抢吃的故事，就乐不可支的跑向前去，想加入他们的队里去玩。但是小鸟们还没有等他跑到跟前，早拍着翅儿四面飞散了。又有一次，他坐在池旁，想同鱼们谈谈，可是鱼们见了他的影子，就避之不遑。他！为着这两件事，印在脑里极深，而且几次要大哭出来。

……

（摘自《青年翼》第五卷第十二号）

新女性的抗争悲歌

——《最后的胜利》评介

范译鹤

《最后的胜利》，作者警霓，1934年7月26日发表在《泰东日报》上。根据作者的署名，可以推断警霓是作者的笔名，作者其他的个人资料很难收集，写作风格也只能从散发在《泰东日报》的作品中推断一二，现选取其具有代表性的作品《最后的胜利》进行分析。

《最后的胜利》具有时代特性，讲述了接受新文化思想却命运坎坷的郁芬所经历的“挣扎、苦斗”的人生。郁芬五岁的时候，被爹妈以五十元的价格许配给了一个庄稼汉。郁芬天资聪慧，接受了新式教育，成绩优良，却因为家境贫穷几次辍学，最后彻底失去了读书的机会。然而，“经受了几次的命运之神的毒打的她，其高尚的志向却不因此而稍减，不屈不挠的精神未曾稍懈。物质上肉体上虽受了莫大的打击，伟大的灵魂却半点未伤”。心底里希望能够以个人的力量与时代和旧家庭抗争。

她最大的抗争来自反对父母已经给她定下的亲事。她认为“她不能再去装那所谓‘三从四德’的拥护者了，她再不能去披那所谓礼教的信徒的假皮了”，然而她“个人的力量始终无法冲破旧礼教的桎梏”，对婚姻自由的冲动和向往时刻提醒着她要“振着双翼和那恶魔们决一雌雄”。但是现在的她只有“久病的肉体、麻秆似的腿、笔杆似的胳臂、雀爪似的手、美匙似的脸”，哪有力气与之抗衡呢？肉体和精神上的双重压迫，使郁芬十分痛苦，尽管如此，郁芬也要用尽最后的力气与之抗争。在媒婆催婚，定了婚期之后，郁芬感到

“我就这样应允了？不，决不！我是负有改造旧家庭的责任者啊，我得做女同胞们的模范啊。对，我的生命只要不灭，就得跃起奋斗啊”。

小说的结尾并没有交代郁芬抗争的结果是怎样的，只写道“万物俱归于寂静，由窗隙透进来至死不服从与雾浪搏战的一丝月光，稳明地落在壁上”，给予读者充分的想象空间，但是“万物俱归于寂静”和“至死不服从”又好像已经交代了郁芬的结局。

《最后的胜利》具有鲜明的时代色彩，通过郁芬的遭遇揭示了封建包办婚姻对女性的摧残，呼应了新文化运动开展以来反对封建婚姻的主题，面对这样的压迫，哪怕以生命为代价，也要为争取“最后的胜利”而“抗争”，这是获得人性自由的唯一手段。

作品语言简洁、生动，笔法踏实，没有过多的煽情，却使郁芬的悲惨命运跃然纸上，真实可感、引人同情。

附录：最后的胜利（节选）

警　霓

虽然，经受了几次的命运之神的毒打的她，其高尚的志向却不因此而稍减，不屈不挠的精神未曾稍懈。物质上肉体上虽受了莫大的打击，伟大的灵魂却半点未伤。

时代的巨流深深地刺激了她，与她以深刻的警钟，婚姻的自由又特别冲动她的心灵，使她不能再去装那所谓“三从四德”的拥护者了，她再不能去披那所谓礼教的信徒的假皮了。

她的爹妈——礼教的忠良的信徒，把她打五岁的时候就许配给人了。当时的卖价是五十元，他们是很喜欢的，很希望这样买卖常常有。

她的对方呢？是一文不识的一介庄稼汉——虽然是小康。许配固是许配了，然而在横溢着新思想的她，哪能轻易就屈服在他们的欺人的马上，能叫金钱把灵魂买动了吗？

今天晌午，媒人又来了，催促快给个好日子，那媒人瞪着欺诈的鬼脸：“别闹啦，还装装扮扮到那头去，还不是好事啊？吃、穿什么也亏不着，说吧，那女婿也是二十多岁的小伙子，勤俭治家也是把好手啊，真是的！”

“人家也说了，要什么给什么，你说是金手镏、金镯子、绸子棉袄、缎子……什么不给？咳，趁早吧！”

她爹妈也助纣为虐的帮着媒人使劲，对着她笑道：“好闺女，听老的话！允了吧！”

回转过头来对媒人说：“她舅，你放心了！不会错的。下月初八日，你看怎样？西头她大叔给找的。”

他们痛痛快快的把日子一定规，媒人乐颠颠地走了，高兴痛快地赚个大猪头。

她——苦命的郁芬，还有什么办法呢？只有听命运之啜泣，灵魂坠泪了！

然而刚强的她，岂甘屈服吗？哪能装那份“好闺女”呢？只有振着双翼和那恶魔们决一雌雄了。但又哪来那振翼的勇气呢？的确，精神是具有超乎其上的勇气，然久病的肉体、麻秆似的腿、笔杆似的胳臂、雀爪似的手、美匙似的脸，岂能做主？

黑沉沉的夜色，笼罩着大地，矮房中的窄室里坐着苦命的她，比绵羊都老实，屏息着、沉思着：“我就这样应允了？不，决不！我是负有改造旧家庭的责任者啊，我得做女同胞们的模范啊。对，我的生命只要不灭，就得跃起奋斗啊，就得……”

万物俱归于寂静，由窗隙透进来至死不服从与雾浪搏战的一丝月光，稳明地落在壁上。

（摘自1934年7月26日《泰东日报》）

不可违抗之命

——《吉日》评介

古雅静

小说《吉日》，作者醴徵，发表于1934年8月6日《泰东日报》。从1933年至1935年，醴徵的作品经常在《泰东日报》上刊载，内容丰富。1933年的《黑死》《贸易》《犹豫》《恢复》《母亲》《车站上》，1934年的《吉日》《剪菜》《一天到晚》《老王》《他的积蓄》，1935年的《子孙奶奶》《幸福者》《寒假》《孝子》《扫墓》《守寡》，仅三年的时间，醴徵就在《泰东日报》上发表了近20篇小说，可见其创作的积极性。

《吉日》这篇小说讲述了主人公志新为了满足父亲的愿望放弃考试回家成亲的故事。题目中的"吉日"指的是当地贾半仙在数十日内算出的婚娶之吉日。这篇小说篇幅不长，却道尽了主人公志新的两难选择。

小说开篇是一段学校发布的通知，告知在校学生们这个学期的课程即将结束，本学期的考试定于11、12、13日这三天举行。主人公志新从学校的布告处往宿舍里走，心里充满了希望，但又感到不安。上学期同班的李军得了第一，这学期他想着一雪前耻，勇夺班级之冠，可是一封家书将他的计划全部打乱。家中的父亲来信令其立刻回家成亲。当地远近驰名的贾半仙算得本月12日是成亲的吉日。父亲以"一则尔母年迈，尔嫂又常患病，家中乏人操作。再则男大需娶，女大当嫁"为由，命志新务必回家，千万不能错过吉日。志新感叹为何要这样急迫，眼看再过几天就放假了。于是，他写了一封信给父亲，欲与父亲商量一下，是否可以推迟几天，等考试结束之后，再完婚也未尝不可。但是父亲在回信中拒绝了志新的提议。志新只好回到家中，然而在这个十分不易得的吉日里，却下起了倾盆大雨。

小说从志新接到考试通知，到收到家书劝回，再到志新意图沟通无效，回家筹备婚事，最终约定的吉日被迫推迟，令读者深切地感受到志新“父母之命不可违”的迂腐与无奈。志新作为接受教育的青年人，却被封建的愚孝和迷信思想所左右，他想过反抗父亲的“吉日”观念，却只是进行了无效的抵抗，最后，放弃了考试机会的志新与全体宾客，在“不易得的吉日”里，看着大雨倾盆而下，将小说推向了高潮。这个意料之外的结局莫不含有嘲讽之意，文字背后蕴含的深层含义值得读者细细品味。

附录：吉日（节选）

醴 徵

三

毕竟十二日是不易得的吉日，鼓乐房的生意，非常兴隆，连很小的学徒也都随着滥竽充数，但还有的人家宁可花多少钱也雇不着吹手的。棚铺更不用说，老早就把用具租了个罄净。碗铺的老板，会做投机事业，把崭新的碟碗向外租赁以补器铺的不足。过后用小灰一擦，仍旧照常出售，厨师和油工等，当然得以加倍的代价登门奉请，虽然办喜事的仍感缺乏之苦。

这一次的设备和用具等，虽然多费不少钱，但早都由志新的父亲■措停当了，但还有一件很要紧的事情，却使志新的父亲放心不下，就是一位娶亲奶奶到现在还没有请到。

也许是贾半仙一流的人物早就把消息泄漏了的缘故吧！附近所有的老媪，早被人家像请“大宝”似的约定下当娶亲奶奶去了。好在我国人都是重信用的，不然，看他们那种恳恳切切的态度，一定要写下一张契据才肯放心。因此志新家的请这个专人，便委实成为当前急务。

他们也曾寻到了一两个属金命的老媪，但不是家中太穷，就是人口不全，所以都不合适。

最后还是在志新岳家的镇上请了一位来，和他们也有亲属的关系。于是这个问题才算解决了。

十日的这一天，志新家便把所养的三口肥猪搬倒了。因为志新的父亲是本镇的乡绅，镇上数的着的人，一定也不在少数，并且席面要丰满一些，所以三口猪的肉，志新的父亲还怕不足呢！

院中搭起一座很高的席棚，墙下新砌的锅■的旁边，厨师们在手脚不停地忙着，冒烟的地方。也不仅是往日屋顶上的烟筒了，熏肉的气味，充满了附近的空间，连跑来跑去的狗，看着也好像感到吉日将临的欢娱似的。这情景确乎是有些紧张了。

四

倾盆的大雨，从夜里就下得沟满壕平了，现在天已过午，还紧一阵慢一阵地淋着。空中被云遮得好像覆着一口大锅般的黑，一道透亮的缝儿也不见。

准备着今天去道喜赴宴的人们，只好在家中吃点便饭了。好在过后有“补礼”的通例，对于办事情的人家，还不至有什么过不去，也不过牺牲了两顿饭罢了。这是令他们同深惋惜的。

谁都知道：今天是不易得的吉日——十二日。

一九三四年七月二十二日稿于清水斋

（摘自1934年8月6日《泰东日报》）

第四部分　作品存目

《新文化》（《青年翼》）小说作品列表

序号	作 者	作 品	刊 号
1	朱枕薪	以往的恋爱	第二卷第一号
2	王皎我	回音	
3	汪德辉	阿儿勒城的女子	
4	汪楚翘	忏悔	第二卷第三号
5	朱世煌	离别以前	第二卷第四号
6	王皎我	在慈母的怀中	
7	末元	天幕	
8	汪楚翘	恶果	第二卷第五号
9	汪楚翘	恶果（一续）	第二卷第六号
10		疯人	
11	汪楚翘	恶果（再续）	周年纪念号
12	朱枕薪	卖果人	第三卷第二号
13	柴霍甫	老园丁的故事	第三卷第四号
14	刘如春	悲哀的冬夜	第三卷第六号
15	刘如春	南游余痕	
16	邢塞秋	沙鸥	第三卷第七号
17	郝冷若	吠声	
18	邢塞秋	沙鸥	第三卷第八号
19	汪楚翘	秋节	第三卷第九号
20	赵泳魂	再现	
21	赵泳魂	归宿	
22	郝冷若	秋	

（续表）

序号	作 者	作 品	刊 号
23	赵泳魂	斜阳道上	第三卷第十号
24	赵泳魂	母亲的眼睛	
25	叶绍钧	春光不是她的了	第三卷第十二号
26	白天	热血	
27	周哲同	伤痕	第五卷第一号
28	白天	爱与恨	
29	未农	一个忤逆儿子底供状	第五卷第二号
30	熙鍪	回忆	
31	金亦堂	余烬	
32	杨东门	前途维艰	
33	高雅范	心声遥寄	
34	范仲云	阶级	第五卷第三号
35	仲回	未知的寡妇	
36	冲虚	回想	
37	胡开瑜	风雨凄清之夜	第五卷第四号
38	孟■	母亲底慈爱	
39	漱石	女剑侠	
40	心秋	已去的夏天	
41	钧石	最后的解放	
42	语思	枯枝	第五卷第五号
43	复苏	慧眼识英雄	
44	希天	离家	
45	李方茂	末路	
46	雨天	天真	
47	雨天	春来了	
48	姚纪彬	归宿	第五卷第六七号
49	野鹤	春底林野	
50	刘振宇	福克的母亲	第五卷第九号
51	余伯龙	我们三个	

（续表）

序号	作 者	作 品	刊 号
52	成美	长夜	第五卷第九号
53	镜瑶	往本溪去	
54	悫子	重九	第五卷第十号
55	天羽	红儿	
56	雨天	告贷	
57	尹若	最初一课	
58	永魂	雨夜哀鸣	
59	镜瑶	秋夜	第五卷第十一号
60	徐曾	被摧残的萌芽	
61	天羽	小麻子	
62	镜瑶	不幸的小鸟	
63	WSC	铃声	
64	孙百急	五色国旗的谈话	
65	姚纪彬	秋雨之夜	第五卷第十二号
66	檄生	一个神经病者	
67	南冠	小江北	
68	天羽	芦中人	
69	周东纱	黑纱	第六卷第一号
70	镜瑶	到北陵去	
71	天籁	终成眷属	
72	良月	秋节	
73	泉生	乞幕	第六卷第二号
74	乐园	侠童	
75	天羽	燕子	
76	奉雪	革命与爱情	第六卷第三号
77	机声灯影	净尘	
78	天羽	侠僧	
79	问津	萧山寺尼	

（续表）

序号	作　者	作　品	刊　号
80	姜孝昌	永儿	第六卷第五号
81	李健吾	红被	
82	李旭华	彩票	
83	闻国新	我们的良人	
84	C	三个纺线的妇人	
85	王希仁	湖上	第六卷第七周纪念号
86	狂士	新梦	第六卷第十二号、第七卷第一号合刊
87	邵俊文	苦教员之自述	
88	文秀	风雪之夜	
89	文秀	七块多钱	
90	荫棣	离家之前晚	第六卷第七号
91	许君远	姐姐的猫	
92	朱君凯	一个理想的结局	
93	骑士	大连市之午夜	第六卷第八号
94	筱东	九指十三归	
95	镜瑶	重返故乡	
96	闻国新	聚首	
97	石泉	一点小事	第六卷第十一号
98	乐人	礼拜	第七卷第二号
99	晓	童心	
100	顾仁铸	沉	
101	陈兰如	需要价值	
102	陶然	漂泊的话	
103	昭 民	猎狮	
104	王统照	星光	第七卷第四号
105	庐隐	前尘	
106	凌畏女士	我的心儿碎了	第七卷第七号

《泰东日报》小说作品列表
（1918—1944年）

<table>
<tr><th>序号</th><th>作　者</th><th>作　品</th><th>发表时间</th><th>小说类型</th></tr>
<tr><td>1</td><td>徐幽客</td><td>理想之侦探案</td><td>1918.6.18</td><td></td></tr>
<tr><td>2</td><td>怀珊廛主</td><td>爱国潮</td><td>1918.6.2</td><td></td></tr>
<tr><td>3</td><td>狄小渔</td><td>苦海回头</td><td>1918.8.11</td><td></td></tr>
<tr><td>4</td><td>箭侠
明道</td><td>明季侠闻</td><td>1918.9.3</td><td></td></tr>
<tr><td>5</td><td>砚僧</td><td>守财奴</td><td>1918.1.13</td><td>讽世小说</td></tr>
<tr><td>6</td><td>民哀</td><td>切肤之痛</td><td>1918.11.23</td><td>纪事小说</td></tr>
<tr><td>7</td><td>胡寄尘</td><td>魔皇梦话</td><td>1918.11.27</td><td>纪念小说</td></tr>
<tr><td>8</td><td>周瘦鹃</td><td>末路</td><td>1918.11.28</td><td>警世小说</td></tr>
<tr><td>9</td><td>张舍我</td><td>千年（续）</td><td>1918.12.17</td><td>理想小说</td></tr>
<tr><td>10</td><td>盖平
刘化民</td><td>游莲花山记</td><td>1918.5.28</td><td></td></tr>
<tr><td>11</td><td>云夫</td><td>发财票</td><td>1919.3.22</td><td>白话小说</td></tr>
<tr><td>12</td><td>屯艮</td><td>驼穿针孔记</td><td>1919.4.24</td><td>劝世小说</td></tr>
<tr><td>13</td><td rowspan="3">大拙</td><td>连水勺波</td><td>1919.9.20</td><td>社会小说</td></tr>
<tr><td>14</td><td>金钟泪史（三）</td><td>1919.6.15</td><td>哀情小说</td></tr>
<tr><td>15</td><td>生日必得过</td><td>1919.10.10</td><td>寓言小说</td></tr>
<tr><td>16</td><td>燕市晨钟</td><td>玉环遗恨</td><td>1919.10.12</td><td>家庭小说</td></tr>
<tr><td>17</td><td>小凤</td><td>病虎</td><td>1919.12.9</td><td>短篇小说</td></tr>
<tr><td>18</td><td></td><td>醉汉的三十年</td><td>1919.12.10</td><td>短篇小说</td></tr>
<tr><td>19</td><td>乡下人</td><td>便宜</td><td>1919.12.11</td><td>滑稽小说</td></tr>
<tr><td>20</td><td rowspan="2">鹃魂</td><td>画局</td><td>1919.12.12</td><td>短篇小说</td></tr>
<tr><td>21</td><td>革命生涯（续）</td><td>1919.3.19</td><td>记事小说</td></tr>
</table>

（续表）

序号	作　者	作　品	发表时间	小说类型
22	鹃雏	鹃凤缘	1920.1.08	纪实小说
23		续鹃凤缘	1920.1.23	纪实小说
24	张影柏	曲罢余音	1920.1.08	
25	管际安	太阳看着笑了	1920.1.21	短篇小说
26	倬青	一个明信片	1920.1.24	短篇小说
27	博亲氏	巧玲之身世	1920.1.27	时事小说
28	燕市晨钟	王焕	1920.5.2	白话小说
29	大拙	望儿山	1920.5.4	短篇小说
30		龙潭记	1920.5.5	短篇小说
31		冥	1920.5.8	短篇小说
32		叶生奇遇	1920.5.9	短篇小说
33		苏克仁	1920.5.13	短篇小说
34		孝子刺虎	1920.5.14	短篇小说
35		哀鹤记	1920.5.20	短篇小说
36		邪术害友	1920.5.21	短篇小说
37		劫后情灰录（六）	1920.7.1	
38		千载而下之莺莺	1920.8.7	滑稽小说
39	芷溟	是耶非耶	1920.5.6	札记小说
40		诗媒	1920.5.7	札记小说
41		拍马学原起	1920.5.28	历史小说
42		粥	1920.8.18	札记小说
43		破缸	1920.8.19	社会小说
44		功夫茶	1920.8.21	札记小说
45		熟能生巧	1920.8.22	札记小说
46		抢亲	1920.8.24	笔记小说
47		耿介	1920.8.26	笔记短篇
48		不用心	1920.8.27	札记短篇

（续表）

序号	作 者	作 品	发表时间	小说类型
49	芷溟	傲鑑	1920.9.5	社会短篇
50		排外商标	1920.9.11	历史小说
51		大胆	1921.1.13	笔记短篇
52		折狱	1921.1.19	笔记短篇
53		俭	1921.1.23	掌故短篇
54		铜像	1921.2.5	札记短篇
55		小铁匠	1921.2.6	笔记短篇
56		过年	1921.2.15	别裁短篇
57		关役	1921.2.22	笔记小说
58	小孤山人	鸡林政变拾遗	1920.5.14	时事小说
59	世衡	冤家	1920.5.18	纪实小说
60	铁山痴生	电筒情话	1920.5.22	纪实小说
61	傲霜	一个灯下的青年	1920.5.30	短篇小说
62	淮阴	一个农人的梦	1920.7.16	理想小说
63		今之古人	1920.8.11	社会小说
64	白萍	妈妈害了我	1920.7.30	社会小说
65	陈德征	孝廉的女儿	1920.8.5	家庭小说
66	可蒉	一个小柜伙儿	1920.8.6	社会小说
67	祯基	冤枉了贼娘	1920.8.13	社会小说
68	青性子	青塚泪	1920.8.14	哀情小说
69	复县小糊涂虫	无可奈何花落去(二)	1920.8.24	哀情小说
70		情误	1920.9.9	警世小说
71	赣生	妈妈不敢了	1920.9.2	家庭短篇
72	荣圃	情丝法网	1920.9.7	实事小说
73		英雄血	1920.9.19	爱国短篇
74	楚怆	别号的累	1920.9.18	短篇小说
75	大拙	闻鸡起舞	1921.1.1	应时小说
76	佛笑	鸡年	1921.1.1	滑稽短篇
77	淮阴	报晓之鸡	1921.1.1	讽时短篇

（续表）

序号	作 者	作 品	发表时间	小说类型
78	大拙	多事之家庭	1921.1.1	讽时小说
79	醖妪	鸡窗谈话	1921.1.1	小说征文一等
80	岫石	鸡窗谈话	1921.1.1	小说征文二等
81	正厂	朝晨	1921.1.1	短篇小说
82	刘惘躬稿 芷溟点定	心的战	1921.1.8	纪实小说
83		少年	1921.3.6	社会短篇
84	羊羽原稿 芷溟点定	银酒杯	1921.1.12	纪实短篇
85	雪筠女士	汉江帆影	1921.1.15	爱国短篇
86	S女士 L生合著	梦中的觉悟	1921.1.25	警告短篇
87	双七	隔着一层玻璃	1921.2.4	
88	于云鉴稿 芷溟点定	陈雪航	1921.2.18	笔记短篇
89	东海少年稿 芷溟点定	恨	1921.2.19	实事小说
90	佛笑	黄邸春联	1921.3.5	笔记短篇
91	心墨来稿 芷溟点定	上税	1921.3.8	纪实短篇
92	苏民来稿 芷溟点定	廿年前之今夕	1921.3.11	纪实短篇
93	太素	小孩子说的	1921.3.12	
94	芷溟	霸王	1921.3.10	笔记短篇
95		易哭菴	1921.3.15	笔记短篇
96		关役	1921.2.22	笔记短篇
97		题画	1921.3.23	笔记短篇
98		技击	1921.3.24	短篇小说
99		命	1921.3.31	笔记短篇
100		桥	1921.4.5	笔记短篇
101		惨姻缘	1921.4.12	电影短篇

（续表）

序号	作　者	作　品	发表时间	小说类型
102	芷溟	释怨	1921.5.10	笔记短篇
103		陈丽萍	1921.5.13	笔记短篇
104		曲中鸾影	1921.5.19	
105		村妇	1921.5.22	轶闻短篇
106		讼棍	1921.9.21	笔记短篇
107		婚书	1921.9.27	笔记短篇
108		鬼——其非鬼	1921.9.28	纪实小说
109	化周	兵灾	1921.3.30	
110	湖海客	黛玉塚之哭声	1921.4.23	哀情小说
111	江安 冯飞	鸾胶续梦记	1921.5.3	短篇小说
112	袁曙	一个梦	1921.5.10	短篇小说
113	树棠	十八儿	1921.5.13	短篇小说
114	刘惆躬	可怜	1921.5.20	社会短篇
115		人力车夫	1921.6.8	社会短篇
116	张学瀛	师之泪	1921.5.27	社会短篇
117	德徵	月下	1921.6.1	短篇小说
118	苏兆骧	蚕娘	1921.6.2	短篇小说
119	慕文	一斧三头	1921.6.7	纪实短篇
120	王景春	虎赐	1921.6.9	纪实短篇
121	受轩	孟生	1921.6.10	短篇小说
122	觉民	饿者梦	1921.6.14	社会小说
123	朱灵修	娘啊—— 你错疼了我了	1921.6.14	短篇小说
124	金枝	官衙	1921.6.16	短篇小说
125	胡絜	一只戒指	1921.6.17	短篇小说
126	一飞	白尾蓝色猪的大战争	1921.6.18	短篇小说
127	刘晓初	谈情	1921.6.23	短篇小说
128	一卢	孤儿	1921.6.25	短篇小说
129	檀奴	花底空盟	1921.6.30	短篇小说

（续表）

序号	作 者	作 品	发表时间	小说类型
130	李卢梦	搜神小记	1921.7.5	短篇小说
131	凡乔	林氏女	1921.7.7	短篇小说
132	工如	暹王韵事	1921.7.8	短篇小说
133	工如	父子重逢	1921.7.9	短篇小说
134	佩弦	奇俭	1921.7.10	短篇小说
135	星园	王商	1921.7.13	短篇小说
136	玄庐	农家夜饭前后	1921.9.18	社会小说
137	陈德徵	丐妇	1921.9.18	短篇小说
138	工	心和影	1921.9.20	写实小说
139	白石	旅行人和斧子	1921.9.20	短篇小说
140	瘦鹃	玫瑰小筑	1921.9.21	短篇小说
141	东海少年	老李	1921.9.23	笔记短篇
142	印潭	摧残法律的	1921.11.16	纪实小说
143	孤星	死刑	1921.11.17	短篇小说
144	记者	花魂	1921.11.18	奇情短篇
145	程本海	一个老年人的精神	1921.11.23	短篇小说
146	巽人	奇遇	1921.12.4	短篇小说
147	颂姚	渔夫	1921.12.7	短篇小说
148	姚瑛	一个牧猪小孩的思想	1921.12.7	短篇小说
149	姚瑛	续新青年写真	1921.12.8	纪实小说
150	姚瑛	阿霞余泪	1921.12.16	哀情小说
151	漱香	陈六舟中丞轶事	1921.12.8	笔记小说
152	王守义	无情……报应	1921.12.17	警世短篇
153	碧梧	荒县杰人记	1921.12.21	短篇小说
154	沈松寿	童子军之大总统	1921.12.22	短篇纪实
155	老阮	共和大家	1921.12.24	短篇小说
156	纾庵	冥罪记	1921.12.25	短篇小说
157	张枕缘	洗心记	1921.12.27	短篇小说
158	伟公	陈满爷	1921.12.28	短篇小说

（续表）

序号	作　者	作　品	发表时间	小说类型
159	邵鞶	税	1921.12.29	实事小说
160	周赞襄	恐怖的深痕	1922.2.1	短篇小说
161	一方	现世	1922.2.3	短篇小说
162	中美	残冬	1922.2.5	短篇小说
163	偎工	故乡	1922.2.8	短篇小说
164	曹聚仁	十三夜的龙灯	1922.2.10	短篇小说
165	贺恕	琴声	1922.2.14	短篇小说
166	秀琴女士	坚忍	1922.2.15	短篇小说
167	无垢	鸡鸣犬吠之新村	1922.2.16	新潮小说
168	正璧	悲哀的梦	1922.2.18	短篇小说
169	偎工	信	1922.2.19	短篇小说
170	迂生	看家之狗	1922.2.18	滑稽小说
171	程起	银笔	1922.2.21	短篇小说
172	王咏麟	月夜	1922.2.22	短篇小说
173	查士元	谁晦气	1922.2.24	短篇小说
174	费冠群	美人岛	1922.7.2	奇情小说
175	壶公	弈棋	1922.7.6	笔记小说
176		情妓	1922.7.7	笔记小说
177		风幡堂	1922.7.14	笔记小说
178		烟蛇	1922.7.15	笔记小说
179		双金案	1922.7.20	社会小说
180		秋娘	1922.7.23	笔记小说
181	培文	叶丽君	1922.7.13	笔记小说
182	张绥圆	碗墩	1922.7.16	笔记小说
183	凌云	捐班县令	1922.7.18	笔记小说
184	孙玉田	谭烈妇	1922.7.19	笔记小说
185	王廷九	阴阳显报	1922.7.27	笔记小说
186	青性子	苦乐	1923.1.1	应时小说
187	那梦鸥稿 惆躬点定	秋夜的风声	1923.1.1	社会短篇

（续表）

序号	作　者	作　品	发表时间	小说类型
188	东山子	劳工神圣	1923.1.1	新潮小说
189	赵虽语	豖心	1923.1.1	应时小说（新年征文佳作）
190	王景阳	豖心	1923.1.7	新潮小说（新年征文佳作）
191	疏影	劳工神圣（二）	1923.1.12	新潮小说（新年征文佳作）
192	■■	苦乐（二）	1923.1.17	应时小说（新年征文佳作）
193	胡大错	洞天福地	1923.1.19	纪实小说
194	佷工	命运（四）	1923.1.26	
195	冷眼原稿 惝躬点定	怨什么	1923.2.10	警世小说
196	榴郎原稿 刘郎点定	鸳鸯惨史	1923.3.18	侦探小说
197	张学瀛稿 惝躬点定	李翠莲（二）	1923.1.30	
198	煮冰室主稿 惝躬点定	月梅惨影	1923.1.31	社会小说
199	朴园	两孝子（二）	1923.2.6	
200	是谁原稿 惝躬点定	一个卖棉花的乡人自述（三）	1923.2.6	社会短篇
201	陈无我	伤痕（三）	1923.2.11	
202	惝躬	谁（五十五）	1923.1.12	社会小说
203		梦中（六）	1923.1.26	滑稽侦探小说
204		他的难堪（二）	1923.2.8	社会短篇
205		春节的苦乐	1923.2.14	应时短篇
206		地狱之囚	1923.3.4	长篇小说
207		哭声	1923.3.1	
208		秋声	1923.9.30	
209		快活	1923.11.10	短篇小说
210		雪	1923.11.23	诗的小说

（续表）

序号	作　者	作　品	发表时间	小说类型
211	惆躬	月游	1923.9.28	短篇小说
212		堕落的医生	1923.10.4	长篇小说
213	王统照	微笑（二）	1923.2.15	
214	煮冰室主稿 惆躬点定	十年回首（二）	1923.4.12	
215	松庐	小小说家之妻	1923.4.13	
216	烟桥	晨钟	1923.4.17	短篇小说
217	平之	借钱记	1923.4.22	
218	陈有怀	醒悲（二）	1923.4.25	
219	郭元觉	余之再娶	1923.4.28	
220	仲间	未知的寡妇	1923.4.28	
221	三一女士	如此的爱	1923.3.4	醒世短篇
222	倩侠女士	孽缘鉴（六）	1923.3.7	
223	爱侠	电话的权威	1923.5.1	
224	周逸士	悲哀	1923.5.1	
225	元陀	什么都贵啦	1923.4.29	
226	仲回	未知的寡妇	1923.4.28	
227	海浪稿 刘郎点定	觉悟的军人	1923.6.5	
228	及之	疯狂者的妻	1923.6.5	
229		相者	1923.11.22	新式小说
230	姚雪航	谁杀了他们	1923.6.6	
231	熙均	回忆	1923.6.7	
232	苏兆骧	告发的心（完）	1923.6.15	
233	姚雪航稿 惆躬点定	嫁后	1923.6.15	
234	吴传霖	失望	1923.6.16	
235	皋	自由	1923.6.16	
236	南	胭脂虎	1923.6.17	短篇小说
237	谐	死都不明白	1923.6.21	

（续表）

序号	作　者	作　品	发表时间	小说类型
238	未农	一个忤逆儿子底供状	1923.6.21	
239	孟鸶	母亲的慈爱	1923.6.27	
240	禹钟	著作者之心	1923.6.27	
241	无作者	劫后哀鸣	1923.6.23	短篇小说
242	公	阿香	1923.6.28	纪实小说
243	醉人	失眠之夜	1923.5.23	
244	冷眼	听来的（三）	1923.5.27	短篇小说
245		空话	1923.8.28	
246		悔	1923.5.19	短篇小说
247		灾	1923.9.23	短篇小说
248		他的心理	1923.11.8	新式小说
249		富豪末路（二）	1923.4.20	短篇小说
250		无用的觉悟	1923.4.21	
251		寸草伤痕	1924.1.16	伦理小说
252		梦游国土（四）	1924.5.4	创作小说
253		一条根	1924.11.12	短篇小说
254	郭肇唐	母亲的失望	1923.7.11	
255		车站	1923.8.30	
256	秋公	穷途奇遇	1923.7.17	奇情小说
257	醒	痴子	1923.7.13	
258	纯根	孽报	1923.7.18	纪实小说
259	玉珊	珠儿	1923.7.21	
260	刘郎	嫁后	1923.7.19	短篇小说
261	汪醒	雨样	1923.8.10	新潮小说
262	汉声	凤姑娘	1923.8.10	
263	醉月	丐者	1923.8.12	寓意小说
264	一鸣	籣娘哀史	1923.8.15	
265		山东盗	1923.9.2	
266		黄孟通	1923.9.5	
267		黄衫女	1923.9.14	短篇小说

（续表）

序号	作 者	作 品	发表时间	小说类型
268	晓楼	绿阴深处	1923.9.30	新式小说
269		金刚锁	1923.11.4	新式小说
270		幼稚园的早晨	1923.9.23	新潮小说
271	王锡郡	缘	1923.5.19	
272	李厚孚	怎样安慰我的母亲	1923.10.3	新式小说
273	何逵雄	车站	1923.9.28	新潮小说
274	秋水生	认父	1923.11.2	短篇小说
275		戇仆	1923.10.13	短篇小说
276	秋声	穷途奇遇	1923.10.2	短篇小说
277		白玉英	1923.10.6	短篇小说
278		借尸还魂	1923.10.4	短篇小说
279		周节妇	1923.9.19	短篇小说
280		卢姑娘	1923.9.21	短篇小说
281		绿蘭奇事	1923.9.29	短篇小说
282	吴祖襄	不幸的小草	1923.10.13	新式小说
283	大拙	连水写真记	1923.10.17	社会小说
284	何心冷	朦胧的月夜	1923.10.17	新式小说
285		散步（二）	1923.10.24	新式小说
286	空我	一个中学毕业生的信	1923.10.20	新式小说
287	缘薇女士	落花和洞箫	1923.11.13	新式小说
288	黄振武	离别之夜	1923.11.16	新式小说
289	冯■	沾泥残絮	1923.11.18	新式小说
290	枕白	渡河	1923.11.22	创作小说
291	侯石年	悲哀后的几天日记	1923.11.24	新式小说
292	小淮海	发财之后	1923.11.28	新式小说
293	谭正璧	村居	1923.11.29	创作小说
294	三一女士	今昔	1924.1.1	
295	应环	青年的罗盘针	1924.1.1	小说（征文当选三等）
296	长萝子	父亲	1924.1.1	小说

（续表）

序号	作 者	作 品	发表时间	小说类型
297	韩扑蜒	捐班总统	1924.1.1	小说
298	张德广	捐班总统	1924.1.1	小说（征文当选二等）
299	李逊梅	又一年	1924.1.1	应时小说
300	冰冰	一个枪决犯	1924.1.8	新式小说
301	张仲瑜	捐班总统	1924.1.8	小说（选外佳作）
302	张健尔	母亲的忧郁	1924.1.9	新式小说
303	省悟	记过后心之波动	1924.1.10	新式小说
304	白采	民间文学的资料	1924.1.12	新式小说
305	孙毓琅	巧缘	1924.1.25	笔谈小说
306	陈枕白	陷阱	1924.1.27	创作小说
307	越君	三年春梦	1924.2.14	创作小说
308	姚畹瑛	可怜的鸽子	1924.2.14	新式小说
309	越君	出嫁	1924.2.16	创作小说
310	张春浩	弥月之喜	1924.2.16	新式小说
311	黄凤扬	秋夜忆南平	1924.2.19	新式小说
312	GT	一年后的回忆	1924.2.21	新式小说
313	顾泽培	中秋夜寄伊的一封信	1924.2.23	新式小说
314	何心冷	六年后的第一封信	1924.2.27	新式小说
315	志筠女士	母的爱	1924.3.1	创作小说
316	枕薪	爱之秘密（二）	1924.3.4	创作小说
317	眠云	回国	1924.3.4	短篇小说
318	董秋芳	处女的呼声（二）	1924.3.4	新式小说
319	贼菌	杨得山	1924.3.7	短篇小说
320	佷工	歌声	1924.3.7	新式小说
321	佷工	三幕悲剧	1924.3.11	新式小说
322	王钟仪	嫁后	1924.3.14	新式小说

（续表）

序号	作 者	作 品	发表时间	小说类型
323	歼仇	寒野余哀	1924.3.21	新式小说
324	曹芝清	内子的话	1924.3.23	新式小说
325	沧石	路上	1924.3.26	新式小说
326	超然	庸医	1924.3.30	短篇小说
327	谭正壁	舟中（三）	1924.4.29	创作小说
328	行者	油烛	1924.5.4	短篇小说
329		还女	1924.3.11	短篇小说
330		丐仙	1924.3.12	短篇小说
331		邱道	1924.3.15	短篇小说
332		辟穀病	1924.3.16	短篇小说
333		穷途奇遇	1924.3.19	短篇小说
334		相士	1924.5.4	短篇小说
335		杨老四（二）	1924.3.21	短篇小说
336		质妇	1924.3.22	短篇小说
337		魏氏子	1924.3.23	短篇小说
338		水盗	1924.3.26	短篇小说
339		某太史	1924.3.27	短篇小说
340		许生	1924.3.28	短篇小说
341		胡老相公	1924.5.22	短篇小说
342		鼇井	1924.5.28	短篇小说
343		冥摄	1924.7.8	短篇小说
344		白鲎	1924.5.31	短篇小说
345		瓷土地	1924.7.11	短篇小说
346		神谴	1924.7.13	短篇小说
347		符童	1924.7.16	短篇小说
348		毒蚊	1924.7.20	短篇小说
349		榴花	1924.7.4	短篇小说
350	魔	毒蛇（四）	1924.5.20	志异小说
351	逊梅	星期六	1924.5.20	创作小说

（续表）

序号	作 者	作 品	发表时间	小说类型
352	扫影	我的家政	1924.5.20	创作小说
353	碧波	狗……友	1924.5.20	新式小说
354	窳园	醉丐	1924.5.20	短篇小说
355	周振声	春桃	1924.5.21	创作小说
356	朱瘦桐	羔羊	1924.5.21	新式小说
357	钟仪	鸟类隽谈	1924.5.22	创作小说
358	周乐山	愁人杂记	1924.5.22	新式小说
359	清禅	新民泪	1924.5.24	警世小说
360	缪尧秋	傅烈妇	1924.5.24	短篇小说
361	记者	薛居正	1924.5.25	短篇小说
362	佷工	几句安慰他们的话	1924.5.25	新式小说
363	怡怡	觅子鬼	1924.5.27	短篇小说
364		钟义媪	1924.5.21	短篇小说
365		骗国手	1924.7.5	短篇小说
366		义猴	1924.7.15	短篇小说
367		杨七	1924.9.17	短篇小说
368		吴容儿	1924.9.20	短篇小说
369		圣火	1924.10.2	短篇小说
370		王鸟枪	1924.10.7	短篇小说
371	珠含	小小的一回梦想	1924.5.27	新式小说
372	潘咏珂	恶梦	1924.5.28	新式小说
373	召侯	夏老鼠	1924.5.29	短篇小说
374	香芦	顾孝子	1924.5.30	短篇小说
375	心魔	巧奇缘（十三）	1924.7.5	言情小说
376	翼	影树	1924.7.9	短篇小说
377		张二虎	1924.7.10	短篇小说
378	黄转陶	唐牛	1924.7.12	短篇小说
379	雪芹	王梦楼	1924.7.17	短篇小说
380		杨驹	1924.7.19	短篇小说

（续表）

序号	作　者	作　品	发表时间	小说类型
381	白水	文成小史	1924.9.2	短篇小说
382	白苹	鬼附舟	1924.9.4	短篇小说
383		贞狐	1924.9.5	短篇小说
384		妙香	1924.9.25	短篇小说
385		陈子壮	1924.9.27	短篇小说
386		祝道仁	1924.9.30	短篇小说
387	缪尧秋	琴瑟重鸣	1924.9.18	短篇小说
388		青衣女	1924.9.19	短篇小说
389		许某	1924.10.4	短篇小说
390		布商	1924.10.5	短篇小说
391	远齐	孙烈女	1924.9.21	短篇小说
392	冷秋	翠娟	1924.9.23	短篇小说
393		十七娘	1924.10.3	短篇小说
394	■■	迎接他为的什么	1924.9.27	创作小说
395	宋爱梅	富室子	1924.9.28	短篇小说
396	银州锐郎	情海茫茫	1924.10.8	创作小说
397		难民泪	1924.10.28	创作小说
398		重九日龙山泪语	1924.10.17	短篇小说
399		雨夜的愁人	1924.11.14	创作小说
400		送别	1924.11.16	创作小说
401		畴昔之夜	1924.10.24	短篇小说
402		情场失败（六）	1924.12.4	短篇小说
403		家庭恨史	1925.2.27	纪实小说
404	方云程	梦中旅行记	1924.10.22	短篇小说
405	银川哀鸿	畴昔之夜	1924.10.24	短篇小说
406	哑	小工	1924.11.7	短篇小说
407	一夫	破晓（二）	1924.11.9	创作小说
408	沈选千	一件不能忘记的事	1924.11.22	短篇小说
409	梁冰如	伊的牺牲	1924.11.25	短篇小说
410	于维新	弱者之声	1924.12.4	创作小说

（续表）

序号	作　者	作　品	发表时间	小说类型
411	琴雪	遇鬼	1924.12.16	短篇小说
412		鬼孝子	1924.12.17	短篇小说
413		诉冤鬼	1924.12.18	短篇小说
414		托生报德	1924.12.19	短篇小说
415		济癫僧	1924.12.20	短篇小说
416	云芬	悔当初	1924.12.20	短篇小说
417	琴雪	鬼畏老儒	1924.12.21	短篇小说
418		鬼化棺盖	1924.12.24	短篇小说
419	范菊高	顾二	1924.12.23	短篇小说
420	世骚	一段惨剧	1924.12.25	短篇小说
421	颖川秋水	海中夜明	1924.12.28	短篇小说
422		玉箫再世	1925.1.23	短篇小说
423		丐医	1925.2.15	短篇小说
424		龙墨	1925.2.23	短篇小说
425		认母	1925.2.27	短篇小说
426	惠泉	流离劫	1925.1.1	哀情小说
427	叶小凤	牛	1925.1.1	寓言小说
428	南山子	逍遥津	1925.1.1	应时小说
429	张乙卢	离盟记	1925.1.17	短篇小说
430	补盦	盛气折狐	1925.3.19	短篇小说
431	梅季五	骗谈	1925.3.27	纪实小说
432	野史	酒食误人	1925.4.4	短篇小说
433		香粉地狱	1925.4.7	短篇小说
434		报	1925.4.15	短篇小说
435	李耀东	小学教员	1925.4.12	短篇小说
436	慧锥	蝙蝠	1925.4.18	短篇小说
437		鬼面	1925.5.6	笔记小说
438	鹏菴	倩女魂（三）	1925.4.18	闺情小说
439		情劫（三）	1925.5.14	哀情小说
440	于晓喧	云鹏泪史	1925.4.25	纪实小说

（续表）

序号	作　者	作　品	发表时间	小说类型
441	晓宸	玫瑰花的命运	1925.4.26	
442	复	我的婚夕	1925.5.2	短篇小说
443	松岫	乐氏祖德	1925.5.2	短篇小说
444		鬼报丧	1925.5.3	短篇小说
445		杀报	1925.5.5	笔记小说
446	亦陶	花医仙祠	1925.5.4	笔记小说
447	刘镜遥	真爱	1925.5.6	短篇小说
448	曹芝清	雪夜	1925.5.6	短篇小说
449	亚伟	奇遇	1925.5.8	
450	一莩	义妇	1925.5.8	笔记小说
451	履冰	沈时复	1925.5.10	笔记小说
452		别墅女鬼	1925.6.12	
453	厉谷峥	无母的哀儿	1925.5.14	
454	辽东野人	淑屏恨史	1925.5.18	
455	楚狂	惭愧	1925.6.2	
456	铁旗	久病之仆	1925.6.7	短篇小说
457		孤儿话记	1925.6.21	短篇小说
458	冷淡	继母	1925.6.11	
459	谭阳	他竟这样了	1925.7.5	短篇小说
460	牖菴	双玉痕	1925.7.22	闺情小说
461	李郁春	覆水	1925.7.29	创作小说
462		弄假成真	1925.8.2	纪实小说
463	宝翼	旧事回忆	1925.8.11	创作小说
464	菁义	赌博	1925.8.13	写实短篇
465	篁洲	结婚之前后	1926.1.1	言情小说（征文二等）
466	南山子	地方官与士绅	1926.1.1	社会小说（征文二等）
467	杨子秀	牛皮大王经过自述记	1926.1.7	滑稽小说（新年征文佳作）
468	忆楼	宝严寺僧	1926.1.16	武侠小说

（续表）

序号	作 者	作 品	发表时间	小说类型
469	宝冀	谈话后	1926.1.19	创作小说
470		恋爱与结婚	1926.1.30	创作小说
471	俞念远	海边之夜	1926.1.25	创作小说
472	金声	一个未亡的难民	1926.1.27	（征文二等）
473	慕周	梦里的悲哀	1926.2.7	创作小说
474	云霞	寒假甥舅的回想	1926.2.9	纪实短篇
475	伟动述	杨铁棍	1926.2.10	短篇小说
476	蔡独鹃	琴娘	1926.2.21	短篇小说
477	宝鸿	爱国捐	1926.3.3	讽世小说
478		投机的末路	1926.3.21	警世小说
479	金紫清	王大年	1926.3.10	短篇小说
480	侯家肃	琼花小史	1926.3.11	哀情小说
481	铁男	快信	1926.3.13	伦理小说
482	赵冰魂	归宿	1926.3.16	创作小说
483	点慧	两女子	1926.3.19	滑稽小说
484	郝冷若	吠声	1926.3.23	创作小说
485	天阙	张积中	1926.3.27	笔记小说
486	庆茵	残红	1926.3.29	创作小说
487	天囚	奇丐	1926.3.31	短篇小说
488	松江巅公	赌徒之末路	1926.4.8	
489	一叶	太仓健者	1926.4.9	笔记小说
490		盛生	1926.4.10	笔记小说
491	张岱	孩子	1926.4.11	创作小说
492	清仆	刘和贞女烈士传略	1926.4.12	笔记小说
493	云霞	黑暗	1926.4.13	创作小说
494	秋心	碎玉记	1926.4.17	纪实小说
495	陆应奎	武疯子传	1926.4.18	笔记小说
496	香人	劳工之子	1926.4.23	创作小说
497	宝冀	凭吊	1926.4.26	创作小说

（续表）

序号	作　者	作　品	发表时间	小说类型
498	范菊高	袁一掌	1926.5.1	
499	吴新濂	老侠	1926.5.2	
500	黄守明	杨醉岩轶事	1926.5.3	
501	可叹	机会	1926.5.4	
502	雪香	李非非	1926.5.26	
503	隐锥	借舍返魂	1926.5.27	
504	秋心女士	鸳鸯冢	1926.6.4	
505	吴蜀江	义仆	1926.6.5	
506	傅	负义鉴	1926.6.9	
507	诗丐	钱秀霞	1926.6.11	
508		血带	1926.6.12	
509	思红	萧山某甲	1926.6.13	笔记小说
510	苹龕	记奇女子	1926.6.14	笔记小说
511	离尘	丁大汉	1926.6.16	笔记小说
512	叔君	春痕残影	1926.6.17	短篇小说
513	怡怡	周秀才	1926.6.18	笔记小说
514		张焕臣	1926.6.20	短篇小说
515		伦隐坡	1926.6.20	短篇小说
516		惩妒	1926.6.21	短篇小说
517		秦女	1926.6.29	短篇小说
518		潘贡湖	1926.6.30	短篇警世
519		周氏父女	1926.7.1	短篇小说
520		夫人杀贼	1926.8.11	短篇小说
521	刘恨我	神相记	1926.6.19	纪实小说
522	心云女士	知己	1926.6.22	短篇小说
523	黎山	汤氏四世	1926.6.22	短篇小说
524	夷缘	沈檀玉座	1926.6.23	短篇奇情
525	异	锦鳞蟒	1926.6.24	奇情小说
526	梅初	鲁丐	1926.6.30	短篇小说

（续表）

序号	作 者	作 品	发表时间	小说类型
527	晨钟人	出人意外	1926.6.28	纪实小说
528	松原顾公	徐甫降生	1926.7.1	笔记小说
529	笑翁	破镜重圆记	1926.7.5	短篇小说
530	诸生	奇狱	1926.7.8	笔记小说
531	剑霞	青年鉴	1926.7.14	短篇小说
532	风尘	剑底姻缘	1926.7.15	技击小说
533	憬心	伊的悲哀	1926.7.16	短篇小说
534	黄茂华	风雨姻缘	1926.7.17	短篇小说
535	鲁叟	厉荣	1926.7.19	创记小说
536	化民	香魂塚	1926.7.21	短篇小说
537	鹏	闺女装疯	1926.7.23	短篇小说
538	太瘦生	周烈士	1926.7.25	笔记小说
539		酒狂	1926.8.1	短篇小说
540		公婆船	1926.6.10	
541	梦花	香消玉损记	1926.7.27	短篇小说
542	张景耀	狐报恩	1926.8.3	短篇小说
543		新桃花源	1926.8.4	笔记小说
544	邑夫	头陀	1926.8.6	技击小说
545		金烈妇	1926.8.10	短篇小说
546	云霞	暑假	1926.8.7	创作小说
547	寄生	盗道	1926.8.8	短篇小说
548	老髯	说蛊	1926.8.9	短篇小说
549		阿里传	1926.8.17	短篇小说
550		探花村	1926.8.28	短篇小说
551	一叶	谦德之效	1926.8.12	短篇小说
552		善恶报	1926.8.30	短篇小说
553		蟒	1926.10.24	笔记小说
554	斗山山人	张豪仪	1926.8.14	笔记小说
555	梅少英	一念成名	1926.8.15	短篇小说

（续表）

序号	作者	作品	发表时间	小说类型
556	薛甲辰	钟儿	1926.8.23	短篇小说
557	亦留	一元钱	1926.8.25	短篇小说
558	陈骏南	程生与胭脂	1926.8.26	短篇小说
559	巨摩	偷鸡贼	1926.8.27	短篇小说
560	痴鸳	竹匠惨死记	1926.8.31	短篇小说
561	栖鹤	颜烈妇	1926.8.31	短篇劝世
562	天笑	情的贸易	1926.9.1	写实小说
563	淙	未婚妻	1926.9.1	短篇纪言
564	叶福生	棒打鸳鸯	1926.9.3	短篇小说
565	张岱	早上的幻想	1926.9.4	创作小说
566	迷	情妓	1926.9.29	短篇小说
567	雨琴	书余立三事	1926.9.30	笔记小说
568	段涓莹	寂寞	1926.10.1	创作小说
569	君燮	指印	1926.10.2	笔记小说
570	赵眠云	雄新妇	1926.10.2	志异小说
571	恋春	情到深时恨转萌	1926.10.3	短篇小说
572	冯舒人	遁情	1926.10.4	短篇小说
573	张竹庵	捕蟒记	1926.10.5	笔记小说
574	颠公	姚寿侯	1926.10.6	短篇小说
575	酒徒	闹新房	1926.10.7	笔记小说
576	萝主	感顽记	1926.10.8	笔记小说
577	姜云霞	国庆日	1926.10.10	创作小说
578	赵庆学	伤心泪	1926.10.10	国庆小说
579	萍影	被裁以前的经过	1926.10.19	创作小说
580	飘泊少年	一个青年	1926.10.21	创作小说
581	萝月生	未央宫	1926.10.23	笔记小说
582	清涓	书窗警艳	1926.10.25	短篇小说
583	虞臣	忆珠记	1926.10.26	言情小说
584	幼英	桂秋艳史	1926.10.27	言情小说

（续表）

序号	作 者	作 品	发表时间	小说类型
585	秋声	男尼	1926.10.28	札记小说
586	叔子	乡村侠女	1926.10.29	短篇小说
587	疚生	歌女	1926.10.30	短篇小说
588	忱松	狐祟记	1926.10.31	笔记小说
589	孙维东	幻想兰	1926.11.7	哀情短篇
590	山涛	赵姬	1926.11.14	笔记小说
591	诗禅	独脚盗	1926.11.16	笔记小说
592	贞如	雷神示爱记	1926.11.18	笔记小说
593	春帆	方颖	1926.11.19	笔记小说
594	郭重九	车中	1926.11.21	短篇小说
595	敬女士	哀雏记	1926.11.22	创作小说
596	顾醉萸	憔悴秋娘记	1926.11.23	笔记小说
597	彗锥	乞丐娶亲	1926.11.24	短篇小说
598	清涓	劫后缘	1926.11.26	短篇纪实
599	雪轩	璧合珠还	1926.12.3	笔记小说
600	漂泊少年	一封信	1926.12.4	创作小说
601	子英	侠女血	1926.12.5	笔记小说
602	叔子	记刘道士事	1926.12.8	笔记小说
603		乡村侠女	1926.12.30	短篇小说
604	景春	纪梦	1926.12.9	短篇小说
605	求熹	黑暗地狱	1926.12.10	写实小说
606	蔚云	遇之巧（三）	1926.12.12	记事小说
607	怀秋室主	花的回忆	1927.1.5	短篇小说
608	牖菴	红芍药	1927.1.5	侦探小说
609	卢梦痕	同命鸳鸯	1927.1.7	短篇小说
610	冷月	非非想	1927.1.12	小说（新年征文佳作）
611	钱巧环女士	嫁期之前夜	1927.1.20	短篇小说
612	顾醉萸	迦陵并命记	1927.1.21	哀情小说
613	旁听生	游方僧	1927.1.22	技击小说

（续表）

序号	作　者	作　品	发表时间	小说类型
614	浣愁生	哀鸿影	1927.1.22	小说（新年征文佳作）
615	叔子	乡村侠女	1927.2.9	短篇小说
616	针书	荒楼盗窟	1927.2.9	笔记小说
617	琴轩	符丽卿	1927.2.22	短篇小说
618	郭重九	真友的心	1927.2.25	创作小说
619	毅雄	淮阴童子	1927.3.7	笔记小说
620	杭席洋	凤城奇案	1927.3.8	笔记小说
621	潄	大刀张五	1927.3.10	笔记小说
622	瘦鹤山人	越南剑侠	1927.3.11	笔记小说
623	鄂常	黄烈妇	1927.3.12	笔记小说
624	苏州	技击	1927.3.13	笔记小说
625	绳会	断碣孤魂	1927.3.16	短篇小说
626		义侠陆虎	1927.3.20	笔记小说
627		伊的像片	1927.5.24	幻想小说
628		李太和	1927.6.11	技击小说
629		归途	1927.7.24	短篇小说
630	徐公达	龙凤奇缘	1927.3.21	笔记小说
631	鹿鸣	孔圣人回家吃肉	1927.3.24	纪实小说
632	笑徉	情痴	1927.3.27	创作小说
633	王瑞承	无可奈何花落去	1927.3.31	短篇小说
634	野史氏	任骑马	1927.4.7	短篇小说
635	文辉	女朋友	1927.4.9	短篇小说
636	笑	柘城狱	1927.4.12	笔记小说
637	符青	四不知	1927.4.5	创作小说
638		反目	1927.4.20	创作小说
639	漂泊少年	希望	1927.4.5	创作小说
640	刘菊初	龙王变和尚	1927.4.21	纪实小说
641	王承瑞	孤儿立志	1927.4.22	笔记小说
642	李万丰	玉殒香消	1927.4.28	短篇小说

（续表）

序号	作　者	作　品	发表时间	小说类型
643	琴轩室主	李三	1927.4.29	短篇小说
644		扑朔迷离	1927.5.4	短篇小说
645		薄命妾	1927.10.29	短篇小说
646	寓公	记盗某	1927.4.29	笔记小说
647	葛慕琦	雷殛报	1927.5.1	笔记小说
648	宾鸿	富家儿	1927.5.2	警示小说
649	曹泰昌	归宿	1927.5.2	短篇小说
650	新梅	火车中的辞岁	1927.5.3	创作小说
651	燕子	金屋啼痕录	1927.5.6	笔记小说
652	葆薏	远乡杂记	1927.5.7	短篇小说
653		可怜的小孩子	1927.5.30	短篇小说
654		梨花树下	1927.6.12	短篇小说
655		花园里	1927.6.13	创作小说
656	杨创花	西林寺客僧	1927.5.23	笔记小说
657	许庆成	易内记	1927.5.26	警示小说
658	锦言	荒岛双侠	1927.6.2	警世小说
659	叶	苏小惠	1927.6.8	笔记小说
660	武尤恭	二郭	1927.6.9	笔记小说
661	银州锐郎	警兵	1927.6.9	社会小说
662		运时	1927.11.8	社会小说
663		清白女郎	1927.11.9	短篇小说
664	病虎	蒙城受刑记	1927.6.23	纪实小说
665	心悟	乞儿	1927.6.25	纪实小说
666	浙东人	浙东杂记	1927.6.26	笔记小说
667	梦生	幽情	1927.6.29	创作小说
668	阜山	钱秀霞	1927.10.3	短篇小说
669	灌梅	茶花传	1927.10.4	笔记小说
670	剑山	曹小娥	1927.10.7	短篇小说
671	江石	怪梦	1927.10.12	短篇小说

（续表）

序号	作　者	作　品	发表时间	小说类型
672	咏梅	紫竹林中	1927.10.13	社会小说
673	珍如	入场券	1927.10.27	短篇小说
674	决明	介绍	1927.11.3	创作小说
675		螟蛉子	1927.11.7	短篇小说
676	慕班	池中物	1927.11.3	笔记小说
677	杰	周神仙	1927.11.5	笔记小说
678	一鸥	侠客杨驹	1927.11.5	札记小说
679	伯剑	纸人行窃	1927.11.6	奇情小说
680	野郎	情死	1927.11.18	短篇小说
681	微波生	陈霞姑	1927.11.20	游侠小说
682	子若	林氏女	1927.11.21	笔记小说
683	乔初	张丽娟	1927.11.22	短篇小说
684	碧黎阁	志浣纱女	1927.11.23	笔记小说
685	公主岭信号	马银华	1927.12.9	纪实小说
686	葛慕琦	生死改注	1927.12.14	纪实小说
687	非	恶媒	1927.12.15	短篇小说
688	素佛	幽兰	1927.12.16	笔记小说
689	西楼	赌鬼	1927.12.17	纪实小说
690	汪畏龕	弃粒	1927.12.18	笔记小说
691	古香	轻烟	1927.12.19	短篇小说
692	卢若云	重逢	1927.12.22	札记小说
693	遐年	袁生	1927.12.25	短篇小说
694	嚴	延庆寺	1927.12.26	笔记小说
695	宋庵	边塞鸣笳录	1927.12.27	短篇小说
696	卢梦痕	黄拳师	1927.12.29	笔记小说
697	养云居士	离奇骗客	1928.1.8	纪实小说
698	胡育秀	剑仙	1928.1.11	剑侠小说
699	素佛	海滨月夜	1928.1.12	短篇小说
700	云	铁砂掌	1928.1.13	笔记小说

（续表）

序号	作　者	作　品	发表时间	小说类型
701	帅君	小院里一瞥	1928.1.14	创作小说
702	姚惠泉	大潮江	1928.1.15	长篇小说
703	迷	卖拳叟	1928.2.13	短篇小说
704	王贤	彭俊	1928.2.16	短篇小说
705	静鹃女士	断梦	1928.2.18	
706	（辽西）儒迺	狗绅士	1928.2.29	寓言短篇
707	觉生	恋爱之误认	1928.3.2	写意短篇
708	慕莲	姐妹共夫记	1928.3.9	
709	蕨苹	奇水	1928.3.9	搜奇志异
710	彭寿龄	快活世界	1928.3.10	幻想小说
711	意之	石男	1928.3.18	搜奇志异
712	一片	过去的生涯	1928.3.30	
713	素佛	采茶奇案	1928.5.5	
714		他的病	1928.5.8	
715		外史	1928.5.18	讽刺短篇
716	心寒	江畔	1928.5.13	短篇小说
717	彤彰女士	爱的判决	1928.5.22	创作小说
718	训贤	束缚	1928.5.25	短篇小说
719	赵媛	在她的眼光看来	1928.5.29	创作小说
720	银州锐郎	治产与荡产	1928.6.5	社会小说
721	小鸮	老友	1928.6.5	短篇小说
722	神新	还愿的王太太	1928.6.7	短篇小说
723	俞若盛	裂痕	1928.6.8	
724	顾醉萸	调筝人	1928.6.9	短篇小说
725	吴希白	呢鞋	1928.6.17	创作小说
726	经九	探亲奇案	1928.6.19	纪实短篇
727	清原、静仙	我所难忘的他	1928.6.20	
728	香冷	春闺梦	1928.7.7	
729		处女的心	1928.8.24	

（续表）

序号	作者	作品	发表时间	小说类型
730	香冷	阿保他们	1928.10.21	
731		红叶	1928.10.24	
732	硁	忏悔	1928.7.13	
733		命运	1928.7.31	
734	孟船钟	难为了她	1928.7.19	短篇小说
735		慈音袅袅	1928.7.27	短篇小说
736		绸手帕	1928.8.3	短篇小说
737		伊的爱我	1928.8.4	短篇小说
738		含泪的微笑	1928.8.9	短篇小说
739		糊涂妈妈	1928.8.28	短篇小说
740		夜半	1928.10.3	
741	王壳君	夫妇	1928.7.30	
742	陈德润	我就要与你……	1928.8.7	短篇小说
743		难过的她	1928.8.10	短篇小说
744	潘草山人	郁芬的一段历史	1928.8.8	纪实小说
745	短发僧人	素云的爱	1928.8.24	
746	晓郎	少女的愁闷	1928.9.3	
747	梁道生	髑髅	1928.9.17	短篇小说
748	流萤	病室的一夜	1928.9.27	
749	海客	她的死	1928.10.2	
750	飘叶	马牧师的失败	1928.10.18	
751		王巡捕	1928.11.28	
752		寒假中	1928.12.1	
753	落拓子	一个神秘的梦	1928.10.18	
754	蕴英女士	最后一个镜头	1928.10.20	
755	绮粧	红叶绿萍芳意多	1928.10.22	
756	傅宗	一件大事	1928.10.23	
757	城	名士的成功	1928.10.25	
758		独夫	1928.10.28	

（续表）

序号	作 者	作 品	发表时间	小说类型
759	城	暴风雪下	1928.11.7	
760		暮	1928.11.21	
761	徐伟真	回忆	1928.10.26	
762	尹采	同是天涯沦落人	1928.10.26	
763	静远	旧地重游	1928.10.27	
764	青曲	白蔷薇	1928.10.28	
765	澄秋	鸾凤奇缘	1928.10.30	
766	梦飞	一个回忆	1928.11.3	
767	崇群	一个纸箱	1928.11.15	
768	彤心	痛苦	1928.11.27	
769	（无作者）	一个栗子	1928.11.29	
770	史贵民	看家狗	1928.12.7	寓言小说
771	俊	母亲	1928.12.16	
772	狂玉	最后的觉悟	1928.12.18	
773	继云	军营里	1928.12.20	
774	曼谷	梦痕	1928.12.25	
775	■琴	秀英	1928.12.28	
776	岳麟阁	流浪	1929.1.11	
777	菊影	大烟馆	1929.1.12	
778		村居	1929.6.22	
779	清白	最短小说集	1929.1.16	
780	于彦昇	可怜的母子	1929.1.20	
781	■白	自悔	1929.1.20	
782	翁云	微笑	1929.1.21	
783	江心清	为了爱	1929.1.23	
784	丁暨浓	灰色的死	1929.1.27	
785	青青	平汉车中	1929.1.27	
786	謇謇	代价	1929.1.28	
787	老酸	告帮	1929.1.29	

（续表）

序号	作 者	作 品	发表时间	小说类型
788	沈大可	灶君回朝	1929.2.7	神话小说
789		疯人日记一片段	1929.2.14	
790	孟传宗	残秋的黄昏	1929.2.8	
791		不可安慰的老衣	1929.2.22	
792	涛君	鬼哭	1929.2.27	
793	电影生	琴挑	1929.3.9	短篇小说
794	一叶	南鸿	1929.3.10	
795	劲波	春痕	1929.3.11	
796		末路	1929.3.16	
797		遗恨	1929.3.17	
798		孤寂（二）	1929.4.3	
799	天恨	悲世老人	1929.3.20	
800	罗思宗	乌林侯的女儿	1929.3.22	
801	飘叶	小翠的新年	1929.3.23	
802		贫之罪	1929.3.24	
803	峰子	早晨的事变	1929.3.25	
804	慰笑	矫情	1929.4.6	
805	梦鹤	梦情	1929.5.3	
806	道生	谁弗假冒的	1929.5.5	
807	音山	悲乐	1929.5.4	
808	陇萤	痴情泪雨	1929.5.8	
809	P	她的回书	1929.5.13	
810	梦鹤	母亲的心	1929.5.15	
811		穷命	1929.5.18	
812	李学舜	考试	1929.5.15	
813	冯厚生	可怜的更夫	1929.5.15	
814	何果育	一个女教员	1929.5.18	
815		一个女学生	1929.5.24	
816	枫廷	瓶中鱼	1929.5.22	

（续表）

序号	作 者	作 品	发表时间	小说类型
817	徐劲波	诉罪	1929.5.22	
818		我的酷冷	1929.6.22	
819	■继分	真实的恋爱	1929.5.23	
820	劲波	一个春天的故事	1929.6.1	
821		教育的前途	1929.5.24	
822		悔过	1929.5.30	
823	浪子	圆梦	1929.6.5	
824	赵超然	再度归来	1929.6.9	
825	伯春	玫因	1929.6.10	
826	市隐	彩与祸	1929.6.13	社会小说
827	王心魔	筱凤（续）	1930.8.1	纪实小说
828	尘	失踪（续）	1930.8.2	
829	晓星	石榴花下	1930.8.7	
830	灵岸	寻求	1930.8.6	
831	车夫	凄怆	1930.8.11	
832	建勋	教室里	1930.8.8	
833	慢卿	奋斗	1930.8.8	
834		人海波涛	1930.11.2	长篇小说
835	梁梦庚	还乡	1930.8.9	
836		警的颤动	1930.9.14	
837	疯癫	二十年后	1930.8.10	
838	笳啸	鲜血	1930.8.12	
839		雨天	1930.9.3	
840		月上柳梢头	1930.11.30	
841	野草	岗上的故事	1930.8.14	
842	孟传宗	吃冰琪琳去	1930.8.15	
843	丁焕文	生命的断送	1930.8.17	
844	慕云	失望	1930.8.20	
845	彗心	冲突	1930.8.26	

（续表）

序号	作　者	作　品	发表时间	小说类型
846	大糊	夫人	1930.8.27	
847		受累	1930.10.31	
848		转变	1930.11.23	
849		泪归	1930.12.6	
850	苏灵	债	1930.8.28	
851		我徘徊在她的门前	1930.9.16	
852	高搏女士	情狂的教员	1930.8.31	
853	活石	夜行的列车	1930.9.1	
854	微灵	无聊的供词	1930.9.2	
855		断续的朔风	1930.12.1	
856		白村的风光	1930.12.2	
857	日月	送飘叶	1930.9.4	
858	狂龙	月娥的恋人	1930.9.6	
859		从云台上跳下来	1930.9.11	
860	微明	西站旅馆中	1930.9.7	
861	河萍	爱痕	1930.9.8	
862	秋鸿	七巧之夕	1930.9.9	
863		月饼	1930.10.6	
864		芸芳的死	1930.10.14	
865	乙卜	觉悟后的潜逃者	1930.9.22	
866	波侠	阿芳的一生	1930.9.23	
867		十二号病室里	1930.12.6	
868	赵惠风	烈女寻仇记	1930.9.28	
869	桐	醉归	1930.9.29	
870		渺茫	1930.12.14	
871	李绍武	木人	1930.10.5	
872	雨打	希望的埋葬	1930.10.10	
873	赵惠风	奇冤巧报	1930.10.18	
874	紫雷	两样圆	1930.10.19	

（续表）

序号	作 者	作 品	发表时间	小说类型
875	黄旭	叹声	1930.8.6	
876		噩耗	1930.8.7	
877		离绝	1930.8.22	
878		惨死	1930.9.3	
879		悽变	1930.10.21	
880		最后的相会	1930.8.26	
881		误会	1930.12.27	
882	狂龙	狗碎	1930.10.29	
803	飘叶	矛盾与迷离	1930.10.29	
884	温如	负心	1930.10.30	
885		伤心的泪	1930.11.16	
886	沈奇	钯光锄影	1930.11.3	
887	圣箴	她的一生	1930.11.7	
888	瘦梅	痛痕	1930.11.10	
889	季持	电车里	1930.11.24	
890	毕殿元	弃妇	1930.11.27	
891	觉生	再婚之夕	1930.12.15	
892	艺夫	卖稿	1930.12.25	
893	阿慧	经济所迫的她	1930.12.28	
894	丁焕文	小官的厄运	1931.1.6	
895		烧死的蝶	1931.1.9	
896		云岭	1931.1.27	
897		死么	1931.1.14	
898		幼儿之头	1931.2.24	
899	活石	日记一束	1931.1.7	
900	[illegible]	出路	1931.1.9	
901		一个山东人	1931.1.18	
902		爱的觉醒	1931.1.21	
903	李建动	电影院里	1931.1.10	

（续表）

序号	作 者	作 品	发表时间	小说类型
904	落拓生	关于世道	1931.1.10	
905	江鸟	辛克莱	1931.1.27	
906	索勃力	木匠	1931.1.22	
907	长涛生	对于“慈母”	1931.1.22	
908	王鹏	冤枉	1931.1.19	
909	新萍	岗警的悲哀	1931.1.20	
910	飘叶	文人与战士	1931.1.21	
911		旧话重提	1931.1.24	
912	镜海	微波	1931.1.21	
913		心碎的死了	1931.2.1	
914		一个闷葫芦	1931.3.31	
915		爱火	1931.6.16	
916		浣纱女	1931.4.22	
917	微灵	一条蛇	1931.1.23	
918	旭	冤哭的鬼灵	1931.1.30	
919	波侠	讲鸭子的死	1931.2.2	
920	振国	一篇日记	1931.2.13	
921	村亭	雯影	1931.3.1	
922	灵岸	刘海戏金蝉	1931.3.2	民间故事
923		黄昏后	1931.3.22	
924	约翰	血气已经枯了	1931.3.24	
925	血晶	模范贼	1931.3.25	
926	张伯义	牺牲的她——素瑛	1931.3.27	
927	赵惠风	巧误冤缘	1931.4.3	
928	W大夫	一剂清凉散	1931.4.4	
929	谦谦	时髦的太太	1931.4.11	
930	旭麟	一个灵敏的少女	1931.4.4	
931	胡挺三	春天	1931.4.14	
932	悱我	苹果万能	1931.4.15	

（续表）

序号	作 者	作 品	发表时间	小说类型
933	张茗萍	失业的阿三	1931.4.16	
934	赵惠风	巧误冤缘	1931.4.16	
935	赵超然	一个早晨	1931.4.21	
936		小偷	1931.4.25	
937	徐子	金鱼	1931.4.23	
938	HS	冲运	1931.4.23	
939	霍光文	懒儿	1931.5.13	
940	谢翼吾	逝影	1931.5.18	爱情小说
941	碧血生	遗恨	1931.5.18	短篇小说
942	悔侬	恨海波澜	1931.5.24	长篇小说
943	黄旭	生活转变	1931.6.8	
944		平凡的一个虫	1931.5.24	
945		战争	1931.9.17	短篇小说
946	曲傅和	汪妇人	1931.6.1	短篇小说
947	丽文■	薄命的芳儿	1931.9.18	纪实小说
948	文琴华	为了她	1931.10.22	
949	黄旭芳	春山与秋湖	1931.11.27	短篇小说
950	杨小先	不幸的青年	1931.12.4	纪实短篇
951	生源	眼底微尘录	1932.1.1	长篇小说
952	恂九	茅亭	1932.1.14	短篇小说
953		海滨	1932.2.25	短篇小说
954		水中缘	1932.7.9	长篇小说
955	黄旭	春苑	1932.4.20	
956		爱火	1932.4.6	
957		一个悲凉的家庭	1932.2.19	
958		伪爱的解脱	1932.6.1	
959		环翠楼前	1932.9.14	
960	梅友	家庭哀剧	1932.4.2	

（续表）

序号	作　者	作　品	发表时间	小说类型
961	岛魂	孤苦的我	1932.4.6	短篇小说
962		渔夫梦	1932.11.18	
963	新侬	雨天（续）	1932.4.13	
964	陇西	乞妇	1932.4.15	
965	曲舒	罪恶	1932.4.20	
966	菊生	回忆	1932.5.11	短篇小说
967	曲狂夫	愚血	1932.9.17	短篇小说
968	镜海	风波	1932.10.14	短篇小说
969	世浚	追悔	1932.11.28	短篇小说
970	生源	情海吹笙	1933.1.1	长篇小说
971	赵恂九	流动	1933.1.1	长篇小说
972	岛魂	新年■（续）	1933.1.1	短篇小说
973	黄渤	他和她的恋（二）	1933.1.6	短篇小说
974		一个清晨的写真	1933.2.13	短篇小说
975		她才走了	1933.6.7	短篇小说
976	醉枫	泪痕	1933.1.18	短篇小说
977	黄尘	岁暮	1933.1.1	短篇小说
978	杨小先	一缕白烟	1933.1.23	短篇小说
979	波影	饭后散步	1933.5.5	短篇小说
980		风雪中	1933.2.3	短篇小说
981	王祥珩	雪	1933.2.3	短篇小说
982	自普	一包柠檬糖	1933.2.6	短篇小说
983	竹	她逝去了	1933.2.9	短篇小说
984	黄旭	春里的秋	1933.2.14	长篇小说
985	冰玲	母亲的死	1933.2.17	短篇小说
986		晨间	1933.3.3	短篇小说
987		结婚记	1933.3.29	短篇小说
988	何醴徵	滑冰	1933.2.17	短篇小说

（续表）

序号	作　者	作　品	发表时间	小说类型
989	醴徵	黑死	1933.3.3	短篇小说
990		贸易	1933.3.29	短篇小说
991		犹豫	1933.5.5	短篇小说
992		恢復	1933.6.19	短篇小说
993		母亲	1933.2.1	短篇小说
994		车站上	1934.1.17	短篇小说
995	玉侠	爱的末路	1933.2.27	短篇小说
996		一段往事	1933.4.26	短篇小说
997	镜海	波动	1933.2.27	短篇小说
998		孩子的心	1933.4.17	短篇小说
999	焦竹	纳妾	1933.3.8	短篇小说
1000	我也	一幕悲剧	1933.3.17	短篇小说
1001	鹤葵	菊子	1933.3.20	短篇小说
1002	李全润	大学生洪文	1933.3.27	短篇小说
1003	飞血	冲突	1933.3.27	短篇小说
1004	芥	克淋的死	1933.4.14	短篇小说
1005	丽莱	恕他愚汉	1933.5.1	短篇小说
1006	杨进	憔悴的玫瑰	1933.5.8	短篇小说
1007	晓云	V的速变	1933.5.17	短篇小说
1008	陈明中	爱与生命	1933.5.16	长篇小说
1109	飞血	绝命	1933.2.27	
1010	岷徵	穷途	1933.6.5	短篇小说
1011	芥人	堕落	1933.6.7	短篇小说
1012	冷光	过节	1933.6.7	短篇小说
1013	若葵	星期日	1933.6.19	短篇小说
1014	傅和	饥荒	1933.6.19	短篇小说
1015	觥垲	梦里人	1934.1.1	
1016	雁俊	新生命	1934.1.1	
1017	君猛	新生命	1934.1.1	

（续表）

序号	作　者	作　品	发表时间	小说类型
1018	沈石	如此生活	1934.1.1	征集小说一等
1019	阳震	如此生活	1934.1.1	征集小说三等
1020	赵少林	憔悴的玫瑰（三二）	1934.1.5	
1021	崔光岳	如此生活	1934.1.5	征集小说二等
1022	汉郎	新生命	1934.1.1	征集小说二等
1023	秦喟	离异	1934.1.8	
1024		灾祸	1934.3.2	短篇小说
1025	曼霖	夫妻争吵	1934.1.19	
1026	胡素芝	她	1934.1.24	
1027	罗塞	失业之后（完结）	1934.1.29	
1028	寒心	算账	1934.2.9	短篇小说
1029	巴金	萌芽	1934.2.11	
1030	吴日禄	幻灭	1934.2.23	
1031	飞波	别后幻想	1934.3.2	短篇小说
1032	静澜	老邱	1934.2.12	短篇小说
1033	曲舒	年前底一天	1934.3.5	短篇小说
1034	杨荫环	丽姑娘的故事	1934.3.12	短篇小说
1035	陈扫花	心血来潮	1934.3.21	长篇小说
1036	杨舒恒	苦恋	1934.3.26	短篇小说
1037	克曼	凄惨的生命（续）	1934.4.23	短篇小说
1038	陶苏侃	神经质	1934.4.30	
1039		惨淡的心	1934.10.22	
1040	林白枫	几叶日记	1934.4.9	
1041	郝让先	梅姐	1934.5.9	
1042	贾林	豆腐店的老板	1934.5.14	
1043		荣归	1934.7.2	
1044	孟傅宗	在邯郸	1934.5.21	
1045	缥缈生	钩心斗智记	1934.5.25	
1046	平夫	梦	1934.6.1	短篇小说

（续表）

序号	作　者	作　品	发表时间	小说类型
1047	野藜	白鸽	1934.4.12	短篇小说
1048		巧儿的春	1934.5.24	短篇小说
1049		奔流	1934.6.21	短篇小说
1050	傅和	恐慌	1934.6.11	
1051	罗塞	二女人	1934.6.18	
1052	赵恂九	他的忏悔	1934.6.19	长篇小说
1053	张资平	日趋没落（续）	1934.6.29	
1054	汪伟	断想	1934.7.2	
1055	张恨水	西出长安	1934.7.12	
1056	迷梦	有夫之妇	1934.7.19	
1057	岷徵	交费	1934.7.23	短篇小说
1058	孤灵	王二	1934.7.23	短篇小说
1059		糊涂的阿狗	1934.8.27	短篇小说
1060	警霓	最后的胜利	1934.7.26	短篇小说
1061		孙二嫂	1934.9.27	短篇小说
1062	寒音	怅惘	1934.8.1	短篇小说
1063	夜之子	母亲的病	1934.8.3	短篇小说
1064	醴徵	吉日	1934.8.6	短篇小说
1065		剪菜	1934.11.19	短篇小说
1066		一天晚上	1934.8.8	短篇小说
1067		老王	1934.8.27	短篇小说
1108		他的积蓄	1934.12.17	
1069	岛魂	旧情难写	1934.8.9	短篇小说
1070		沙滩	1934.2.22	短篇小说
1071		不要流泪！	1934.8.16	短篇小说
1072	涤涤	罗四太太	1934.8.15	短篇小说
1073	杨光天	父子夜话	1934.8.15	短篇小说
1074	赵志新	爱■	1934.8.20	短篇小说
1075	李吻玉	新婚妇的日记	1934.8.27	短篇小说

（续表）

序号	作　者	作　品	发表时间	小说类型
1076	南波	S城的一角	1934.9.3	短篇小说
1077		常见的人	1934.11.5	短篇小说
1078	彩桥	熄灯铃后	1934.9.5	
1079		鬼影	1934.11.2	
1080		慈母之爱	1934.11.23	
1081	波影	幽夜的碎影	1934.1.22	
1082		幼灵的创痕	1934.2.26	短篇小说
1083		雨夜	1934.9.6	
1084		遭遇	1934.11.22	
1085		岩下之恋（续）	1934.10.18	
1086	杉影	丽影去了	1934.9.10	
1087	晨鸡	匪	1934.9.14	
1088		伊	1934.11.9	
1089	舍矢	他的心	1934.10.19	短篇小说
1090	陆澹盦	李飞探案集	1934.10.20	
1091	金双戈	李大哥	1934.10.22	
1092	云尔	小狐与小翔	1934.10.29	
1093	文冰	雨天	1934.10.29	
1094	苏庐	借钱	1934.11.2	
1095	子■	活钱	1934.11.7	
1096		王三女人死后	1934.11.12	
1097	小云	逃	1934.11.5	
1098	王爱兰	儿子	1934.11.5	
1099	马茅塞	菜园的老潘	1934.11.5	
1100	秀云	玉兰的悲哀	1934.11.21	
1101	刘英杰	九月的夜	1934.11.21	
1102	梦中人	颠倒家庭	1934.12.15	长篇小说
1103	怒涛	老赵	1934.12.5	短篇小说
1104	彩桥	柳婆	1934.12.7	短篇小说

（续表）

序号	作　者	作　品	发表时间	小说类型
1105	吠	心旌	1934.12.7	短篇小说
1106	子絃	灾前	1934.12.7	短篇小说
1107	孤灵	妹妹死了	1934.12.14	短篇小说
1108	苏庐	林大嫂	1934.12.19	
1109	老李	红叶	1934.12.21	短篇小说
1110	二马	喝盖碗茶	1934.12.19	短篇小说
1111	耐冬	因为她	1934.12.25	
1112	白虹	雪夜	1935.1.1	小说征文当选第一等
1113	玲子	雪夜	1935.1.1	小说征文当选第二等
1114	辽丁	春雨夜话	1935.1.7	小说征文当选第二等
1115	李树森	春雨夜话	1935.1.11	小说征文当选第三等
1116	贾林	郁气	1935.1.14	
1117		火车中	1935.2.11	
1118	南波	三个汉子的年	1935.1.14	
1119	ABC	父病	1935.1.23	
1120	秀云	梦	1935.1.23	
1121	塞音	爱的葬曲	1935.1.23	
1122	蔓漪	骷髅的舞歌	1935.1.28	
1123	小云	撒娇	1935.2.20	短篇小说
1124	晨霄	阿英	1935.2.22	短篇小说
1125	雾岛	失望的她	1935.2.22	短篇小说
1126	解烦	迁人	1935.2.22	短篇小说
1127	晨鸡	信徒	1935.2.27	短篇小说
1128	雅民	他为了“讥言”	1935.2.27	短篇小说
1129	杨弗	走后	1935.3.1	短篇小说
1130	颖泪	老五	1935.3.1	短篇小说
1131	野藜	微笑	1935.3.4	短篇小说
1132	杨小先	旅馆的一夜	1935.3.6	短篇小说

（续表）

序号	作　者	作　品	发表时间	小说类型
1133	杨小先	卖萝卜的	1935.4.14	短篇小说
1134		深夜的哭声	1935.8.2	
1135	振波	小刘的心事	1935.3.6	短篇小说
1136	耐冬	车夫老汪	1935.3.8	短篇小说
1137	晨鸡	雪后	1935.3.8	短篇小说
1138		曲老太的儿子	1935.3.10	短篇小说
1139		老孙	1935.3.22	短篇小说
1140		不幸者	1935.4.20	
1141	静澜	妻的病	1935.3.11	短篇小说
1142	杨剑赤	妓女的来信	1935.3.22	短篇小说
1143	王南邨	悲欢姻缘	1935.3.12	章回体小说
1144	琏	重生	1935.3.25	短篇小说
1145	渡沙	一天里	1935.3.18	短篇小说
1146	明真	风波	1935.3.27	短篇小说
1147	南笑	紫恋	1935.3.27	短篇小说
1148		英子的死	1935.5.14	短篇小说
1149		痛苦	1935.7.15	
1150	汤涤	月亮	1935.3.27	短篇小说
1151		乡村会议	1935.5.22	短篇小说
1152	醴徵	子孙奶奶	1935.1.21	
1153		幸福者	1935.4.1	
1154		寒假	1935.4.8	短篇小说
1155		孝子	1935.5.20	
1156		扫墓	1935.6.19	
1157		守寡	1935.6.24	
1158	福熙	七斤的迷	1935.4.7	

（续表）

序号	作 者	作 品	发表时间	小说类型
1159	绿苹	老张	1935.4.7	短篇小说
1160		福林	1935.5.8	
1161	樱子	杏花开时	1935.4.14	短篇小说
1162	野藜	晚景	1935.4.15	
1163	张苹	月的风	1935.4.17	
1164	东泉	烦恼	1935.4.19	
1165	始波	灯下	1935.4.19	
1166		旱魃	1935.5.29	短篇小说
1167		樱花底下	1935.6.15	短篇小说
1168	苏庐	安宅和我	1935.4.20	
1169	崖如	军人袜子	1935.5.3	
1170	傲梅	庙会之后	1935.4.29	
1171	毛守	少女的故事	1935.5.12	
1172	术行	落魄	1935.5.13	
1173	南波	生命在死的线上	1935.5.13	
1174		荒年	1935.9.30	
1175	郁丝	卖唱的“胡说”	1935.5.24	
1176	菊生	燕子	1935.5.27	
1177		娥子	1935.6.3	
1178		王大嫂	1935.10.7	
1179	季梁	纸匠和他的妻	1935.6.2	
1180	子弦	挣扎中的她	1935.6.3	
1181	金诺	孩子的事	1935.6.28	
1182	春水生	神秘之窟	1935.6.29	长篇小说
1183	渡沙	枕边记	1935.7.8	
1184	介夫	乞者的哀音	1935.7.17	短篇小说
1185	涤尘	姐姐的心	1935.8.2	
1186	飞波	官的年	1935.8.7	
1187	仲义	避匪（续）	1935.8.19	

（续表）

序号	作　者	作　品	发表时间	小说类型
1188	孤灵	失业以后	1935.8.26	
1189	公辅	秀姑	1935.8.30	
1190	伟星	愁人	1935.9.6	
1191	继芬	父女俩	1935.9.11	
1192	怒涛	霉气	1935.9.18	
1193	术行	线结脱了	1935.9.20	
1194	耐冬	梦里的微笑	1935.9.23	
1195	野翁	朱村的风光	1935.9.8	
1196	㑩仃	一个婴孩的诞生	1935.10.21	
1197	不读书生	云雨潮	1935.10.22	章回体长篇小说
1198	张荣九	风波	1935.11.29	短篇小说
1199	西村	胡老头子	1935.12.2	
1200	富梦魂	罪恶与警惧	1935.11.25	
1201	梅傲	柳	1935.11.27	短篇小说
1202	野骚	老王	1935.12.13	短篇小说
1203	条条	老孟的忆	1935.12.16	
1204	宋雁	絮迹	1935.12.16	
1205	吟血	忏悔了	1935.12.20	短篇小说
1206	甲亘	金钱万能	1936.1.1	长篇小说
1207	陈府生	春天带来了幸福	1936.1.1	
1208	杨荫寰	春的诱惑	1936.1.1	
1209	善亭	风尘倦游记	1936.1.1	长篇小说
1210	蔚筠	赌徒	1936.1.12	短篇小说
1211	恂九	雪夜	1936.1.13	
1212	力争	元旦	1936.1.13	
1213		媳妇	1936.3.16	
1214	野藜	周琳	1936.2.3	
1215	野骚	更夫	1936.2.7	
1216		快乐里的愁伤	1936.8.17	

（续表）

序号	作　者	作　品	发表时间	小说类型
1217	野骚	王寡妇	1936.8.31	
1218		胜利的笑脸	1936.12.7	
1219		外姓人	1937.3.29	
1220		风骚	1936.7.15	
1221	敏征	贼	1936.2.19	
1222		旅营日记	1936.2.29	
1223	张若宾	小黑	1936.3.1	
1224	蔚钧	疯人日记	1936.3.4	短篇小说
1225	茅塞	年前的一夜	1936.3.9	
1226	晨光	小姨（续）	1936.3.9	
1227	若梦	一幕人生	1936.3.11	
1228	高萍痕	末路	1936.3.11	
1229		梦里的微笑	1936.3.25	
1230	拜月楼主	嫐史	1936.3.8	章回体小说
1231	申包仲	骗	1936.3.20	
1232	徒叟子	金鱼	1936.4.1	
1233	巴宁	年关	1936.4.6	
1234		新正	1936.5.4	
1235		彦祥的还乡	1937.5.17	
1236	金诺	念书	1936.4.8	
1237	玫瑰	生命途上	1936.4.8	
1238	琮琮	浮云	1936.4.24	
1239	颤克	灰爬	1936.4.27	
1240	全衡	旧情	1936.5.1	
1241	澎岛	玩弄感情的人	1936.5.4	
1242	文涛	最后的甜蜜	1936.5.6	
1243	森	幻梦（续）	1936.5.13	
1244	巴耳	早起	1936.5.18	
1245		悟境	1936.6.29	

（续表）

序号	作　者	作　品	发表时间	小说类型
1246	凌光	静悄之夕	1936.5.20	
1247	玫泉	BROKEN HEART	1936.5.25	
1248	萦魂	一件平凡的事	1936.6.1	
1249		乔迁之喜	1936.8.10	
1250	里雁	绿色的故乡	1936.6.15	
1251	冉其	沦落	1936.6.21	
1252	白尘	四姨奶奶	1936.7.3	
1253	苒萁	捡西瓜皮的孩子	1936.7.12	
1254	飞尘	根深叶茂	1936.7.13	
1255	李三郎	风波	1936.7.13	
1256	纲珠生	人海潮	1936.7.12	章回体小说
1257	林娜	草原之夜	1936.7.27	
1258	舒群	病	1936.7.27	
1259	赵节棠	老九爷	1936.7.27	
1260	铁树	莲姨	1936.8.2	
1261	竹影	生日	1936.8.2	
1262	仁剑	恼人的春	1936.8.2	
1263	姚慕	还乡记	1936.8.3	
1264	曹润芝	情场迷途	1936.8.3	长篇小说
1265	思刘	苏宜	1936.7.31	
1266	逸子	她	1936.8.7	
1267	衣云	三等养病室	1936.8.10	
1268		月光下	1936.8.24	
1269	自现	不完人	1936.8.17	
1270	丁铭	都市里的人	1936.8.17	
1271		一个叛逆的猫	1936.11.8	
1272	粗野	他的死	1936.8.14	
1273	雯文	浴场	1936.8.21	
1274	胡沙	友情的纪念	1936.8.24	

（续表）

序号	作　者	作　品	发表时间	小说类型
1275	梁何汎	平凡	1936.8.24	
1276	尸流	起名	1936.8.26	
1277	炎炎	杂话	1936.8.28	
1278	之凡	关饷的第一夜	1936.8.31	
1279	子玄	空虚的追随者	1936.9.7	
1280	祖椿	苗妹妹	1936.9.14	
1281	铁清	戏台下的速写	1936.9.14	
1282	王夫任	五·二四元的交响曲	1936.9.14	
1283	白零	一个不惹注意的人	1936.9.14	
1284	洪	分别的日子	1936.9.16	
1285	伯上	老实人	1936.9.18	
1286	秋菲	花落无人扫	1936.9.27	
1287	象军	窗外	1936.10.5	
1288	云影	收获	1936.10.16	
1289	僧丐	剑影钗光录	1936.10.17	历史小说
1290	罗烽	守墓者	1936.10.19	
1291	陈野骚	有历史的故事	1936.10.19	
1292	伟星	流行的平凡之事	1936.10.21	
1293	密波	游戏	1936.10.30	
1294	芬君	梦里的湖滨	1936.11.2	
1295	飒划	不得而知	1936.11.2	
1296	莉莉	往事	1936.11.6	短篇小说
1297	文初	承祧	1936.11.9	
1298	墅	河葬	1936.11.18	短篇小说
1299	娟子	卖糖的姑娘	1936.11.22	短篇小说
1300	玉葆	年轻的母亲	1936.11.23	短篇小说
1301	道静	心与心	1936.11.30	
1302	穀城	一幕喜剧	1936.11.30	短篇小说
1303	慈灯	火豆君的饥饿	1936.12.6	

（续表）

序号	作　者	作　品	发表时间	小说类型
1304	矛今	小福子（下）	1936.12.6	
1305	茅元	菊花时节	1936.12.6	
1306	梦秋	失学之夜	1936.12.7	
1307	丽尼	野草	1936.12.14	
1308	野松	旧梦	1936.12.18	短篇小说
1309	文初	妒疾	1937.1.8	
1310	于干	钱老兄	1937.1.11	
1311	秋菲	仇敌（四）	1937.1.17	
1312	慈灯	瓦匠的女儿（三）	1937.1.17	
1313		我的学校	1937.4.11	
1314	矛今	文学家和诗人	1937.4.4	
1315	敏争	理发店里	1937.1.18	
1316	松	酒楼上	1937.1.18	
1317	玄	面纱（续）	1937.1.18	
1318	义景	先生的长衫	1937.1.20	短篇小说
1319	真	大帅	1937.2.1	
1320	T·M	被遗弃者	1937.2.7	
1321	甘柏	河	1937.2.17	
1322	曼	乡情	1937.2.19	
1323	野月	两幅印象	1937.2.22	
1324	龙川	影中人	1937.3.3	
1325	丁铭	禄大哥	1937.3.7	
1326	冠山	风筝	1937.3.3	
1327	文初	一出童年的喜剧	1937.3.5	
1328		外祖母	1937.3.31	短篇小说
1329	仲群	孀居	1937.3.8	
1330	白名	上市的时候	1937.3.8	

（续表）

序号	作 者	作 品	发表时间	小说类型
1331	思流	杜一娘	1937.3.12	
1332		仅仅一张像片	1937.3.17	短篇小说
1333		爸爸走后	1937.3.29	
1334	中慧	噩梦	1937.3.15	
1335	金磨	老乔的爱情	1937.3.15	
1336	皋丁	傅尤嫂	1937.3.26	短篇小说
1337	林丁	小牡丹	1937.3.26	短篇小说
1338	慕明	归去	1937.4.2	
1339	珠	烦闷的生活	1937.4.4	
1340	山	褪色的故事	1937.4.7	
1341	君平	二小姐生日	1937.4.11	
1342	雾岛	味	1937.4.30	
1343	方炎	猪鬃	1937.5.3	
1344		小寡妇	1937.5.14	短篇小说
1345	耐冬	断了线的风筝	1937.5.10	
1346	渺然	病中的阿菊	1937.5.14	
1347	喻仁剑	病中	1937.5.16	
1348	米古月	牛鼻子的恋爱问题	1937.5.16	
1349	立民	阿三的胜利	1937.5.23	
1350		娟的别	1937.6.27	
1351		三个汉子	1937.8.3	
1352	郭麦	阿毛	1937.5.26	
1353	林林	客栈里	1937.5.28	
1354	卢纶	巧遇	1937.5.28	
1355	荣	怀疑	1937.6.6	
1356	勃	赖四先生	1937.6.11	
1357	文痴	雪夜	1937.6.16	
1358		娶妇	1937.6.18	
1359		麻老三	1937.8.4	

（续表）

序号	作　者	作　品	发表时间	小说类型
1360	老翼	太太	1937.8.2	
1361		夜潮	1937.8.16	
1362	辛波	粉笔	1937.8.2	
1363	润寰	二姑娘（下）	1937.8.3	
1364	子玄	沉醉在春风里	1937.8.4	
1365	佩	两个独身者	1937.8.8	
1366	笑生	一夜日记	1937.8.11	短篇小说
1367	碣阳	小秃	1937.8.15	
1368	安子	侘傺	1937.8.8	
1369	里雁	夜来香	1937.8.30	
1370	碣阳	末路的人	1937.9.5	
1371	桃都	原因	1937.9.5	
1372	滴梨	两个女性的追求	1937.9.12	短篇小说
1373	汪文	寡母	1937.9.13	
1374	森丛	窗外一章	1937.9.13	
1375	省三	沦落	1937.9.19	
1376	已己	记得最清楚的几件事（二）	1937.9.26	
1377		忆	1938.1.23	
1378	亚民	初见	1937.9.26	
1379	心	穷苦的生活	1937.10.6	
1380	润之	中秋夜的一刹那	1937.10.6	
1381	维瀚	夹在书里的画片	1937.10.16	短篇小说
1382	林郎	客人	1937.10.23	
1383	何醴徵作 董羽翔画	柳暗花明	1937.10.23	长篇小说
1384	夜笳	C画师	1937.11.11	
1385	石页	雨天的别情	1937.11.16	
1386	发名	芭蕉梦	1937.11.18	
1387	伯上	猫	1937.11.27	

（续表）

序号	作　者	作　品	发表时间	小说类型
1388	冯良	褚大夫	1937.12.4	
1389	白文瑞	母亲	1937.12.18	
1390	曼曼	从秋到年	1938.1.1	小说新年征文二等
1391	赵恂九	春梦	1938.1.10	长篇小说
1392	溟灏	蜀道	1938.1.13	小说新年征文佳作
1393	蓝汀	茫	1938.1.15	
1394	亚民	文的病	1938.1.16	
1395	威威	水鞋（下）	1938.1.16	
1396	涵平子	母女俩	1938.1.23	
1397	胡洁石	幻灭了的障疑	1938.1.23	
1398	陆岷	我们的诗人	1938.1.23	
1399	冷耀	最后的微笑	1938.2.19	
1400	艾淑君	黄色的郁金香	1938.3.8	
1401	冠英	孩子地心	1938.3.13	
1402	毓堂	卖酒的	1938.3.29	
1403	思永	疔疮	1938.5.5	
1404	李欣	胡三奶奶	1938.5.7	
1405	超	遗憾	1938.5.12	
1406	小松	无花的蔷薇	1938.6.1	长篇小说
1407	觉非	云子姑娘	1938.5.28	
1408		重逢	1938.6.9	
1409	荫棠	洗澡	1938.6.7	
1410	羽肥	归途	1938.6.7	
1411		爱的分野	1938.6.18	
1412		家教	1938.7.9	
1413		女孩子的死	1938.9.10	
1414	纪生	阑珊	1938.7.9	
1415	爱辉	烦闷之网	1938.7.19	

（续表）

序号	作者	作品	发表时间	小说类型
1416	镂冰	辍学的心	1938.7.21	
1417		友人的泪（二）	1938.9.24	
1418	秋光	张妈	1938.7.26	
1419	叶舟	春闺梦里	1938.7.30	
1420	群	姊姊	1938.7.30	
1421	浮移	菊子姑娘	1938.8.23	
1422	宋曼	滨儿	1938.8.23	
1423	云梯	雨过天晴	1938.8.25	
1424	恨尘	老张的恋爱	1938.8.27	
1425	白燕	月下	1938.8.30	
1426	伉侠	可怜的利儿	1938.9.1	
1427		爱	1938.7.14	
1428		超的回忆	1938.11.5	
1429	寒星	泪痕	1938.9.3	
1430	弗移	结局	1938.9.13	
1431		一页	1938.11.12	
1432	岫峰	沉落	1938.9.13	
1433	狂茗	故友	1938.9.17	
1434	呢喃	黄昏的江边	1938.9.27	
1435	菊天	忏悔	1938.9.27	
1436	白秋痕	爱的三部曲	1938.9.29	
1437	立民	秋雨送残生	1938.10.1	
1438	张永良	行进曲	1938.10.4	
1439		深夜	1938.11.10	
1440	黄旭	失了方向的风	1938.10.5	长篇小说
1441	庐郎	微雨的黄昏	1938.10.6	
1442	平凡	入道	1938.10.27	
1443	宪经	一天	1938.11.8	
1444	兀	回校的前一天	1938.11.15	

（续表）

序号	作　者	作　品	发表时间	小说类型
1445	李明	伤鸽案（四）	1938.11.30	侦探小说
1446	梦颖	苓子	1938.12.13	
1447	李家琳	新年戏兔	1939.1.1	
1448	慈灯	惩罚和决斗	1939.1.1	
1449		哨前	1939.1.7	小说新年征文二等
1450		日记十八种（二）	1939.5.18	
1451	灰燕（穆泰）	飘渺	1939.1.8	小说新年征文三等
1452	林英	春之凯歌	1939.1.10	小说新年征文佳作
1453	夏江风	勇敢的人和怕死的人	1939.1.11	短篇小说
1454	文青	沙场之春	1939.1.28	小说新年征文三等
1455	白秋痕	老人的同心	1939.2.2	
1456	超然	三叔	1939.3.16	
1457	柔克	都市胞里的病菌	1939.4.4	
1458	景炳文	悲音	1939.4.4	
1459	白佛	求雨	1939.4.4	
1460	赵恂九	荒郊泪	1939.4.21	长篇小说
1461	余耿	夜街	1939.4.23	
1462	楚斤	春的烦恼	1939.4.27	
1463	平凡	老徐	1939.4.27	
1464	超然	看青	1939.4.28	
1465	青	春的愉快	1939.4.29	
1466	梦醒	老板	1939.5.4	
1467	劣君	遗产	1939.5.5	
1468	虞郎	站在那里	1939.5.5	
1469	俏丽	相见的刹那	1939.5.10	
1470	洽洽	城头上的黄昏	1939.5.10	
1471	丁越	逃爱	1939.5.10	
1472	征雁	夜逃	1939.5.13	
1473	心灵	悲惨的信	1939.5.13	

（续表）

序号	作　者	作　品	发表时间	小说类型
1474	心非心	她的一段	1939.5.13	
1475	笑临	春英的命运	1939.5.14	
1476	楚斤	母爱	1939.5.16	
1477	劣君	春天去了	1939.5.16	
1478	袁灵子	小玉	1939.5.16	
1479	癞蛤蟆	春风里的我和狗	1939.5.20	
1480	麦旦	诗意的春	1939.5.20	
1481	黄鹂	初飞集	1939.5.25	
1482	子风	午夜的归来	1939.5.30	
1483		不要灰心	1939.8.4	
1484		两个人的影子	1939.7.4	
1485	召邑	初会	1939.5.31	
1486	晓墨	几个回忆	1939.6.1	
1487	瘦石	往事	1939.6.3	
1488	玛莉	假表姐	1939.6.3	
1489	潭影	夜雨愁人	1939.6.7	
1490	余秋	江水	1939.6.7	
1491	麦旦	离别	1939.6.8	
1492	杨蕴华	寄给负心者	1939.6.9	
1493	欧阳二春	押会	1939.6.9	
1494	日生	沉思	1939.6.14	
1495	史冠军	月夜的回忆	1939.6.15	
1496	晓光	最后那一刹那	1939.7.5	
1497	梦孟	端午节	1939.7.15	
1498	松泉	回忆	1939.7.25	
1499	念平	雨后的夕阳	1939.7.25	
1500	松林	母爱是伟大的	1939.8.8	
1501	铁汉	蝴蝶王后	1939.10.8	

（续表）

序号	作 者	作 品	发表时间	小说类型
1502	倜之	一个超人的人（四）	1939.12.6	
1503	赵恂九	声声慢	1940.1.9	长篇小说
1504	慈灯	从战场回来	1940.2.4	小说新年征文二等
1505		追求	1940.10.3	
1506		虐待	1940.10.10	
1507		艰难读书的故事	1940.10.23	
1508		一个好人和我	1940.10.31	
1509		吉排长的几个故事	1940.11.7	
1510		精神上的教师	1940.11.10	
1511		两个姑娘	1940.11.17	
1512		天亮之前	1940.11.23	
1513		梦	1940.11.28	
1514		早晨在路上	1940.11.30	
1515		海上的雾	1940.12.4	
1516		盲人朋友	1940.12.19	
1517		老人	1940.12.15	
1518		不戴帽的人	1940.12.25	
1519	静子	小苹	1940.5.25	
1520	朝云	纯情	1940.10.1	
1521	君辉	悄然的走了	1940.10.9	短篇小说
1522		奸计	1940.12.21	短篇小说
1523	郇水	生路	1940.11.28	短篇小说
1524	丛树蕃	弃妇	1940.12.11	短篇小说
1525	铁汉	欺骗	1940.12.14	短篇小说
1526	建勋	杜先生的烦恼	1940.12.18	短篇小说
1527	心田	最后的一幕	1940.12.19	短篇小说
1528	芦村	淡流	1940.12.21	短篇小说
1529		改行	1940.12.25	短篇小说

（续表）

序号	作　者	作　品	发表时间	小说类型
1530	漠沙	归来的怅惘	1941.1.8	征文当选小说一等
1531	君辉	恋妻	1941.1.8	
1532	严树番	屈服	1941.1.8	
1533	慈灯	新战术	1941.2.2	
1534		狐疑（二）	1941.2.13	
1535		弄错了人	1941.2.16	
1536		短篇集	1941.3.6	
1537	铁汉	忏悔	1941.2.2	
1538	乙卡	散	1941.1.15	征文当选小说一等
1539	逸人	妻的纪念品	1941.2.8	
1540	斯心	快乐的日子（下）	1941.2.13	
1541		她的心	1941.6.24	
1542	高明	老冯	1941.2.19	
1543	梦濒	南风雪	1941.2.19	
1544	倩	幻灭	1941.2.23	
1545	十七妹	母亲	1941.2.26	
1546	巴金	家	1941.3.4	长篇小说
1547	古萍	一个忏悔的晚上	1941.3.5	
1548	陆藏	狠心的爸爸	1941.3.9	
1549		最后的祝福	1941.4.5	
1550	超人	炭渣	1941.3.13	
1551	毕竟	煤屑	1941.3.19	
1552	晨星	更夫邱顺	1941.4.5	
1553	笑泉	两代人	1941.4.16	
1554	甄峰	秋收里	1941.4.20	
1555	赵恂九	故乡之春	1941.4.22	长篇小说
1556	凌女	别	1941.5.4	

（续表）

序号	作　者	作　品	发表时间	小说类型
1557	凌女	海滨	1941.6.3	
1558		失业者	1941.8.15	
1559	春明	梦泪	1941.5.13	
1560	伽伦	风潮	1941.5.17	
1561	爵青	骄儿	1941.5.18	
1562	平风	夜里的悲泣	1941.5.20	
1563	犇牛	生之转变	1941.6.17	
1564	北雁	枕的故事	1941.6.21	
1565	菁英	魔症	1941.6.21	
1566		敌人之子	1941.9.6	
1567		红叶	1941.11.20	
1568	张岩	命运	1941.7.12	
1569	高亢	父归	1941.7.27	
1570	晓波	七年后	1941.7.31	
1571		云里月	1941.8.20	
1572	绰绰	哑巴的怅惘	1941.8.7	
1573	建勋	泪	1941.8.9	
1574	颖川	婚	1941.8.19	
1575	罕希	吴大嫂	1941.8.20	
1576	潘汀	离别之夜	1941.8.22	
1577		青春之献	1941.10.29	
1578	美夫	迷惘的少女（3）	1941.8.30	
1579	亢元	蔷薇花	1941.9.2	
1580	芷莎郎	鬼爱	1941.9.3	
1581		春去花残	1941.12.12	
1582	直心	虹	1941.9.4	
1583	心田	误解	1941.9.10	
1584	春明	他的父亲	1941.9.13	
1585		危笃	1941.9.23	

（续表）

序号	作 者	作 品	发表时间	小说类型
1586	春明	侦探家	1941.10.5	
1587		辘轳	1941.11.7	
1588	白浪	归	1941.9.14	
1589	王连贵	送报的老人	1941.9.17	
1590	萧雄	梦中梦	1941.9.28	
1591		无声雨	1941.10.19	
1592	李妹	新生	1941.10.11	禁烟小说一等当选
1593	任衡	嫣然一笑	1941.10.25	
1594	陈迹	暗巷	1941.11.2	
1595	文瀚	垂青	1941.11.8	
1596	建勋	旅店之夜	1941.11.20	
1597	溶溶	五年	1941.11.21	
1598		老人	1941.11.26	
1599	金丽生	飘荡	1941.11.21	
1600	陈师	老刘	1941.11.23	
1601	美夫	恋痕	1941.11.29	
1602	小松	白栅栏	1941.12.2	长篇小说
1603	润心	噩梦	1941.12.5	
1604	王怪	更生	1941.12.23	
1605	金展	夜	1942.1.9	长篇小说
1606	罕希	王老二	1942.2.13	
1607	刘疑迟	松花江畔（5）	1942.2.22	
1608	罕希	一个病重的少年	1942.3.3	
1609	克尔	暖流	1942.3.7	
1610	慈灯	蹲店（2）	1942.3.24	
1611		丝绒料	1942.4.7	
1612	赵恂九	风雨之夜	1942.4.17	
1613	冰言	钱	1942.6.11	社会小说
1614	辽鹃	运毒的老牛	1942.6.11	短篇小说

（续表）

序号	作 者	作 品	发表时间	小说类型
1615	新生	流离的归宿（6）	1942.6.30	
1616	渔郎	牺牲	1942.7.28	
1617	凡流	小星	1942.7.28	
1618	慈灯	苦干集·破坏	1942.8.7	
1619	彷彿	缥缈	1942.12.11	
1620	周教	两兄弟	1943.1.1	年度征文当选小说
1621	陈沧海	新钟	1943.1.5	长篇小说
1622	平	复仇	1943.1.22	
1623	慈灯	雪夜（三）	1943.1.22	
1624	慈灯	妻和情人	1943.2.15	
1625	彬	童养媳	1943.1.22	
1626	辽鹃	得意的微笑（六）	1943.1.29	
1627	壬羊	看家（下）	1943.2.9	
1628	六昌	重晴（下）	1943.2.9	
1629	治傅	孤儿（中）	1943.2.9	
1630	彷彿	苍茫	1943.3.12	
1631	凡流	风波	1943.3.5	
1632	凡流	劫路人（四）	1943.1.12	
1633	凡流	小车的体性	1943.4.28	
1634	凡流	怀恋	1943.5.15	
1635	凡流	相片	1943.5.29	
1636	凡流	堕落的女人	1943.2.16	
1637	田二郎	邂逅	1943.2.26	
1638	爵青	黄金的窄门	1943.4.1	长篇小说
1639	石云	荒地之春（完结）	1943.4.28	
1640	萍	屏儿	1943.5.12	
1641	九郎	僻壤	1943.6.6	
1642	衣云	古城	1943.6.16	
1643	岩樵	幻灭	1943.6.16	

（续表）

序号	作　者	作　品	发表时间	小说类型
1644	心田	光明之夜	1943.7.3	
1645		新生（二）	1943.7.17	
1646	沙鸥	割麦	1943.7.20	
1647		秋获后	1943.9.27	
1648	辽鹃	晨光（二）	1943.7.25	
1649		麦秋	1943.9.7	
1650		住厂子	1943.10.19	
1651	孙剑仆	秋江苹	1943.8.19	
1652	耿小堤	情漂爱焰	1943.8.24	
1653	顾鲁	母爱	1943.9.4	
1654	何人	绒球的颜色	1943.12.14	
1655	张寅	刘三嫂	1944.2.49	
1656	凡流	农夫的收获	1944.2.13	
1657		悔悟的青年	1944.6.6	
1658	静宇	橘子皮	1944.3.14	
1659	沙鸥	表哥	1944.3.10	
1660		补鞋匠	1944.4.9	
1661	渔郎	混沌	1944.4.15	
1662	金音	静夜（中）	1944.4.15	
1663	由言	姨母家	1944.4.19	
1664	水旅	复活	1944.4.23	
1665	岛魂	孤独者	1944.5.16	
1666	石军	还乡	1944.5.16	
1667	田兵	善良的人们	1944.5.24	
1668	野藜	脚印	1944.7.1	
1669	宋岩	夜钟	1944.7.5	
1670	顾鲁	婚潮	1944.6.25	
1671	竹枝	赌徒	1944.7.22	
1672	杜鹃	新女性	1944.8.13	
1673	林斌	黎明	1944.9.20	

主要参考文献

1. 刘慧娟. 东北沦陷时期文学作品与史料编年集成[M]，北京：线装书局，2015.
2. 刘慧娟. 东北沦陷时期文学史料[M]，长春：吉林人民出版社，2008.
3. 刘晓丽. 伪满时期文学资料整理与研究[M]，哈尔滨：北方文学出版社，2017.
4. 张毓茂. 东北现代文学大系1919—1949[M]，沈阳：沈阳出版社，1996.
5. 李春燕. 东北文学史论[M]，长春：吉林文史出版社，1998.
6. 彭放. 中国沦陷区文学研究[M]，哈尔滨：黑龙江人民出版社，2007.
7. 李振远. 长夜・曙光——殖民统治时期大连的文化艺术[M]，大连：大连出版社，1999.
8. 黄万华. 史述和史论：战时中国文学研究[M]. 济南：山东大学出版社，2005.
9. 赵恂九. 小说作法之研究[M]，大连：大连启东书社，1942.
10. 杨慈灯. 杨慈灯文集[M]，沈阳：辽宁人民出版社，2015.
11. [N].《泰东日报》，1908.
12. [J]. 新文化（1924年改名《青年翼》），大连：新文化社，1923.
13. 伪满洲国期刊汇编[M]，北京：线装书局，2008.
14. [J]. 麒麟. 长春：满洲杂志社，1941.
15. [J]. 明明，抚顺：月刊满州社，1937.
16. [J]. 新青年，沈阳：新青年旬刊社，1935.
17. [J]. 新潮，长春：满洲经济社，1944.
18. [J]. 新满洲，长春：满洲图书株式会社，1939.

后 记

《大连近代小说创作评述》编纂小组于2017年组建，由于工作变动等原因，其间调整了部分编纂人员。编纂过程中，编纂小组秉承着科学严谨的态度，在资料搜集、阅读、整理和技术性修订等方面进行了大量的工作，历时四年，九易其稿，最终成书。

本书在资料查阅和搜集过程中，得到了大连图书馆的鼎力支持，得到了吉林省图书馆、黑龙江省图书馆、长春市图书馆和哈尔滨市图书馆的热情帮助。在此，谨向这些单位的领导及相关工作人员表示诚挚的感谢。

在本书的资料搜集、整理和编纂过程中，得到了李锦昌、任莲英、薛莲、刘卫新、于莉娜、胡伟森、牛萌、刘成立、李志广、高瑜等同志的大力协作。在此，谨向他们表示诚挚的感谢。

《大连近代小说创作评述》的编纂涉及作家、作品众多，内容浩繁。囿于资料掌握范围及其他原因，很多作家的生平简历都无从核实，很多缺失的作品也无从填补，作品选录也颇费斟酌。限于编写水平和相关条件，本书难免会有疏漏和不当之处，恳请读者不吝斧正。

编 者

2022年8月

图书在版编目 (CIP) 数据

大连近代小说创作评述 / 邱伟主编 ; 古雅静副主编 . — 大连 : 大连出版社 , 2023.2
（大连地方文艺 / 杨锦峰主编 . 文献系列丛书）
ISBN 978-7-5505-1821-6

Ⅰ. ①大… Ⅱ. ①邱… ②古… Ⅲ. ①小说研究—大连—近代 Ⅳ. ① I207. 41

中国版本图书馆 CIP 数据核字 (2022) 第 179776 号

DALIAN JINDAI XIAOSHUO CHUANGZUO PINGSHU
大 连 近 代 小 说 创 作 评 述

出 版 人：代剑萍
策划编辑：张 波
责任编辑：张 波
封面设计：奇睿设计
版式设计：奇睿设计
责任校对：刘丽君
责任印制：刘正兴

出版发行者：大连出版社
地址：大连市高新园区亿阳路 6 号三丰大厦 A 座 18 层
邮编：116023
电话：0411-83620573 / 83620245
传真：0411-83610391
网址：http: //www.dlmpm.com
邮箱：dlcbs@dlmpm.com
印 刷 者：辽宁新华印务有限公司
经 销 者：各地新华书店

幅面尺寸：170mm × 240mm
印 张：22.5
字 数：368 千字
出版时间：2023 年 2 月第 1 版
印刷时间：2023 年 2 月第 1 次印刷
书 号：ISBN 978-7-5505-1821-6
定 价：58.00 元